ULLSTEIN

Das Buch

Joanna Blalock, Gerichtsmedizinerin am Memorial Hospital in Los Angeles, hat schon einiges gesehen. Aber als sie zum Schauplatz einer Explosion in einem Wohnviertel gerufen wird, bietet sich ihr ein ungeahntes Bild des Grauens: ein ganzer Häuserblock wurde völlig zerstört, mehr als zwanzig Tote sind darunter begraben – und einige von ihnen über das gesamte Grundstück verteilt, buchstäblich in kleinste Stücke gerissen. Die Polizei geht von einem terroristischen Hintergrund aus. In mühevoller Puzzlearbeit versucht Joanna Blalock, die Identität der Opfer festzustellen, denn die Frage ist: Handelte es sich um einen »Arbeitsunfall« beim Bombenbasteln oder um die Generalprobe für ein viel größeres Attentat? Und welcher prominente Politiker befindet sich im Fadenkreuz der Täter? Als der einzige Augenzeuge der Explosion ermordet aufgefunden wird, ist zumindest eines klar – die Terroristen sind noch in der Nähe. Für Joanna und das FBI beginnt ein Wettlauf mit der Zeit ...

Der Autor

Leonard Goldberg ist beratender Arzt und Professor an der Universitätsklinik der University of California in Los Angeles. Seine Thriller mit der Pathologin Joanna Blalock haben ihm weltweit bereits eine große Fangemeinde verschafft.

Leonard Goldberg

Mosaik des Todes

Roman

Aus dem Englischen
von Corinna Müller-Enßlin

Ullstein

Besuchen Sie uns im Internet:
www.ullstein-taschenbuch.de

Umwelthinweis:
Dieses Buch wurde auf
chlor- und säurefreiem Papier gedruckt.

Ullstein Verlag
Ullstein ist ein Verlag der
Ullstein Buchverlage GmbH.
Deutsche Erstausgabe
1. Auflage Februar 2004

Published by Arrangement with Leonard Goldberg
Titel der amerikanischen Originalausgabe: *Lethal Measures*
(Penguin Putnam Inc., New York)
Übersetzung: Corinna Müller-Enßlin
Redaktion: Miriam Gries
Umschlaggestaltung: Thomas Jarzina, Köln
Titelabbildung: Mauritius, Mittenwald
Gesetzt aus der Minion
Satz: hanseatenSatz-bremen, Bremen
Druck und Bindearbeiten: Ebner & Spiegel, Ulm
Printed in Germany
ISBN 3-548-25784-4

Widmung: Für Paige und Julie

Wie harmlos ist alle tierische Tollheit
gegen den Wahnsinn der Menschen!

Herman Melville, *Moby Dick*
(Übersetzung von Thesi Mutzenbecher und
Ernst Schnabel)

I

Mittwoch, 10. März, 21.48 Uhr

Beim Mardi-Gras-Karneval in West Hollywood präsentierten sich viele Männer in Frauenkleidung. Größtenteils trugen sie Cocktail- und Abendkleider, es waren aber auch ein paar Playboyhäschenkostüme unterwegs, trotz der kalten Nachtluft. Auf den Gehsteigen drängten sich die Zuschauer, lachend und gestikulierend, als ein Paar in Miniröcken und Stilettos im Vorbeigehen Kusshände hauchte. Ein Blitzer enthüllte kurz seine Blöße, bevor er sich mit einem Regenmantel bedeckte. Die Menge grölte. Wie aus dem Nichts erschienen zwei Polizisten und führten ihn ab. Die Menge buhte.

Eva Reineke beobachtete, wie einer der Polizisten in sein Walkie-Talkie sprach. Sie richtete den Blick wieder auf die Menge und versuchte, weitere Polizisten auszumachen, die über Kopfhörer zuhörten oder Funkgeräte in den Händen hielten. Sie sah keine, wusste aber, dass sie da waren. Sie spürte ihre Gegenwart.

Jemand rumpelte von hinten in sie hinein und sie verlor das Gleichgewicht. Blitzartig drehte sie sich um, ihre Hand zuckte reflexartig zur halbautomatischen Waffe an ihrem Hosenbund.

»Entschuldigung, Kleine«, lallte der Betrunkene. Er sah sie einen Moment lang an, dann grinste er schief: »Oder bist du etwa ein Kleiner?«

Eva versuchte, sich an dem Betrunkenen vorbeizuschieben, der die Uniform eines Offiziers der Luftwaffe trug. Er hatte keine Bänder oder Orden am Revers. Eine Fälschung, schoss es ihr durch den Kopf. Wahrscheinlich ein Kostüm.

Der Mann packte sie bei den Schultern und zog sie an sich. Sein Atem roch nach abgestandenem Bier. »Nehmen wir doch mal die Kappe ab und schauen, ob du ein kleiner Junge bist.«

Eva riss schwungvoll das Knie hoch und rammte es dem Betrunkenen in die Weichteile. Wie ein nasser Sack ging er zu Boden, schnappte nach Luft und tastete nach seinen Hoden. Ohne Eile ging Eva weiter und wartete volle zehn Sekunden, bis sie zurückblickte. Der Betrunkene krümmte sich noch immer auf dem Gehsteig. Keiner war ihm zur Hilfe gekommen. Die Aufmerksamkeit der Menge richtete sich voll auf das Umzugsspektakel.

Eva kam am Fenster eines Plattenladens vorbei und blieb kurz stehen, um in der Scheibe ihr Aussehen zu prüfen. Sie trug einen Tarnanzug und hatte sich eine Schirmmütze tief in die Stirn gezogen. Von ihrem Gesicht waren lediglich Lippen und Kinn zu sehen. Sie musterte die Spiegelbilder der Leute, die hinter ihr vorbeigingen. Alles Zivilisten. Keine Uniformen, keine Polizisten.

»He! Hier hat sich jemand verletzt!«, rief einer.

Eva betrat den Laden und stöberte mit gelegentlichen Seitenblicken durch das Schaufenster herum. Die Leute strömten herbei, um die neue Attraktion zu sehen: Ein Verletzter mitten auf dem Gehweg. Das war ja noch interessanter als ein paar verrückte Transvestiten. Dummer Pöbel, dachte sie angewidert und fragte sich einmal mehr, wie es mit Amerika enden sollte.

»Kann ich Ihnen helfen?«, erkundigte sich eine junge Angestellte in Jeans und Tanktop ohne BH.

»Ich suche Gospel«, sagte Eva.

»Hinten neben der Tür«, sagte die Verkäuferin und deutete in die Richtung. »Wenn Sie Hilfe brauchen, melden Sie sich.«

»Geht klar.«

»Coole Klamotten tragen Sie da. Wo bekommt man denn so was?«

»Im Armyshop.«

Eva schlenderte in den hinteren Teil des Ladens und als die Verkäuferin wegsah, schlüpfte sie durch den Hinterausgang. Der Parkplatz war voll, der Parkwächter lehnte an einer Wand, rauchte einen Joint und hörte Rapmusik aus einem Gettoblaster. Eilig überquerte Eva den spärlich beleuchteten Platz, stieg über eine niedrige Betonmauer und lief eine schmale Gasse herunter bis zum Fletcher Drive. Sie verharrte, verbarg sich im Schatten und wartete, ob ihr jemand gefolgt war. Ein Hund bellte. Über ihr dröhnte ein Fernseher in voller Lautstärke. Die Gasse blieb leer.

Eva ging die Straße hoch, die in die Hollywood Hills führte. Es war zweiundzwanzig Uhr und die meisten Häuser waren dunkel. Bei den wenigen, in denen Licht brannte, waren die Vorhänge fest zugezogen. Zweifelsohne waren die Türen verriegelt und gesichert, dachte Eva grimmig. Einige der Hausbesitzer hielten wahrscheinlich sogar geladene Waffen parat, denn die Gegend war gefährlich. Aber die Leute von diesem Block mussten sich nicht mehr lange um ihre Sicherheit sorgen. Bald wären sie tot. Die Verräter würden sicher sterben und mit ihnen ein paar Unschuldige. Eva hatte diesbezüglich keine Bedenken. Als Gott das Böse auslöschte, hatte er schließlich auch immer wieder unschuldige Menschen getötet, sei es in Sodom und Gomorrha oder in Noahs Tagen mit der Flut. So sah göttliches Handeln eben aus.

Eva blickte kurz nach rechts und links, bevor sie die Straße überquerte. Ein paar Autos parkten am Randstein, aber sie kannte sie alle. Sie gehörten den Nachbarn. Es raschelte ganz in ihrer Nähe und sie erstarrte, alle Sinne plötzlich geschärft. Sie nahm eine nahe gelegene Hecke ins Visier und griff nach ihrer Waffe. Dann entdeckte sie die Ursache. Eine Nachbarskatze jagte etwas in den Büschen.

Schnell ging sie zu einer Haustür und klopfte einmal laut. Dann klopfte sie noch zweimal.

»Wer ist da?«, fragte eine männliche Stimme.

»Eine Gerechte«, sagte Eva.

Die Tür öffnete sich und Eva trat in ein kleines Wohnzimmer. Es gab keine Möbel, nicht einmal einen Stuhl. Die Jalousien waren alt und vergilbt und heruntergezogen.

»Wo sind sie?«, fragte Eva leise.

»In der Küche.«

»Erzähl mir alles, was passiert ist. Ich will jedes einzelne Wort wissen, das gefallen ist.«

»Aber einiges war auf Spanisch, ich weiß also –«

»Sag mir einfach, woran du dich erinnerst«, unterbrach Eva ihn. »Und zwar Wort für Wort.«

Rudy Payte strich sich über das Ziegenbärtchen, während er sich zu erinnern versuchte. Er war kräftig und gut gebaut, Ende zwanzig, Haare abrasiert bis auf die Kopfhaut. »Ich war auf dem Klo und als ich zurückkam, hörte ich, wie einer von ihnen englisch sprach.«

»Da warst du immer noch im Flur vor der Küche, richtig?«

»Richtig. Sie haben nicht bemerkt, dass ich da war«, sagte Rudy mit gedämpfter Stimme. »Jedenfalls hab ich mich gewundert, dass der Typ englisch sprach. Sonst reden die doch immer spanisch, wenn sie unter sich sind.«

»Und was hat er gesagt?«

»Er wollte wissen, wie hoch die Belohnung ist, wenn er ihnen sagt, welche Bank überfallen werden soll.«

Evas Gesichtsausdruck verhärtete sich. »Er sprach sicher mit der Polizei.«

»Oder mit dem FBI«, nickte Rudy. »Einer seiner Freunde sagte etwas auf Spanisch und dann fragte der Typ die Polizei, wer ihnen denn garantieren würde, dass sie die Belohnung auch bekommen.«

»Und dann?«

»Dann habe ich laut gehustet, damit sie wussten, dass ich wieder in die Küche komme.«

»Und der Typ legte auf?«

»Genau. Und sie haben wieder ganz schnell auf Spanisch geredet.«

Eva ging zu den Jalousien und schob sie auseinander, um hinauszusehen. Die Straße lag noch immer ruhig da. Ein alter Mann ging mit seinem Schäferhund Gassi. Das Tier schnüffelte gelangweilt an einem Baum. Eva wandte sich wieder an Rudy. »Bist du sicher, dass sie dein Handy benutzt haben?«

»Hundertprozentig«, beteuerte Rudy. »Als ich es nahm, war es noch ganz warm von der Hand von dem Typ. Und in der Küche gibt es kein anderes Telefon.«

»Gut«, sagte Eva stirnrunzelnd. »Und wir wissen, dass man den Anruf von deinem Handy nicht zu dieser Adresse zurückverfolgen kann.«

Rudy zögerte. »Vielleicht geht es ja doch.«

Eva schüttelte den Kopf. »Die Polizei kann nur die Nummer von dem Handy sehen, nicht aber die Adresse, von der aus telefoniert wurde.«

»Aber sie könnten sie heraussuchen.«

»Dann finden sie die falsche Adresse in Culver City, die ich beim Kauf des Handys angegeben habe.«

Wieder spähte sie durch die Jalousie und fragte sich, ob die Polizei genügend Zeit hatte, den Ausgangspunkt des mobilen Anrufs zu orten. Sie wusste, dass es möglich war, indem man die Übertragungswege über den Satelliten, der hoch über der Erde kreiste, zurückverfolgte. Auf diese Weise hatten sie O. J. Simpson in seinem Ford Bronco auf dem Freeway gefunden. Es war möglich, dachte sie erneut, aber es würde dauern. Sie drehte sich wieder zu Rudy um: »Wie lange war er am Telefon?«

»Nicht länger als ein paar Minuten.«

»Ein bisschen genauer.«

»Zwei Minuten«, schätzte Rudy. »Allerhöchstens drei.«

Eva nickte, vermutete aber, dass er nicht die Wahrheit sagte. Die Mexikaner waren nicht dumm. Sie hätten das Telefon nicht genommen, wenn Rudy nur eben aufs Klo verschwunden wäre. Wahrscheinlich hatte er wieder einmal eine Ewigkeit unter der Dusche zugebracht.

»Was wirst du jetzt machen?«, unterbrach Rudy ihre Gedanken.

»So tun, als wäre nichts gewesen.«

Rudy sah sie ungläubig an. »Was!«

»Ja, folge meinem Beispiel. Tu einfach so, als wäre alles in Ordnung.«

Eva ging die Treppen herunter und betrat durch eine Schwingtür die Küche. Rudy war einen Schritt hinter ihr, ein gekünsteltes Lächeln auf den Lippen.

Die vier Lateinamerikaner standen um den Tisch und winkten ihr grinsend zu.

»*Evita!*«

»*Hola, Evita!*«

»*Buenas noches, Evita!*«

Die Männer wussten, dass sie Eva hieß, aber sie nannten sie Evita nach Evita Perón, die sie aus dem Film kannten. Die große Evita, die sich so unermüdlich für die Armen und Unterdrückten in ihrem geliebten Argentinien eingesetzt hatte. Die große Evita, die so vielen geholfen hatte. Und so würde ihre Evita auch ihnen helfen. Sie würden eine Bank für sie ausrauben und im Gegenzug garantierte sie dafür, dass ihre Familien finanziell abgesichert waren. Jeder von ihnen könnte in der Gewissheit sterben, dass für seine Familie gesorgt war.

Die Männer fanden, dass sie auch wie Evita Perón aussah, so schlank, mit dem hübschen Gesicht, den grünen Augen und den dunkelblonden Haaren, die sie streng zurückgekämmt in einem Knoten trug. Sie hatten über ihr Alter gestritten. Einige glaubten, sie wäre Anfang dreißig. Andere meinten, eher an die vierzig. Aber alle waren sich einig, dass sie ein Traum im Bett sein musste.

»Evita, könnten wir vielleicht etwas zu essen bekommen?«, fragte der größte der vier Männer. »Wir haben den ganzen Tag noch nichts gegessen.«

»Natürlich«, Eva lächelte den Mann an und fragte sich, ob er wohl der Verräter war, derjenige, der die Polizei angerufen hatte. »Aber erst müssen wir anfangen, für den Bankraub zu üben. Jeder von euch hat eine Kevlarweste für den Überfall bekommen. Sie sind aus einem speziellen Kunststoff gemacht, der bei einer Schießerei Kugeln abhält und ihr müsst sie unter euren Jacken tragen, damit ihr geschützt seid. Am Tag des Überfalls habt ihr diese kugelsicheren Westen zwei Stunden lang an. Das ist eine lange Zeit. Wir müssen sichergehen, dass ihr keine Blasen oder Hautirritationen bekommt, nicht einmal nach Stunden. Daher werdet ihr sie heute Abend anlegen und eine volle Stunde anbehalten, um zu sehen, ob jemand damit Probleme hat.«

Der große Mann nickte zustimmend.

»Bitte zieht sie jetzt an.«

Die Westen bestanden aus schweren Plastikplatten in grellem Orange. Sie bedeckten Brust und Rücken und wurden von Klettverschlüssen gehalten. Als die Männer sie anlegten, tauschten sie kurze Blicke. Alle hofften, dass sie diese Westen nie würden tragen müssen, dass sie einen Deal mit der Polizei aushandeln könnten und eine Belohnung kassieren, die groß genug war, ihre Familien abzusichern. Sie alle waren unheilbar krank, arme Männer, die mit ihrem Tod mittellose Familien zurücklassen würden. Aber Evita hatte von ihrer Not erfahren und sich an sie gewendet, sie bot ihnen einen Ausweg. Durch den Banküberfall wären ihre Frauen und Kinder versorgt.

»Gut«, sagte Eva, als sie fertig waren. »Ich will, dass ihr die nächste Stunde mit den Westen durchs Haus lauft. Auf keinen Fall geht ihr hinaus. Verstanden?«

Die Männer nickten.

»Okay. In einer Stunde kommen wir zurück und bringen euch etwas zu essen und Getränke mit.«

»*Gracias, Evita!*«

»*Gracias!*«

Eva verließ die Küche, dicht gefolgt von Rudy. Auf halbem Weg durch den Gang packte er sie am Arm.

»Du kannst diesen Dreckskerlen nicht trauen«, raunte er. »Die warten ein paar Minuten und dann werden sie –«

Eva hob einen Zeigefinger an die Lippen. »Schhhh!«

Sie traten hinaus in die kalte Nacht und blickten sich um nach Leuten oder Dingen, die nicht in diese Nachbarschaft gehörten. Die Katze jagte immer noch in den Büschen. Der alte Mann mit seinem Hund war nicht mehr in Sicht. Eva zählte die geparkten Autos, um sich zu vergewissern, dass sich die Anzahl nicht geändert hatte, während sie im Haus war. Sie gab Rudy ein Zeichen. Schnell überquerten sie die Straße und stiegen in den Wagen.

Rudy drehte den Zündschlüssel. »Du machst einen großen Fehler.«

»Fahr los«, sagte Eva tonlos. »Und lass die Scheinwerfer aus, bis wir an der großen Kreuzung sind.«

Eva nahm ihre Kappe ab und die dunkelblonde Perücke, die sie darunter trug. Sie schüttelte ihr rotes Haar und knetete es mit der Hand. Anschließend lehnte sie sich vor und wand sich aus dem Oberteil ihres Tarnzeugs.

Rudy sah ihr aus dem Augenwinkel zu und bewunderte ihre Brüste, während sie in einen bedruckten Sportsweater mit der Nummer 32 schlüpfte. Dann griff sie in das Handschuhfach und zog eine Fernbedienung in der Größe eines Piepsers hervor. Rudy lächelte und dachte, dass er sie wieder einmal unterschätzt hatte, obwohl er es langsam besser wissen sollte. Sie war höllisch schlau, doppelt so schlau wie alle Männer, die ihm je begegnet waren.

Jetzt fuhren sie auf die Kreuzung zu.

»Schalte das Licht ein«, wies Eva ihn an.

»In welche Richtung soll ich fahren?«

»Nach links, weg von dem Karnevalsumzug.«

An der Kreuzung war Rot. Sie hielten an und sahen zu, wie zwei Transvestiten Hand in Hand über den Zebrastreifen stöckelten. Einer trug einen Minirock, der andere einen hautengen Gymnastikanzug.

»Das hier ist wie Sodom und Gomorrha«, murrte Rudy. »Ich wünschte, diese beiden wären auch in dem Haus bei den Mexikanern.«

»Ihre Zeit wird auch noch kommen.«

Die Ampel schaltete auf Grün.

Eva entsicherte die Fernzündung und drückte auf einen roten Knopf.

Im Bruchteil einer Sekunde erreichte der elektrische Impuls die Zünder des C4, das in den orangefarbenen

Westen der Mexikaner versteckt war. Es gab einen plötzlichen Blitz, gefolgt von einer Detonation, die so stark war, dass der Asphalt unter dem Auto heftig bebte.

Rudy krallte sich am Steuer fest. »Wow!«

Eva legte die Hand auf das Armaturenbrett und stützte sich ab. Überall gingen die Alarmanlagen der Autos los. Leute rannten schreiend umher und suchten nach einem Unterschlupf. Es dauerte noch ein paar Sekunden, bis das Auto aufhörte zu wackeln. Eva steckte die Fernbedienung zurück ins Handschuhfach. »Für unsere Freunde wäre gesorgt.«

»Himmel! Wie viel C4 war denn da drin?«

»Zwei Blöcke pro Weste.«

»Mannomann! Von den Typen wird nicht mal mehr ein Zehennagel übrig sein.«

»So hatte ich mir das auch vorgestellt«, sagte Eva und deutete nach vorne. »Wir haben Grün. Fahr los.«

2

Donnerstag, 11. März, 8.02 Uhr

Simon Murdock starrte auf den Fernseher, fassungslos über die Zerstörung, die er dort sah. Die Explosion hatte einen halben Straßenzug in Schutt und Asche verwandelt. Sechzehn Menschen waren umgekommen, weitere achtundzwanzig ernsthaft genug verletzt, dass sie im Krankenhaus behandelt werden mussten. Und die Zahlen stiegen. Gerade zeigte die Berichterstattung einen Feuerwehrmann, der aus einem Haufen von Steinen und Holz heraustrat. Er trug ein Kind, nicht älter als drei Jahre. Die Kleine in ihrem Nachthemd war offensichtlich tot. Murdock fuhr zusammen und blickte schnell zur Seite. Er dachte, dazu kann nur ein Verrückter fähig sein. *Eine Bombe! Mitten in Los Angeles! Großer Gott!*

Murdock ließ den Blick durch sein Büro im Memorial Hospital schweigen. Überall standen Topfpflanzen und Blumensträuße, Geschenke, die er gestern zur Feier seines zwanzigjährigen Jubiläums als Dekan des medizinischen Zentrums bekommen hatte. Sie verliehen dem Raum eine Fröhlichkeit, die im Moment äußerst unpassend wirkte. Seine Aufmerksamkeit richtete sich wieder auf den Bildschirm.

Die Sprechanlage auf Murdocks Schreibtisch summte laut. Eilig drückte er auf einen Knopf, um seiner Sekretärin zu antworten.

»Was?«

»Mr. Kitt vom Federal Bureau of Investigation ist auf Leitung eins.«

Murdock nahm die Fernbedienung und schaltete den Fernseher aus, dann drückte er einen anderen Knopf auf der Sprechanlage.

»Simon Murdock«, sagte er, während er nach Notizblock und Stift griff.

Er lauschte einer knappen Begrüßung, dann notierte er die Anweisungen von William Kitt, dem Chef der Antiterroreinheit des FBI. Folgendes war zu tun:

(1) Alle bei der Explosion Verletzten mussten in das Memorial Hospital eingewiesen werden. Personen, die gegenwärtig in anderen Krankenhäusern untergebracht waren, sollten, wenn möglich, ins Memorial überwiesen werden. (2) Alle Autopsien sollten von der Gerichtsmedizinerin des Memorial, Dr. Joanna Blalock, vorgenommen werden. (3) Kleidung, Schmuck und andere Objekte, die bei den Leichen gefunden wurden, mussten dem FBI zur Analyse übergeben werden. (4) Es musste ein Bereich geschaffen werden, in dem die Leichen zur Identifizierung besichtigt werden konnten. (5) Pressemitteilungen durften nur mit Zustimmung der ermittelnden Behörden herausgegeben werden.

Dann listete Kitt die Einheiten auf, die den Sprengstoffanschlag untersuchen würden und die Namen deren, die die jeweiligen Abteilungen leiteten. Murdock fuhr fort zu schreiben, nicht gerade glücklich darüber, dass die Verletzten und die anfallenden Autopsiearbeiten nicht auf mehrere Krankenhäuser in Los Angeles verteilt werden konnten. Wenn alles auf das Memorial fiele, wäre das eine ernsthafte Belastung für die Einrichtung und ihr Personal. Die chirurgische und orthopädische Abteilung, die Intensivstation, die Notaufnahme, die Radiologie und die

Pathologie wären alle bis an ihre Grenzen und darüber hinaus belastet. Aber sie würden es schaffen. Sie würden alle Anweisungen haargenau befolgen.

Und das nicht allein, weil das FBI anrief. Vor einer Stunde hatte Murdock einen Anruf von einem Freund in hoher Position in Washington, D. C. erhalten, der als Sonderberater für die Präsidenten von vier Regierungen gearbeitet hatte und großen Einfluss besaß. Im Laufe der Jahre hatte er diskret dafür gesorgt, dass Hunderte Millionen Dollar öffentlicher Gelder dem Memorial zugeflossen waren. Ohne seine Hilfe hätte Murdock niemals all die Institute und Forschungseinrichtungen aufbauen können. Und nun war der Zeitpunkt gekommen, an dem er sich für die jahrelange Unterstützung revanchieren musste.

»Selbstverständlich«, sagte Kitt gerade, »erstattet die kalifornische Regierung dem Memorial die entstehenden Unkosten zurück.«

»Wir haben Bedarfsfonds, um die Kosten zu decken«, erwiderte Murdock.

»Wir brauchen eine genaue Aufstellung der vorgestreckten Gelder.«

»Verstehe«, sagte Murdock, aber insgeheim hatte er bereits entschieden, nichts dergleichen zu tun. Er wusste, dass jegliche Kostenaufstellung als Rechnung der Regierung behandelt und umgehend bezahlt würde. Aber das wollte Murdock nicht. Sein Freund hatte um einen Gefallen gebeten und den wollte er ihm gewähren. Als Gegenleistung würde das Memorial auch in Zukunft mehr als nur seinen Anteil an den Bundesforschungsgeldern bekommen.

»Die Abrechnung hätten wir gerne wöchentlich«, sagte Kitt.

»Wir werden es zur Zufriedenheit aller Beteiligten einrichten«, sagte Murdock bestimmt und beendete so das Thema.

Es entstand eine Pause. Murdock hörte den FBI-Agenten schlucken.

»Vielen Dank für Ihre Hilfe, Dr. Murdock.«

Murdock schaltete die Sprechanlage aus und verließ sein Büro. »Ich bin nicht zu sprechen«, sagte er, als er an seiner Sekretärin vorbeikam.

Er fuhr mit dem Aufzug in die B-Etage und eilte einen langen Korridor entlang, während er im Kopf die Gedanken ordnete, wie er den Anweisungen des FBI folgen konnte. Alle Explosionsopfer in Betten im Memorial unterzubringen durfte kein Problem sein. Die, die bereits aufgenommen waren, lagen entweder auf der Orthopädie oder der Chirurgie. Die Neuzugänge sollten ebenfalls dort versorgt werden. Es würde eng werden, aber es war machbar. Er würde die Pflegedienstleitung rufen und sie mit dem Bereitstellen der Betten beauftragen. Dann würde er mit den Sprechern des Krankenhauses reden. Keine Pressemitteilungen, es sei denn, das FBI, oder wer immer für die Untersuchungen zuständig war, gab sie frei. Keine Pressekonferenz mit den Opfern, bis sie andere Anweisungen erhielten. Eine gottverdammte Bombe, dachte er grimmig. Eigens gebaut um zu töten und zu verstümmeln. Vor seinem geistigen Auge sah er wieder den Feuerwehrmann, wie er das tote Kind aus den Trümmern trug. Gewaltsam schob er das Bild beiseite.

Murdock ging durch zwei Schwingtüren, auf denen *Unbefugtes Betreten strengstens verboten* stand. Eine Sekretärin sah vom Telefon auf.

»Ist der Chef der Pathologie da?«, fragte Murdock.

»Nein, Sir«, antwortete die Sekretärin, die Hand jetzt auf der Sprechmuschel.

»Wissen Sie, wo er ist?«

»In einer Besprechung, glaube ich.«

»Rufen Sie ihn an, sagen Sie ihm, wir treffen uns in zehn Minuten in meinem Büro.«

»Darf ich ihm sagen, worum es geht?«

Murdock überging die Frage. »Ist Frau Dr. Blalock in der Nähe?«

»Hinten.«

Murdock ging durch eine weitere Schwingtür und betrat den Sektionssaal. Rasch erfasste sein Blick den hell erleuchteten Bereich mit den acht Edelstahltischen, die in Zweierreihen aufgestellt waren. Seine Augen wanderten zu der weiß gefliesten Wand am hinteren Ende des Raums. Er zählte die Kühlfächer, in denen die Leichen aufbewahrt wurden. Zehn Stück – nicht annähernd genug für die Opfer des Bombenanschlags. Und außerdem eignete sich der Sektionssaal nicht für Besucher. Was sie brauchten, war ein großer Raum, der übergangsweise als Leichenhalle diente, einen Ort, zu dem Angehörige und Bekannte zur Identifizierung kommen konnten.

Murdock stellte sich auf die Zehenspitzen und entdeckte Joanna Blalock an einem Tisch auf der anderen Seite. Er umrundete die Tische, vorbei an Leichen, die darauf warteten, seziert zu werden. Die Körper hatten bläulich-weiße Haut und ähnelten eher Puppen als Menschen. Einer hatte offensichtlich ein Einschussloch in der Brust, groß genug, eine Faust hindurchzustecken. Murdock versuchte sich auszumalen, was für eine Waffe eine derartige Wunde verursachen konnte.

Er blieb stehen und wich einen Schritt zur Seite, als zwei Assistenten einen Leichnam aus einem Kühlfach holten und auf einen Seziertisch legten. Es war der Körper eines alten Mannes, grau und eingefallen, nur noch Haut und Knochen. Der eine Assistent setzte einen Schnitt entlang des Haaransatzes, während der andere das Kabel einer elektrischen Säge entrollte.

Joanna Blalock stand mit dem Rücken zu Murdock und redete mit Lori McKay, einer Junior-Professorin der Gerichtsmedizin. Beide Frauen sahen so jung aus, dachte er, besonders Lori McKay. Sie könnte ohne weiteres als Medizinstudentin durchgehen, mit ihrem langen, kastanienbraunen Haar, den grünen Augen und den vereinzelten Sommersprossen auf den Wangen. Murdock seufzte resigniert und fragte sich, ob sie wirklich so jung war oder ob nur er schon so alt wurde. Wahrscheinlich beides, dachte er.

»Ich bin gleich bei Ihnen, Simon«, rief Joanna ihm zu.

Murdock nickte in ihre Richtung und betrachtete jetzt ihr Profil. Sie hatte sich kaum verändert, seit er sie vor zehn Jahren eingestellt hatte, um die Leitung der forensischen Abteilung zu übernehmen. Ihr Gesicht zeigte keine Falten, ihre Züge waren auffallend vornehm. Sie trug ihr mittelblondes Haar immer noch streng nach hinten gekämmt, gehalten von einer einfachen Spange. Und sie sah immer noch mindestens fünf Jahre jünger aus, als sie in Wirklichkeit war. Niemand käme auf die Idee, sie auf fast vierzig zu schätzen.

Murdock erinnerte sich an sein Zögern, sie einzustellen, und das, obwohl sie glänzende Zeugnisse von der Johns-Hopkins-Universität vorweisen konnte. Er hatte sich einfach nicht vorstellen können, dass eine so junge und attraktive Frau auch noch intelligent sein sollte. Aber er hatte sich geirrt. Wie sich herausstellte, ergänzte sie die Belegschaft ausgezeichnet. In nur wenigen Jahren war sie eine im ganzen Land gefragte Sachverständige der Gerichtsmedizin geworden, die ständig zu Fällen außerhalb hinzugezogen wurde.

Und das hatte zu Problemen geführt. Immer mehr Zeit verbrachte sie fern des Memorials als hoch bezahlte Expertin. Als Murdock versuchte, ihre Nebenbeschäftigungen einzuschränken, drohte sie zu kündigen. Und sie wäre tatsächlich gegangen, wenn sie keinen Kompromiss gefunden hätten: Joanna leitete die Abteilung weiterhin auf Teilzeitbasis und verbrachte nicht mehr als ein Drittel ihrer Zeit mit anderen Projekten. Trotz dieser Übereinkunft blieb ihre Unabhängigkeit ein Störfaktor in ihrer Beziehung. Im Laufe des vergangenen Jahres hatte Murdock klammheimlich zwei Pathologen als potentielle Nachfolger zu Vorstellungsgesprächen geladen. Einer kam aus Harvard, der andere aus Duke. Keiner war auch nur annähernd so talentiert und erfahren wie Joanna Blalock gewesen. Murdock verbarg seinen Unmut in dem Wissen, dass er nichts dagegen tun konnte. Zumindest fürs Erste.

Sein Blick wanderte zu einem Stück fleischartigen Gewebes, das Joanna gerade gegen das Licht hielt. Die Probe war mit Haut bedeckt, zwei Fortsätze hingen daran herab. Erst beim zweiten Hinsehen erkannte Murdock, dass es ein Teil einer menschlichen Hand war.

Er trat näher, um sich die Sache genauer anzusehen. »Verstümmelung durch Unfall?«

»Das wäre eine Möglichkeit«, sagte Joanna.

Murdock sah auf den leeren Edelstahltisch. »Wo ist der Rest des Körpers?«

»Das ist alles, was man gefunden hat«, sagte Joanna. Sie untersuchte die Finger unter einer Lupe. »Ein paar Wanderer sind in einem abgelegenen Canyon im Norden von Los Angeles County darüber gestolpert.«

Murdock rieb sich nachdenklich das Kinn. »Könnte es ein Mordopfer sein, das man zerstückelt hat, um eine Identifizierung zu verhindern?«

Joanna schüttelte den Kopf. »Hier haben wir es mit etwas anderem zu tun. Wenn jemand den Körper eines Opfers absichtlich zerkleinern will, verwendet er fast immer ein scharfes Instrument wie eine Axt oder ein Beil, und das hinterlässt saubere, glatte Schnitte. Aber die Ränder dieser Wunde sind ausgerissen und zerfranst, der Knochen ist gesplittert.« Wieder schüttelte sie den Kopf. »Nein, diese Hand wurde mit sehr großer Gewalt abgerissen.«

»Aber wenigstens haben Sie ja ein paar übrig gebliebene Finger, von denen Sie Abdrücke nehmen können.«

»Leider auch nicht«, sagte Joanna und zeigte auf die abgenagten Fingerspitzen. »Hier sieht man einige Bissspuren. Ich nehme an, die Finger wurden von Kojoten oder anderen Aasfressern abgeknabbert.«

Murdock unterdrückte eine leichte Übelkeit, die ihn bei dem Gedanken befiel, dass die Seziertische des Memorials bald voll von abgetrennten Körperteilen wären. »Ich muss etwas Wichtiges mit Ihnen besprechen.«

»Ich komme gleich zu Ihnen«, sagte Joanna. Sie betrachtete noch einmal die Hand und gab sie dann Lori. »Ich möchte, dass Sie diese Hand untersuchen und dabei besonders auf die Haut achten. Dann sehen Sie sich die Röntgenaufnahmen an. Wenn ich wiederkomme, möchte ich, dass Sie mir erzählen, wem diese Hand gehörte. Sie sollten in der Lage sein, Geschlecht, Alter, Größe, Familienstand, ethnische Zugehörigkeit und die früheren und letzten Beschäftigungen des Opfers zu bestimmen.«

Murdock betrachtete den Ringfinger der Hand. Er sah keinen Ehering. »Allein stehend«, vermutete er.

»Verheiratet«, verbesserte Joanna. »Man sieht noch deutlich die hellere Stelle am Finger, wo der Ring die Sonnenstrahlen abgehalten hat.«

»Und wo ist der Ring?«, fragte Lori.

»Eventuell von der gleichen Kraft abgerissen, die auch die Hand abgetrennt hat«, sagte Joanna. »Oder vielleicht von einem Kojoten abgenagt. Der Finger ist bis zum Mittelglied heruntergekaut.«

Lori sah Joanna skeptisch an. »Er könnte schon seit einer Weile geschieden sein und den Ring abgenommen haben.«

»Möglich, aber unwahrscheinlich«, sagte Joanna. »Die Sonne hätte die Stelle schnell nachgebräunt, insbesondere in Südkalifornien. Der Mann arbeitete im Freien.«

»Als was?«, fragte Lori.

»Das will ich gerne von Ihnen wissen«, sagte Joanna und überreichte ihr die Lupe mit einem augenzwinkernden Grinsen.

»Geben Sie mir einen Tipp?«

»Habe ich doch schon.«

Joanna streifte die Latexhandschuhe ab und ging zu der Wand mit den Kühlfächern. Sie lehnte sich an das Metall und fühlte, wie die Kälte durch ihren Schutzkittel drang. Es war acht Uhr zwanzig und im Sektionssaal war es warm und drückend, weil die Klimaanlage wieder einmal nicht richtig funktionierte.

An einem Tisch in der Nähe schaltete ein Präparator eine elektrische Säge ein und machte sich daran, den Schädel des Manns mit dem Loch in der Brust aufzuschneiden. Ein ohrenbetäubender, schriller Ton erfüllte den Raum. Joanna blickte zu Murdock und fragte sich, ob er wohl krank war. Ihr Vorgesetzter alterte rapide. Das Haar war mittlerweile schneeweiß, das Gesicht von tiefen Linien durchzogen und mit auffälligen Altersflecken übersät. Neuerdings war seine Haltung gebeugt wie die eines alten Manns. Joanna sah zur Seite und wartete, dass die Säge aufhörte.

»Als Erstes wollte ich mich für die Pflanze bedanken«, sagte Murdock.

»Hoffen wir auf weitere zwanzig Jahre«, sagte Joanna und meinte es ehrlich. Simon Murdock war ein großartiger Dekan für das Memorial. Er war ein hervorragender Verwaltungsleiter, ein ausgezeichneter Spendeneintreiber und er verstand es, das beste Personal anzulocken. Nahezu im Alleingang hatte er das Memorial in ein führendes medizinisches Zentrum verwandelt. Inzwischen zählte es zu den fünf Besten in Amerika. Aber Murdock hatte auch seine Fehler. Gravierende Fehler. Er konnte kalt und herzlos sein, und er manipulierte die Leute. Für ihn heiligte stets der Zweck die Mittel. Joanna mochte ihn nicht und vertraute ihm auch nicht.

»Sie müssen mir einen großen Gefallen tun, Joanna.«

»Gerne«, sagte sie. »Solange ich es zwischen jetzt und morgen siebzehn Uhr erledigen kann.«

»Was ist morgen um siebzehn Uhr?«

»Da gehe ich für zwei Wochen in Urlaub.«

»Ich werde Sie bitten müssen, Ihre Pläne zu verschieben.«

»Ausgeschlossen«, sagte Joanna prompt. »Meine Schwester kommt aus Paris, ich habe sie seit über zwei Jahren nicht gesehen. Und sie bringt ihren Sohn mit.«

»Ich glaube, Sie werden Ihre Meinung ändern, wenn Sie hören, um was es geht.«

»Das wage ich zu bezweifeln, aber schießen Sie los.«

Murdock atmete tief durch und wünschte, er könnte die Zeit zwanzig Jahre zurückdrehen, als niemand die Anweisungen eines Dekans in Frage stellte. »Es geht nicht um mich, sondern um das FBI. Sie wollen, dass Sie die Obduktionen an den Explosionsopfern von gestern Nacht durchführen.«

»Es gibt doch noch andere forensische Pathologen, die vielleicht –«

»Sie haben aber ausdrücklich um Sie gebeten«, fiel Murdock ihr ins Wort.

Joanna seufzte zaghaft. »Ich bin keine Expertin für Explosionsopfer.«

Murdock zuckte die Schultern. »Die werden ihre Gründe haben, nach Ihnen zu fragen.«

Joanna sah hinüber zu Lori, die jetzt am Röntgenschaukasten stand. »Verdammt noch mal, Simon«, sagte sie leise. »Ich habe meinen kleinen Neffen noch kein einziges Mal gesehen. Ich kenne die nächste Generation der Blalocks noch nicht.«

»Ich weiß«, sagte Murdock und unwillkürlich musste er an seinen Sohn denken, der an den Folgen seiner Drogenabhängigkeit gestorben war, und an all die Male, die er keine Zeit für den Jungen gehabt hatte, weil er zu sehr damit beschäftigt gewesen war, das Memorial zu einem medizinischen Zentrum von Weltrang aufzubauen. Er zwang sich, seine Gedanken wieder auf die aktuelle Problematik zu richten. »Wenn Sie ablehnen, sehe ich mich leider gezwungen, andere Spezialisten zu beauftragen, die Ihr Labor dann übernehmen, solange sie es brauchen.«

Joanna nickte zögerlich, sie verstand sehr wohl die unterschwellige Drohung, die in seinen Worten mitschwang. Ihr Posten im Memorial war begehrt und die Ärzte von außerhalb würden alles tun, um ihre Stellung zu übernehmen. Unter ihnen würde Murdock möglicherweise einen Ersatz für sie finden, falls er daran interessiert war. »Vielleicht könnte ich ja in der ersten Woche halbtags daran arbeiten«, schlug sie vor.

»Es ist aber ein Vollzeitjob«, erwiderte Murdock. »Sie werden sechzehn Stunden am Tag daran arbeiten. Und selbst unter diesen Bedingungen, glaubt das FBI, wird es Monate dauern, bis die Arbeit bewältigt ist.«

Wieder nickte Joanna. Die Autopsien wären einfach und in ein paar Wochen erledigt. Aber das Untersuchen und Identifizieren der Körperteile würde Monate brauchen. Sie erwog, auf der Stelle zu kündigen. Aber das wäre dumm. Nirgends konnte es ihr besser gehen als hier. Die meiste Zeit leitete sie die Abteilung, aber sie hatte auch ihre Beratungstätigkeit, bei der sie sich die interessanten Fälle herauspicken konnte. Das gab ihr eine Freiheit, die nur die wenigsten Akademiker hatten. Es wäre wirklich dumm abzulehnen, dachte sie nochmals, aber der Wunsch, ihre Schwester und ihren Neffen zu sehen, zerrte an ihr. Ebenso der Gedanke, ein Wochenende in Montreal mit Paul du Maurier zu verpassen, ihrer viel versprechenden neuen Liebe. Es wäre einfach perfekt gewesen. Sie und Paul in Montreal, dann zurück nach Los Angeles, um Kate und ihren Kleinen abzuholen. Joanna suchte fieberhaft nach einem Ausweg aus diesem Dilemma. Sie blickte zu Lori hinüber und fragte sich, ob ihre junge Assistentin die Untersuchung leiten könnte, zumindest zu Beginn.

»Ich habe Probleme mit diesen Röntgenaufnahmen«, rief Lori vom Schaukasten herüber. »Da ist alles voll zerquetschter Knochen.«

Joanna ging zum Schaukasten, Murdock folgte ihr mit einem Schritt Abstand. Lori deutete auf die Mittelhandknochen, die ungewöhnlich groß waren. Außerdem waren im Gewebe um die Schäfte und Köpfe der Knochen ausgeprägte Kalkablagerungen zu sehen.

Joanna fragte: »Und, was sagt uns das?«

»Es sieht aus, als hätte er sich die Hand mehr als nur ein paar Mal gebrochen«, antwortete Lori.

»Und in welcher Branche brechen sich Männer wiederholt die Hände?«

Lori zog konzentriert die Stirn in Falten. »Beim Boxen!«, stieß sie hervor.

»Exakt«, sagte Joanna. »Und die extensiven Veränderungen auf dem Röntgenbild deuten darauf hin, dass er eine ganze Reihe Kämpfe hatte, also war er wahrscheinlich Profiboxer.«

Loris Augen verengten sich plötzlich. »Woher wollen Sie wissen, dass er nicht einfach irgendein Rowdy war, der sich gern geprügelt hat?«

»Das würde vielleicht die wiederholten Knochenbrüche erklären, nicht aber die Verkalkungsherde.« Joanna nahm ein Stück rote Kreide und malte einen Kreis um eine dichte Kalkablagerung. »Das ist das Ergebnis von häufigen sich wiederholenden Traumata, wie man es bei Boxern findet, die an Sandsäcken trainieren.«

Murdock hörte aufmerksam zu, sein Interesse war geweckt. Boxen war der einzige Sport, den er verfolgte. Als Teenager war er Golden Gloves Champion gewesen.

Lori starrte auf die Röntgenaufnahme, unzufrieden mit sich selbst, weil sie den offensichtlichen Hinweis nicht entschlüsselt hatte. »Also war das Opfer ein männlicher Berufsboxer, der verheiratet war. Und der Farbe seiner Haut nach zu urteilen, war er wahrscheinlich Lateinamerikaner.«

»Sehr gut«, sagte Joanna. »Und wie sieht es mit seinem Alter aus?«

Lori ging zurück zum Seziertisch und kniff in die Haut am Handrücken, um die Elastizität zu prüfen. Sie hatte keine Linien oder Falten. »Ich würde mal sagen, so um die Ende zwanzig, Anfang dreißig.«

»Körpergröße?«

»Klein«, sagte Lori sofort. »Ich nehme an, er war nicht viel größer als einsfünfzig und wog irgendwo zwischen fünfzig und sechzig Kilo. Das sind nur Schätzungen, die auf der Größe seiner Hände und Knochen basieren.«

»Sie werden richtig gut darin«, sagte Joanna.

Lori strahlte bis über beide Ohren.

»Jetzt sagen Sie mir, ob er englisch sprach und was seine letzte Beschäftigung war.«

Lori warf ihr einen verwirrten Blick zu. »Eben haben wir doch gesagt, dass er Boxer war.«

»Ja, aber nicht zuletzt.« Joanna nahm einen Zungenspatel und drehte die Hand mit der Handfläche nach oben. Sie zeigte auf dicke Schwielen. »Boxer haben keine Schwielen in den Händen. So etwas findet man bei Männern, die eine schwere körperliche Arbeit verrichten.«

»Und Sie meinen, er konnte Englisch, weil er sonst vielleicht keinen derartigen Job bekommen hätte«, schloss Lori. »Vielleicht an einer Großbaustelle oder etwas in der Richtung.«

Joanna schüttelte den Kopf und drehte die Hand wieder um. »Auf der Rückseite der Finger sind ganz blasse Tätowierungen.«

Lori nahm eine Lupe und studierte sorgfältig die Ansätze der Finger. »Soweit ich sehe, ist auf dem Ringfinger ein verblasstes *V*, und das auf dem kleinen Finger scheint mir ein *E* zu sein.«

»Und was, meinen Sie, hat das zu bedeuten?«

Lori dachte einen Moment lang nach, dann zuckte sie die Schultern. »Ich denke, ich bin mit meinem Latein am Ende.«

»Sie sollten sich mal mit Jake Sinclair über Tätowierungen unterhalten«, sagte Joanna und dachte an den Detective von der Mordkommission, der seit zehn Jahren immer wieder mal ihr Liebhaber gewesen war. Er sah gut aus und es war schön, mit ihm zusammen zu sein, aber er war auch bekennender Einzelgänger und würde es immer bleiben. Je nach Laune entzog er sich ihr oder kehrte zurück, wann immer ihm danach war. Und sie hatte sich damit abfinden müssen. Aber das war jetzt vorbei.

Lori versuchte, Joannas Gesichtsausdruck zu deuten. »Was würde mir Lieutenant Sinclair über Tätowierungen erzählen?«

Joannas Gedanken kehrten zurück zu der Hand. »Er würde Ihnen erzählen, dass die häufigste Tätowierung auf den Händen hispanischer Männer die Worte *love* und *hate* sind, je ein Buchstabe pro Finger. Und kaum einer würde sich etwas tätowieren lassen, was er nicht versteht. Also ist anzunehmen, dass dieser Mann lesen konnte und englisch sprach.«

»Aber warum sind die Tätowierungen so blass?«, fragte Lori.

»Da kann ich auch nur raten«, sagte Joanna. »Aber ich vermute, dass die Tätowierung aus seiner Jugend stammt und er sie später, wie so viele, wieder entfernen lassen wollte.«

Lori nickte. »Vielleicht per Laserbehandlung.«

»Und so etwas ist teuer«, sagte Joanna, »daher nehme ich an, dass er im Ring nicht ganz erfolglos war.«

»Aber wenn das stimmt, warum ist er dann zum einfachen Arbeiter geworden?«

»Vielleicht war er knapp bei Kasse, als er mit dem Boxen aufhörte. Wie das halt immer so ist.«

Murdock nickte unmerklich. So erging es den meisten Boxern, sogar den großen wie Joe Louis und Sugar Ray Robinson. Er hörte ihrer Unterhaltung weiter zu, beeindruckt davon, was Joanna alles aus diesem kleinen Fund herausholen konnte. Auf der anderen Seite, rief er sich ins Gedächtnis zurück, war das schließlich die Aufgabe der Gerichtsmedizin. Kein Wunder, dass das FBI sie wollte.

»Aber wir wissen immer noch nicht, was ihm die Hand abgerissen hat«, sagte Lori.

»Wenn wir erst herausfinden, wer er war, wird sich der Rest wahrscheinlich auch aufklären«, erläuterte Joanna. »Wir wissen bis jetzt, dass wir es mit einem jungen, verheirateten Hispano-Amerikaner zu tun haben, ehemals Boxer, vielleicht erfolgreich im Ring. Wir schätzen sein Gewicht auf fünfundfünfzig bis sechzig Kilo. Er sprach englisch, hat also schon ein paar Jahre in diesem Land gelebt. Vielleicht ist er sogar hier geboren. Seine letzte Beschäftigung beinhaltete harte körperliche Arbeit.«

»Na, das engt den Kreis ja ein bisschen ein«, sagte Lori ohne Überzeugung.

»Das engt den Kreis gewaltig ein«, sagte Joanna. »Und wenn Sie ein wenig graben, werden Sie herausfinden, wer dieser Kerl war.«

»Und wo soll ich anfangen?«

»Beim Boxverband von Kalifornien«, erklärte Joanna.

Murdock unterbrach: »Wahrscheinlich war er Fliegen- oder Bantamgewicht.«

»Sind Sie sicher?«, fragte Joanna.

»Sicher«, sagte Murdock.

»Gut«, sagte Joanna, nahm sich aber vor, es nachzuprüfen. »Er kämpfte also in der Fliegen- oder Bantamgewichtsklasse, irgendwann in den letzten zehn Jahren. Er hatte eine ordentliche Zahl Kämpfe und ich nehme an, er hat öfter gewonnen als verloren. Und er hatte *love* und *hate* auf die Finger tätowiert.«

Lori stieß geräuschvoll die Luft aus. »Das klingt nach einem Haufen Arbeit. Es könnte Hunderte von Boxern geben, auf die diese Beschreibung passt. Bedenken Sie, dass die Tätowierung auf dem Gipfel seines Erfolgs vielleicht kaum mehr sichtbar war.«

»Wie gesagt, es erfordert einiges Graben.«

»Wenn es in Ordnung ist, hätte ich gerne den Doktoranden als Unterstützung bei diesem Projekt.«

»Guter Gedanke«, stimmte Joanna zu. »Aber Sie übernehmen die Befragungen. Sie reden mit jemand beim Boxverband und werden wohl die Kämpfer einen nach dem anderen durchgehen müssen.«

»Wenn wir nur ein besonderes Kennzeichen hätten, an dem wir uns orientieren könnten.«

»Haben Sie doch. Er ist vor kurzem verschwunden und keiner weiß, wo er steckt.«

»Seine Frau wird sich große Sorgen machen«, fügte Lori hinzu.

»Vielleicht hat sie sogar schon eine Vermisstenanzeige aufgegeben«, meinte Joanna. »Wenn Sie erst einmal die Liste eingegrenzt haben, können Sie sie mit den Vermisstenmeldungen der letzten ein, zwei Wochen vergleichen.«

Lori kritzelte in ihren Notizblock. »Sonst noch etwas?«

»Das wär's fürs Erste.« Joanna blickte auf ihre Uhr. »Lassen Sie uns schnell runter zur Radiologie laufen. Wenn wir es vor neun schaffen, machen die uns noch ein CT von der Hand. Vielleicht gibt es etwas im Gewebe, das wir übersehen haben.«

Murdock sah auf die Wanduhr und verfluchte sich selbst dafür, so viel Zeit vertrödelt zu haben. Es war acht Uhr fünfundfünfzig. Er kam zu spät zu seiner Besprechung mit dem Chef der Pathologie, mit dem er über die provisorische Leichenhalle reden musste. Es würden mindestens sechzehn Leichen kommen. Sie bräuchten einen großen Raum.

Murdock räusperte sich lautstark und wartete, bis die Frauen sich ihm zuwandten. »Joanna, ich muss dringend los. Denken Sie bitte gut über meine Worte nach. Ich brauche Ihre Entscheidung bis heute Mittag, so oder so.«

Lori sah ihm nach, dann sagte sie zu Joanna: »Um was geht es denn eigentlich?«

»Es geht darum, in die Enge getrieben zu werden.«

»Von Murdock?«

Joanna nickte. »Darin ist er Experte.«

3

Donnerstag, 11. März, 13.40 Uhr

Detective Lieutenant Jake Sinclair bewegte sich vorsichtig zwischen den Trümmern um die kleinen, bunten Fähnchen herum, die das Explosionsterrain spickten. Die Farben der Fähnchen standen für die unterschiedlichen Leichenteile, die man dort entdeckt hatte. Rot für Kopf und Hals, Gelb für Rumpf, Grün für Arme und Hände, Blau für Beine und Füße. Der bisher größte Fund war ein komplettes Schulterblatt gewesen.

Jake stieg über eine abgerissene Herdklappe auf den Gehweg. Gleich hinter ihm war Lieutenant Dan Hurley von der Terrorfahndung des L. A. Police Departments, den Spezialisten für Sprengstoff- und Brandanschläge.

»Wie viele Leute waren in dem Haus?«, fragte Jake.

»Das kann man unmöglich sagen.« Hurley war ein großer, schlaksiger Mann mit harten Zügen und Bürstenhaarschnitt. An seiner rechten Hand fehlten zwei Finger und das letzte Glied eines dritten. »Wir haben bisher nur jede Menge kleine Gewebefetzen und Ähnliches gefunden. Ich schätze, so um die drei, vielleicht mehr.«

Jakes Blick streifte über die Verwüstung und blieb an einem Gerichtsmediziner hängen, der in den Trümmern wühlte. »Was für ein Sprengstoff hat das hier verursacht?«

»Erste Untersuchungen deuten auf C4.«

»Eine Ahnung, wie viel?«

Hurley kratzte sich am Ohr. »Eine Menge. Das hier waren Profis.«

»Sieht aus wie ein Kriegsschauplatz.«

»Ja«, erwiderte Hurley matt und in Gedanken war er wieder in Vietnam, wo seine Aufgabe darin bestanden hatte, Landminen und Blindgänger zu entschärfen. Über ein Jahr hatte er das bewältigt, ohne auch nur einen Kratzer abzubekommen. Er hatte Glück gehabt. Aber sein Glück hatte ihn vor acht Jahren verlassen, als eine Rohrbombe in der Innenstadt von Los Angeles verfrüht losging und ihm zwei Finger abriss. Eine Unachtsamkeit, sagte er sich zum hundertsten Mal. Unwillkürlich steckte er die verstümmelte Hand in die Manteltasche.

Jake fragte: »Weiß man, wer in diesem Haus gewohnt hat?«

»Nein«, antwortete Hurley. »Den Nachbarn zufolge wurde es vor kurzem vermietet.«

»Und wem gehört das Haus?«

»Dem Mann nebenan. Er ist auch bei der Explosion umgekommen. Ebenso wie seine Frau und die kleine Tochter.«

Jake seufzte resigniert. »Das hier wird nicht einfach, was?«

Die Männer beobachteten, wie ein rundlicher Gerichtsmediziner methodisch Schutt beiseite räumte. Er zog einen schweren, hohen Arbeitsstiefel hervor. Ein menschlicher Fuß steckte noch darin. Der Gerichtsmediziner setzte den Schuh ab und markierte die Fundstelle mit einem blauen Fähnchen.

Hurley wickelte einen Kaugummi aus dem Papier, steckte ihn in den Mund und kaute langsam. »Der Typ vom FBI hat mir gesagt, sie wollen eine Spitzenkraft namens Blalock aus der Gerichtsmedizin hinzuziehen.«

»Joanna Blalock?«, fragte Jake.

Hurley knurrte verhalten: »Eine Frau?«

»Hast du damit ein Problem?«

»Prinzipiell nicht«, sagte Hurley. Aber das war gelogen. »Ist sie gut?«

»Absolute Spitzenklasse«, versicherte Jake. »Erinnerst du dich an den Fall vor zwei Jahren mit der Leiche, die weder Gesicht noch Fingerkuppen hatte? Sie war es damals, die das Gesicht rekonstruierte und die Identität aufdeckte.«

»Aber damals hatte sie einen kompletten Körper zur Verfügung. Diesmal hat sie nur kleine Überreste und das ist etwas ganz anderes.«

Jake lächelte dünn. »Es wäre ein Fehler, sie zu unterschätzen.«

»Wie du meinst«, sagte Hurley unbeeindruckt. In Sachen Strafermittlungen traute er den Frauen nicht. Und das hatte nichts mit männlichem Chauvinismus zu tun. Hurley hatte zwei Töchter, die er über alles liebte und er hoffte, dass sie eines Tages Ärztinnen oder Rechtsanwältinnen würden, oder was immer sie wollten. Aber das änderte nichts an seiner Überzeugung, dass Frauen bei Ermittlungsarbeiten einfach nicht so gut waren wie Männer.

Jake und Hurley machten Platz, um zwei Agenten vorbeizulassen. Sie trugen blaue Jacken mit gelber ATF-Aufschrift auf dem Rücken.

»Wie viele Einheiten untersuchen eigentlich diese verdammte Explosion?«, fragte Jake.

»Zu viele«, erwiderte Hurley. »Da wären zunächst einmal das FBI, die ATF und aus dem LAPD die Mordkommission und die Terrorfahndung. Und es gibt sicher noch ein paar, von denen wir bislang nichts mitbekommen haben. Schließlich ist das hier ein Fall von großem öffentlichen Interesse. Da versucht jeder mitzumischen.«

»Herrgott«, stöhnte Jake. »Wir werden uns gegenseitig auf den Füßen stehen.«

»Zu Beginn mit Sicherheit«, stimmte Hurley zu. »Aber wenn erst einmal durchsickert, dass es keine einfachen Lösungen gibt und sich die Spuren im Sande verlaufen, dann werden die meisten Einheiten das Interesse verlieren und anfangen, sich von den Untersuchungen zu distanzieren. Sie lassen sich ungern mit Misserfolgen in Verbindung bringen.«

»Und das heißt im Klartext, wir beide dürfen dann die Kleinarbeit erledigen«, dachte Jake laut.

»Und wir sind wieder schuld, wenn die Schweine entkommen.«

Die Männer richteten ihre Aufmerksamkeit auf einen Gerichtsmediziner, der einen weiteren Schuh in die Luft hielt. Ein zersplitterter Knochen ragte oben heraus.

»Ich glaub, wir haben ein zusammengehöriges Paar!«, rief er aus.

»Zwei Schuhe, ein linker und ein rechter, müssen noch lange nicht zusammengehören«, sagte Hurley leise. »Die können genauso von zwei verschiedenen Leuten stammen.«

»Woher wollen Sie wissen, dass es ein Paar ist?«, rief Jake dem Gerichtsmediziner zu.

»Weil die Füße genau die gleichen Socken tragen«, antwortete Girish Gupta. Er war ein korpulenter Mann mittleren Alters, geboren in Neu Delhi, ausgebildet in London und jetzt Chefgerichtsmediziner im Kreis Los Angeles. »Ich zeig es Ihnen gleich, wenn ich mit diesem Bereich hier fertig bin.«

Aus dem Augenwinkel erblickte Hurley eine auffallend attraktive Frau, die sich unter dem polizeilichen Absperrband durchbückte. Was für eine dreiste Reporterin, dachte er. »He, Sie! Machen Sie, dass Sie wieder hinter die Absperrung kommen!«

Die Frau ignorierte den Befehl und kam zu ihnen herübergelaufen.

»Hallo, Jake«, sagte Joanna ohne die Spur eines Lächelns. »Lange nicht gesehen.«

»Ich hatte viel zu tun«, antwortete Jake, gekränkt von dem unterkühlten Ton, »sehr viel.«

»Hatten wir das nicht alle?«

»Wahrscheinlich.« Jake wandte sich an Hurley. »Lieutenant Dan Hurley, das ist Dr. Joanna Blalock.«

»Oje«, zischte Hurley leise. »Es tut mir Leid, Dr. Blalock, ich habe Sie gerade für eine Journalistin gehalten.«

»Schon in Ordnung«, sagte Joanna und hoffte, dass man ihr die Verärgerung nicht anmerkte. Seine Reaktion war so typisch für viele Männer. Frauen sollten Krankenschwestern, Lehrerinnen oder Sekretärinnen sein, aber keine Gerichtsmedizinerinnen. Damit plagte sie sich schon seit Beginn ihrer Karriere. Eigentlich sollte sie sich mittlerweile damit abgefunden haben, aber das hatte sie nicht.

Joanna sah sich kurz um, abgestoßen von der Verwüstung. Es sah aus, als wäre ein Tornado in die Mitte des Blocks gefahren. Häuser lagen flach, nur hier und da standen noch ein paar Mauern. Überall lagen Trümmer. Gleich neben dem Gehweg lag eine Stoffpuppe, zerfleddert und blutbefleckt.

»Großer Gott!«, entfuhr es Joanna. Sie stupste die Puppe mit der Schuhspitze an.

»Schon mal bei einem Bombenanschlag ermittelt?«

»Ein paar Mal«, sagte Joanna.

Was so gut wie nie heißt, dachte Hurley verstimmt. »Ich sage Ihnen mal, was wir schon wissen.«

Er erzählte ihr, dass die Explosion um zweiundzwanzig

Uhr vierzig in der Vornacht erfolgt war. Er gab eine detaillierte Beschreibung von Typ und Zusammensetzung des verwendeten Sprengstoffs und nannte den jüngsten Stand über die Zahl der Verletzten und Toten. Zwanzig Leichen hatte man bisher geborgen. Keiner der nächsten Nachbarn hatte überlebt. Es gab aber dennoch vielleicht einen Zeugen: Ein Mann hatte eine Straße weiter seinen Hund ausgeführt, als die Bombe detonierte.

»Was hat der Zeuge ausgesagt?«, fragte Joanna.

»Bisher noch nichts«, sagte Hurley. »Er hat eine schwere Gehirnerschütterung und steht noch immer unter Schock. Außerdem sind beide Trommelfelle gerissen und er kann nichts hören. Kann sein, dass er etwas gesehen hat. Muss aber nicht.«

Joanna deutete auf den Trümmerhaufen vor ihr. Alles, was noch stand, waren Steinstufen und eine kleine Terrasse aus Beton. Aus dem Boden ragten stark verbogene Metallrohre. »Ist in diesem Haus die Bombe explodiert?«

»Genau.«

»Und wo war der Nullpunkt?«

»Wir glauben, in der Küche«, sagte Hurley und deutete auf die Stufen. Der Nullpunkt war der Ort, an dem die Bombe detonierte. Er ließ sich durch zwei Faktoren bestimmen: Es war der Punkt, an dem die Zerstörung am größten war und die Konzentration der Explosiva am höchsten. Die Sprengstoffexperten hatten auf den Küchengeräten die höchste C4-Konzentration gemessen.

Joanna malte sich aus, was eine Explosion in einer Küche anrichten würde. In den meisten Küchen standen sich Kühlschrank und Spüle gegenüber. »Ich nehme an, die Spüle flog in die eine Richtung und der Kühlschrank in die andere.«

Hurley nickte. »Die Spüle landete fünfunddreißig Meter südlich, der Kühlschrank zwanzig Meter im Norden. Ein Stück vom Herd haben wir einen Block weiter östlich entdeckt. Wir gehen davon aus, dass die Explosion zwischen diesen drei Objekten stattfand.«

»Bitte ordnen Sie an, dass diese Geräte genauestens von den Gerichtsmedizinern untersucht werden.«

Hurley dachte einen Moment lang nach. »Warum?«

»Weil ein paar Körperteile vielleicht direkt in diese Geräte hineingeschmettert wurden.«

»Guter Gedanke«, gestand Hurley und holte Stift und Block hervor.

Joanna bemerkte die fehlenden Finger an Hurleys Hand und sah zur Seite. »Glauben Sie, wir haben es hier mit einem Betriebsunfall zu tun?«

Jake lächelte gequält. ›Betriebsunfall‹ klang so unschuldig, dabei ging es hier um Terroristen, die bei der verfrühten Explosion ihrer eigenen Bombe in die Luft flogen.

»Vieles spricht dafür, dass es sich um einen Betriebsunfall handelt«, sagte Hurley. »Zum einen kann ich mir keinen Grund vorstellen, warum jemand eine komplette Wohngegend mit C4 hochgehen lassen sollte. Oder was sagen Sie?«

Joanna zuckte die Achseln. »Es könnte der Versuch sein, Schrecken unter der Bevölkerung zu verbreiten. Die Menschen fürchten sich zu Tode, wenn Wohnhäuser gesprengt werden.«

»Guter Ansatz«, sagte Hurley, »aber falsch. Terroristen bevorzugen belebte Orte wie Flugzeuge, Busse und öffentliche Gebäude. Sie wollen meist so viele Menschen wie möglich erwischen. Hätten sie diese Menge C4 an einem Samstagnachmittag in einem Einkaufszentrum platziert, wären Hunderte gestorben. Und Gott weiß wie viele verletzt.«

»Vielleicht ist es das Werk eines Geisteskranken«, überlegte Joanna.

Hurley schüttelte den Kopf. »Die arbeiten für gewöhnlich nicht im Team. Und sie verwenden auch kein C4. Das hier ist die Handschrift eines Terroristen.« Wieder schüttelte er den Kopf. »Nein, das war kein Irrer. Eine kleine Gruppe Terroristen hat in der Küche mit C4 hantiert und es ist ihnen um die Ohren geflogen.«

»Mir wäre wohler mit Ihrer Theorie, wenn wir ein, zwei nackte Leichen hätten«, bemerkte Joanna.

»Was sollten uns denn nackte Leichen bringen?«, fragte Jake.

»Oftmals basteln Terroristen nackt an Bomben«, erklärte Hurley. »Manchmal reicht nämlich schon eine elektrostatische Entladung in der Kleidung aus, um eine Bombe zu zünden.« Er deutete mit dem Daumen in Richtung der kleinen Fähnchen, die jetzt in einer sanften Brise wehten. »Aber wir haben hier eh nur kleinste Überreste. Keine kompletten Leichen.«

»Aber man muss doch auch Teile aus der Rumpfpartie finden«, entgegnete Joanna. »Und daran kann man nach Kleidungspartikeln, Knöpfen oder Reißverschlüssen suchen.«

»Und wenn man derartige Partikel findet, was dann?«, fragte Hurley. »Was sagt das schon?«

»Eine ganze Menge«, sagte Joanna. »Es zeigt uns, dass zum Zeitpunkt der Explosion keine Gruppe von nackten Terroristen beim Bombenkonstruieren um einen Küchentisch saß.«

Hurley zuckte die Schultern. »Nicht alle Bombenkonstrukteure ziehen sich aus.«

»Wohl aber die meisten Techniker, die mit C4 hantieren.«

Hurley nickte. Joanna schien sich mit Bomben auszukennen. Sie verwandte die spezifischen Ausdrücke der Fachleute wie »Betriebsunfall« und »Nullpunkt«. Sie kannte die Bedeutung einer nackten Leiche am Schauplatz einer Explosion. Und sie wusste, dass sich der Ausdruck »Techniker« auf den Terroristen bezog, der die Bombe konstruierte. Aber das war nur oberflächliches Wissen. Man konnte es aus Zeitungen, Zeitschriften oder Fernsehdokumentationen haben. Sogar über das Internet war es zugänglich. Joanna wirkte kompetent, dachte er bei sich. Aber er war noch nicht von ihr überzeugt.

»Hallo, Dr. Blalock!« Girish Gupta kam auf sie zu. Er trug dicke Gummihandschuhe bis hinauf zu den Ellbogen und seine Hose steckte in hohen, schwarzen Stiefeln. »Wir haben uns ja ewig nicht gesehen.«

»Ja, leider«, sagte Joanna und erwiderte sein Lächeln. »Es freut mich, dass wir wieder zusammenarbeiten.«

»Mich auch.« Gupta hielt zwei schwere Arbeitsschuhe hoch, in denen immer noch die Füße steckten. »Eine scheußliche Angelegenheit, wirklich scheußlich. Aber ich glaube, wir machen Fortschritte. Vielleicht haben wir hier ja ein zusammengehöriges Paar. Sehen Sie, das sind genau die gleichen Socken.«

Jake beugte sich vor und musterte die Sohlen der Schuhe. »Ein Absatz ist viel stärker abgetreten als der andere«, stellte er fest.

Gupta besah den Schuh noch einmal und versuchte, eine Erklärung für die unterschiedlich hohen Absätze zu finden. »Vielleicht humpelte der Mann oder er hatte einen deformierten Fuß.«

Joanna betrachtete die Schuhe genau. »Das würde aber nicht erklären, warum die Schnürsenkel bei dem einen Schuh anders gebunden sind als bei dem anderen.«

Gupta blickte kurz auf die Schnürsenkel. Auf der einen Seite war ein Doppelknoten. Er stöhnte laut. »Ich hab wohl zu viel Sonne abbekommen.«

»Es ist hart, auf einem Gelände zu arbeiten, auf dem überall menschliche Überreste verstreut liegen«, beschwichtigte Joanna. »Wenn man drinnen ist und genug Zeit hat, jedes Indiz genau zu untersuchen, ist es leichter.«

Gupta überblickte den Schauplatz und betrachtete die Fähnchen, die im Wind flatterten. »Ich hätte nie gedacht, dass ich so etwas einmal in Amerika sehen würde«, sagte er traurig. »Ich kann immer noch nicht glauben, dass es hier passiert ist.«

»Je von Oklahoma City gehört?«, erkundigte sich Hurley.

Gupta starrte weiter auf die Fähnchen. »Aber diesmal ist es hier, in der Stadt, in der ich lebe.«

»Und die zufällig die Stadt mit den meisten Bombenanschlägen weltweit ist«, ergänzte Hurley.

»Was!«, riefen Joanna und Gupta wie aus einem Mund.

»Aber sicher doch«, fuhr Hurley fort. »Wir haben hier mehr zu tun als Beirut und Belfast zusammen. Unser Sprengstoffdezernat wird jährlich zu über tausend Einsätzen gerufen.«

Joanna war von den Zahlen überwältigt. Das ergab ja einen Durchschnitt von drei Bomben täglich. »Warum so viele?«

»Weil Los Angeles so ein heißes Pflaster ist«, erläuterte Hurley. »Hier ist jede Nationalität der Erde vertreten, und jedes kleine Land hat seine eigenen Interessen, seinen eigenen Hass auf andere Länder. Und wir haben hier die größte Konzentration von Spinnern und Verrückten. Daher war für uns nie die Frage, *ob* es in Los Angeles eine derartige Explosion geben könnte, sondern vielmehr, *wann*.«

»Und dieses Wann ist jetzt«, sagte Joanna verbittert.

»Und es gibt noch einen Grund, weshalb Los Angeles die Stadt mit den meisten Bombenanschlägen ist«, meinte Hurley. »Unser Bombenwetter.«

»Was um alles in der Welt sollte denn das Wetter mit dem Basteln von Bomben zu tun haben?«, fragte Jake.

»Bevor Bombenleger etwas in die Luft jagen, machen sie gerne einen Testlauf«, erklärte Hurley grimmig. »Und dafür eignen sich unser Klima und unsere freie Natur bestens.«

»Bei diesem kleinen Probelauf ist jedenfalls etwas schief gelaufen«, sagte Jake.

»Allerdings.« Gupta winkte einen Assistenten der Gerichtsmedizin herbei und überreichte ihm die Schuhe mit den abgetrennten Füßen, dann wandte er sich wieder an Joanna. »Wie Sie sehen, haben wir kleine Fähnchen aufgestellt, die anzeigen, wo wir auf menschliche Überreste gestoßen sind. Bislang waren wir achtzehnmal fündig und wir haben noch einiges an Trümmern zu durchkämmen.«

»Könnte ich ein, zwei Vorschläge zur Vorgehensweise machen?«, bot Joanna an.

»Selbstverständlich«, sagte Gupta und war ganz Ohr.

»Wissen Sie, wo die Küche gelegen war?«

Gupta zögerte. »Ich bin nicht ganz sicher.«

»Lieutenant Hurley wird es Ihnen zeigen«, sagte Joanna. »Ich möchte, dass Sie die exakte Mitte der Küche bestimmen und zu Ihrem Bezugspunkt machen. Dann messen Sie die Entfernung von diesem Punkt aus zu den einzelnen Fähnchen. Es wäre eine große Hilfe, wenn Sie eine Karte erstellen könnten, auf der man die Positionen aller Fähnchen und ihre jeweilige Entfernung zum Zentrum ablesen kann.«

»Soll ich damit warten, bis wir durch die Trümmer durch sind und alle menschlichen Reste gefunden haben?«

»Nein«, sagte Joanna bestimmt. »Bitte fangen Sie gleich damit an. Und während Sie die Positionen auf der Karte eintragen, nehmen Sie die Körperreste und legen sie in Plastikbehälter, und dann stecken sie diese Behälter in eine Kühltruhe. Wenn Sie erst –«

»Eine Sekunde mal!«, unterbrach Hurley barsch. »Hier wird nichts bewegt, bis wir Anweisung von oben erhalten. Auf diese Weise tun wir nichts, was wir später vielleicht bereuen. Alles bleibt, wo es ist.«

»Das halte ich für keine gute Idee«, sagte Joanna.

»Alles bleibt, wo es ist«, sagte Hurley bestimmt. »Ich habe Anweisung, diesen Schauplatz zu konservieren und genau das werde ich tun.«

Joannas Gesichtsausdruck verhärtete sich. »Dann rufen Sie Ihre Vorgesetzten an, während Sie diesen Schauplatz konservieren, und erklären Sie ihnen, dass hier menschliches Gewebe in der prallen Sonne liegt und von Minute zu Minute mehr verwest. Und erinnern Sie sie daran: je länger die Gewebestücke hier draußen herumliegen, desto größer ist die Wahrscheinlichkeit, dass sie von Erstbesiedlern, also Würmern und Fliegenmaden befallen werden, was die wenigen Hinweise zerstören würde, die wir haben.«

Hurley starrte sie an und versuchte, seinen Ärger unter Kontrolle zu halten. Er wusste, dass sie Recht hatte, aber ihm missfiel ihre herablassende Art. Er hatte das dumme Gefühl, dass sie ein fürchterliches Biest war. Langsam drehte er sich zu Gupta. »Kommen Sie. Ich zeige Ihnen, wo das Zentrum der Küche liegt.«

Jake sah den Männern nach. Die Spannung zwischen Hurley und Joanna lag für ihn immer noch spürbar in der

Luft. »Ich glaube, Hurley ist nicht daran gewöhnt, mit Frauen zu arbeiten.«

»Es gibt doch genug Frauen im LAPD«, sagte Joanna.

»Aber nicht im Sprengstoffdezernat.«

Joanna dachte einen Moment lang nach. »Warum ist das eigentlich so?«

Jake zuckte die Achseln. »Vielleicht weil Frauen vernünftiger sind und ihre Finger höher wertschätzen als Männer.«

Vor ihrem geistigen Auge sah Joanna wieder die fehlenden Finger an Hurleys Hand. Sie wusste, dass er jedes Mal an diese Finger denken musste, wenn er in die Nähe einer Bombe kam. Sie fragte sich, was einen Mann dazu veranlassen mochte, derart gefährliche Arbeitsbedingungen auf sich zu nehmen. Waren das besonders mutige Männer? Oder waren sie nur besonders risikofreudig? Oder hegten sie eine geheime Todessehnsucht? Wie dem auch sei, es gab jedenfalls lange Wartelisten für die sechs Sprengstoffdezernate von Los Angeles County.

»Hurley ist ein guter Mann«, unterbrach Jake ihre Gedanken. »Wir werden ihn brauchen, wenn wir diesen Fall jemals aufklären wollen.«

Joanna blickte hinüber zu Hurley, der gerade in einen Krater kletterte, der im Betonfundament klaffte. »Ich war wohl grade nicht besonders freundlich, was?«

»Nein.«

Sie stieg über die Trümmer und plötzlich fiel ihr auf, dass es nicht nur Hurley war, der sie verärgert hatte. Es gab eine ganze Reihe von Gründen für ihren Unmut, unter anderem der Druck, den Simon Murdock ausübte.

Am Betonfundament angekommen, suchte Joanna Hurleys Blick. »Lieutenant, ich möchte mich für meine heftige Reaktion von eben entschuldigen.«

»Vergessen Sie es«, sagte er ruhig. »Sie hatten Recht mit dem, was Sie sagten.«

Beim Zurückweg über den Schutt stolperte Joanna über ein gelbes Fähnchen. Daneben lag ein Stück dunkelbraunes Gewebe in der Größe einer Zitrone. Wahrscheinlich Leber oder Milz, vermutete sie. Sie gelangte zum Gehweg. »Ich habe mich entschuldigt.«

»Gut«, sagte Jake. »Erzähl mir doch, was dich so nervt.«

»Eine Menge Dinge«, sagte Joanna ausweichend, während sie zwei Polizisten nachsah, die sie nicht kannte. »Wo steckt eigentlich dein Partner Farelli?«

Jake atmete tief ein und stieß dann die Luft aus. »Eine Kugel hat ihn erwischt.«

»Was!«, rief Joanna aus. »Wann denn?«

»Vor einem Monat«, berichtete Jake. »Wir waren bei einer Observation, als plötzlich so ein Dreckskerl mit einer Halbautomatik aus dem Nichts auftaucht. Lou hat eine Kugel ins Bein abbekommen. Er hat eine Menge Blut verloren, aber jetzt geht es ihm schon wieder besser. Ab nächster Woche ist er wieder im Dienst.«

»Du hättest mich anrufen sollen«, sagte Joanna aufgeregt. Farelli war einer ihrer Lieblinge. »Es kann doch nicht so schwer sein, den Hörer abzunehmen, verdammt noch mal.«

»Ich weiß doch, ich weiß«, verteidigte sich Jake. »Aber ich hatte alle Hände voll zu tun. Ich musste mich um Lou kümmern, mit seiner Frau reden und mit den Kindern und tausend andere Dinge«, er verstummte.

»Trotzdem hättest du anrufen sollen.«

»Wie gesagt: Ich hatte viel am Hals.«

Joanna sah ihn lange an. Sie fragte sich, wie jemand so rücksichtsvoll und aufmerksam sein konnte, nur um sich im nächsten Moment als gänzlich taktlos und unsensibel gegenüber den Gefühlen anderer Menschen zu erweisen. Diese Schwäche tauchte phasenweise bei ihm auf. Und sie wurde immer deutlicher und immer ärgerlicher.

Ein Assistent aus der Gerichtsmedizin rief: »Ich habe ein Körperglied gefunden!«

»Hoffen wir, dass es ein Daumen ist«, sagte Joanna und stieg wieder in den Schutt. Sie verhakte sich mit dem Absatz in einem zerbrochenen Brett und kam ins Schwanken. Hastig griff sie nach Jakes Arm und richtete sich daran auf.

»Alles okay?«, fragte er besorgt.

»Danke, ja«, sagte sie und verfluchte sich dafür, mit hohen Absätzen auf ein Schuttfeld gekommen zu sein. Sie prüfte den Absatz, um sicherzugehen, dass er noch intakt war, dann stieß sie das Brett zur Seite. Darunter kam ein Fetzen Haut zum Vorschein, an dem ein Stück Material in leuchtendem Orange hing.

Jake beugte sich herab. »Was zur Hölle ist denn das?«

»Menschliche Haut, an der etwas klebt.«

»Glaubst du, es könnte ein Körperteil sein?«

»Nein«, sagte Joanna. »Es sieht eher nach Plastik oder Keramik aus.«

Jake nahm ein weißes Fähnchen aus der Manteltasche und platzierte es neben dem seltsamen Fund. »Weiß steht für unidentifiziertes Körperteil.«

Sie gingen an den westlichen Rand des Grundstücks, wo Hurley, Gupta und der Assistent standen.

»Es ist ein Zeh«, sagte Gupta. »Ein zweiter oder mittlerer Zeh.«

»Das bringt uns nicht weiter«, murrte Hurley. »Uns würde nicht mal ein Eimer voll Zehen helfen.«

»Vielleicht bekommen wir Aufschluss, wenn wir erst

einmal alle Körperüberreste gefunden haben«, meinte Gupta. »Vielleicht wird dann einiges klar.«

Joanna schüttelte den Kopf. »Ich wünschte, Sie hätten Recht. Aber ich fürchte, wir brauchen Monate, um hier etwas herauszufinden.«

»Wir haben aber keine Monate«, sagte Hurley. »Wir brauchen die Antworten innerhalb der nächsten Wochen.«

»Das kann man aber nicht in ein paar Wochen bewältigen«, sagte Joanna. »Das ist schlicht und einfach unmöglich.«

»Dann tun Sie das Unmögliche«, erwiderte Hurley und entfernte sich.

Joanna wandte sich an Jake. »Das meint er doch nicht ernst, oder?«

»Leider schon«, antwortete Jake. »Hurley glaubt, wir haben bestenfalls einen Monat, bis es losgeht.«

»Bis was losgeht?«

Jake deutete auf die gigantischen Schuttberge. »Irgendwer hat gestern mit einem gewaltigen Batzen C4 herumexperimentiert. Und um ein kleines Häuschen wegzusprengen, braucht man einfach nicht so viel. Bei diesen Mengen kann man sicher davon ausgehen, dass diese Leute vorhatten, etwas Großes in die Luft zu jagen.«

»Wie zum Beispiel?«

»Das gilt es herauszufinden«, sagte Jake. »Und zwar bevor diese Schweine zur Tat schreiten.«

Joanna sah ihn seltsam an. »Sind denn nicht alle Terroristen bei der Explosion umgekommen?«

»Wir fürchten nein«, sagte Jake. »Gestern Abend gegen zwanzig vor elf hat ein Mann eineinhalb Blöcke weiter seine Katze aus dem Haus gelassen. Ihm fiel ein Auto auf, das ohne Licht fuhr. Dabei ist diese Straße schlecht beleuchtet. Man sieht fast nichts ohne Scheinwerfer. Zwanzig Sekunden nachdem das Auto vorbei war, ging die Bombe hoch.«

»Verdächtig«, gestand Joanna, »aber es beweist noch nichts.«

»Da ist noch etwas«, fuhr Jake fort. »Um acht Uhr abends hat eine Frau aus dem Haus direkt gegenüber dem explodierten ein Auto am Randstein halten sehen. Die Frau ist Krankenpflegerin und musste zur Nachtschicht in ein nahe gelegenes Krankenhaus. Als sie das Haus um halb elf verließ, war das Auto noch da.«

»Und?«

»Jetzt ist das Auto weg«, sagte Jake. »Irgendwann zwischen zehn Uhr dreißig und zehn Uhr vierzig ist jemand damit weggefahren.«

»Das bedeutet, ein paar von ihnen laufen noch herum«, sagte Joanna leise.

»Davon ist auszugehen.« Jake nickte bedächtig und ließ noch einmal den Blick über die Verwüstung und die kleinen Fähnchen schweifen, die für menschliche Überreste standen. »Und was wir hier sehen, ist nur ein Vorgeschmack auf das, was uns noch bevorsteht.«

4

Freitag, 12. März, 12.04 Uhr

Eva Reineke sah aus wie eine Touristin. Sie trug ausgeblichene Jeans, ein dunkles Sweatshirt und eine New-York-Yankees-Baseballkappe mit angeklebtem blondem Pferdeschwanz. Um den Hals baumelte ein Fotoapparat. Sie fügte sich nahtlos ein in die Menge der Schaulustigen hinter der Polizeiabsperrung um den Explosionsschauplatz. Weiter hinten bot ein Straßenverkäufer Hot Dogs und Erfrischungsgetränke an.

Eva nahm die Kamera und betrachtete die Gegend durch den Sucher. Polizisten und Gerichtsmediziner durchstöberten methodisch den Schutt. Speziell geschulte Hunde schnupperten in eingefallenen Häusern herum, auf der Suche nach den Leichen der immer noch Vermissten. Ein Krankenwagen stand einsatzbereit an der Seite, nur für den Fall, dass doch noch jemand lebend geborgen wurde.

Eva richtete ihre Kamera wieder auf das Zentrum der Verwüstung, um den Zerstörungsradius zu errechnen. Es mussten mindestens dreißig Meter sein. Und dabei waren die Sprengsätze alle auf einem Haufen explodiert. Wären die Männer mit den Westen weit genug auseinander gewesen, hätte der Zerstörungsradius problemlos verdoppelt werden können. Und das wäre mehr als genug für das Ziel gewesen, das sie eigentlich im Kopf gehabt hatte. Zu schade, dass sie ihren ursprünglichen Plan verwerfen musste. Aber sie machte sich nicht allzu viel daraus. Sie hatte einen Plan B, der mindestens genauso gut war. Wenn nicht sogar besser.

Eine äußerst korpulente Frau mit Hot Dog in der Hand bahnte sich ihren Weg mit den Ellbogen durch die Menge bis vor an die Absperrung. Sie stellte sich neben Eva und spähte auf die Zerstörung.

»Jesus Christus!«, sagte sie, den Mund voll Hot Dog. »Man schau sich an, was diese Dreckskerle angerichtet haben.«

»Schrecklich«, sagte Eva leise.

»Es soll zwanzig Tote gegeben haben.«

»Schrecklich«, sagte Eva noch einmal.

»Ich wette, da steckt irgend so ein krimineller Ausländer dahinter.«

»Wahrscheinlich«, stimmte Eva zu. Sie hatte in Erwägung gezogen, Indizien im Haus zu verstecken, die auf eine ausländische Extremistengruppe schließen ließen, aber letztlich war ihr keine Zeit geblieben, den Gedanken auszuarbeiten. Und sie wollte sich keinen Patzer leisten. Falsche Beweise konnten sich gegen einen richten, insbesondere, wenn die irrtümlicherweise beschuldigte Gruppierung davon erfuhr.

Ein Spürhund fing laut zu bellen an.

Die Menge verstummte und verfolgte aufmerksam das Geschehen. Der Hund versuchte aufgeregt, sich einen Gang durch einen Haufen Schutt zu bahnen. Rettungskräfte eilten mit Spitzhacken und Motorsägen herbei. Ein paar Minuten später bargen sie den Körper eines Teenagers in einem UCLA-Trikot.

»Damit wären es einundzwanzig«, sagte die dicke Frau finster.

»Ich hoffe, sie finden die Schweine«, brummte ein Mann hinter ihnen.

»Aber das werden sie«, versicherte die Frau. »Ich habe im Radio gehört, dass es einen Augenzeugen gibt.«

Eva erstarrte. Hastig hob sie die Kamera ans Auge und blickte durch den Sucher, damit man keine Veränderungen in ihrem Gesicht ablesen konnte. Sie blieb dicht bei der dicken Frau stehen, um nur ja kein Wort zu verpassen.

Die Neuigkeiten von dem Augenzeugen verbreiteten sich in der Menge und verursachten vielerorts Gemurmel.

»Haben Sie das gehört?«

»Ja. Ein Augenzeuge hat alles gesehen.«

»Wie nah war er denn dran?«

»Keine Ahnung, aber er hat gesehen, was passiert ist.«

Eva räusperte sich und rückte noch näher an die essende Frau heran. »Konnte er der Polizei etwas zu den Tätern sagen?«

»Ich glaube nicht«, berichtete die Frau. »Sein Zustand ist wohl ziemlich schlecht, er liegt drüben im Memorial. Aber wenn er durchkommt, hat die Polizei einen Augenzeugen.«

»Hoffen wir, dass er es schafft«, sagte Eva bedächtig.

»Allerdings«, die Frau nickte, während sie sich das letzte Stück Hot Dog in den Mund schob.

»Dieser Hot Dog sieht ziemlich gut aus. Wo haben Sie den her?«, fragte Eva.

Die Frau deutete mit dem Daumen nach hinten. »Da gibt's einen Straßenverkäufer. Und sagen Sie ihm, er soll mehr Senf drauftun. Die sind echt lecker.«

Eva schob sich durch die Menge und zog sich den Schirm ihrer Baseballkappe in die Stirn, um ihr Gesicht zu verbergen. Sie ging an dem Straßenverkäufer vorbei und kam zu zwei leeren Streifenwagen. Mit gesenktem Kopf öffnete sie ihre Kamera und gab vor, einen Film einzulegen. *Ein Augenzeuge! Ein gottverdammter Augenzeuge! Wer war er, wo hatte er gestanden und was hatte er gesehen?* Panik überkam sie, aber sie schob sie beiseite und konzentrierte sich. Der Zeuge konnte nicht besonders nah gewesen sein, sonst hätte er nicht überlebt. Außerdem war es dunkel gewesen, die Straße war schlecht beleuchtet und sie waren ohne Scheinwerfer gefahren. Aber anscheinend hatte er doch etwas gesehen.

Eva hielt inne, um ihre Kamera zu schließen, dann bückte sie sich und band einen Schnürsenkel. Sie blickte unter dem Schirm ihrer Kappe hervor die Straße hoch, um sicherzustellen, dass ihr niemand folgte. Der Gehweg war leer, aber ein Polizist kam auf die Streifenwagen zu, dicht gefolgt von einem Kollegen. Eva sah ihnen beim Einsteigen zu, dann band sie den Senkel am anderen Schuh. Aus dem Augenwinkel beobachtete sie weiter. Das Auto blieb stehen. Die Polizisten wollten vielleicht nur aus der Sonne, vermutete sie.

Eva schlenderte weiter, langsamen Schritts, wie jemand, der es nicht eilig hat. Jetzt machte die Straße eine Kurve und wurde breiter, die Menschenansammlung und die Streifenwagen verschwanden aus dem Blickfeld. Ein Stück weiter vorne kreuzte die Straße den Boulevard. Eva gelangte an eine Gasse und wartete, bis ein Laster rückwärts ausgeparkt hatte, bevor sie hineineilte. Mit Blick über die Schulter betrat sie den Plattenladen durch die Hintertür. Sie ging in die Rock'n'Roll-Abteilung und stöberte durch die neuen CDs. Eine volle Minute blieb sie dort und blickte alle zehn Sekunden auf den Hintereingang. Nachdem sie sich erneut vergewissert hatte, dass ihr niemand folgte, verließ sie den Laden durch den Vorderausgang und ging zur nächsten Telefonzelle. Sie wählte eine Mobilfunknummer.

»Ja?«, antwortete Rudy.
»Wir haben ein Problem.«
»Schon gehört.«
»Kümmre dich drum«, sagte Eva und legte auf.

5

Freitag, 12. März, 20.40 Uhr

»Mr. du Maurier hat sich etwas verspätet, wird aber bald hier sein«, informierte der Oberkellner Joanna. »Ziehen Sie es vor, an der Bar oder an Ihrem Tisch zu warten?«

»An unserem Tisch, bitte«, antwortete Joanna.

Sie folgte dem Oberkellner durch das vornehme Restaurant. Alles war in Weiß gehalten, abgesehen von dem funkelnden Kristalllüster, der ein angenehm gedämpftes Licht verbreitete. Die Tische standen in großzügigem Abstand voneinander und vermittelten den Gästen ein Gefühl von Intimität. Die Kellner dezent an der Seite hielten sich bereit und achteten darauf, dass es den Speisenden an nichts fehlte.

Als man Joanna den Stuhl zurechtgerückt hatte, erschien der Sommelier und entkorkte eine Flasche 1983er Dom Pérignon. Er wartete ab, bis Joanna den Champagner gekostet und ihr Einverständnis bekundet hatte, bevor er die Flasche in einen Eiskübel stellte und sich entfernte.

Joanna nippte an ihrem Glas und sah sich unter den Gästen des Le Chateau um. Sie wirkten eher europäisch als amerikanisch durch ihre dunkle, strenge Kleidung und ihre verhaltene Art. Sie sahen nach altem Geldadel aus, nach Leuten, die an Reichtum und alles, was damit zusammenhängt, gewohnt waren. Altes Geld, dachte sie noch einmal, und zwar nicht zu knapp.

Ihre Gedanken wanderten zurück in ihre Kindheit, zur

Bucht von San Francisco, wo sie und ihre Familie noch im Luxus lebten. Sie hatten ein großes Haus und teure Autos, waren Mitglied im angesehensten Club und verbrachten ihren Urlaub in Aspen und Maui. Sie führten ein Leben, von dem die meisten Leute nur träumen konnten. Dann war ihr Vater bei einem Flugzeugabsturz ums Leben gekommen und hatte einen Berg von Schulden hinterlassen. Von einem Tag auf den anderen stand ihre Welt auf dem Kopf und ihr Leben wurde zum Kampf. Sie brauchte Stipendien und Darlehen, um aufs College gehen zu können und noch mehr Darlehen für das Medizinstudium. Und dann das Gleiche noch mal, um ihre Schwester Kate durch College und Universität zu bringen. Das große Haus, die teuren Autos, die noblen Clubs – alles war auf einmal verschwunden. Joanna wusste, wie es war, wirklich Geld zu haben und sie wusste, was es hieß, es zu verlieren.

Sie richtete ihre Aufmerksamkeit wieder auf die Einrichtung des Restaurants. Alles hatte Eleganz und Stil und zeugte auf unaufdringliche Art von Reichtum. Das waren die Eigenschaften, die sie an Menschen und Orten so schätzte. Und all diese Eigenschaften charakterisierten Paul du Maurier, dachte sie.

Sie hatte Paul vor drei Monaten kennen gelernt, auf einer Cocktailparty in Bel Air. Sie hatte ihn über den Raum hinweg angesehen und sich gefragt, ob er wohl verheiratet sei. Eine Sekunde später war er ihrem Blick begegnet und zu ihr herübergekommen, mit den Worten: »Ich wollte eigentlich nicht auf diese Party kommen, aber jetzt bin ich froh, hier zu sein.« Er war Investmentbanker und pendelte zwischen Santa Barbara und Los Angeles. Er sah gut aus, war charmant und geistreich. Und er kam genau zum richtigen Zeitpunkt. Joanna hatte sich gerade zum x-ten Mal von Jake getrennt und sich geschworen, diesmal nicht zu ihm zurückzukehren, obwohl sie tief im Innern wusste, dass sie es früher oder später doch tun würde. Er war wie eine schlechte Angewohnheit, die sie einfach nicht aufgeben konnte. Aber dann tauchte Paul auf und eroberte sie im Sturm, und die Erinnerung an Jake verblasste. Zugegeben, sie dachte schon ab und zu noch an ihn, und als sie ihn am Ort der Explosion getroffen hatte, hatte sie wieder dieses eigenartig leere Gefühl beschlichen. Aber sie schob es schnell beiseite. Jake war jetzt nicht mehr der wichtigste Mann in ihrem Leben.

Gott! Seit wann ging diese Geschichte mit Jake Sinclair nun schon? In über zehn Jahren hatte sich nichts geändert, nicht das kleinste bisschen. Und wie eine Geistesgestörte hatte sie ausgeharrt, in der Hoffnung, es geschehe doch noch ein Wunder. Gut, sie hatten auch schöne Zeiten miteinander verlebt. Jake konnte lustig, aufregend und verdammt sexy sein. Aber mit dem richtigen Mann wäre sie vielleicht längst verheiratet und Mutter. Es war Zeit für einen Kurswechsel, sagte sie sich, Zeit, Vergangenes loszulassen und sich Neuem zuzuwenden.

Das Paar am Nebentisch wandte die Köpfe Richtung Eingang. Joanna folgte ihren Blicken und sah, wie Paul du Maurier vom Oberkellner begrüßt wurde. Als er durch den Saal ging, verfolgten ein Dutzend Augenpaare seine Schritte. So war es immer. Etwas an diesem groß gewachsenen lässig-eleganten Mann zog die Aufmerksamkeit auf sich. Er war eine beeindruckende Erscheinung, mit den markanten Zügen, einem kräftigen Kinn und graublondem Haar. Sein Gang war gleichmäßig und ohne Eile, wie der eines Manns, der das Tempo anzugeben gewohnt ist.

Paul ergriff ihre Hand und küsste sie. »Du siehst bezaubernd aus in diesem Kleid. Ich glaube nicht, dass ich dich darin schon einmal gesehen habe.«

Joanna lächelte. Das schwarze Cocktailkleid war neu, ebenso wie die schwarzen Schuhe und die kleine Handtasche. Einzig nicht neu war die Mikimoto-Perlenkette um ihren Hals.

Paul lehnte sich zur Seite, als der Kellner ihm den Dom Pérignon einschenkte. Er hob sein Glas und prostete Joanna zu: »Auf uns.«

»Auf uns«, erwiderte Joanna und nippte am Champagner, während sie nun Pauls Kleidung musterte. Er trug einen dunklen Anzug von Armani, darunter ein blassblaues Hemd und eine Krawatte in dezentem Rot. Er sah aus wie ein Model aus dem *Gentlemen's Quarterly.*

»Tut mir Leid, dass ich mich verspätet habe«, sagte Paul und drückte sanft ihre Hand. »Ich hoffe, du hast nicht allzu lange gewartet.«

»Ich bin auch eben erst gekommen«, sagte sie. »Gab es ein Problem bei deinem Meeting?«

Paul seufzte erschöpft. »Die Japaner erkennen einfach nicht, dass sich das Blatt gewendet hat und ihr Land in einem Meer von Schulden versinkt.«

»Ist es so schlimm?«

»Schlimmer als alle annehmen«, sagte Paul finster. »Erstens sitzen ihre Banken auf einer Billion Dollar in wertlosen Aktien, hauptsächlich schlechte Immobilienanleihen.«

Joanna zog die Braue hoch. »Eine Billion?«

»Eine Billion mit großem B«, fuhr Paul fort, »und die Sache wird noch verschlimmert, weil einige ihrer Riesenkonzerne und Handelshäuser sich am Rande des Bankrotts bewegen und nur noch von der japanischen Regierung am Leben gehalten werden. So etwas kann auf Dauer natürlich nicht gut gehen. Und als ob das noch nicht genug wäre, versiegen gegenwärtig die asiatischen Märkte und der Kurs des Yen fällt wie ein Stein. Alles zusammen ergibt eine Wirtschaft, die wie ein Boot ohne Ruder im Wasser treibt.«

Joanna sah ihn ernst an. »Meinst du, sie gehen vor die Hunde?«

Paul lächelte: »Sorgst du dich um sie?«

Joanna zuckte die Achseln. »Eigentlich nicht. Denen war es ja auch egal, als es Amerika so schlecht ging. Ich erinnere mich, wie einer ihrer Minister uns riet, unseren Haushalt in Ordnung zu bringen. Das wäre mein Vorschlag für sie.«

Pauls Lächeln weitete sich zu einem breiten Grinsen. »Du klingst wie eine Bankerin.«

»Ist das gut?«

»Ich finde das fantastisch.«

Sie kicherten beide. Paul führte Joannas Hände an den Mund und küsste sie. »Mach dir keine Sorgen um die Japaner. Früher oder später werden sie die nötigen Reformen einleiten. Aber bis dahin wird kein Kapital aus dem Ausland fließen.«

»Und du bist sicher, sie machen diese Reformen?«

»Es wird ihnen nichts anderes übrig bleiben«, sagte Paul heiser. »Sie haben keine Wahl.«

»Willst du damit sagen, dass man sie zwingt?«

»Ich sage nur, sie werden ein Angebot erhalten, das sie nicht ablehnen können.«

»Das klingt wie ein Satz aus *Der Pate.*«

Paul lächelte dünn. »Er wird auch unter Bankern verwendet.«

Die Veränderung in Gesichtsausdruck und Tonfall sagte Joanna, dass bereits internationaler Druck ausgeübt wurde und dass Reformen im Finanzwesen von Japan nahe bevorstanden. Und Paul du Maurier würde aus erster

Hand von diesen Dingen erfahren. Er war Vorstandsvorsitzender einer Investmentbank von Los Angeles, die Geschäfte in der ganzen Welt machte. Sie hatte Zweigstellen in New York, London, Paris, Singapur und Tokio.

»Genug vom Geschäft«, sagte Paul und winkte nach mehr Champagner. »Reden wir lieber über unsere Reise nach Montreal. Hast du schon gepackt?«

Joanna lächelte gequält. »Ich fürchte, ich kann nicht mit.«

Paul runzelte die Stirn. »Warum nicht?«

»Du hast doch sicher von der Bombenexplosion gestern Nacht in West Hollywood gehört?«, fragte sie. »Jedenfalls wollen sie, dass ich die gerichtsmedizinischen Untersuchungen leite.«

»Haben sie keinen außer dir?«

Joanna schüttelte den Kopf. »Sie wollen, dass ich es tue.«

»Verflixt«, murrte Paul. »Ich hatte alles so schön geplant. Es wäre einfach perfekt gewesen.« Er trommelte mit den Fingern auf die Tischdecke, den Blick fest auf Joanna gerichtet. »Gibt es für dich sicher keinen Weg aus der ganzen Sache?«

»Glaub mir, ich habe alles versucht«, sagte Joanna. »Wir müssen es eben verschieben.«

»Kannst du abschätzen, wie lange sich diese Angelegenheit hinzieht?«, fragte Paul. »Ich meine, handelt es sich hier um Wochen, oder was?«

»Monate«, sagte Joanna und dachte an die Körperteile aus dem zerstörten Areal. Insgesamt hatten sie achtundzwanzig Stücke entdeckt, die größten darunter waren ein Schulterblatt und zwei abgerissene Füße. Das C4 hatte die Opfer praktisch atomisiert, so dass nur noch Gewebefetzen übrig waren. Es war unmöglich, sie auf diese Weise zu identifizieren. Sie brauchte mehr, um weiterzukommen. Kleidung oder Schmuck oder irgendetwas, das charakteristisch für eine der Personen war.

»Meine Tochter Sasha wird sehr enttäuscht sein«, unterbrach Paul ihre Gedanken. »Sie hatte sich so gefreut, dich kennen zu lernen.«

»Und ich mich auf sie«, sagte Joanna. »Bitte sag ihr, dass wir uns bald sehen.«

Paul seufzte hörbar. »Ich rufe Sashas Mutter morgen Vormittag an und sage ihr, dass sich die Pläne geändert haben.«

»Du klingst, als wäre das eine sehr unerfreuliche Aufgabe.«

»Alle Unterhaltungen mit meiner Exfrau sind sehr unerfreulich«, sagte Paul. »Und wenn ich sie um einen Gefallen bitte, ist es ganz aus.«

»Aber sie wird doch Verständnis haben, wenn du ihr erklärst –«

Paul winkte ab: »Da kennst du Catherine aber schlecht.«

Der Kellner kam und füllte ihre Weingläser neu auf. Paul sah mit unbewegter Miene zu. Aber innerlich kochte er, als er an die bitteren Scheidungsszenen vor fünf Jahren dachte. Catherine hatte versucht, den Ehevertrag trotz der großzügigen Bedingungen zu brechen. Und als das Gericht gegen sie entschied, hatte sie alleiniges Sorgerecht für ihre Tochter beantragt mit der Begründung, dass Paul mit seinem aufbrausenden Temperament das Kind emotional geschädigt hätte. Völlig infam! Wenn Sasha sich nicht benahm, hatte er die Stimme erhoben und sie zurechtgewiesen. Das war Erziehung und keine Schädigung. Aber bei Catherine hatte es sich angehört, als hätte er das Kind permanent angeschrien. Diese Demütigung – entrüstete sich Paul in Gedanken –, diese schreckliche Demütigung, als die Richterin ihn ermahnte, sein Temperament im Zaum zu halten, wenn er Sasha in Montreal besuchte. Und Catherine, die ihre Tochter ja ach so sehr liebte, hatte kaum darauf warten können, ein Kindermädchen auf Vollzeitbasis einzustellen, damit sie ihre Reisen machen und in den gesellschaftlichen Kreisen Montreals verkehren konnte. Dieses Biest. Allein die Vorstellung, mit ihr zu reden, war ihm verhasst.

Joanna bemerkte den abwesenden Ausdruck in Pauls Gesicht und nahm an, dass er in Gedanken bei seiner Tochter war. »Wie alt ist Sasha denn jetzt?«

»Zwölf.«

»Also eine junge Dame.«

»Ganz genau«, sagte Paul. »Und sie wird von Tag zu Tag hübscher.«

»Verflixt«, fluchte Joanna leise. »Ich sollte wirklich mit dir nach Montreal fliegen.«

»Das solltest du«, sagte Paul und nahm einen Schluck Champagner, während er gedanklich wieder bei seiner Exfrau war. Catherine war klinische Psychologin gewesen, als er sie geheiratet hatte. Sie hatte eine große Praxis, die irgendwie ständig einen Störfaktor in ihrem Familienglück darstellte. Oft schien es, als wären ihre Patienten wichtiger als ihr Mann und ihre Tochter. Die Richterin hatte diesen Einwand beim Streit um das Sorgerecht nicht gelten lassen. Irrelevant, hatte sie gesagt.

Joanna studierte sein Gesicht. »Deine Gedanken sind woanders.«

»Ich habe gerade gedacht, dass unser Leben viel zu oft von unserem Terminkalender bestimmt wird«, log Paul.

»Wahrscheinlich hast du Recht«, sagte Joanna resigniert. »Es wäre nur so schön gewesen, wenn es mit unserer Reise geklappt hätte.«

»Und das wird es auch noch«, sagte Paul. »In sechs Wochen ist eine Bankenkonferenz auf den Bermudas. Sie wird nicht viel Zeit in Anspruch nehmen, und die Insel ist wie für uns geschaffen. Wie hört sich das an?«

»Paradiesisch«, gurrte Joanna.

»Wunderbar. Dann regle ich das für uns.« Paul hob scherzhaft den Zeigefinger »Und diesmal gibt es keine Entschuldigung. Für die dritte Aprilwoche streichst du alle Termine aus deinem Kalender.«

Joanna zog einen Planer aus ihrer Handtasche und blätterte darin herum. Plötzlich erlosch ihr Lächeln. »O nein!«

»Sag mir nicht, dass du nicht kannst.«

Sie seufzte widerwillig. »Am neunzehnten April bekomme ich die Freiheitsmedaille vom Präsidenten überreicht.«

Paul runzelte die Stirn. »Vom Präsidenten der Vereinigten Staaten?«

Joanna nickte.

»Du musst mir unbedingt erzählen, wofür du diese Medaille bekommst«, sagte er interessiert. »Ich will alles ganz genau wissen.«

Joanna berichtete von der wissenschaftlichen Expedition in die Gewässer vor Alaska, wo ein giftiger Eisberg Menschen und Meerestiere tötete. »Es gelang uns, den Eisberg zu orten, das Gift zu bestimmen und es schließlich unschädlich zu machen. Alle Wissenschaftler dieser Expedition erhalten eine Medaille.«

»Was war das für ein Gift?«

»Es war etwas Biologisches«, sagte Joanna ausweichend. »Aber es besteht keine Gefahr mehr.«

»Ich glaube, du spielst die Bedeutung dieser Mission herunter«, sagte Paul. »Sie sind sehr wählerisch, wenn es um die Vergabe der Freiheitsmedaille geht. Da kenne ich mich zufällig aus.«

»Es war nicht ungefährlich«, gestand Joanna und dachte an all jene, die in dem eisigen Wasser umgekommen waren. »Ich hatte Glück zu überleben.«

»Ich dachte immer, die Medaille wird in Washington, D. C., überreicht.«

»Wird sie auch«, erklärte Joanna. »Aber der Präsident ist hier, um das neue Forschungszentrum einzuweihen. Und weil die Medaille an drei Forscher aus Universitäten im Westen geht, haben sie beschlossen, die Verleihung nach Los Angeles zu verlegen.«

»Kann ich dich begleiten?«

»Natürlich«, freute sich Joanna, »aber was ist dann mit der Konferenz auf den Bermudas?«

»Du bist mir wichtiger als die«, sagte Paul mit leuchtenden Augen. »Sehr viel wichtiger.«

»Ach verflixt, ich wäre so gern morgen mit dir in Montreal.«

»Das ist leider nicht möglich«, sagte Paul und beugte sich vor, so dass sich ihre Lippen streiften. »Deshalb müssen wir heute das Beste daraus machen.«

Samstag, 13. März, 6.48 Uhr

Joanna stand auf dem Balkon der Penthousesuite des Beverly Wilshire Hotel und sah in die Morgendämmerung. Der wolkenverhangene, trübe Himmel passte gut zu ihrer Stimmung. Sie hatte die Nacht in einer Welt des Luxus verbracht und sich mit Paul du Maurier geliebt. Aber bald schon würden sie sich trennen und sie würde zurückkehren in ihre Welt der Bomben und Terroristen, zu verwesenden Überresten menschlichen Fleisches. Es war, als käme man vom Himmel in die Hölle.

Ein kühler Luftzug wehte herein und Joanna wickelte sich in den dicken Frotteebademantel. Sie malte sich aus, wie es wohl gewesen wäre, wenn es diese Bombe nicht gegeben hätte. Sie hätten gemütlich gefrühstückt, sich dann angezogen und eine Limousine zum Flughafen genommen, wo sie an Bord einer Air-Canada-Maschine nach Montreal gegangen wären. Und dort hätte sie Sasha getroffen und Paul noch besser kennen gelernt. Es wäre einfach perfekt gewesen.

Wieder einmal spielte sie mit dem Gedanken, Simon Murdock anzurufen und den Fall abzugeben. Sollte doch jemand anderes das Unmögliche leisten. Aber sie wusste genau, sie würde nicht anrufen. Wenn sie einmal etwas angefangen hatte, gab es kein Zurück mehr. Beharrlichkeit war ein typischer Wesenszug der Blalocks. Ihr Vater hatte ihn gehabt, ihre Schwester und so auch sie. Dieses Merkmal war in ihren Genen angelegt und trieb sie zum Erfolg. Aber es konnte auch ein Fluch sein. Wie zum Beispiel jetzt.

Hinter sich hörte Joanna, wie die Dusche abgedreht wurde. Einen Moment später erschien Paul und schaltete den Fernseher ein. Der Sprecher redete von frühmorgendlichem Sprühregen, der schon jetzt den Verkehr auf den Autobahnen behinderte. Wen interessiert das, fragte sich Joanna. Sie hätte es nicht gekümmert, wenn sie auf der Rückbank einer Limousine zu Mozartklängen frische Erdbeeren mit einem leckeren Blanc de Blanc heruntergespült hätte. Jetzt berichtete der Fernsehansager über die Bombenexplosion in West Hollywood.

»Joanna«, rief Paul. »Das könnte dich interessieren.«

Das glaube ich eher nicht, dachte Joanna, aber dennoch setzte sie sich zu Paul auf das große, weiche Sofa. »Sie werden nichts Neues bringen.«

»Man kann nie wissen«, sagte Paul, der gebannt auf den Bildschirm starrte.

»Sie werden nichts sagen, was den verbliebenen Terroristen helfen könnte«, sagte Joanna beiläufig.

Paul sah sie sonderbar an. »In der Zeitung stand, dass alle Terroristen bei der Explosion ums Leben gekommen sind.«

Joanna winkte ab, sie wollte nicht ins Detail gehen. »Vielleicht laufen noch ein oder zwei herum.«

»Kann es für dich gefährlich werden?«, fragte Paul.

»Überhaupt nicht«, versicherte Joanna, gerührt von seinem besorgten Ton. »Ich arbeite drinnen in meinem Labor im Memorial.«

Das Fernsehen zeigte gerade den Schauplatz live aus der Luft. Riesige Flutlichter beleuchteten das Trümmerfeld und die Leute, die darauf arbeiteten. Joanna erkannte etliche ATF-Agenten an ihren auffälligen Jacken. Sie bewegten sich in Richtung eines Einsatzfahrzeugs.

»Irgendetwas geht da unten vor«, berichtete der Hubschrauberpilot von Channel Four. »Ich glaube, sie haben etwas Wichtiges entdeckt.«

»Haben Sie eine Vorstellung, was es sein könnte?«, fragte der Nachrichtensprecher.

»Ich bin mir nicht sicher«, antwortete der Pilot.

Joanna sah zu, wie der ATF-Wagen mit hoher Geschwindigkeit davonfuhr, gefolgt von mehreren Streifenwagen. Dann bemerkte sie, wie auch andere das Gebiet verließen und die kurvige Straße herunterliefen. »Sie räumen den Schauplatz«, sagte sie leise.

»Warum?«, fragte Paul.

»Wahrscheinlich sind sie auf etwas Gefährliches gestoßen.«

»Noch eine Bombe?«

»Möglich«, sagte Joanna und fragte sich, ob die Terroristen eine Sprengfalle zurückgelassen hatten.

Der Hubschrauberreporter rief aus: »Sie räumen das Gebiet! Wir haben Anweisung erhalten, sofort hier wegzufliegen.«

»Dann kommen Sie da raus!«, drängte der Studiosprecher.

Jetzt zeigte das Fernsehen den zerstörten Straßenzug aus einiger Distanz. Die Flutlichter waren noch an und erzeugten ein unheimliches Leuchten auf den Schuttbergen im Zwielicht des frühen Morgens.

Paul steckte sich eine Zigarette an und dachte einen Moment lang nach. »Hast du mir nicht erzählt, dass du gestern zwischen den Trümmern herumgeforscht hast?«

»Ja.«

»Und hast du mir nicht gesagt, dass es für dich absolut ungefährlich ist?«

»Ein kleines Risiko bleibt immer«, sagte Joanna, die sich fragte, warum die ATF-Männer um ihr Leben gerannt waren. Es konnte nur eine zweite Bombe gewesen sein, oder etwas Explosives. Und dann musste es auch gestern und am Tag zuvor schon da gewesen sein. Sie schauderte bei dem Gedanken, dass sie und Jake und Dan Hurley vielleicht ganz nah an einem Sprengsatz gestanden hatten. Wahrscheinlich nah genug, um allesamt ins Jenseits befördert zu werden.

Paul streckte den Arm nach ihr aus und streichelte ihr sanft den Rücken. »Versprich mir, vorsichtig zu sein.«

»Versprochen.«

»Ich könnte es nicht ertragen, dich zu verlieren«, sagte Paul zärtlich.

»Ich habe vor, noch eine Weile zu leben«, sagte Joanna und umarmte ihn. Aber immer noch dachte sie an den Sprengsatz, der die ATF-Agenten vertrieben hatte und fragte sich, wie nah sie ihm wohl gekommen sein mochte.

6

Montag, 15. März, 14.10 Uhr

Joanna und Lori McKay standen im hinteren Teil des forensischen Labors vor einer riesigen Karte, auf der das zerstörte Gebiet abgebildet war. Ein dicker roter Kreis markierte das Zentrum der Explosion. Er war umgeben von achtundzwanzig nummerierten Feldern. Jedes dieser Felder stand für ein Leichenteil.

Lori studierte gewissenhaft die Distanz zwischen dem Zentrum und dem am weitesten entfernten Feld. Zwölf Meter. Die Explosion hatte einem Mann den Arm abgerissen und einen Teil davon zwölf Meter weit durch die Luft geschleudert. Sie fragte sich, ob der Mann noch etwas gespürt hatte, als es ihn zerfetzte. »Nun ja, bisher können wir jedenfalls sagen, dass es mindestens zwei Opfer gab, nachdem wir zwei verschiedene Schuhe gefunden haben, in denen wahrscheinlich zwei verschiedene Füße steckten. Aber ich nehme an, es waren drei, vielleicht sogar vier Explosionsopfer in dem Haus.«

»Und worauf stützt sich diese Annahme?«

»Auf eine erste oberflächliche Sichtung der Leichenteile und ihrer Fundorte.«

Joanna nickte zustimmend. Ihr Blick fiel wieder auf das Zentrum der Explosion. Sie stellte sich vor, wie die Opfer um einen Küchentisch saßen, auf dem die Bombe lag. Und plötzlich detonierte sie, alles wurde in tausend Stücke zerrissen. Dann malte Joanna sich aus, wie Körperteile durch die Luft flogen, bevor sie in einem Verteilungsmuster landeten, das sich vorherbestimmen ließ. All das hing mit der so genannten Schockwelle zusammen, einem Phänomen, zu dem sich Joanna am Vormittag Lektüre besorgt hatte. Gerichtsmedizinisch betrachtet explodierten alle Bomben nach oben und außen hin und verursachten eine gewaltige, alles zerstörende Schockwelle. Sollten die Opfer sich dicht um die Bombe gedrängt haben – wie Joanna und Lori vermuteten –, dann hinge die Richtung, in welche die Körperteile der Einzelnen von der Schockwelle geschleudert wurden, davon ab, wo die Personen zum Zeitpunkt der Detonation gestanden hatten. Joanna trat einen Schritt von der Karte zurück. »Ich vermute, dass vier Opfer in dem Haus waren. Jetzt müssen wir es beweisen.«

»Vielleicht bringt uns eine DNS-Analyse der Gewebeproben weiter«, schlug Lori vor. »Damit könnten wir eindeutig bestimmen, was zu wem gehört.«

»Das ist sicher richtig«, gab ihr Joanna Recht. »Aber es dauert Wochen, bis wir die Ergebnisse bekommen. In der Zwischenzeit sollten wir auf jeden Fall die vorhandenen Blutproben auf alle dreiundzwanzig Antigene testen. Damit haben wir auch eine Gegenprobe, sollten sich bei den DNS-Analysen irgendwelche Grauzonen ergeben.«

Lori griff nach Stift und Block und machte sich Notizen. »Wie wollen Sie die einzelnen Körperteile untersuchen? Sollen wir sie gemeinsam ansehen?«

»Nein«, erwiderte Joanna. »Wir untersuchen sie unabhängig voneinander. Sie gehen in den einen Raum, ich in den anderen. Schreiben Sie alles auf, was Ihnen auffällt, auch das kleinste, scheinbar noch so unwichtige Detail. Wenn Sie raten müssen, raten Sie. Wenn Sie nur vermuten können, vermuten Sie. Aber versuchen Sie, so viel wie nur möglich aus den Funden herauszuholen. Und danach vergleichen wir unsere Aufzeichnungen.«

Lori lächelte schwach. »Ich habe so das Gefühl, Sie werden eine Menge mehr sehen als ich.«

»Das mag zwar sein«, sagte Joanna, »aber womöglich sehen Sie etwas, das mir entgangen ist und sich vielleicht später als sehr wichtig erweist.«

Das möchte ich einmal erleben, dachte Lori und fragte sich, ob sie wohl jemals an Joanna Blalock heranreichen würde. Joanna war so schnell und scharfsinnig und hatte die Fähigkeit, auch noch das Letzte aus allem herauszuholen. Sie entdeckte die kleinsten Hinweise, die sich irgendwie immer als die entscheidenden entpuppten. Am Tatort lief sie regelmäßig zu Hochform auf. Es war, als hätte sie einen sechsten Sinn zum Rekonstruieren des Tathergangs. Darum wurde sie auch immer mit den schwersten Fällen betraut. Lori seufzte und wünschte, sie wäre auch nur halb so anerkannt und erfahren wie Joanna. »Sollen wir auf etwas Bestimmtes achten?«

»Wir suchen nach besonderen Kennzeichen«, erklärte Joanna. »Achten Sie auf Kleidungsstücke, auf Gürtel oder Schnallen. Prüfen Sie die Haut auf Farbe, Narben oder Tätowierungen. Halten Sie Ausschau nach Metallteilen, die von Ringen oder Uhren stammen könnten.«

Lori sah von ihrem Block auf. »Und was sollten uns Metallteile sagen?«

»Wenn sie zu einem Ring gehören, findet sich vielleicht ja eine Inschrift«, sagte Joanna. »Denken Sie an James Robert Butler.«

Lori nickte bei der Erinnerung an die Knochenüberreste, die sie in einem ausgespülten Grab in den Bergen von Santa Monica gefunden hatten. Das Skelett trug einen Ehering am Finger, auf dem innen die Initialen J. R. eingraviert waren. Das war seinerzeit einer der wichtigsten Hinweise auf die Identität des Mannes gewesen.

»Auch auf einer Uhr kann hinten etwas graviert sein, nicht war?«

»Man kann nie wissen.«

Eilig machte sie eine weitere Notiz. Dann trommelte sie versonnen mit dem Stift auf den Tisch. »Sollen wir schon irgendetwas Spezielles vorbereiten?«

»Warten wir ab, was unsere Voruntersuchungen ergeben«, sagte Joanna. »Wir sehen uns die Leichenteile erst einmal so an, dann untersuchen wir Gewebeproben unter dem Mikroskop. Danach sollten wir eine bessere Vorstellung haben, in welche Richtung wir forschen müssen.«

»Was um alles in der Welt sollten wir denn unter dem Mikroskop noch entdecken, was wir nicht ohnehin schon wissen?«, fragte Lori. »Ich meine, an den Gewebeproben werden wir eben Explosionsverletzungen sehen.«

»Und eine Menge mehr, wenn wir Glück haben.«

»Und das wäre?«

»Wenn wir zum Beispiel eine Leberprobe haben«, argumentierte Joanna, »und unter dem Mikroskop entdecken wir, dass sie mit dem Leberegel *Schistosoma haematobium* infiziert ist. Was würde uns das sagen?«

Lori zögerte. »Ich weiß zwar, dass Leberegel in ganz Afrika vorkommen. Aber die Haut unserer Proben ist doch nicht negroid.«

»*Schistosoma haematobium* kommt aber auch in nordafrikanischen Ländern wie Ägypten und Algerien vor«, erklärte Joanna. »Und auch im Irak und im Iran, in Syrien und Jemen ist es endemisch.«

»Glauben Sie, wir haben es mit Terroristen aus dem Mittleren Osten zu tun?«

Joanna zuckte die Schultern. »Sie kommen ebenso in Frage wie alle anderen auch, vielleicht sogar ein wenig mehr.«

Die Frauen gingen zu der großen Tafel, auf der die gegenwärtig laufenden Untersuchungen der Gerichtsmedizin aufgelistet waren. Nummer eins war die Sprengstoffexplosion von West Hollywood, Nummer zwei die verstümmelte Hand, die man in einem entlegenen Canyon in Nord Los Angeles County gefunden hatte. Unter Letzterer standen die Unterpunkte (A) MRT und (B) Boxverband.

»Befassen wir uns erst noch kurz mit der Hand«, sagte Joanna mit Blick auf die Uhr.

Lori stöhnte verhalten. »Hier kommt man sich vor wie in Frankensteins Labor.«

»Ist man ja auch.«

Joanna studierte eindringlich die Tafel, dann nahm sie die Kreide und fügte einen weiteren Unterpunkt hinzu: (C) DNS-Analyse.

»Was bringt uns eine DNS-Analyse der Hand?«, erkundigte sich Lori.

»In Kalifornien müssen alle Boxer vor dem Kampf Blut und Urin auf HIV beziehungsweise Drogen untersuchen lassen. Vielleicht lagern diese Proben noch in irgendeinem Kühlfach. Wenn ja, können wir die DNS dieser Proben mit der DNS der Hand vergleichen.«

»Aber es wird doch nur Serum und kein Vollblut eingefroren«, wandte Lori ein. »Serum oder Urin eignen sich nicht für DNS-Analysen.«

»Sie eignen sich schon, wenn noch ein paar weiße Blutkörperchen in den Proben übrig sind.«

Lori dachte frustriert, dass sie selber darauf hätte kommen können. In Urin- und Serumproben kamen manchmal weiße Blutkörperchen vor. Man musste die Proben lediglich zentrifugieren, um sie zu gewinnen.

Joanna konzentrierte sich weiter auf die Tafel in dem

Gefühl, bislang etwas übersehen zu haben. Irgendetwas, das mit den Schwielen in der Hand zu tun hatte. Gegenwärtig wurde untersucht, welche Substanzen darin eingelagert waren. Sollte man Beton oder Zement finden, würde das heißen, dass das Opfer wahrscheinlich auf einer Baustelle gearbeitet hatte. Wenn die Schwielen von Landarbeit stammten, enthielten sie vielleicht Kompost oder andere Düngemittel. Aber es war nicht die chemische Analyse der Schwielen, die sie übersah. Was zur Hölle mochte es sein? Es lag ihr auf der Zunge, aber sie kam einfach nicht darauf. Sie nahm die Kreide und schrieb als neuen Unterpunkt: (D) – mit einem großen Fragezeichen dahinter.

Loris Blick glitt von der Tafel zu dem Armband an Joannas Handgelenk. »Das ist aber schön«, bemerkte sie.

»Ein Geschenk«, sagte Joanna, und sofort hatte sie das Bild von Paul du Maurier vor Augen. Sein Air-Canada-Jet musste jetzt irgendwo über dem Mittleren Westen sein, nur noch ein paar Stunden von Montreal entfernt. Flüchtig sah sie auf das Armband. Nur eine Kleinigkeit, hatte Paul gesagt. Es war aus achtzehnkarätigem Gold, gesäumt mit kleinen Diamanten. Joanna konzentrierte sich wieder auf die Tafel. »Hat das Kernspin der Hand schon etwas ergeben?«

»Ja, aber keiner kann etwas damit anfangen.« Lori ging zu einem Stapel Röntgenaufnahmen und klemmte sie an den beleuchteten Schaukasten. »Da ist etwas im Gewebe, das da nicht hingehört.«

Joanna besah die Bilder. Im Gewebe der Handfläche steckten splitterartige Objekte. »Sind sie metallisch?«

Lori zuckte die Schultern. »Die Radiologen sind sich nicht sicher, glauben aber eher nicht. Die Fragmente waren in der Standardaufnahme nicht röntgendicht.«

Joanna entdeckte einen dreieckigen Splitter nahe dem

Daumenansatz. Es war das größte Stück, über vier Millimeter breit. Sie kreiste es rot ein. »Ich möchte, dass Sie dieses Stück herausschneiden und analysieren lassen. Ich will wissen, was es ist.«

Lori nahm einen kleinen Block und notierte die Anweisung. »Ach, übrigens: Der Boxverband macht mir Probleme. Sie behaupten, ihre Aufzeichnungen wären vertraulich.«

»Was soll der Unfug?«, entgegnete Joanna verärgert.

»Sie sagen, die Akten enthalten medizinische Berichte, Informationen zu Medikamenteinnahmen und dergleichen mehr. Anscheinend brauchen wir eine Sondergenehmigung, um Einsicht nehmen zu können.«

»Haben Sie ihnen gesagt, dass es hier um eine polizeiliche Ermittlung geht?«

»Ich bin mir nicht sicher, ob ich es so formuliert habe.«

»Dann rufen Sie noch einmal an und formulieren Sie es genau so, und sagen Sie ihnen, dass Sie für die Gerichtsmedizin arbeiten. Wenn sie dann noch immer nicht kooperieren wollen, kündigen Sie an, dass wir eine richterliche Verfügung einholen und alle ihre Akten konfiszieren. Und wenn nötig, lassen wir den gesamten Boxverband vorladen, damit sie uns bei der Durchsicht der Unterlagen helfen können.«

»Könnten wir das wirklich tun?«

»Ohne Probleme.«

Es klopfte an der Tür, und die Frauen drehten sich um. Jake Sinclair betrat das Labor, zwei Plastikbehälter unter den Armen.

»Noch mehr Leichenteile«, kündigte er an und stellte die Behälter auf einen Tisch.

»Was für welche?«, fragte Joanna.

»Nummer achtundzwanzig ist ein Schädelfragment.

Auf der einen Seite sind ein paar Haare und auf der anderen klebt etwas Gehirnmasse.«

»Welche Farbe hat das Haar?«, fragte Joanna.

»Schwarz«, berichtete Jake.

»Kraus?«

Jake schüttelte den Kopf. »Glatt und mitteldick. Möglicherweise amerikanisch oder südeuropäisch.«

»Oder mexikanisch«, schlug Joanna vor. »Wie sah seine Kopfhaut aus?«

»Dunkel gebräunt.«

»Haarausfall?«

»Nein. Volles Haar. Keine grauen Strähnen.«

»Schöner Glanz?«

»O ja. Er war jung«, sagte Jake. »Und sein Haar roch irgendwie süßlich.«

Joanna musste schmunzeln. Jake hatte eine außergewöhnlich gute Nase. Er konnte Gerüche aufspüren und bestimmen, die normale Menschen gar nicht wahrnahmen. »Wir werden das Haar analysieren und mit Proben von Friseuren aus Mexiko und dem Mittleren Osten vergleichen.«

Lori staunte mit offenem Mund, was Joanna und Jake Sinclair alles aus dem kleinen Fund herausholten. Sie schienen sich gegenseitig die Bälle zuzuspielen, als wüssten sie jeweils, was der andere dachte. Sie hatten bereits festgestellt, dass einer der Terroristen jung war, wahrscheinlich unter fünfunddreißig, dunkelhäutig und höchstwahrscheinlich lateinamerikanischer oder mediterraner Herkunft. Und die Analyse des Haarwassers würde die Nationalität des Mannes vielleicht noch weiter einengen.

»Was ist in dem zweiten Behälter?«, fragte Joanna.

»Da sind wir nicht so sicher«, sagte Jake und hob den Deckel. »Es sieht aus wie ein Stück Plastikfuß.«

»Eine Schuheinlage?«

»Nein, etwas anderes.«

Joanna streifte ein Paar Latexhandschuhe über und hob das Objekt aus dem Behälter. Es war cremefarben und sah aus wie Ferse und Sohle eines Fußes. Es schien aus Plastik oder Keramik zu sein.

»Seltsam«, sagte Joanna verwundert. »Vielleicht gehörte es ja zu einer Schaufensterpuppe.«

»Was zur Hölle hätten sie denn mit einer Schaufensterpuppe anfangen sollen?«

Joanna zuckte die Schultern, dann begutachtete sie die Ferse von beiden Seiten unter einem Vergrößerungsglas. »Innen klebt etwas Blut und Gewebe. Das heißt, jemand hat es getragen.«

»Vielleicht doch eine Art Einlage?«, erwog Jake.

Joanna betrachtete Breite und Konsistenz der Ferse. »Dafür ist es zu dick.«

»Vielleicht ein Stück von einem Plastikschuh?«, fragte Lori.

»Das wäre natürlich eine Möglichkeit«, sagte Joanna und nickte Lori zu. »Guter Gedanke.«

»Wie können wir das herausfinden?«, überlegte Lori.

»Vielleicht können uns ja die Biotechniker weiterhelfen.« Joanna legte die Plastikferse wieder zurück in den Behälter und reichte ihn Lori. »Wir sollten sie erst gewissenhaft nach Fingerabdrücken absuchen und Blut und Gewebe für unsere Untersuchungen ablösen. Dann möchte ich, dass Sie in die Biotechnik gehen und sich erkundigen, ob man dort das Material bestimmen kann und uns sagen, wo das Ding herkommt.«

»Bin schon unterwegs«, sagte Lori. »Und danach kümmre ich mich um den Boxverband.«

Jake sah zu, wie sich die junge Pathologin einen Rucksack über die Schulter warf und aus dem Labor eilte. Sie trug ihr kastanienbraunes Haar als Pferdeschwanz, was sie sogar noch jünger wirken ließ, als sie war. Für ihn sah sie aus wie eine Studentin. Er wandte sich an Joanna. »Ihr habt Probleme mit dem Boxverband?«

»Sie stellen sich quer.« Joanna erzählte ihm von der verstümmelten Hand und den Merkmalen, die darauf hindeuteten, dass sie zu einem Boxer gehörte. »Nach der Größe seiner Handwurzelknochen zu urteilen, müsste er zwischen fünfundfünfzig und sechzig Kilo gewogen haben.«

»Er könnte auch leichter gewesen sein«, warf Jake ein.

»Wie kommst du darauf?«

»Weil einige Boxer außergewöhnlich große Hände haben, viel größer, als man vermuten würde«, erklärte er. »Ich kannte sogar mal ein Weltergewicht, der größere Hände hatte als ich. Er erzählte mir, dass sie anfingen so zu wachsen, als er Teenager war.«

Joanna überlegte, welche Mechanismen wohl dafür verantwortlich sein mochten, dass Boxer große Hände hatten. Sie wusste, dass Knochen bei Männern bis zum Alter von achtzehn wuchsen. Vielleicht stimulierte die ständige traumatische Belastung der Hände in der Adoleszenz das Knochenwachstum. Sie nahm sich vor, den Vertreter des Boxverbands nach diesem Phänomen zu befragen.

»Du könntest es hier also genauso gut mit einem Federgewicht zu tun haben«, erklärte Jake.

»Bist du Boxfan?«

»Ist schon eine Weile her«, sagte er und ließ sich erschöpft auf einen Stuhl fallen. Er steckte sich eine filterlose griechische Zigarette an und inhalierte tief.

»Ich dachte, du wolltest aufhören.«

»Demnächst.«

Joanna musterte Jake knapp. Er sah so verteufelt gut aus mit den hohen Wangenknochen und den graublauen Augen. Und dass er zunehmend graue Strähnen in seinem nach hinten gekämmten braunen Haar bekam, machte ihn nur noch attraktiver. Aber die Linien in seinem Gesicht hatten sich tiefer eingegraben und er wirkte sehr müde.

»Mich hat heute früh das Telefon aus dem Bett geklingelt«, sagte Jake. »Es war Dan Hurley, sie hatten Probleme am Explosionsschauplatz.«

»Das habe ich heute Morgen im Fernsehen gesehen. Was sollte das ganze Theater?«

»Aus einer Leitung im Boden trat plötzlich Gas aus. Anscheinend wurde die Leitung bei der Explosion so verbogen, dass sie verschlossen war und erst anfing zu lecken, als jemand die Trümmer wegschob.«

»Erzähl mir nicht, dass sie vergessen haben, das Gas abzudrehen.«

»Nein, nein, das Gas war abgestellt, wie es sich gehört. Aber es gab wohl immer noch einen guten Rest in einer der Zuleitungen.«

Joanna erschauderte. »Waren die Leute, die dort arbeiteten, in Gefahr?«

»Uns hätte alles um die Ohren fliegen können.« Jake erinnerte sich, wie er sich am Vortag eine Zigarette anstecken wollte und Hurley ihn abhielt. Er fragte sich, ob zu dem Zeitpunkt schon Gas austrat und was wohl passiert wäre, wenn er diese Zigarette angezündet hätte.

»Hat das FBI schon irgendwelche Erkenntnisse, wer hinter der Bombe stecken könnte?«, fragte Joanna.

»Sie haben noch gar nichts«, meinte Jake. »Laut ihrer Informanten war es keine der bekannten terroristischen oder paramilitärischen Gruppierungen. Sie vermuten, dass es eine dieser Schläferzellen war, die aus fünf, sechs Unbekannten bestehen, von denen niemand zuvor gehört hat.«

»Das wird ja immer schlimmer.«

»Was du nicht sagst!« Jake stemmte sich aus seinem Stuhl und drückte die Zigarette aus. »Ich muss weiter.« Er wandte sich zum Gehen, dann sah er Joanna noch einmal an. Ein zögerliches Lächeln breitete sich über sein Gesicht. »Du siehst glücklich aus.«

»Ich bin glücklich.«

»Steht dir gut«, seine Stimme war rau. »Du siehst toll aus.«

»Danke«, sagte Joanna und merkte, wie sie errötete. Eilig drehte sie sich zur Tafel und fragte sich zum hundertsten Mal, ob sie wohl je gegen Jake Sinclair immun sein würde.

7

Mittwoch, 17. März, 20.40 Uhr

Künstliches Licht fiel durch die Buntglasfenster und tauchte die Krankenhauskapelle in eine andachtsvolle Stimmung, die sich jedoch weder auf Eva noch auf Rudy übertrug. Sie saßen in der vordersten Bank mit Blick auf die leere Kanzel vor ihnen.

»Worauf warten wir?«, fragte Rudy.

»Auf zwanzig Uhr fünfundvierzig«, sagte Eva. »Bald ist die Besuchszeit zu Ende«, erklärte sie. »Es werden immer noch ein paar Leute auf den Gängen und in den Aufzügen unterwegs sein. Wir werden überhaupt nicht auffallen. Keiner wird uns beachten.«

»Wahrscheinlich hast du Recht«, sagte Rudy. Dann warf er Eva einen kurzen Seitenblick zu. »Aber was ist, wenn der alte Mann Besuch hat?«

»Dann müssen wir eben warten, bis der Besuch geht.« Eva reichte ihm eine weiße Plastikkappe und eine dicke Brille. »Setz das auf.«

Sie trugen weiße Hemden und Hosen, entsprechend der Kleidervorschrift für das Reinigungspersonal im Memorial Hospital. Das Tragen von Kopfbedeckung war freiwillig, aber Eva fand, sie verbesserten die Verkleidung. Kappen verdeckten das Haar und veränderten das Aussehen von Leuten. Die Idee mit Rudys Brille stammte aus einem Artikel, den ein paramilitärischer Kommandant im Internet veröffentlicht hatte. Wenn die Brille dick genug war, so hatte der Kommandant geschrieben, dominierte sie das Aussehen des Trägers so stark, dass sich Befragte später einzig daran erinnerten.

»Wie lange noch?«, fragte Rudy ungeduldig.

»Circa fünf Minuten.«

»Vielleicht könntest Du jetzt für uns beten.«

Eva nickte und senkte den Kopf. »Lieber Gott, führe uns durch diese Mission und lass sie uns erfolgreich beenden. Behüte uns in unserem Kampf in Deinem Namen. Wir danken Dir –«

Rudy stieß sie mit dem Ellbogen an und deutete mit dem Kopf in Richtung Eingangsportal. Eine ältliche Frau kam langsam den Mittelgang herunter. Sie setzte sich auf die andere Seite, blickte zu den bunten Fenstern auf und befingerte ihren Rosenkranz.

»– für Deine Hilfe und Gnade. Amen«, schloss Eva knapp.

»Amen«, sagte Rudy feierlich.

Aus dem Augenwinkel musterte er die Frau. Sie war sehr dunkel und betete in einer ihm fremden Sprache. Dann kniete sie nieder und begann zu weinen, ihr Schluchzen war deutlich hörbar. Langsam wurde ihre Stimme lauter und schriller und fing an, Rudy auf die Nerven zu fallen. Er wünschte, sie würde woanders hingehen zum Weinen.

Rudy sah hinauf zu den wunderschönen Buntglasfenstern. Ein weißer Erzengel blickte auf ihn herab. Ihre Blicke trafen sich und blieben aufeinander gerichtet. Rudy fühlte, wie ihn Kraft durchströmte. Er wurde gesegnet.

Eva stand mit dem Rücken zur Frau. »Behalte deinen Kopf unten«, flüsterte sie.

Sie verließen die Kapelle und gingen zu den Aufzügen. Bis auf eine junge Frau mit einem schlafenden Kind im

Sportbuggy war der Korridor menschenleer. Der Informationsschalter in der Nähe war unbesetzt.

»Ich dachte, du hättest gesagt, es wären Leute in den Gängen«, sagte Rudy nervös.

»Auf den Stationen wird mehr Betrieb sein«, beruhigte Eva ihn und drückte den Aufwärtsknopf.

»Wie kannst du so sicher sein?«

»Weil es unser Freund vom Memorial gesagt hat.«

Rudy traute ihrem Kontaktmann im Memorial Hospital nicht, der stets im Hintergrund blieb und sich nie die Hände schmutzig machte oder jemanden umbrachte. Und sollte die Verbindung auffliegen, befürchtete Rudy, dass er die Seiten wechseln würde, um sich zu retten. Aber Eva hatte für ihn gebürgt.

»Wir verschwinden durch den Notausgang, oder?«, fragte Rudy vorausblickend.

»Richtig.«

Eva überprüfte ihre Erscheinung in der Spiegelwand neben den Aufzügen. In ihrer weißen Kleidung mit den weißen Kappen sahen sie detailgetreu aus wie das Putzpersonal. Sogar ihre Namensschilder wirkten echt. Und der Kommandant aus dem Internet hatte Recht mit der Brille. Rudy sah aus wie ein langweiliger Streber. Eva stopfte eine rote Locke unter ihre Kappe, als sich die Aufzugstür öffnete.

Hinten im Lift saß ein junges Mädchen mit Tropf im Rollstuhl. Ein untersetzter Mann in Arbeitskleidung stand neben ihr, die Hand auf ihrer Schulter. Im Aufzug roch es stark nach Duftspray. Kein frischer Geruch, sondern ein klebrig süßlicher. Eva fiel auf, dass der Boden feucht war, als hätte man gerade gewischt. Ihr war, als könnte sie den Geruch von Erbrochenem darunter ausmachen.

»Spätschicht, was?«

»Genau«, sagte Eva. »Aber wir haben es bald geschafft.«

Rudy sah das Mädchen im Rollstuhl an. Sie wirkte sehr jung, vielleicht vierzehn oder fünfzehn. Dann bemerkte er den Ausschlag auf ihrem Arm, rot und aggressiv mit Bläschen und Schorf. Sogar Füße und Beine waren infiziert. Und jetzt rieb sie an den Wunden am Hals. Rudy drückte sich an die Wand, um so viel Abstand wie möglich zwischen sich und das Mädchen zu bringen. Er hoffte, dass was immer sie hatte sich nicht über die Luft übertrug.

Der Aufzug kam mit einem Ruck zum Stehen und die Tür ging auf. Eva und Rudy stiegen im sechsten Stock aus und gingen direkt zu einem Putzschrank am Ende des Korridors. Nachdem sie sich mit einem Putzwägelchen und zwei Wischmopps versorgt hatten, machten sie kehrt und begaben sich zu Raum 602.

Nur wenige Leute waren im Gang: Ein alter Mann stützte eine Frau beim Gehen, ein junger Mann ging mit seinem Infusionsständer spazieren. Eva und Rudy machten Platz, als ein Pfleger mit einem EKG-Apparat vorbeieilte.

»Perfekt«, raunte Rudy.

»Nicht ganz perfekt«, erwiderte Eva und deutete mit ihrem Mopp in Richtung des Zimmers. »Da steht ein Stuhl.«

»Na und?«

»Schau mal rüber zum Stationszimmer.«

Rudy wrang seinen Mopp aus und blickte über die Schulter. Ein Polizist stand beim Stationszimmer mit einer Schwester. Sie plauderten und lachten.

»Verflucht«, grummelte er. »Was jetzt?«

Eva erwog die Chancen, erwischt zu werden. Und wenn

der Polizist hereinkam?, fragte sie sich. Und wenn schon? Man könnte ihn schnell und leise töten. Mit dem Fuß fühlte sie nach der schallgedämpften Beretta, die sie festgeklebt am Bein trug.

»Und?«, fragte Rudy, die Augen starr auf den Polizisten gerichtet. Im Moment trank er Kaffee, immer noch mit der Schwester schäkernd.

»Wir tun es.«

Schnell verschwanden sie in Raum 602, die Tür ließen sie offen stehen. Ein alter Mann lag mit verbundenen Augen im Bett. Auf einem Rolltisch neben ihm stand eine halb gegessene Schale Vanilleeis. Als Rudy auf den alten Mann zuging, stieß er an den Tisch und drückte ihn gegen das Bett.

»Sind Sie das, Lieutenant Sinclair?«, fragte der alte Mann laut.

»Ja«, murmelte Rudy.

»Gut, dass Sie wieder da sind«, sagte der Mann. »Eben ist mir noch etwas eingefallen. Zwei der Männer, die in das Haus gegangen sind, sprachen spanisch. Ich bin mir sicher, dass es Mexikaner waren. Und einer der Weißen hatte einen Schnauzer und ein Ziegenbärtchen. Ist es nicht witzig, wie diese Dinge Stück für Stück aus dem Unterbewusstsein auftauchen?«

»Ja, wirklich witzig.« Rudy presste dem alten Mann die Hand auf den Mund und griff nach dem Kopfkissen. Der Mann versuchte, sich ihm zu entwinden, aber Rudy drückte ihn mit seinem Gewicht auf die Matratze. Dann legte er ihm das Kopfkissen aufs Gesicht.

Eva spähte aus der Tür in den Gang hinaus. Der Polizist stand noch immer beim Stationszimmer. Aber er hatte sich schon ein Stück vom Schalter entfernt und legte den Kopf in den Nacken, um den Rest aus seinem Kaffeebecher zu trinken. Gleich war seine Pause vorbei. Sie blickte zurück zu Rudy und dem alten Mann. »Beeil dich!«, drängte sie.

»Dieser Mistkerl will einfach nicht sterben.«

Der alte Mann war stärker, als Rudy erwartet hatte. Er krallte sich in seine Arme und riss die Haut auf, bis Blut floss. Rudy presste das Kissen noch fester herunter.

Der alte Mann trat jetzt mit den Beinen und stieß gedämpfte Laute unter dem Kissen hervor. Plötzlich versteifte er sich und würgte. Dann würgte er noch einmal. Und dann war er still.

Rudy hob das Kissen weg und studierte das Gesicht des Mannes. Überall um Nase und Mund herum klebten Spucke und Erbrochenes, aber Rudy sah keine Blasen. Demnach atmete der Alte nicht mehr. Er fühlte an der Halsschlagader nach dem Puls. Nichts. Rudy steckte das Kissen unter den Kopf des Mannes. »Gehen wir«, sagte er.

Sie traten in den Korridor hinaus, mit den Mopps den Boden wischend. Aus den Augenwinkeln beobachteten sie, wie der Polizist auf sie zukam.

Rudy beugte sich zu seiner Pistole in der Socke.

»Locker bleiben«, sagte Eva ruhig. »Wir wischen weiter den Gang entlang, ganz unauffällig.«

»Ich glaube, er hat gesehen, wie wir aus dem Zimmer kamen.«

»Wenn er zu uns kommt und Fragen stellt, tötest du ihn.« Eva setzte ein gekünsteltes Lächeln auf und nickte, als hätte Rudy etwas Witziges gesagt. »Ein Schuss in den Kopf.«

Sie schwenkten ihre Wischmopps hin und her und bewegten sich dabei langsam von Zimmer 602 weg, ohne auch nur ein Mal aufzusehen, den Polizisten jedoch immer seitlich im Blick.

Gerade stemmte er die Hände in die Hüften und betrachtete sie.

»Was meinst du?«, fragte Rudy fast unhörbar.

»Ich glaube, er setzt sich gleich hin.«

Einen Moment später saß der Polizist in seinem Stuhl und streckte die Beine aus.

»Braver Junge«, sagte Eva und rollte das Putzwägelchen den Korridor hinunter auf den Notausgang zu.

8

Donnerstag, 18. März, 7.30 Uhr

Joanna starrte auf das klingelnde Telefon. Schlechte Nachrichten, sie wusste es. Wie immer, wenn das Telefon um diese Zeit läutete. Es war gerade mal halb acht, und Joanna hatte sich eben erst eine zweite Tasse Kaffee eingegossen. Sie stand vom Frühstückstisch auf und nahm den Hörer ab.

»Ja, hallo?«

»Guten Morgen«, begrüßte sie Paul. »Ich hoffe, ich habe dich nicht geweckt.«

»Ich war schon auf«, sagte Joanna sanft.

»Und jetzt bist du gerade bei deinem zweiten Kaffee.«

»Stimmt genau«, Joanna blickte flüchtig auf die Wanduhr. »Ist alles okay?«

»Alles bestens in Montreal«, sagte Paul. »Abgesehen davon, dass Sasha enttäuscht war, dich nicht kennen zu lernen.«

»Sag ihr, wir holen es bald nach, ich verspreche es.«

»Ich werde mein Bestes tun, aber es kann sein, dass sie mir nicht glaubt. Ihre Mutter verwendet es nämlich als Beispiel dafür, dass Sasha sich nicht auf mein Wort verlassen kann.«

Joanna spürte die Bitterkeit in Pauls Stimme. »Himmel, deine Exfrau scheint ja wirklich schrecklich zu sein.«

»Das ist die Untertreibung des Jahres.« Paul steckte sich eine Zigarette an und blies den Rauch in den Hörer. »Und obendrein hätte ich heute Abend mit Sasha essen gehen sollen, muss aber jetzt nach New York zu einer wichtigen Konferenz fliegen.«

Joanna fragte sich, wie es wohl sein mochte, wenn man als Einzelkind von zerstrittenen geschiedenen Eltern hin und her gezerrt wurde. Es musste seelische Narben hinterlassen. »Ich bin sicher, Sasha versteht, dass du aus Geschäftsgründen –«

»Kinder verstehen keine Geschäfte«, unterbrach Paul. »Nicht, wenn sie ihnen einen Elternteil wegnehmen.«

»Sind deine Geschäfte denn so wichtig?«

»Höchste Dringlichkeitsstufe«, antwortete Paul in ernstem Ton. »Wir versuchen, eine Investmentbank in New York zu übernehmen und es gibt Probleme.«

»Dann löse die Probleme so schnell wie möglich und flieg zurück nach Montreal«, sagte Joanna. »Und bring Sasha eine Überraschung aus New York mit.«

Paul seufzte tief. »Wenn es nur so einfach wäre. Aber es gibt eine ganze Reihe von Meetings in New York. Es könnte sich eine Woche oder länger hinziehen. Ich fürchte, wir müssen unser Essen am Wochenende verschieben.«

»Terminkalender bestimmen unser Leben«, murmelte Joanna leise.

»Was?«

»Nichts.«

»Wenn ich wieder in Los Angeles bin, gehen wir wieder ganz besonders essen. Wie hört sich das an?«

»Wundervoll«, sagte Joanna und bemühte sich, begeistert zu klingen.

»Du fehlst mir«, sagte Paul sehnsüchtig. »Du fehlst mir wirklich.«

»Du fehlst –« Es klickte ein paar Mal in der Leitung, dann kam Pauls Stimme wieder durch.

»Ich hab einen dringenden Anruf auf der anderen Leitung«, sagte er knapp. »Kann ich dich später zurückrufen?«

»Natürlich.«

»Bleib so schön und hinreißend, wie du bist.«

Joanna starrte eine Weile auf den Hörer, bevor sie auflegte. Sie fragte sich, ob sie gerade einen Blick in ihre Zukunft geworfen hatte. Bislang waren die Verabredungen mit Paul immer bis ins Detail geplant gewesen. Geradezu vollendet mit Mondschein, Wein und Rosen. Doch langsam stahlen sich die beruflichen Verpflichtungen in ihre Beziehung und stellten sich quer. Sie konnte nicht nach Montreal wegen der Bombe in West Hollywood, er konnte nicht zurück nach Los Angeles wegen einer Bankenübernahme in New York. Und dann waren da noch Exfrau und Tochter, die in ihre Beziehung hineinspielten. Joanna stöhnte. Konnte ihr Leben nicht einmal unkompliziert und einfach sein?

Das Telefon riss sie lautstark aus den Gedanken. Joanna lächelte. Es war Paul. Sie fühlte es tief im Innern. Wahrscheinlich wollte er ihr noch einmal sagen, wie sehr sie ihm fehlte. Oder vielleicht fiel die Konferenz in New York aus und er war auf dem Weg zurück nach Los Angeles.

Joanna nahm ab. »Hallo?«

»Wir haben ein Problem«, sagte Jake Sinclair.

»Was?«

»Unser einziger Zeuge der Explosion lag heute Morgen tot in seinem Bett im Memorial.«

Joanna musste ihre Gedanken erst neu sortieren. »Irgendwelche Hinweise auf ein Verbrechen?«

»Schwer zu sagen«, meinte Jake. »Du solltest dir die Sache besser einmal ansehen.«

Joanna bahnte sich den Weg durch eine Gruppe von Ärzten und Pflegern, die sich beim Stationszimmer im sechsten Stock versammelt hatte. Sie duckte sich unter dem polizeilichen Absperrband hindurch und ging den ruhigen Korridor entlang. Die meisten Türen waren verschlossen, aber aus ein paar Spalten lugten neugierige Augen. Ein Polizist vor Zimmer 602 erkannte sie und grüßte halb förmlich.

Der strenge Gestank nach Erbrochenem war das Erste, das Joanna beim Betreten des Raumes wahrnahm. Erfolglos suchte sie auf Boden und Bett nach der Ursache für den Geruch. Die Zimmereinrichtung stand ordentlich in Position und das Bett war nicht zerwühlt. Alles schien normal. Sollte es einen Kampf gegeben haben, sah Joanna jedenfalls keinen Hinweis darauf.

Jake kam zu ihr herüber. »Hier ist etwas faul.«

»Irgendwelche Anhaltspunkte?«, fragte Joanna.

»Einen toten Mann«, sagte Jake. »Und es gibt eine Blutspur auf dem Kissen, die ich mir nicht erklären kann.«

»Vielleicht beim Rasieren geschnitten?«, erkundigte sich Joanna.

»Ich habe keinen Schnitt gesehen.«

»Oder vielleicht Nasenbluten?«

»Möglich«, sagte Jake. »Aber er hat kein verkrustetes Blut um die Nase.«

»Er könnte es hochgehustet haben«, schlug Joanna vor. »Leute mit Explosionsverletzungen haben manchmal Einblutungen in der Luftröhre.«

»Vielleicht war also gar nichts«, schaltete sich Simon Murdock ein, der mit besorgtem Gesichtsausdruck vor einem großen Fenster auf und ab schritt. Das Morgenlicht strömte herein und ließ die Linien in seinem Gesicht besonders stark hervortreten. »Die Diagnose deckt sich also vielleicht mit der des behandelnden Arztes.«

»Die da wäre?«, fragte Joanna.

»Heraufwürgen und Einatmen von Mageninhalt mit akuter Atemwegsverlegung.«

Joanna nickte. Jetzt war ihr auch klar, wo der Gestank herkam. »Und vielleicht hustete er so heftig, um die Luftröhre frei zu bekommen, dass ein kleines Blutgefäß platzte.«

»Das würde alles erklären«, stimmte Murdock eifrig zu.

»Soso«, sagte Jake zweifelnd, während er den Kopf des Mannes anhob, um den Nacken zu inspizieren.

»Hören Sie, Lieutenant«, sagte Murdock gereizt, »ich weiß, es ist Ihre Aufgabe, Ermittlungen anzustellen, aber hier scheint doch alles klar, und ich verstehe nicht –«

»Hier ist überhaupt nichts klar«, fiel ihm Jake ins Wort. »Ein Mann, der eine Bombenexplosion überlebt hatte und auf dem Weg der Besserung war, ist plötzlich tot und keiner weiß, warum. Und zufällig ist er der einzige Augenzeuge der Explosion.«

»Aber eine Diagnose von Heraufwürgen und Einatmen von Mageninhalt drängt sich doch auf, finden Sie etwa nicht?«

»Ich bin erst überzeugt, wenn sich bei der Autopsie zeigt, dass er die Lungen voll Erbrochenem hat«, sagte Jake und machte keinen Hehl aus seiner Abneigung gegen den Dekan der medizinischen Fakultät. »Und ich glaube erst, dass das Blut auf dem Kissen von dem Mann selbst stammt, wenn es mit seinem Bluttyp verglichen wurde.«

Murdock hielt dem Blick eine Weile stand, sah dann zur Seite und ging weiter im Zimmer auf und ab.

Joanna fühlte die wachsende Spannung zwischen den Männern und die gegenseitige Abneigung. Jedes Mal, wenn sie sich trafen, mussten sich beide sehr beherrschen, um nur ja nicht ausfallend zu werden. Und sie kannte auch den Grund dafür. Sie begegneten sich ausschließlich, wenn es im Memorial Hospital zu polizeilichen Ermittlungen kam. Murdocks Aufgabe war es, das Image des Memorial um jeden Preis zu schützen, denn nichts schadete dem Ruf eines medizinischen Zentrums so sehr wie ein offenkundiges Verbrechen – und im Memorial hatte es davon schon mehr als genug gegeben. Drogen, Sexskandale, sogar Mord. Ganz wie im Leben draußen eben, dachte Joanna grimmig. Und jedes Jahr gab es einen neuen Skandal und eine neue Bedrohung für die Reputation des Krankenhauses. Für Murdock war Jake nicht nur ein Ermittler, er war ein Widersacher, der dem Memorial Hospital ernsthaften Schaden zufügen konnte.

Aber das kümmerte Jake nicht. Alles, was er sah, war ein Verbrechen, das es zu klären galt und dessen Täter bestraft werden musste. Joanna fragte sich, ob hier wirklich ein Verbrechen vorlag. Bis jetzt wies nichts darauf hin, aber andererseits hatte Jake einen sechsten Sinn, wenn es um Mord ging. Und er täuschte sich selten.

Joanna musterte Jake, als er die Bettdecke zurückschlug, um die Leiche aufzudecken. Er sah so verdammt gut aus mit diesen graublauen Augen, die einem bis auf den Grund der Seele schauen konnten. Dieser Blick und schon kribbelte es am ganzen Körper und man wünschte, dass es ewig ginge. Zu schade, dass er bekennender Single war, unfähig, über längere Zeit mit jemandem zusammenzuleben. Jake war für ein Dasein allein bestimmt. Sie seufzte und fragte sich, wann wohl ein passender Moment wäre, ihm von ihrer Beziehung mit Paul du Maurier zu erzählen. Und vor allem, wie er die Neuigkeiten aufnehmen würde. Wahrscheinlich würde er nur einfach in die Nacht verschwinden, ein Einzelgänger, einmal mehr allein.

»Willst du mal schauen?«, fragte Jake.

Joanna trat neben das Bett und studierte die nackte Leiche. Sie begann bei den Füßen und arbeitete sich dann hoch. Die Zehennägel wären gelb und unförmig, verursacht durch eine chronische Pilzinfektion. Die Muskulatur der unteren Extremitäten war erstaunlich stark ausgebildet für einen Mann, der über siebzig zu sein schien. Wahrscheinlich ist er gejoggt oder gewandert, vermutete Joanna. Die Genitalien waren eingeschrumpelt und fast gänzlich verdeckt unter einem Wust von grauem Haar. Die Narbe einer Blinddarmoperation war gut verheilt und auf der Brust hatte er einige große Muttermale. Je näher sie dem Kopf kam, desto aufdringlicher wurde der Gestank nach Erbrochenem.

Joanna betrachtete die Arme. Auch hier war die Muskulatur gut ausgebildet, wenn auch nicht so stark wie an den Beinen. In den Armbeugen einige Einstichwunden, von denen aber keine blutete. Als Nächstes untersuchte sie die Finger des Toten. Sie holte das Vergrößerungsglas aus der Tasche ihres weißen Kittels und nahm Fingerkuppen und Nägel genau unter die Luppe. »Es hat einen Kampf gegeben«, sagte sie.

Jake eilte herbei. »Hast du Haut unter seinen Nägeln entdeckt?«

Joanna nickte. »Und Blut. Unter Zeige- und Mittelfinger der rechten Hand.«

»Verflixt noch mal«, stieß Jake heiser aus. »Ich hab's doch gewusst.«

Murdock trat näher ans Bett und versuchte mitzuhören. »Was? Was ist los?«

»Wir haben einen Mordfall, das ist los«, antwortete Jake.

Murdock schluckte hörbar. »Wie können Sie da so sicher sein?«

Joanna erzählte dem Dekan von den Haut- und Blutspuren unter den Nägeln. Sie waren ein sicheres Zeichen, dass jemand um sein Leben gekämpft und sich dabei in das Gesicht und die Arme seines Angreifers gekrallt hatte. Der gepflegte Nagel des Zeigefingers war außerdem eingerissen, was den Verdacht noch erhärtete. »Wir vergleichen das Blut unter den Nägeln und auf dem Kopfkissen mit dem des Mannes und das wird eindeutig belegen, dass er angegriffen wurde. Und von der Haut und dem Blut machen wir eine DNS-Analyse. Sollten wir den Mörder je finden, können wir ihn über DNS-Tests identifizieren.«

»Es gibt also keinen Zweifel?«, fragte Murdock nervös.

»Keinen.« Joanna schnupperte nahe dem Kopfende des Betts. »Warum riecht es hier so stark nach Erbrochenem?«

»Das ist mir auch aufgefallen, es kommt vom Hinterkopf oder Nacken.« Jake spähte unter das Bett. »Oder vom Boden.«

Joanna hob den Kopf des Leichnams und untersuchte Hinterkopf und Hals. Alles war sauber, aber der Geruch verstärkte sich noch. Sie sah kurz auf das Kissen, dann drehte sie es um und entdeckte das getrocknete Erbrochene. »Wurde irgendetwas bewegt, seit heute Morgen sein Tod entdeckt wurde?«

»Der wachhabende Polizist hat niemanden etwas anrühren lassen«, antwortete Jake. »Warum?«

Joanna deutete auf das getrocknete Erbrochene auf der Rückseite des Kissens.

»Die Schweine haben ihn erstickt«, presste Jake zwischen zusammengebissenen Zähnen hervor. »Und der arme Kerl hatte die Augen verbunden. Er hat sie nicht einmal kommen sehen.«

Joanna sah zur Tür. »Hast du gesagt, ihr hattet eine Wache an der Tür?«

»Rund um die Uhr.«

»Wie sind die Mörder dann hier reingekommen?«

Jake überlegte eine Weile, ob vielleicht ein Arzt oder eine Schwester den Mann getötet hatte. Nein, verwarf er den Gedanken. Der Dienst habende Polizist hatte ihm gesagt, dass niemand nach zwanzig Uhr den Raum betreten hatte. Niemand. Aber vielleicht meinte er damit Besucher und keine Krankenhausbelegschaft, wie Ärzte oder Schwestern und technisches Personal. »Gorman! Kommen Sie eine Minute zu uns.«

Der große, breitschultrige Mann hastete herein. »Ja, Sir?«

»Ist hier irgendwer hineingegangen, nachdem Sie um zwanzig Uhr den Patienten das letzte Mal gesehen haben?«

»Nein, Sir.«

»Ich meine irgendwer. Ärzte, Schwestern, technisches Personal?«

»Nicht eine Seele.«

Jake rieb sich das Kinn. Irgendwie musste der Mörder an der Wache vorbeigekommen sein. Er fragte sich, ob der Polizist wohl kurz eingenickt war. »Haben Sie Ihren Posten aus irgendwelchen Gründen verlassen?«

»Nein, Sir.«

»Aufs Klo gegangen?«

Der Polizist nickte langsam. »Zweimal. Aber ich habe das Bad im Krankenzimmer benutzt und die Tür offen gelassen.«

»Sind Sie herumgelaufen? Um sich die Beine zu vertreten oder dergleichen?«

Der Polizist dachte einen Moment lang nach. »Ich war bei der Schwesternstation auf einen Becher Kaffee, so um zwanzig Uhr dreißig. Aber ich blieb im Korridor und hatte die ganze Zeit die Tür im Auge.«

»Wie weit, glauben Sie, waren Sie von der Tür entfernt?«

»So zehn, fünfzehn Meter.«

»Und niemand war im Gang?«

»Niemand«, beteuerte der Polizist, blinzelte aber, als ihm etwas einfiel. »Abgesehen vom Putzpersonal.«

Jakes Augen verengten sich. »Sind Sie sicher, dass sie zum Putzpersonal gehörten?«

»Eigentlich schon«, sagte der Polizist. »Sie trugen Weiß und hatten Namensschilder. Und ich kann Ihnen ganz sicher sagen, dass sie nicht in dieses Zimmer hier kamen.«

Nein, das können Sie eben nicht, lag es Jake auf der Zunge. Sie waren fünfzehn Meter entfernt und einer der Putzleute hätte in den Raum schleichen können, während Sie nach Ihrem Kaffee griffen. »Zwischen zwanzig Uhr dreißig und einundzwanzig Uhr, sagten Sie?«

»Korrekt.«

Jake nahm seinen Block und notierte, dass er sich bei der Krankenhausverwaltung erkundigen musste, ob für diese Zeit planmäßig Reinigungspersonal in der sechsten Etage hätte sein sollen. Selbst wenn, würde er gerne mit ihnen sprechen. Vielleicht hatten sie etwas gesehen. »Können Sie die Leute beschreiben?«

Der Polizist zögerte und versuchte erneut sich zu erinnern. »Beide weiß. Jung, Ende zwanzig. Einer hatte so ein Ziegenbärtchen.«

»Gut«, sagte Jake. »Danke für Ihre Hilfe.«

Joanna sah dem Polizisten nach, dann wandte sie sich an Jake: »Du glaubst, die Putzleute waren die Mörder?«

»Möglicherweise«, sagte er. »Weiße Uniformen und gefälschte Namensschilder sind leicht zu beschaffen.«

Murdock schüttelte angewidert den Kopf. »Und sie

sind einfach hier hereinspaziert, haben einen Patienten getötet und sind dann wieder hinausgegangen.«

»Sie sind nicht einfach hereinspaziert«, sagte Jake und fragte sich, was dem Alten wohl durch den Kopf gegangen sein mochte, als man ihn erstickte. Vielleicht glaubte er, er hätte einen Alptraum. »Wenn es das Reinigungspersonal war, hatten sie Hilfe von hier.«

»Das können Sie doch gar nicht wissen«, sagte Murdock verteidigend.

»Doch, das kann ich«, sagte Jake. »Sie wussten, wie die Uniformen und Namensschilder aussehen. Sie wussten, wo der Putzschrank war. Und vor allem wussten sie, wo der Augenzeuge lag. Vergessen Sie nicht, dass der Name des Zeugen nirgends offiziell in den Patientendaten des Krankenhauses erscheint. Jemand musste den Mördern diese Informationen beschaffen. Und dieser Jemand kennt sich im Memorial aus.«

»Das sind immer noch alles Vermutungen«, sagte Murdock. »Es gibt keinerlei Beweis, dass jemand aus der Belegschaft darin verwickelt war. Sie haben nur ein paar Indizien.«

»Klar doch«, sagte Jake und seine Abneigung gegen Murdock verstärkte sich noch. Er steckte seinen Block ein. »Ich möchte jetzt das Stationszimmer sehn. Schauen wir uns an, wie gut die Sicht des Polizisten war. Vielleicht gab es ja einen toten Winkel.«

Sie folgten ihm aus dem Zimmer, vorbei an dem Polizisten, der an der Tür Wache stand. Jake hielt inne und sah den Gang hinunter, als sich die Tür zum Notausgang öffnete. Ein großer schwarzer Mann in weißer Uniform mit Namensschild trat heraus und kam leise fluchend auf sie zu. Er schob ein Putzwägelchen und hatte zwei Wischmopps geschultert.

»Gibt es ein Problem?«, erkundigte sich Jake.

»Ich sag Ihnen, was das Problem ist«, sagte der Hausmeister rau. »Die Aushilfskräfte von heute taugen nichts. Sie wollen ihr Geld, aber sie sind faul. Einfach faul. Lassen die ihr Putzzeug doch glatt im Notausgang stehen, statt es in den Putzschrank zu räumen.«

Jakes Augen verengten sich plötzlich. »Wo ist der Putzschrank?«

Der Mann deutete den Korridor hinunter. »Auf halbem Weg zwischen hier und der Schwesternstation. Diese Idioten mussten auf dem Weg zurück zum Lift sogar daran vorbei.«

Jake und Joanna folgten den Blicken des Mannes. Beide malten sich im Geiste aus, wie die Reinigungsleute sich wischend von dem Zimmer und dem Polizisten an der Schwesternstation entfernten. Sie nickten einander zu und sagten fast gleichzeitig: »Ein Informant.«

»Was?«, fragte Murdock. Er sah zu, wie Jake dem Hausmeister Wischmopps und Putzwägelchen abnahm und als Beweisstücke konfiszierte. Er verstand noch immer nicht die Bedeutung des Funds.

Jake wartete, bis der Hausmeister außer Hörweite war, dann sagte er: »Irgendjemand hier im Memorial steckt bei diesem Mord mit drin.«

Murdock schluckte. »Heißt das, jemand aus der Belegschaft hat den Mann umgebracht?«

»Das heißt, jemand aus der Belegschaft war bei der Planung dabei. Und in Kalifornien ist das vorsätzlicher Mord.«

9

Montag, 19. März, 11.28 Uhr

»Bei dir alles okay?«, fragte Jake.

»Mir geht's gut«, antwortete Sergeant Lou Farelli.

»Du siehst ein bisschen krank aus.«

»So sieht man eben aus, wenn man einen Monat lang auf dem Sofa vor der Glotze zugebracht hat.«

Jake musterte das Gesicht seines Partners und fragte sich, ob Farelli vielleicht zu früh in den Dienst zurückgekommen war. Er war blass und seinem Gang fehlte der Schwung. Aber der Arzt hatte grünes Licht gegeben und ihm gesagt, er habe sich von der Schussverletzung erholt. In Gedanken sah Jake immer noch, wie sich das Blut aus Farellis Bein auf den Gehsteig ergoss. »Wenn es dir zu viel wird, sagst du Bescheid.«

Farelli hob die Hand, um die Augen zu beschatten und sah auf die Schuttberge, die einst Wohnhäuser gewesen waren. »Einfach nicht zu fassen.«

»Es ist doch anders, wenn man es aus der Nähe sieht, nicht wahr?«

»Eben noch eine Wohngegend, plötzlich ein Haufen Trümmer.«

»Und zweiundzwanzig Tote«, ergänzte Jake.

Farelli betrachtete die Fähnchen, die verteilt über das Schuttfeld im Wind flatterten. »Glaubst du, unsre Frau Doktor kann diese Teile jemals wieder zusammensetzen?«

Jake schüttelte den Kopf. »Nur Gott kann das.«

»Stimmt«, sagte Farelli. »Aber der arbeitet nicht an diesem Fall.«

Mit einem lauten Röhren sprang ein Motor an. Ein traktorartiger Bagger machte sich daran, Geröll von einem eingebrochenen Kamin beiseite zu schieben. Ein ATF-Agent signalisierte ihm mit den Händen, ein bisschen weiter vorzufahren, dann noch ein wenig mehr. Eine Steinplatte zerbarst in einer Staubwolke. Hastig riss der Agent die Hände hoch und winkte. Der Bagger kam zum Stillstand und es erschien ein Leichenbeschauer, der über den Steinberg kletterte und mit einer Zange hineingriff. Jake und Farelli stellten sich auf die Zehenspitzen, um über den Schuttrand zu sehen, aber es gelang ihnen nicht.

Einen Augenblick später eilte der ATF-Agent an ihnen vorbei, in der Hand eine kleine Plastikkiste mit der Aufschrift ›Biomaterial‹. Dan Hurley folgte einen Schritt hinter dem Agenten. Er bemerkte die Männer aus der Mordkommission und kam zu ihnen herüber.

»Schön, dass du wieder da bist«, grüßte Hurley Farelli, bestürzt darüber, wie blass er war. Die ganze Abteilung wusste, dass Farelli fast verblutet wäre. Ein Freund von Hurley hatte ihm erzählt, dass er auf jenem Gehweg fast einen Liter Blut verloren hatte. »Kellerman sagt, du wirst bestimmt ein besserer Polizist, jetzt, wo du etwas von seinem Blut hast.«

Farelli nickte grinsend. Bo Kellerman war beim Sittendezernat und hatte einen Viertelliter Blut der selten vorkommenden Blutgruppe AB negativ für ihn gespendet. »Sag ihm noch mal Danke.«

Wieder sprang der Motor des Kleinbaggers an, diesmal noch lauter. Er setzte zurück, weg von dem eingestürzten Kamin. Mehr Staub wirbelte in die Luft und setzte sich nur langsam. Der Bagger fuhr weiter zurück und der Motorlärm verstummte.

»Ihr findet wohl immer noch kleine Fetzen?«, fragte Jake.

»Diesmal ist es, glaube ich, ein anständiges Körperteil«, sagte Hurley. »Es sieht aus wie ein Ellbogen mit einer hübschen Portion Oberarm dran.«

Farelli zuckte die Schultern. »Damit kann man wohl kaum jemanden identifizieren.«

Hurley lächelte dünn. »Und es sieht aus, als wäre eine Tätowierung auf dem Arm.«

»Was für eine Tätowierung?« Jake war plötzlich ganz Ohr.

»Schwer zu sagen«, meinte Hurley und rieb sich das Kinn mit der Hand, an der die zwei Finger fehlten. »Es scheint so eine Art Blume zu sein.«

»Eine gute Tätowierung oder eine amateurhafte?«, hakte Jake nach.

»Ich fand, sie sah ganz gut aus«, sagte Hurley nachdenklich. »Weißt du, die Farben waren kräftig und die Striche und Details richtig klar, nichts verlaufen.«

Jake nickte. Gute Tätowierungen konnte man zurückverfolgen, insbesondere, wenn sie ungewöhnliche Merkmale aufwiesen. Manche Tätowierungen waren so einmalig und komplex, dass sie nur einigen wenigen Künstlern zugeordnet werden konnten. Jake notierte sich, dass er sie später genau untersuchen wollte. »Haben die Jungs vom FBI schon was gehört?«

»Keinen Mucks«, sagte Hurley. »Die Verantwortlichen melden sich nicht.«

»Nicht mal die üblichen Spinner?«

»Im LAPD hat gestern einer angerufen«, schnaubte Hurley verächtlich. »Völlig durchgeknallt. Hat behauptet, er hätte eine spezielle Form von TNT verwendet, die Pontius Pilatus gemischt hat.«

»Sieht also immer mehr nach Betriebsunfall aus, oder?«

»Es scheint wohl so«, sagte Hurley, klang jedoch nicht sonderlich überzeugt. »Aber ich sage euch mal was. Diese Leute waren keine Amateure und ihre Bombe war nicht selbst gebastelt. Es war ein spezieller Typ C4.« Er griff in die Tasche und reichte Jake einen Laborbericht.

Jake hielt das Blatt so, dass Farelli mitlesen konnte. Es stammte aus dem Sprengstofflabor der ATF in Rockville, Maryland. Das C4 aus der Bombe war eine Mischung aus RDX und PETN, beides hoch explosive Stoffe. Das Verhältnis von RDX zu PETN fand man selten bei C4-Präparaten.

»Das RDX und das PETN waren pur, praktisch ohne Verunreinigungen«, erläuterte Hurley. »Das heißt, das C4 wurde nicht zu Hause gemischt. Die Herstellung unterlag strengen Qualitätskontrollen.«

»Wie kamen sie daran?«

»Vielleicht von einer militärischen Einrichtung gestohlen oder am Schwarzmarkt gekauft«, meinte Hurley. »Von dem Zeug ist eine Menge im Umlauf. Aufschlussreich sind jedoch vor allem die Anteile von RDX und PETN. Diese Stoffe waren in einem exakten Verhältnis gemischt, das ihnen den größtmöglichen Knall für ihr Geld garantierte. Da war jemand mit Sprengstofferfahrung am Werk. Ein Profi.«

»Aber wenn sie solche Profis waren, warum haben sie sich dann selbst in die Luft gejagt?«, warf Farelli ein.

»So etwas kann passieren.« Hurley sah wieder die Rohrbombe vor seinem inneren Auge, die ihn zwei Finger gekostet hatte. Er war vorsichtig gewesen, ganz vorsichtig und trotzdem war sie hochgegangen. Er erinnerte sich an die kleine Rauchwolke, die aufstieg, unmittelbar bevor er es krachen hörte. Immer noch plagten ihn deswegen Alpträume, wenn auch nicht mehr so häufig wie früher. Hurley konzentrierte sich wieder auf die Gegenwart. »Ich habe gehört, wir haben unseren Augenzeugen verloren.«

»Ja«, sagte Jake säuerlich.

»Ist er an seinen Verletzungen gestorben?«

Jake schüttelte den Kopf. »Sie haben ihn erwischt. Sieht aus, als hätten sie den armen Kerl erstickt.«

»Das darf doch nicht wahr sein«, murmelte Hurley.

»Jetzt haben wir keinen Augenzeugen mehr.«

»Und jetzt wissen wir auch sicher, dass sie weiterhin planen, etwas Großes in die Luft zu jagen.«

»Wie kommst du darauf?«

»Weil die meisten Bombenleger abgehauen wären und sich in den Wäldern versteckt hätten«, sagte Hurley. »Als zweiundzwanzigfacher Mörder verlässt man normalerweise die Gegend. Diese Leute aber nicht. Sie bleiben in der Nähe, um alle Spuren zu verwischen, damit sie an ihrem Projekt weiterarbeiten können. Ich wette, sie haben längst ein festes Ziel und einen festen Zeitpunkt im Auge. Und sie lassen nicht zu, dass sich ihnen jemand oder etwas in den Weg stellt.«

Jake fuhr sich durchs Haar und versuchte, Hurleys Argumentation zu folgen. »Aber das Risiko, erwischt zu werden, ist doch jetzt viel größer.«

»Das ist denen doch egal. Für solche Fanatiker zählt einzig und allein die Mission.«

In der Innentasche von Hurleys Mantel meldete sich ein Handy. Er holte es hervor und sprach kurz hinein, dann steckte er es wieder ein. »Ich muss weg. Ich komm nachher noch mal zu euch.«

Farelli sah dem Sprengstoffexperten nach, als er davoneilte. »Wahrscheinlich die nächste Bombe.«

»Hurley hat mir erzählt, dass das Sprengstoffdezernat von Los Angeles über tausend Einsätze im Jahr hat«, berichtete Jake. »Dagegen ist Belfast ein harmloser Kinderspielplatz.«

»Diese Stadt geht immer mehr vor die Hunde«, knurrte Farelli. »Und jetzt haben wir auch noch ein paar Terroristen, um das Ganze ein bisschen zu würzen.«

»Und keine Ahnung, wer die Typen sind.«

Farelli zog sich die schlackernde Hose hoch. Trotz der Untätigkeit des letzten Monats hatte er seit der Schießerei fünf Kilo abgenommen. »Hat dir der Zeuge etwas gesagt, bevor man ihn kaltgemacht hat?«

»Nicht viel«, gestand Jake. »Er hatte immer noch höllisches Kopfweh von der Gehirnerschütterung.«

»Und er hat nichts gesehen?«

»Er bemerkte zwei Leute, die in das Haus gingen, konnte aber nicht sagen, wie sie aussahen. Und von der Explosion wusste er auch nichts mehr. Er ging mit seinem Schäferhund Gasssi und der hob sein Bein an einem Strauch. Das war das Letzte, woran sich der alte Mann erinnern konnte.«

Farelli grübelte kurz. »Wie oft ging der Mann täglich mit seinem Hund?«

»Zweimal«, sagte Jake. »Morgens und abends.«

»Und wo hat er gewohnt?«

Jake deutete mit dem Daumen in die Richtung. »Eineinhalb Straßen weiter oben.«

»Lebte er allein?«

»Mit seiner Frau, aber die sieht schlecht und hat ihn nie begleitet. Den Nachbarn zufolge sitzt sie immer in der Hollywoodschaukel auf der Veranda und wartet, dass er mit dem Hund zurückkommt.«

»Sie sieht also schlecht?«

»Grauer Star.«

Farellis Gesicht hellte sich auf und er lächelte. »Meinst du, dass er ihr vielleicht nach seinen Spaziergängen erzählte, was er alles gesehen hat?«

Jake schlug sich die Hand an die Stirn. »Was bin ich bloß für ein Volltrottel!«

»Wir besuchen sie.«

Vorbei an den eingestürzten Häusern liefen sie die gewundene Straße hinauf, dann entlang der schwer beschädigten Häuser mit den zersplitterten Fenstern und den geborstenen Fassaden. Selbst die Bäume waren von der Schockwelle ernsthaft mitgenommen. Äste und Zweige lagen verstreut auf Gehwegen und in Vorgärten.

Jake schielte zu Farelli hinüber, froh, seinen Partner wieder bei sich zu haben. Farellis Stärke lag darin, Zeugen aufzuspüren und zu befragen. Er wusste genau, wo sie zu finden waren und wie man ihnen Informationen entlockte. Oft schienen die Leute froh zu sein, wenn sie ihm weiterhelfen konnten. Jake schrieb es Farellis Erscheinung zu. Er war ein kleiner, stämmiger Mann mit dichtem Vollbart, der immer lächelte. Viele fanden, dass er wie der Kellner eines italienischen Restaurants aussah. In Wirklichkeit aber war er ein zäher Typ und wenn es hart auf hart kam der verlässlichste Partner.

»Ich nehme an, alle menschlichen Überreste kommen zu unserer Frau Doktor ins Labor im Memorial«, brach Farelli das Schweigen.

»Richtig.«

Der Sergeant nickte. »Also deshalb wolltest du den tätowierten Arm nicht gleich am Fundort untersuchen.«

»Ich kann dir nicht ganz folgen.«

»Du suchst wieder mal einen Vorwand, um Joanna Blalock zu besuchen.«

Jake zuckte die Achseln. »Ich brauche keinen Vorwand.«

»Aber sicher doch«, widersprach Farelli. »Ihr beiden habt euch mal wieder getrennt und jetzt weißt du nicht, wie du sie zurückgewinnen kannst.«

Jake seufzte tief. Farelli hatte Recht. Je länger er und Joanna auseinander waren, desto öfter dachte er an sie. Insbesondere nachts, wenn er so allein in der Stille lag. »Es kommt, wie es eben kommt.«

»Sie ist etwas Besonderes, Jake. So jemand läuft einem nicht jeden Tag über den Weg. Sie ist hübsch, klug und verflucht sexy. Und du betrachtest sie als eine Selbstverständlichkeit.«

Wieder zuckte Jake die Schultern.

»Willst du einen Rat?«

»Lass hören.«

»Werd erwachsen«, sagte Farelli. »Sonst stehst du irgendwann da und Joanna Blalock ist weg.«

»Wie zur Hölle kommst du nur auf all diese Dinge?«

»Wenn man eine Kugel abkriegt und zusehen muss, wie man beinahe verblutet«, erklärte Farelli, »konzentriert man sich eben auf das Wesentliche im Leben.«

Jake blieb vor einem einstöckigen Haus mit weißer Asbestverkleidung stehen. Die Hollywoodschaukel auf der Veranda war leer. »Da sind wir«, sagte er.

»Wie sollen wir es machen?«

»Ich fange an.«

Sie stiegen die Stufen zur Haustür hoch und klingelten. Eine pummelige Frau Mitte sechzig mit graubraunem Haar erschien an der Tür. Die Männer zeigten ihre Ausweise und stellten sich der Schwester der Witwe vor. Sie folgten ihr durch eine Diele in ein kleines Wohnzimmer. Im Hintergrund lief leise Musik. Jake erkannte Frank Sinatras *I'll Be Seeing You*.

»Claire«, sagte die Schwester leise. »Diese zwei Herren sind von der Mordkommission. Sie möchten dir ein paar Fragen stellen. Schaffst du das?«

Claire Stonehauser nickte langsam und wies auf ein Sofa mit stark abgewetztem hellem Bezug. »Setzen Sie sich doch bitte.«

Die Detectives ließen sich der Witwe gegenüber nieder und musterten sie kurz. Sie wirkte klein und zerbrechlich, aber ihr kurzes, weißes Haar war sorgfältig frisiert. Der Schaukelstuhl quietschte auf den Holzdielen, während sie sich sanft vor und zurück wiegte.

»Das mit Ihrem Mann tut uns Leid, Ma'am«, begann Jake.

»Wir waren fast achtundfünfzig Jahre verheiratet.« Ihre Stimme war kaum mehr als ein Flüstern.

Jake lehnte sich vor, um sie besser zu verstehen. Die Musik im Hintergrund schien sie zu übertönen.

»Stört Sie die Musik?«, fragte Mrs. Stonehauser.

Jake schüttelte den Kopf. »Überhaupt nicht.«

»Dieses Stück bedeutet mir sehr viel«, sagte sie. »Sie haben es in der Nacht gespielt, in der ich meinen Mann kennen lernte.« Ein schwaches Lächeln huschte über ihr Gesicht. »Es ist eine schöne Geschichte. Wollen Sie sie hören?«

»Gerne.« Jake wollte die Geschichte eigentlich nicht hören, aber er wusste, dass Zeugen mehr redeten und sich an mehr erinnerten, wenn sie entspannt waren.

»Neunzehnhundertvierundvierzig war mein Mann in der Abschlussklasse der Militärakademie West Point und mein Bruder war sein Zimmergenosse«, erzählte sie. »Phillip hat mich mit Art bekannt gemacht und wir gingen zusammen zum Jahresabschlussball. Das Tommy-Dorsey-Orchester spielte und Frank Sinatra war der Sänger. Art und ich verliebten uns, als Frank Sinatra *I'll Be Seeing You* sang. Acht Monate später kämpften Art und Phillip in Europa gegen die Nazis. Vier Jahre lang habe ich Art nicht gesehen, aber jeden Tag spielte ich dieses Lied auf meinem Grammophon. Und immer wenn Sinatra sang *I'll Be Seeing You*, sah ich Arts Gesicht, fühlte seine Berührung und hörte seine Stimme. Das Lied hat ihn mir zurückgebracht, genau wie jetzt. Darum bedeutet es mir so viel.«

Jake fragte: »Und Sie haben nach dem Krieg geheiratet?«

Mrs. Stonehauser nickte »Einen Monat nachdem er zurück war.«

»Und Phil sollte Trauzeuge sein«, ergänzte die Schwester traurig.

Die Witwe nickte weiter. »Unser Bruder Phillip fiel in der Schlacht um Bastogne. Er starb in Arts Armen.« Sie nahm ein Taschentuch und unterdrückte schniefend ein paar Tränen. »Bei unserer Hochzeit gab es keinen Trauzeugen, nur einen leeren Platz, wo Phillip hätte stehen sollen.«

Farelli blickte ausdruckslos vor sich hin, schluckte jedoch.

Mrs. Stonehauser sammelte sich und atmete tief durch. »Doch jetzt, Lieutenant, sagen Sie mir, wie ich Ihnen helfen kann.«

»Ich habe nur ein paar Fragen«, sagte Jake und holte seinen Notizblock hervor. »Ihr Mann hat mir erzählt, er habe zweimal täglich den Hund ausgeführt.«

»Manchmal sogar öfter«, bestätigte sie. »Immer wenn Ralphie wollte, ist Art mit ihm gegangen.«

Bei der Erwähnung seines Namens blickte der Schäfer mit traurigen Augen auf. Er sah Jake kurz an, dann legte er den Kopf neben ein Paar braune Hausschuhe, die unter einem leeren Polstersessel standen.

»Hat er je das Haus erwähnt, das explodierte?«, erkundigte sich Jake.

»Er vermutete, dass es vielleicht ein Drogenumschlagplatz war.«

Jake zog eine Braue hoch. »Warum?«

»Wegen der Mieter«, erklärte sie. »Sie waren jung und unhöflich und gingen hauptsächlich nachts aus und ein. Und immer hatten sie die Jalousien unten, Tag und Nacht.«

»Hat er je beobachtet, wie jemand Drogen gedealt hat?«

»Nein. Aber für so ein kleines Haus waren es ganz schön viele Leute. Vielleicht sechs oder sieben, Weiße und Mexikaner und eindeutig aus der Unterschicht.«

»Wie kam er auf Unterschicht?«

»Wegen ihrer Kleidung und zwei von ihnen waren tätowiert.«

Jake beugte sich vor. »Gab es irgendwelche Besonderheiten bei den Tätowierungen?«

»Davon hat mein Mann nichts gesagt.«

Jake notierte sich etwas. Er dachte an den Oberarmfund von vorher. »Hat er etwas gesagt über die Männer mit den Tätowierungen?«

»Nur, dass es Mexikaner waren.«

»Warum glaubte er das?«

»Wegen ihrem Spanisch.«

Jake seufzte. Die Männer konnten von überall in Zentral- oder Südamerika sein. »Aber er konnte doch nicht wissen, dass sie aus Mexiko waren.«

»O doch, das konnte er«, versicherte die Witwe. »Mein

Mann war Sprachwissenschaftler, Lieutenant. Er sprach fünf Sprachen flüssig, inklusive Spanisch. Laut meinem Mann sprechen Mexikaner ein unverwechselbares Spanisch. Zumindest für seine Ohren. Er glaubte, dass die zwei Männer, die er gehört hatte, aus Nordmexiko waren.«

»Er konnte nicht zufällig sagen, aus welcher Stadt?«, sagte Jake halb im Scherz.

»Er meinte, aus der Gegend um Monterrey«, erwiderte sie prompt.

»Wie hätte er das so genau bestimmen können?«, fragte Jake zweifelnd.

Mrs. Stonehauser lächelte schwach. »Wenn ich Sie mit zwei Amerikanern in einen Raum stecke, einer aus New York City, der andere aus Atlanta, könnten Sie mir sagen, wer von wo kommt?«

»Das stimmt natürlich.« Jake notierte sich die Informationen und wünschte jetzt noch mehr, der alte Mann hätte überlebt. Art Stonehauser hätte einen fantastischen Zeugen abgegeben, wenn er erst seine Sinne zurückerlangt hätte. »Hatten die Leute in dem Haus ein Auto?«

»Davon hat mein Mann nie etwas erzählt.«

Jake lehnte sich zurück und sah auf seinen Notizblock, dann blätterte er darin herum. Das Zeichen für Farelli.

»Nur noch ein, zwei Fragen, Ma'am«, sagte der Sergeant. »Ihr Mann gab an, dass sechs oder sieben Leute aus dem Haus kamen. Richtig?«

»Richtig.«

»Und zwei von ihnen waren Weiße«, fuhr er fort, als sie nickte. »Gab es irgendetwas Auffälliges an den Weißen? Irgendwelche besonderen Merkmale?«

Die Witwe dachte zurück, in tiefer Konzentration. Ihre Lippen bewegten sich, als läge ihr etwas auf der Zunge.

Jake lächelte. Farelli war immer noch der Alte. Natürlich hätte sich die Aufmerksamkeit des Mannes auf die Weißen gerichtet. Stonehausers Generation hielt nichts von der Vermengung von Rassen und wo sie ihm begegnete, würde er sich auf die Weißen konzentrieren und sie ganz genau besehen.

»Jetzt, wo Sie es sagen«, sagte Mrs. Stonehauser. »Ich erinnere mich, eines Nachmittags, als er von seinem Spaziergang zurück war, kam im Fernsehen einer von diesen glatzköpfigen Jungs. Sie wissen schon, diese Skin-Leute, na, wie heißen die gleich?«

»Skinheads?«, fragte Farelli.

»Ja genau, Skinheads.« Sie nickte. »Der Kerl im Fernsehen hatte die Haare ganz kurz rasiert und nur ein paar Bartstoppeln am Kinn. Da hat mein Mann gesagt, der sieht genauso aus wie der eine von den Leuten aus dem Haus.«

Jake beugte sich nach vorne, die Augen zu Schlitzen verengt. »Mit Bartstoppeln, meinen Sie da vielleicht einen kurzen Bart in der Mitte? Ein Kinnbärtchen?«

»Genau.«

Jake fragte sich, ob der Mann, den sie beschrieb, der gleiche Mann mit dem Ziegenbärtchen war, der ihren Ehemann umgebracht hatte. Er musste es sein. Der Skinhead hatte vielleicht mitbekommen, wie der Alte ihn musterte. Als sie in den Nachrichten brachten, dass es einen Augenzeugen gab, der seinen Hund ausgeführt hatte, wussten sie, wer er war und mussten ihn umbringen. Sie konnten kein Risiko eingehen.

Jake wollte gerade noch eine Frage stellen, aber die Frau wandte das Gesicht dem Plattenspieler zu. Die Platte begann von Neuem. Mrs. Stonehauser sang leise mit.

Jake stand auf und reichte ihr eine Karte. »Wenn Ihnen noch etwas einfällt, rufen Sie uns bitte an.«

Sie nickte abwesend, während ihre Gedanken zurück zu dem Abschlussball von West Point vor sechzig Jahren wanderten. Sie tanzte mit dem schönen Offiziersanwärter, dem schönsten Mann, den sie je gesehen hatte. Sein Name war Art Stonehauser.

Sie hörte nicht mehr, wie sich die Männer verabschiedeten.

10

Montag, 22. März, 14.08 Uhr

Maxie Birnbaum erteilte Joanna und Lori McKay Boxunterricht im forensischen Labor. In geduckter Haltung tänzelte er anmutig entgegen dem Uhrzeigersinn im Kreis, die Augen fest auf einen imaginären Gegner gerichtet. »Man muss unten bleiben und den Gegner auf Distanz halten.«

»So dass er sich nach einem strecken muss«, ergänzte Lori.

»Das ist es, Kleine. Wenn einer sich erst nach einem strecken muss, kann er einem nicht wehtun.«

Joanna lächelte ihn an. Er wurde ihr immer sympathischer. Er war ein alter Boxer, mittlerweile sechsundsiebzig, doch mit breiten Schultern und festem Körper. Er wirkte, als könnte er sich immer noch in einem Kampf verteidigen. »In welcher Gewichtsklasse haben Sie gekämpft?«

»Ich war Weltergewicht.«

»Erfolgreich?«

Maxies Augen leuchteten. »Ich war mal Sechster auf der Weltrangliste.«

»Haben Sie je um den Titel gekämpft?«

»Einmal, gegen Sugar Ray Robinson«, sagte Maxie, der sich etwas aufgerichtet hatte. Er trug einen alten dunklen Anzug, stellenweise etwas abgetragen, jedoch sauber und ordentlich gebügelt. »In der zehnten Runde ging ich zu Boden, aber er hat auch einstecken müssen.«

»Also sind Sie schon eine ganze Weile beim Boxkampf.«

»Länger als die meisten.«

»Und Sie arbeiten im Boxverband?«

»Ich bin Berater«, sagte Maxie bescheiden. »Das heißt, ich arbeite ab und zu für sie.«

»Im Archivbereich«, sagte Lori.

»Archiv«, spöttelte Maxie. »Als ich das Wort zum ersten Mal hörte, dachte ich, das mischt man in den Salat.«

Lori grinste. »Ich habe so das Gefühl, Sie sind vielleicht der Mann, der uns weiterhelfen kann.«

»Ich denke, ich kann Ihnen die richtige Richtung weisen.« Maxie holte ein säuberlich gefaltetes Stück Papier aus der Manteltasche. »Soweit ich Sie verstehe, sind Sie an einem Boxer interessiert, der zwischen fünfundfünfzig und sechzig Kilo wiegt.«

»Oder etwas weniger.« Joanna erzählte ihm, wie sie von der Größe der Knochen auf das Gewicht des Boxers geschlossen hatten, aber dann von einem Freund erfuhr, dass Hände von Boxern oftmals unproportional groß waren.

»Ihr Freund hat Recht«, bestätigte Maxie. »Boxer haben große Hände, wahrscheinlich von den vielen Schlägen. Aber das spielt in diesem Fall keine Rolle und ich sage Ihnen auch, warum. Die leichteren Boxer – also die Feder-, Fliegen- und Bantamgewichte – sind kaum auseinander zu halten. Sie können von einer Gewichtsklasse in die andere wechseln, wenn sie einmal ins Schwitzbad gehen und ein paar Mahlzeiten auslassen. Um also sicherzugehen, dass mir keiner entgeht, habe ich alle zwischen fünfzig und sechzig Kilo mit eingeschlossen. Sie mussten in den letzten zehn Jahren oder so gekämpft haben und durften mittlerweile nicht mehr aktiv sein.«

»Das muss ja eine meterlange Liste ergeben haben.«

»Länger«, fuhr Maxie fort. »Aber ich konnte sie etwas für Sie stutzen. Als Erstes müssen Sie wissen, dass in diesen niedrigeren Gewichtsklassen nahezu alle Kämpfer Ausländer sind. Nachdem Sie einen mexikanischen Amerikaner suchen, konnte ich die Koreaner, Japaner, Thais, Filipinos und wen sonst nicht noch alles ausschließen.« Maxie nickte, er war offensichtlich mit seiner Arbeit zufrieden. »Wie war ich bisher?«

»Großartig«, sagte Lori. »Sie hätten einen guten Polizisten abgegeben.«

Maxie erwog den Gedanken kurz, dann verwarf er ihn mit einem Kopfschütteln. »Jedenfalls blieben mir zum Schluss zweiundzwanzig Amerikaner mexikanischer Herkunft, auf die Ihre Beschreibung passte. Und die wollte ich dann aufspüren.«

»Wie haben Sie das gemacht?«, fragte Joanna. »Führt der Boxverband denn Akten über ehemalige Boxer?«

»Sie kümmern sich einen Dreck um die Ehemaligen«, sagte Maxie bitter. Sein Gesicht verhärtete sich kurz, dann konzentrierte er sich wieder auf das Blatt Papier und Joannas Frage. »Ich habe mich ein bisschen umgehört und die Burschen schließlich ausgekundschaftet. Einige der alten Boxer bleiben als Trainer, Sekundanten oder dergleichen im Geschäft. Und irgendwie halten sie die Verbindung mit ihren alten Kumpels oder sie treffen sich bei den Kämpfen. Meist hängen die Burschen aus den einzelnen Gewichtsklassen zusammen, ähnlich wie in den alten Bruderschaften. Deshalb findet man einiges heraus, wenn man herumfragt. Ich weiß jetzt Folgendes: Von den zweiundzwanzig Kandidaten auf der Liste sind zwei schon tot, sechs leben inzwischen in Arizona oder Texas und über vier weiß niemand etwas. Bleiben also zehn, und nur einer von ihnen hatte *love* und *hate* auf die Fingerknöchel tätowiert. Sein Name ist José Hernandez.«

Es kann nicht so einfach sein, dachte Joanna. »Konnten Sie herausfinden, wo sich Mr. Hernandez aufhält?«

»Sein Freund sagt, José wurde seit ungefähr drei Wochen nicht mehr gesehen«, sagte Maxie. »Er glaubt, dass er zurück nach Mexiko gegangen ist, um dort zu sterben.«

Joanna nickte, der zeitliche Rahmen schien zu passen. Die Hand war auch drei Wochen alt. »Aber warum wollte er zum Sterben zurück nach Mexiko? Er war doch noch ein junger Mann.«

»Ein junger Mann ja, aber mit schlimmem Krebs«, sagte Maxie. »Ihm blieb nicht mehr viel Zeit.«

Joanna fragte eifrig: »Haben Sie eine Adresse oder Telefonnummer von ihm?«

»Noch nicht«, gestand Maxie. »Aber ich arbeite dran.«

»Es wäre wirklich wichtig.«

Maxie faltete das Blatt sorgfältig und steckte es zurück in die Tasche. »Glauben Sie, er ist der Mann in der Leichenhalle?«

»Möglich wäre es«, sagte Joanna. Sie hatten Maxie Birnbaum gesagt, sie hätten eine Leiche mit entstelltem Gesicht im Memorial. Sie wollte ihm keine Details zu der verstümmelten Hand geben. »Fürs Erste wäre es sicher am besten, nicht zu erwähnen, dass die Leiche José Hernandez sein könnte. Wir sollten abwarten, bis wir Gewissheit haben.«

»Von mir erfährt niemand etwas«, sagte Maxie und verschloss seine Lippen mit einem unsichtbaren Reißverschluss. »Lassen Sie mich nur mal weiter wühlen und schauen, ob ich herausfinde, was Sie wissen wollen.«

»Vielen Dank für Ihre Hilfe.« Joanna sah dem Boxer

nach. Mit federnden Schritten ging er davon, ein alter Mann, der plötzlich noch einmal gebraucht wurde, wieder voll im Leben.

»Ich glaube, diesmal haben wir Glück«, bemerkte Lori leise.

»Ich hoffe es«, sagte Joanna und winkte zurück, als Maxie aus der Tür ging. »Tun Sie mir einen Gefallen?«

»Gerne.«

»Finden Sie heraus, wann der nächste wichtige Boxkampf in Los Angeles stattfindet und besorgen Sie Maxie Birnbaum einen Platz am Ring. Verbuchen Sie die Ausgabe unter ›Sonstiges‹.«

»Das wird ihm sicher gefallen«, meinte Lori, dann grinste sie Joanna an: »Und es wäre doch ein hübsches Extra, ihn mit einer Limousine vorfahren zu lassen.«

»Arrangieren Sie das.«

Joannas Blick fiel auf die Tafel, auf der die laufenden Untersuchungen aufgelistet waren. Das Geheimnis der verstümmelten Hand war auf dem besten Weg, gelöst zu werden. Aber sie brauchte eindeutige Beweise. Und das ging nur mit einer DNS-Analyse. Sie hoffte, José Hernandez hatte Kinder, weil sie auch ihre DNS analysieren wollte, und ebenso das der Mutter, um sie mit der DNS von Josés Hand zu vergleichen. Damit ließe sich die Identität eindeutig bestimmen. Die Frage, wie und warum José zu Tode kam, musste jedoch die Mordkommission des LAPD klären.

Joanna ging zur Tafel und kreiste den Punkt DNS unter der Spalte ›Hand‹ ein. Immerhin wäre der erste Fall geklärt, dachte sie, und es bliebe nur noch einer. Die Bombe und ihre Opfer. Und wenn auch das vorbei war, konnte sie ein neues Leben mit Paul du Maurier beginnen. Sie blickte auf das Armband, das er ihr geschenkt hatte, dann auf den Ringfinger, an dem sie – dessen war sie sicher – bald einen Diamanten tragen würde.

Es klopfte laut an der Tür. Ein junger Laborant trat ein und eilte zu Lori.

»Dr. McKay, dieses Fax ist eben für Sie gekommen«, sagte er und überreichte Lori ein Blatt.

Lori überflog es erst, dann las sie es noch einmal. »Teufel auch«, murmelte sie.

»Was denn?«, fragte Joanna.

»Erinnern Sie sich noch an den orangefarbenen Splitter, den ich aus der verstümmelten Hand gelöst und zur Analyse geschickt habe?«, fragte sie, während sie den Bericht ein drittes Mal las. »Das Fragment ist aus Plastik.«

»Und?«

»Es steckt voll C4. Diese Hand wurde durch Plastiksprengstoff abgerissen.«

11

Mittwoch, 24. März, 12.15 Uhr

Rudy Payte spritzte sich Wasser ins Gesicht und wischte den restlichen Rasierschaum weg, dann betrachtete er sich im Badezimmerspiegel. Ohne das Ziegenbärtchen wirkte sein Gesicht völlig verändert, genau wie Eva vorhergesagt hatte. Das markante Kinn trat mehr in den Vordergrund, die Lippen wirkten verschlossen und ernst. Insgesamt sah er jetzt älter aus, und zwar um einiges. Rudy lächelte sein Spiegelbild an, er war mit dem neuen Aussehen zufrieden. Sorgfältig tupfte er sich das Wasser vom Kopf und setzte die braune Perücke mit den nach hinten gekämmten Haaren auf, unter denen seine Ohren halb verschwanden. Er betrachtete sich noch einmal. Jetzt, fand er, sah er wirklich gut aus.

Rudy wickelte sich ein Handtuch um die Hüfte und trat in das Motelzimmer, noch immer nass von der Dusche. »Und, was sagst du?«

Eva sah von ihrer Hotelbibel auf. »Die Perücke sitzt schief.«

»Ich setze sie später richtig auf«, sagte Rudy und griff nach einer Zigarette.

»Mach es jetzt«, sagte Eva knapp. »Und gewöhn es dir gleich an. Wenn du die Perücke schief auf hast, sieht jeder, dass du eine trägst.«

Rudy verschwand ins Bad und kam kurz darauf wieder zum Vorschein. »Besser?«

Eva blickte kurz auf. »Gut.«

»Klärst du mich über meinen nächsten Ausflug auf?«

»In einem Moment. Lass mich das hier noch kurz fertig lesen.« Eva grübelte über die Geschichte von David und Batseba. Beides Ehebrecher, dachte sie, und doch bestrafte Gott keinen der beiden. So wie sie es verstand, hatte er ihnen sogar seinen Segen gegeben. Schließlich sollte ja ihr Sohn Salomon der weiseste und beste König Israels werden. Er hätte sie bestrafen sollen, entschied Eva. Besonders David, der Batsebas Gatten Uria in die tödliche Schlacht geschickt hatte, damit er sie heiraten konnte.

Andererseits hatte Gott ja auch nicht die FBI-Agenten bestraft, die ihren Bruder Samuel getötet hatten. Die Satansbrut der Regierung war zu der Siedlung ihrer Familie in der Wildnis gekommen und hatte Steuern und öffentlichen Zugang zu den Straßen verlangt, die durch ihren Besitz führten. Und als die Familie sich weigerte, eröffneten die Agenten das Feuer und töteten unschuldige Männer und Frauen, die nur ihr Land und ihre Rechte verteidigten. Dann geriet alles in Brand und die Kinder starben auch noch. Genau wie in Waco. Und die Agenten schossen immer weiter. Sie sah immer noch Samuels Körper, von Kugeln durchsiebt, mit völlig entstelltem Gesicht.

Eva biss die Zähne zusammen. Sie würde ihren Bruder rächen und die Tode all der anderen auch. Die Satansbrut der Regierung würde bezahlen, wie sie es sich in ihren schlimmsten Träumen nicht vorstellen konnten. Oh, und wie sie bezahlen würden!

Sie konzentrierte sich wieder auf die Bibel und las noch einmal die Stelle, an der David Uria in die tödliche Schlacht sendet.

Rudy saß neben Eva auf der Bettkante und betrachtete sie aus dem Augenwinkel. Sie war unglaublich hübsch, hatte eine gute Figur und lange, wohlgeformte Beine. Sein

Blick wanderte an ihren Schenkeln hoch. Sie trug einen rosa Schlüpfer und ein Sportsweatshirt, das kaum über den Spitzenbesatz des Schlüpfers reichte. Rudy lehnte sich nach vorne, um einen Blick zwischen ihre Beine zu erhaschen. Er sah den seidenbedeckten Venushügel und fühlte, wie sein Blut in Wallung geriet.

Eva schlug die Bibel mit einem lauten Klatschen zu. »Ich versteh das einfach nicht.«

»Was verstehst du nicht?«, fragte Rudy und verdeckte hastig mit den Händen die Wölbung im Handtuch.

»Warum Gott David damit davonkommen ließ.«

»Mit was davonkommen?«

»Ich erklär es dir später.«

Eva erhob sich vom Bett und ging zum Fenster des Motelzimmers. Sie schob die Vorhänge auseinander und lugte hinaus auf den dichten Verkehr auf dem Sunset Boulevard. In der Ferne standen die Wolkenkratzer der Innenstadt von Los Angeles in Smog gehüllt. Die Veranda vor dem Zimmer war menschenleer, bis auf einen Mann vom Reinigungspersonal am Pool. Sie sah noch einmal auf die Terrasse, dann schloss sie die Vorhänge und schaltete den Fernseher laut, nur für den Fall, dass ihre Stimmen durch die dünnen Wände im Nebenzimmer zu hören waren.

Eva kam zurück zum Bett und setzte sich zu Rudy. Ihre Lippen waren nahe an seinem Ohr. »Pass gut auf«, sagte sie mit gedämpfter Stimme, »und mach genau, was ich dir sage. In dreißig Minuten brichst du nach Las Vegas auf. Fahr nicht zu schnell, sondern konstante Hundert. Um genau sechs Uhr bist du am Haupteingang des Golden Nugget und wartest. Ein Mann mit Cowboyhut und Zigarre wird auf dich zukommen und fragen, ob du zu den Gerechten gehörst. Du antwortest ihm: ›Es gibt nur wenige von uns.‹ Du folgst ihm und ihr macht den Tausch.«

Sie griff unter das Bett und holte ein dickes DIN-A4-Kuvert hervor. »Du gibst ihm das und er gibt dir das C4.«

»Wie viel C4?«, fragte Rudy.

»Vier Blöcke.«

»Genug für das, was wir vorhaben?«

»Mehr als genug«, versicherte Eva. »Vergiss nicht, der Anschlag wird aus nächster Nähe verübt.«

Rudy überlegte einen Moment, die Vorstellung von fünf Stunden Fahrt nach Las Vegas schreckte ihn. Und fünf Stunden wieder zurück. »Warum kann ich nicht einfach fliegen?«

»Zu riskant«, sagte Eva, jetzt sogar noch leiser. »Du wirst es im Handgepäck tragen und sie prüfen es, wenn du durch den Metalldetektor gehst.«

»Aber in C4 ist doch kein Metall«, setzte Rudy entgegen. »Der Alarm schlägt nicht an, also werden die den Behälter auch nicht aufmachen.«

»Und wenn der Alarm aus irgendeinem Grund doch losgeht?«, fuhr Eva ihn an. »Oder stell dir mal vor, da schnüffeln ein paar Polizeihunde am Flughafen herum. Was dann?«

»Daran hatte ich nicht gedacht«, gestand Rudy.

Nicht besonders schlau, dachte Eva, aber er hatte andere nützliche Talente. »Halte dich einfach an die Anweisungen und alles wird gut.«

»Wo soll ich das C4 verstauen?«

»Unter der Rückbank.«

Rudy kratzte sich am Kinn, wo früher das Ziegenbärtchen gewesen war. »Und wenn mich die Polizei aufhält?«

»Warum sollte sie?«

»Vielleicht will irgendein Idiot noch einen Strafzettel loswerden«, sagte Rudy. »Oder ein Rücklicht geht plötzlich aus.«

»Dann lass ihn den Strafzettel schreiben.«

»Und wenn er das Auto durchsuchen will?«

»Töte ihn.«

Eva legte sich auf das Bett zurück und griff nach der Bibel. Die Beine waren an den Knien abgewinkelt, der Sportsweater bis zum Nabel hochgerutscht. Rudy starrte auf ihre weichen Schenkel und den flachen Bauch und den Bereich dazwischen. Wieder regte sich etwas bei ihm.

»Was?«, Eva blickte über den Rand der Bibel auf ihrer Brust.

»Nichts«, sagte Rudy und hastete ins Bad.

12

Freitag, 26. März, 13.10 Uhr

»Hier haben wir den Fund im Urzustand.« Lori McKay schob ein Dia in den Projektor und auf der Leinwand erschien das Fragment eines Oberarms. Teile der Tätowierung darauf waren verdeckt von Dreck und Staub. »Und hier haben wir die Tätowierung nach der Säuberung.«

Jake lehnte sich vor, um besser sehen zu können. Die Haut war faltig und rissig, teilweise fehlte sie ganz. Anscheinend handelte es sich bei der Tätowierung um ein Blütenmotiv. Darunter ließen sich Buchstaben erahnen, ein *M,* ein *O,* vielleicht ein *T.*

»Als Nächstes haben wir die Haut abgelöst und auf einen haftenden Untergrund aufgezogen«, erläuterte Lori und ging damit zum dritten Dia über. »Unser Fotolabor hat das Bild retuschiert, um die Originalfarben wieder etwas herzustellen.«

Reflexartig wandte Jake den Blick ab. »Haben Sie die gesäuberte Tätowierung auch ohne Retusche?«

»Natürlich«, sagte Lori beleidigt, als wäre das selbstverständlich. »Aber bei der bearbeiteten Version kommen die Details viel besser heraus.«

»Legen Sie das unbearbeitete ein«, schnappte Jake, den Blick noch immer von der Leinwand abgewandt.

»Aber warum sehen Sie es sich nicht einmal an, bevor Sie –«

»Himmel noch mal!«, schnaubte Jake. »Ich will nicht

die Walt-Disney-Version. Ich will die Tätowierung so sehen, wie jeder andere sie auch gesehen hat.«

Lori funkelte den Detective an. Sie hasste seine aufbrausende, herrschsüchtige Art und wünschte, er würde sich vom forensischen Labor fern halten.

Joanna lehnte sich in ihrem Stuhl neben Jake zurück und fragte sich, warum er und Lori sich immer gleich an die Gurgel gingen. Vielleicht war es das Alter oder ein Generationenkonflikt, vielleicht musste Lori auch nur generell gegen Autorität rebellieren. Was es auch war, sie kamen einfach nicht miteinander aus. »Lori, tun Sie dem Lieutenant doch den Gefallen und legen Sie das unbearbeitete Bild ein«, bat sie.

Lori nahm das Dia aus dem Projektor und die Leinwand wurde schwarz. Leise fluchend suchte sie das Bild mit der nicht retuschierten Version.

Joanna lehnte sich hinüber zu Jake und flüsterte: »Mit Freundlichkeit kommst du bei Lori weiter.«

»Okay«, sagte er, immer noch bemüht, den Eindruck der leuchtend roten Blüten aus seiner Erinnerung zu löschen. Es war so dumm, die Tätowierung im Fotolabor retuschieren zu lassen. Sie fügten hier etwas hinzu, nahmen da etwas weg und ehe man sich's versah, hatte man eine Tätowierung, die nicht einmal der Träger selbst erkennen würde.

Das nächste Bild erschien auf der Leinwand. Jake betrachtete es eingehend. Die Tätowierung bestand aus einer rosafarbenen Blüte und Teilen von zwei weiteren. Die Details waren sauber ausgearbeitet, die Farben eher mittelmäßig. Es war keine kostspielige Tätowierung.

»Sieht aus wie eine Rose«, meinte Farelli.

»Ja«, sagte Jake. »Die Blütenblätter sind kreisförmig angeordnet.«

»Viele Blüten sehen so aus«, gab Lori zu bedenken. »Es muss keine Rose sein.«

Jake überging ihren Kommentar. »Können Sie es noch etwas schärfer stellen? Ich würde gern den Stängel unten sehen.«

Lori drehte langsam an der Linse, bis der Stängel in den Fokus trat. Jetzt verstand sie, worum es Jake gegangen war. Am Stängel waren Dornen. »Es ist eine Rose«, räumte sie ein.

Jake konzentrierte sich nun auf die Buchstaben unter den Blüten. Ein *M* und ein *O* waren deutlich lesbar, dann fehlte etwas, danach folgte ein verschwommenes *T*, schließlich Teile eines Buchstabens, der unter eingeriebenem Dreck verschwand. Mancherorts war die Haut bis zur Dermis abgeschürft. »In Ordnung«, sagte er. »Machen wir jetzt mit der retuschierten Version weiter.«

Lori drückte einen Knopf am Projektor und die bearbeitete Fassung erschien auf der Leinwand. Hier waren die Blüten klar umrissen und leuchtend rot. Unter der Blume stand *MONTANA*.

»Wie kommen die auf ›Montana‹?«, erkundigte sich Jake.

»Mit ein paar fotografischen Tricks konnten sie den Teil ›Mont‹ entziffern«, erläuterte Lori. »Daher nahmen sie an, es sei ›Montana‹«

Jake zählte die Buchstaben der Tätowierung einschließlich der Unleserlichen. »Das sind doch mehr als sieben Buchstaben.«

Lori zuckte die Schultern. »Wie gesagt, es war eine Annahme.«

Jake grübelte. Er war sicher, dass der Schriftzug nicht ›Montana‹ lautete. Und herauszufinden, was dort stand, war mindestens so wichtig, wie das Blumenmotiv zu identifizieren. Die meisten Leute tätowierten sich Namen von geliebten Menschen oder Dingen ein. *Mutter.* Die Freundin. Eine Organisation oder ein Verein, dem der Träger angehörte, zum Beispiel die Marine. »Was ist das für ein haftender Untergrund, auf den Sie die Tätowierung aufgezogen haben? Ist er durchsichtig?«

»Er hat die Konsistenz von weißem Kitt«, erklärte Lori. »Man kann nicht hindurchsehen.«

»Können wir die Tätowierung auf einen transparenten Untergrund aufziehen?«

»Da bin ich mir nicht sicher«, antwortete Lori. »Ich frage nachher unsere Cheflaborantin.«

Jake stand auf. »Fragen wir sie gleich.«

Lori holte tief Luft. Hatte Jake Sinclair je von dem Wort ›bitte‹ gehört? »Sie hat aber vielleicht gerade keine Zeit.«

»Dann sorgen Sie dafür, dass sie Zeit findet«, sagte Jake.

»Ich lasse mir von Ihnen nichts befehlen«, fauchte Lori. »Weder jetzt noch in Zukunft. Wenn Sie etwas wollen, fragen Sie, dann denke ich darüber nach.«

»Gut, dann denken Sie mal darüber nach«, Jakes Blick bohrte sich in ihre Augen. »Da draußen laufen ein paar verdammte Terroristen herum, die schon mit ihrer ersten Bombe zweiundzwanzig Menschen getötet haben. Und wenn wir nicht schleunigst herausfinden, wer, wie und warum, geht die nächste Bombe hoch und mit ihr vielleicht noch mehr Leute. Aus diesem Grund habe ich keine Zeit für die üblichen Höflichkeitsfloskeln oder irgendetwas anderes, außer der Suche nach den Terroristen. Sparen wir uns also die Kindereien und machen uns an die Arbeit. So, und nachdem das klar ist: Wo ist Ihre Cheflaborantin?«

Lori erwiderte den Blick, jedoch nur kurz. Seine Augen waren so kalt und stechend, dass sie es mit der Angst zu tun bekam. »Keine Sorge, ich erledige meine Arbeit. Ich gebe alles und setze noch ein wenig drauf. Aber ich schätze es, wenn man mich höflich fragt.«

»Sie kapieren es einfach nicht«, sagte Jake in eiskaltem Ton. »Während Sie hier Zeit verschwenden, installieren die Terroristen ihre nächste Bombe. Und all das, weil Sie fürchten, Ihre Gefühle könnten verletzt werden.«

»Sehen Sie denn nicht –«

Jake hob abwehrend die Hand. »O doch, ich sehe bestens. Besonders gut sah ich am Schauplatz morgens nach der Explosion. Ich sah einen Feuerwehrmann, der mit einem kleinen Kind im Arm aus den Trümmern kletterte. Erst dachte ich, es sei eine Puppe – weil die kleinen Ärmchen so baumelten. Aber dann sah ich die Augen und wusste, dass es ein totes Kind war. Also, meine Teuerste, ich versichere Ihnen, ich sehe gut. Zu gut manchmal. Also können wir jetzt endlich zu Ihrer Cheflaborantin gehen?«

Lori schluckte, irritiert, den Lieutenant plötzlich so bewegt zu erleben. Wie alle hatte sie die Bilder von dem Feuerwehrmann mit dem toten Kind gesehen. »Sie ist im vorderen Labor.«

Farelli sah den beiden nach, als sie den Raum verließen, dann wandte er sich an Joanna. Langsam streckte er sein Bein, der Quadrizeps schmerzte noch immer von der Schussverletzung. »Deine Dr. McKay muss noch ein bisschen erwachsener werden.«

»Ich weiß«, sagte Joanna. »Aber sie ist intelligent und ehrgeizig und wird eines Tages eine sehr gute Pathologin abgeben.«

»Vielleicht ist sie ja nur überempfindlich, weil sie so jung aussieht«, überlegte Farelli. »Vielleicht hat sie das Gefühl, dass wir sie herablassend behandeln und nicht ernst nehmen.«

»Schon möglich«, stimmte Joanna zu. »Aber Jake ist auch nicht gerade der Taktvollste.«

Farelli strich sich über die stoppeligen Wangen, die er erst vor vier Stunden rasiert hatte. »Ich finde, dass er seit der Schießerei umgänglicher geworden ist.«

Joanna sah ihn seltsam an. »Aber du wurdest doch getroffen, nicht er.«

»Wir wurden beide getroffen«, erklärte Farelli.

»Was?«

»Er hat dir wohl nicht davon erzählt.«

»Nein«, sagte Joanna leise.

»Wahrscheinlich wollte er nicht, dass du dir Sorgen machst. Du weißt ja, wie er ist.«

»Ja, das weiß ich.«

Farelli richtete sich auf und ging ein wenig im Kreis, um die Durchblutung im Bein anzuregen. Er rieb sich den Oberschenkel und fragte sich, warum der Schmerz so lange anhielt.

»Macht dein Bein noch Probleme?«

»Es wird besser«, log Farelli.

»Erzähl mir von der Schießerei.«

Farelli zuckte die Schultern. Er redete nicht gern darüber. Zu deutlich hatte er noch vor Augen, wie sein Blut auf dem Gehweg eine Lache bildete. »Wir waren auf Observation. Auf einmal hielt ein Kleinlader vor uns auf dem Parkplatz. Eine Frau saß am Steuer. Ich stieg aus, um ihr zu sagen, dass sie weiterfahren soll, da stand plötzlich ein Kerl mit einer AK 47 auf der Ladefläche.«

»Großer Gott!«, Joanna schauderte. Eine Kalaschnikow feuerte hundert Schuss in Sekundenschnelle und auf kleine Entfernung zerlegte sie einen Mann in zwei Hälften.

»Ich ging zu Boden und Jake kam heraus und feuerte«, fuhr Farelli fort. »Bevor es Jake erwischte, schoss er ein paar Mal. Er traf den Typ knapp über dem Auge und hat ihm den gottverdammten Kopf weggeblasen.«

»Gut«, sagte Joanna zufrieden. »Wo hat es Jake getroffen?«

»In der Schulter«, sagte Farelli. »Fünfzehn Zentimeter tiefer und er wäre tot gewesen. Jedenfalls fällt der Typ ohne Kopf vom Lader und seine Freundin zischt ab. Wir fahnden immer noch nach ihr.«

Joanna schüttelte sich. »Ihr zwei habt großes Glück gehabt.«

»Du glaubst nicht, was für ein Glück«, meinte Farelli finster. »Dreißig Einschüsse waren in unserem Auto und doppelt so viele Patronenhülsen lagen auf dem Boden. Es wird mir ein ewiges Rätsel bleiben, wie uns all die Kugeln verfehlen konnten. Wir hätten zehnmal tot sein sollen.«

»Musstest du operiert werden?«

»Wir mussten beide operiert werden«, erzählte Farelli. »Ich war über eine Woche im Krankenhaus, Jake ein paar Tage weniger. Bei ihm hat die Kugel keine große Arterie getroffen wie bei mir.«

»Wart ihr im Memorial?«

Farelli schüttelte den Kopf. »Drüben im Mercy.«

Joanna seufzte tief. »Trotzdem hätte er anrufen sollen«, sagte sie, halb zu sich selbst.

»Ich glaube, er hat es versucht, aber du warst oben in San Francisco.«

Joanna erinnerte sich an den Freitag vor dem Valentinstag. Sie und Paul hatten sich spontan zu einem langen Wochenende in San Francisco entschieden. Sie musterte Farellis ernstes Gesicht. »Du dachtest wirklich, du stirbst, was?«

»Das dachten wir beide«, sagte Farelli. »Wir lagen blutüberströmt im Rettungswagen und hatten diese scheußlichen Infusionsschläuche in den Armen. Ich dachte wirklich, meine letzte Stunde hätte geschlagen. Ich sagte Jake sogar, was er meiner Angela ausrichten soll, für den Fall, dass ich nicht durchkomme. Und er sagte mir, was ich dir ausrichten soll.«

»Was hat er gesagt?«

Farelli zögerte. »Da musst du ihn selber fragen.«

Ohne Vorwarnung ging die Tür auf. Lori und Jake kamen zurück ins Labor, immer noch laut streitend.

»Sie sind unmöglich«, sagte Lori und ihre Stimme klang immer schriller. »Absolut unmöglich!«

»Sie reden zu viel und hören nicht zu«, konterte Jake.

Lori blieb stehen und blitzte ihn mit hochrotem Kopf an: »Sie hören wohl nie auf?«

Joanna erkundigte sich: »Um was geht es denn?«

»Jetzt will Lieutenant Sinclair mir auf einmal erzählen, wie ich unsere Tätowierung aufzuziehen habe«, rief Lori herüber. »Er will sie auf einer gewölbten Oberfläche, nicht auf einer flachen.«

»Und warum, glauben Sie, will er das?«

Lori hielt inne und runzelte nachdenklich die Stirn. »Keine Ahnung.«

»Überlegen Sie doch mal, wo sich die Tätowierung befand«, half Joanna nach.

Loris Blick hellte sich auf. »Am Oberarm. Und auf einer gewölbten Oberfläche sehen wir, wie die Tätowierung ursprünglich aussah.«

»Also war Jakes Gedanke gar nicht so übel, oder?«

Lori nickte entschieden und blickte zu Jake auf. »Was für ein genialer Vorschlag. Vielen Dank«, sagte sie entwaffnend.

»Gern geschehen«, erwiderte er. »Jetzt wollen wir uns das Schmuckstück mal auf der Leinwand ansehen.«

Joanna sah zu, wie die junge Kollegin den Projektor einrichtete, so dass er die Tätowierung zeigte, die jetzt auf transparenter Unterlage aufgezogen war. Sie musste dringend mit Lori über ihr Temperament reden, obwohl sie bezweifelte, dass es etwas nützen würde.

»Es geht los«, sagte Lori.

Alle beugten sich nach vorne und betrachteten die Tätowierung. Die Buchstaben *MONT* waren jetzt deutlich sichtbar. Die anderen Buchstaben erschienen nur sehr schwach und unscharf.

»Macht mal jemand das Licht aus«, sagte Jake.

Der Raum wurde dunkel.

Lori stellte die Linse ein und die anderen Buchstaben traten hervor. Unter der Tätowierung stand jetzt *MONTERREY.*

»Ich fass es nicht«, staunte Lori. »Woher haben Sie gewusst, dass die Tätowierung so besser herauskommen würde?«

»Viele Tätowierungen gehen ziemlich weit unter die Haut«, erklärte Jake. »So dass die Buchstaben in den tieferen Schichten noch schwach erhalten sein können, selbst wenn sie in den oberen Schichten schon abgeschürft sind. Aber die tieferen Schichten sieht man nur, wenn man sie mit hellem Licht durchleuchtet.«

»Glauben Sie, er ist aus Monterey in Kalifornien?«, fragte Lori.

»Aus Monterrey in Mexiko. Mit zwei *r*.« Jake berichtete von dem Gespräch mit der Witwe des Augenzeugen. Er erklärte, dass Stonehauser glaubte, einer der Mexikaner komme aus Monterrey, wegen des spanischen Dialekts, den er sprach. »Laut Mrs. Stonehauser bestand die Gruppe der Terroristen aus zwei Weißen, die wahrscheinlich beide davongekommen sind, und vier bis fünf Mexikanern.«

»Vier Mexikanern«, sagte Joanna. »Kommt mit und ich zeige euch, warum.«

Sie führte die Gruppe aus dem Labor und einen breiten Korridor hinunter. Sie gelangten zu einer großen Metalltür mit Ziehgriff. Joanna schloss auf. Drinnen empfing sie kalte Luft.

»Das ist die Kühlung, die wir als Übergangsleichenhalle für die Explosionsopfer nutzen«, erklärte Joanna. »Da die Opfer alle identifiziert sind und entfernt wurden, habe ich hier den Schauplatz der Explosion nachgestellt.«

Der Raum war acht mal acht Meter groß und völlig kahl. Der Boden war aus Beton, die Wände aus Edelstahl, am hinteren Ende befand sich ein begehbares Gefrierabteil. In der Mitte stand ein rot-weiß gestreifter Pfahl mit einem Schild ›Nullpunkt‹ daran. Rundherum waren Holzständer aufgestellt, an denen Fotos der dort geborgenen Leichenteile hingen. Das Ganze erinnerte Jake an den Originalschauplatz mit den flatternden Fähnchen.

»Anhand der gefundenen Leichenteile können wir mit Sicherheit sagen, dass sich mindestens zwei Leute in dem Haus aufhielten«, fing Joanna an. »Bei den Bluttests fanden wir vier verschiedene Gruppen. Also schließen wir auf vier Leute.«

Jake fragte: »Und was ist mit den DNS-Analysen?«

»Die brauchen noch eine Woche«, antwortete Joanna. »Aber ich denke, sie werden bestätigen, was wir bereits wissen.«

»Und wir haben immer noch keinen blassen Schimmer, wer zur Hölle sie waren«, bemerkte Jake finster.

»Wir wissen zumindest, dass einer von ihnen schwer krank war«, sagte Joanna und ging zu einem Holzständer genau im Westen des Nullpunkts. »Hier fanden wir den

Teil eines Rumpfs, an dem noch etwas Leber hing. Sie war übersät mit Adenocarcinomknötchen.«

Jakes Augen verengten sich. »Was heißt das?«

»Das heißt, dass er wahrscheinlich keine sechs Monate mehr zu leben hatte.«

Farelli schnalzte mit der Zunge, als er über dieses neue Detail nachsann. »Vielleicht dachte er sich ja: ›Was soll's! Ich bin sowieso bald tot. Da kann ich genauso gut noch etwas in die Luft sprengen.‹«

»Möglich«, sagte Jake, verwirrt von den unzähligen widersprüchlichen Hinweisen. Es passte einfach nichts zusammen. Überhaupt nichts. Er sah herab auf den Holzständer neben sich. Das Foto darauf zeigte die Plastikferse, die man aus dem Schutt auf dem Schauplatz geborgen hatte. »Was ist mit der Ferseneinlage oder was immer das ist?«

»Die habe ich in die Biotechnik geschickt«, sagte Joanna und holte ein kleines Telefonbuch aus der Tasche. »Ich ruf gleich mal an und frage, ob sie etwas damit anfangen konnten.«

Sie ging zu einem nahe gelegenen Telefon und wählte eine Nummer. Während sie wartete, streckte sie Rücken und Hals, um die verspannten Muskeln zu lockern. Beim zweiten Strecken knackten wohltuend die Wirbel.

Jake beobachtete sie. Sie wurde immer schöner. Und dabei schien sie einfach nicht zu altern, nicht das kleinste bisschen. Ihr Körper war straff und wohlgeformt. Ihre eng anliegende Seidenbluse betonte die Brust und die schmale Taille.

Nur mit Mühe konnte sich Jake von dem Anblick losreißen. Nächste Woche, entschied er, würde er sie anrufen und zum Essen einladen. Vielleicht könnten sie zu ihrem Lieblingsgriechen in Long Beach gehen, Wein trinken,

Teller zerschmeißen und noch mal von vorne anfangen. Und vielleicht würde er diesmal alles richtig machen.

Kopfschüttelnd kehrte Joanna zurück. »Es wird immer dubioser.«

»Was ist?«, fragte Jake und verscheuchte die Gedanken aus seinem Kopf.

»Die Plastikferse war Teil einer Prothese«, erläuterte Joanna. »Einer der Terroristen hatte ein künstliches Bein.«

»Sind die sicher?«, fragte Jake und überlegte, wie viele Hersteller oder Vertreiber von Beinprothesen es wohl in der Gegend von Los Angeles geben mochte.

»Ganz sicher«, sagte Joanna. »Und sie haben ein kleines Firmenzeichen unter der Blutkruste entdeckt. Sie stammt aus dem Memorial Hospital.«

»Sehr schön«, Jake rieb sich die Hände. »Jetzt haben wir also ein künstliches Bein aus dem Memorial. Das vereinfacht die Suche natürlich gewaltig.«

»Nicht so stark, wie man annehmen möchte«, schränkte Joanna ein. »Die Prothesenwerkstatt des Memorial ist die größte und beste in Kalifornien, und Leute werden von überallher dorthin überwiesen. Ich schätze, sie haben im Laufe der Jahre Tausende von künstlichen Beinen angefertigt.«

Jake tigerte auf und ab, die Hände hinter dem Rücken verschränkt. »Einer unserer Männer hat also ein künstliches Bein. Wissen wir, ob er Mexikaner ist?«

Joanna ging zu dem Holzständer und studierte die Informationen, die unter der Fotografie der Plastikferse aufgelistet waren. »Wir haben das Blut auf der Ferse analysiert und mit dem schwarzhaarigen Skalp verglichen. Es war identisch. Die gleiche Blutgruppe, der gleiche Mann. Er war Mexikaner.«

Jake nickte und fuhr fort: »Also haben wir einen Mexikaner mit einem künstlichen Bein. Kann man aus dem Prothesentyp ersehen, wie er sein Bein verloren hat?«

»Wohl kaum«, sagte Joanna nach einigem Nachdenken. »Ob es ein Unfall war oder er mit der Anomalie geboren wurde, die Prothese wäre dieselbe.«

»Vielleicht hat er das Bein ja bei einer früheren Explosion verloren«, schlug Lori vor.

Jake blieb stehen und starrte sie an. »Guter Gedanke«, nickte er anerkennend. »Aber Moment. Bombenleger verlieren Hände und Finger, nicht die Beine.«

»Vielleicht hat er die Hand ja zusätzlich verloren«, gab Lori zu bedenken.

»Sie könnten Recht haben.« Jake setzte seine Wanderung fort und konzentrierte sich auf die Prothese und welche Information man aus ihr herausholen könnte. Er brauchte einen Experten für künstliche Glieder.

Er wandte sich an Joanna: »Wurde das Plastikbein auch hier im Memorial angefertigt?«

Joanna nickte. »In unserer Prothesenwerkstatt.«

»Lass uns hingehen und schauen, ob man uns dort weiterhelfen kann.«

13

Freitag, 26. März, 14.40 Uhr

Joanna und Jake schritten hinaus in einen grauen, wolkenverhangenen Tag und überquerten den Wilshire Boulevard. Einen Block vom Memorial entfernt bogen sie in eine kleinere Straße. An einer Bank-of-America-Filiale ließen sie kurz ein Auto vorbei, das aus dem Drive-in-Bereich kam, und gingen dann weiter.

»Warum wurde die Prothesenwerkstatt ausgelagert?«, wollte Jake wissen.

»Weil sie zu groß ist«, erklärte Joanna. »Dort werden nicht nur Prothesen hergestellt, sondern es ist gleichzeitig ein komplettes Rehabilitationszentrum. Das würde ganze Etagen im Memorial einnehmen.«

Vor ihnen erblickte Jake ein großes, neues Gebäude, drei Stockwerke hoch, mit poliertem Granit verkleidet. Treppenstufen und breite Rampen führten zu verschlossenen Türen aus verdunkeltem Glas. Jake verlangsamte seine Schritte und las die Inschrift, die in großen Lettern über dem Portal prangte: *John-Edgar-Wales-Rehabilitationszentrum.* »Hier?«

»Nein«, sagte Joanna. »Das wird mal das neue Reha-Zentrum. Es soll ungefähr in einem Monat eröffnet werden.«

»Und wer ist dieser John Edgar Wales?«, erkundigte sich Jake, der sich fragte, wie viele Millionen das Gebäude wohl verschlungen hatte und warum es polierter Granit sein musste, wo normaler Stein doch auch gereicht hätte.

»Wales war ein Bomberpilot, der über Hanoi abgeschossen wurde und dort in Gefangenschaft einen Arm verlor.«

»Ein Vietnam-Kriegsheld also?«

»Auch nicht anders als viele andere.«

»Was ist dann das Besondere an ihm?«

»Sein Bruder, Josiah Wales, ist der Leiter des Instituts.«

»Und wie ist dieser Bruder so?«

»Eine echte Nervensäge.«

Sie gelangten an ein zweistöckiges Gebäude, grün verputzt mit Rissen in der Fassade und abgeplatzten Stellen. Es gab kein Geländer an den steilen Stufen und die Eingangspassage war schmal. Auf einem Schild stand: ›Behindertengerechter Eingang und Rampe am Hintereingang‹.

»Dieser Ort ist zum Heulen«, meinte Joanna, »insbesondere für Kinder.«

Sie kamen in eine große Eingangshalle, in der sich sitzend und stehend die Patienten drängten. Die meisten waren Weiße oder hispanischer Abstammung, ein paar asiatisch und jedem fehlte irgendein Körperteil. Irgendwo schrie ein Baby, aber Jake konnte es nicht entdecken.

Er folgte Joanna vorbei an der Pforte in einen großen Funktionsbereich. Leute liefen auf dem Linoleumboden hin und her, einige humpelten vorsichtig auf neuen Beinprothesen, andere befestigten naturgetreue künstliche Arme an ihren Stümpfen. Vom Vorschulkind bis zum gebeugten Greis war jedes Alter vertreten. Keiner lächelte.

Von der anderen Seite des Raums winkte Joanna ein beleibter Mann in weißem Kittel und bedeutete ihr mit einem Handzeichen, dass er gleich für sie Zeit hätte. Er sprach gerade mit einer Frau, die ein Kleinkind im Arm hielt.

»Das ist Josiah Wales«, raunte Joanna.

»Du liebe Güte«, flüsterte Jake. »Der Mann ist ja ein Berg.«

»Und ist starrköpfig wie zwei.«

Jake betrachtete Frau und Kleinkind neben Wales und suchte nach Missbildungen oder fehlenden Gliedmaßen, konnte aber nichts entdecken. Sein Blick wanderte zu Wales und blieb an seinem langen weißen Laborkittel hängen. Eine kleine amerikanische Flagge war auf den Ärmel gestickt. »Scheint ja ein echter Patriot zu sein.«

»Er hat schon beim Aufwachen die Nationalhymne auf den Lippen«, sagte Joanna und ihr Ton wurde hart. »Und er sorgt dafür, dass es alle hören.«

Jake bemerkte die Feindseligkeit in ihrer Stimme. »Ihr scheint wohl nicht die besten Freunde zu sein, hm?«

»Wir hatten ein paar Meinungsverschiedenheiten.«

»Weswegen?«

»Gewehre und Handfeuerwaffen.«

»Wie bitte?«

Bei Wales' Anblick musste Joanna an den heftigen Streit vor ein paar Jahren denken. »Vor einiger Zeit versuchten die Fakultätsmitglieder des Memorial, ich eingeschlossen, eine Resolution zu verabschieden, die den Verkauf von automatischen Gewehren und Handfeuerwaffen verbieten sollte. Die Resolution sollte an den Kongress und das kalifornische Parlament in Sacramento geschickt werden. Klingt doch vernünftig und im Sinne der Bürger, sollte man meinen.«

»So weit schon«, stimmte Jake zu. Die meisten Raubüberfälle wurden mit Handfeuerwaffen verübt und automatische Gewehre baute man, um Menschen zu töten und für nichts anderes. »Aber Wales hat nicht mitgespielt?«

»Das ist milde ausgedrückt«, sagte Joanna, die sich nur zu gut an die harten Worte erinnerte, die Wales für sie und die anderen Gegner fand. »Er trat vor die versammelte Fakultät, wütete und tobte, das Recht auf Waffenbesitz und Selbstverteidigung sei in unserer Verfassung verankert. Und dann sah er mir in die Augen und sagte – und ich schwöre, das waren seine Worte –: ›Jeder, der für diese Resolution stimmt, ist ein Feind unserer Verfassung und rüttelt an den Grundfesten Amerikas.‹«

»Du machst Witze.«

Joanna schüttelte den Kopf. »Und das Schlimmste war, dass er es aus tiefster Überzeugung sagte.«

»Und wurde die Resolution dann verabschiedet?«

»Natürlich nicht«, schnaubte Joanna. »Murdock hat sich in die Bresche geworfen und sie abgeblockt. Du musst nämlich wissen, dass Wales aus einer sehr wohlhabenden Familie kommt. Er und seine Freunde unterstützen das Memorial finanziell. Sie haben sich die Kosten für den Bau des neuen Zentrums mit dem Staat geteilt.«

»Klingt, als hätte sich Wales seine Mitgliedschaft in der Fakultät erkauft.«

»Nein, nein«, widersprach Joanna hastig. »Er ist sehr gut auf seinem Gebiet. Das steht außer Frage.«

»Noch etwas steht außer Frage«, sagte Jake heiser.

»Und was sollte das sein?«

»Er wurde noch nie von einer AK 47 angeschossen.«

Jake beobachtete, wie Wales der Frau mit dem Kind auf die Schulter klopfte. Der Arzt trat zur Seite und gab den Blick frei auf Mutter und Sohn. Der kleine Junge hatte ein normales Bein und ein künstliches. Jake schluckte und blickte auf den Linoleumboden.

Unwillkürlich strich sich Joanna den weißen Mantel glatt, als Wales auf sie zukam. Sie zwang sich, ihm fest in die Augen zu sehen.

»Joanna«, grüßte Wales. Seiner Stimme fehlte jegliche Wärme. »Was führt Sie zu uns ins Armenviertel?«

Joanna sparte sich die Förmlichkeiten: »Wir brauchen Ihre Hilfe. Das hier ist Lieutenant Sinclair vom LAPD.«

Die beiden Männer sahen einander an und nickten dann kurz.

»Was kann ich für Sie tun?«, fragte Wales, dessen Gesicht sich unmerklich verschloss.

Joanna holte die zerbrochene Plastikferse aus der Tasche und reichte sie ihm. »Was können Sie uns zu diesem Teil einer Fußprothese sagen?«

Wales betrachtete das Teil eine Weile und gab es dann zurück. »Es gehört zu einer Ferse, und das Zeichen mit dem eingekreisten M belegt, dass sie hier angefertigt wurde.«

»Gibt es eine Möglichkeit herauszufinden, wem sie gehörte?«

»Nein«, erwiderte Wales. »Dafür bräuchte man die Seriennummer. Und die befindet sich weiter oben auf der Prothese, nicht auf der Ferse.«

Jake nahm sich vor, mit einem Team zum Explosionsschauplatz zurückzukehren und die Trümmer noch einmal genauestens zu durchkämmen, bis sie ein Stück Plastik mit Nummer darauf fanden. »Ist die Nummer aufgestempelt?«

»Sie ist einprägt, genau wie das Firmenzeichen«, sagte Wales. »Man kann sie mit bloßem Auge erkennen.«

»Wie hoch gehen die Seriennummern denn?«, erkundigte sich Jake.

»Wir sind irgendwo in den Zwanzigtausendern.« Dann stutzte Wales: »Worum geht es eigentlich?«

»Dieses Stück Ferse stammt vom Explosionsschauplatz in West Hollywood«, erklärte Joanna.

Wales dachte einen Moment lang nach. »Glauben Sie, diese Prothese gehörte zu einem der Opfer oder zu einem der Terroristen?«

»Das versuchen wir eben herauszufinden«, log Jake.

»Ich kann leider nicht mehr dazu sagen«, sagte Wales mit Blick auf die Armbanduhr. »Wir haben alle viel zu tun, also schlage ich vor, dass wir jetzt wieder –«

»Wir müssen noch etwas von Ihrer Zeit in Anspruch nehmen«, unterbrach Jake.

»Ich habe nicht nur viel zu tun, sondern sogar sehr viel«, Wales' Stimme war tief und beherrscht.

»Ich versuche, das zu berücksichtigen.« Jake holte seinen Notizblock hervor und blätterte, bis er zu der gesuchten Seite kam. Er sah auf zu Wales und erwiderte den durchdringenden Blick. Wales war fast zwei Meter groß mit breiten Schultern, einem riesigen Kopf und dünnen Lippen, die zusammenzukleben schienen. Wahrscheinlich war er Profi im Einschüchtern von Leuten.

»Wir vermuten, dass der Mann mit dem künstlichen Bein Mexikaner oder Amerikaner mexikanischer Herkunft war. Hilft Ihnen das, den Kreis der Leute einzuengen, denen das Bein gehört haben könnte?«

»Ha!« Wales lachte gezwungen. »In Kalifornien leben über dreißig Millionen Menschen und ein Drittel davon sind Mexikaner. Macht zehn Millionen Menschen, Lieutenant. Engt das den Kreis für Sie ein?«

»Nicht sonderlich«, gestand Jake.

»Und dabei sind die zwei Millionen, die sich illegal hier aufhalten, noch gar nicht mitgezählt«, sagte Wales missbilligend. »Unsere Grenzen sind das reinste Sieb und unsere Regierung unternimmt nichts dagegen.«

»Verstehe«, sagte Jake. Vor seinem inneren Auge sah er Wales auf einem Hügel an der Grenze stehen, in der Hand ein Maschinengewehr, mit dem er auf alles schoss, was sich bewegte. Eilig schüttelte er den Gedanken ab. »Führen Sie eine Computerdatenbank über Ihre Patienten?«

»Selbstverständlich.«

»Nehmen Sie auch die ethnische Herkunft der Patienten auf?«

»Nein«, polterte Wales. Wieder sah er auf die Uhr. »Nur Alter, Geschlecht, Diagnose und Prothesenart.«

»Und sonst irgendwelche medizinischen Informationen?«, hakte Joanna nach. »Zum Beispiel besondere Kennzeichen wie Narben oder Tätowierungen –«

Wales schüttelte den gewaltigen Kopf. »Das hier ist keine diagnostische Klinik, Joanna. Wir machen hier Rehabilitation.«

»Das heißt«, überlegte Jake laut, »um die mexikanischen Prothesenträger zu finden, müsste man alle Aufzeichnungen durchgehen und die mexikanisch klingenden Namen herausziehen.«

»Völlig richtig«, bestätigte Wales.

»Dann machen wir es eben so.«

»Moment«, Wales hob eine Hand, die aussah, als könnte sie eine Wassermelone umgreifen. »Sie können nicht einfach an die Computeraufzeichnungen. Die sind streng vertraulich.«

»Kein Problem«, sagte Jake leichtfertig. »Den Durchsuchungsbefehl habe ich in einer Stunde.«

»Und ich bekomme binnen einer Stunde eine einstweilige Verfügung vom Gericht, bis die Sache in einem ordentlichen Verfahren geprüft ist«, konterte Wales.

»Auch gut«, sagte Jake unbeeindruckt. »Natürlich müsste ich dann alle Büros und sämtliche Türen in diesem Haus versiegeln und polizeilich bewachen lassen, um sicherzustellen, dass keine Krankenblätter oder Akten verschwinden. So lange, bis ein Richter die Sache für uns klärt.«

Wales' Augen sprühten Feuer. Auf der Stirn trat eine Ader hervor.

»Es geht auch einfacher«, fuhr Jake fort. »Sie stellen einen Raum für uns bereit und unser Team sortiert die mexikanischen Namen aus den Computerlisten der Patienten mit Beinprothesen aus. Einer von Ihren Ärzten müsste uns allerdings für den medizinischen Hokuspokus zur Verfügung stehen.«

Wales sah den Detective lange an. Er fragte sich, was er gegen ihn tun konnte und ob ein Anruf im Büro des Bürgermeisters helfen würde. Nicht viel, war die Antwort auf beide dieser Fragen. »Ich möchte so wenig Störung wie möglich.«

»Sie werden gar nicht merken, dass wir da sind.«

»Timothy Bremmer wird Ihren Leuten zur Seite stehen«, sagte Wales, und die Ader auf seiner Stirn verschwand langsam wieder. »Er hat das gegenwärtige Computerprogramm eingerichtet.«

»Ist er Arzt?«, fragte Jake.

»Ein sehr guter sogar«, sagte Wales. »Und er ist Meister der Biomechanik.«

Wales wirbelte herum und lief mit großen Schritten davon. Joanna und Jake brauchten ein paar Sekunden, bis sie begriffen, dass sie ihm folgen sollten.

Während sie hinter Wales herhasteten, raunte Joanna Jake zu: »Ein echter Charmebolzen, findest du nicht?«

Wales führte sie durch die Klinik zu einer großen Werkstatt. Techniker in blassgrünen Kitteln saßen an Bänken und untersuchten und reparierten Prothesen jeder nur erdenklichen Art. Da gab es künstliche Hände,

Unterarme und komplette Arme neben Füßen, Unterschenkeln und ganzen Beinen. Einige der Hände bewegten sich mechanisch mit leise greifenden Fingern.

Jake sah im Vorbeigehen durch eine Plexiglasscheibe. Dahinter stapfte ein Roboter mit Beinprothesen auf und ab und testete das Plastik auf Widerstandskraft und Haltbarkeit. Jake hatte das Gefühl, in eine futuristische Welt geraten zu sein.

Sie gingen durch eine breite Schwingtür und kamen in eine Halle, in der eine große Apparatur einen leise heulenden Klang von sich gab. Am Rand stand ein Mann in weißem Mantel über eine Konsole gebeugt und justierte vorsichtig ein paar Regler. Der heulende Klang schwoll kurz an und verstummte dann fast vollständig.

»Tim«, rief Wales. »Kann ich Sie für einen Augenblick sprechen?«

»Klar«, erwiderte der Mann und kam zu ihnen. »Mensch! Dieser neue Laminierungsprozess wirkt wirklich Wunder. Wenn ich die Anzahl der Schichten verdoppele, verdreifacht sich die Haltbarkeit der Prothese. Faszinierend.« Er nickte, offensichtlich zufrieden mit dem Resultat. Dann bemerkte er den verwirrten Ausdruck in den Gesichtern seiner Besucher. »Unsere Prothesen werden aus beschichteten Streifen gefertigt«, erklärte er. »Je mehr Streifen man übereinander legt, desto widerstandsfähiger ist das Endprodukt.«

»Aber wird die Prothese dadurch nicht viel schwerer?«, erkundigte sich Joanna.

»Nicht, wenn man dünnere Streifen verwendet«, erwiderte der Mann. »Aber das ist eine gute Frage. Das Gewicht der Prothese spielt eine große Rolle für jemanden, der sie tagein, tagaus tragen muss.«

Wales blickte ungeduldig auf die Uhr. »Dr. Timothy

Bremmer, das sind Dr. Joanna Blalock und Detective Lieutenant Sinclair.«

Bremmer nickte Joanna zu: »Freut mich, Dr. Blalock. Ich habe schon viel Gutes von Ihrer forensischen Arbeit gehört.«

»Danke«, sagte Joanna. Sie hatte das Gefühl, Bremmer schon einmal im Krankenhaus gesehen zu haben, erinnerte sich aber nicht mehr, wo.

Bremmer wandte sich an Jake Sinclair und schüttelte ihm kräftig die Hand. »Kann ich irgendetwas für Sie tun?«

»Wir brauchen Ihre Hilfe, um eine Liste zu erstellen.« Jake erzählte kurz von dem Stück Plastikferse, das sie auf dem Explosionsschauplatz gefunden hatten. »Wir müssen an Ihre Computerverzeichnisse, um die Namen aller Amerikaner mexikanischer Herkunft ausfindig zu machen, die mit Beinprothesen ausgestattet wurden.«

Bremmer rieb sich das Kinn. Er war ein schlanker Mann, kleiner als Joanna, mit breiter Stirn und glattem, blondem Haar. Sein jungenhaftes Gesicht hatte noch keine einzige Falte. »Nur über ihre Nachnamen?«

»Richtig.«

»Das wird ein gutes Stück Arbeit«, bemerkte Bremmer nachdenklich.

»Wie viele Patientenakten müssen wir denn in etwa durchsehen?«, erkundigte sich Jake.

Bremmer zog die Schultern hoch. »So um die achttausend. Vielleicht mehr.«

»Zu viele«, murmelte Jake, dann meinte er: »Gibt es keine Möglichkeit, die Liste zu verkürzen?«

Bremmer sah auf die Maschine, denn der heulende Ton schwoll deutlich an. Er betrachtete sie einen Moment lang gedankenverloren, dann wandte er sich wieder an die Gruppe: »Haben Sie das Stück mitgebracht?«

»Bitte«, sagte Joanna und reichte ihm die zerbrochene Ferse.

Bremmer studierte sie eingehend, indem er sie ins Licht hielt. »Haben Sie schon herausgefunden, aus wie vielen Plastikschichten diese Prothese ist?«

Joanna schüttelte den Kopf. »Ist das wichtig?«

»Könnte sein«, sagte Bremmer, der mit dem Finger über die raue Kante des Plastiks fuhr. »Als ich vor sechs Jahren hier anfing, haben wir diese Maschine installiert, um unsere Prothesen zu fertigen. Sie arbeitet mit einem anderen Schichtungsverfahren als die alte. Die neueren Prothesen bestehen aus mehr Schichten.«

Jake fragte: »Wenn die Plastikferse mit der neuen Maschine gefertigt wurde, wie viele Patienten blieben dann?«

»Um die viertausend.«

»Das klingt schon besser«, Jake nickte.

»Es ist immer noch ein Haufen Arbeit«, warnte Bremmer. »Die Liste ist zwar schnell erstellt, aber viertausend Patienten ausfindig zu machen dauert Monate. Und Sie werden mit Sicherheit eine ganze Reihe nicht mehr finden.«

»Kommen sie denn nicht regelmäßig zu Nachuntersuchungen hierher?«

»Die meisten schon«, antwortete Bremmer. »Aber einige, wie zum Beispiel die Mexikaner ohne gültige Aufenthaltsgenehmigung, kommen einmal und dann nie wieder. Ich nehme an, sie gehen zurück nach Mexiko.«

Jake stieß einen tiefen Seufzer aus. Einen Schritt vorwärts, so schien ihm, dann zwei zurück. »Es wäre schön, wenn Sie für uns herausfinden könnten, ob diese Plastikferse mit der neueren Anlage gefertigt wurde.«

»Kein Problem«, sagte Bremmer und hielt das Stück noch einmal ins Licht. »Morgen kann ich Ihnen diese Frage beantworten.«

Jake betrachtete die glänzende Oberfläche des Plastiks und zum ersten Mal fiel ihm der neutrale Farbton auf. »Sind alle Prothesen cremefarben?«

»Fast«, sagte Bremmer. »Außer bei dem einen Patienten, der auf einem purpurroten Bein bestand.«

Bremmer und Wales grinsten sich kurz an bei diesem Witz, den nur sie beide verstanden.

Plötzlich wurde das Summen der Maschine lauter, dann schaltete das Getriebe herunter und das Geräusch verebbte.

»Die Prothese erhält soeben den letzten Schliff«, erklärte Bremmer. »Gepolstert und mit Halteriemen versehen werden sie dann von Hand.«

Irgendetwas nagte an Joanna, etwas, das offensichtlich war und doch übersehen wurde. Was war es nur? Ein Lämpchen an der Konsole blinkte rot, dann grün.

»Und das bedeutet, dass die Maße der fertigen Prothese mit den vom Computer einprogrammierten übereinstimmen«, fuhr Bremmer fort. »Die Prothesen sind natürlich alle individuell auf unsere Patienten zugeschnitten.«

»Diese Messungen sind äußerst wichtig«, fügte Wales belehrend hinzu. »Ein paar Millimeter zu viel oder zu wenig und die Prothese funktioniert nicht richtig.«

Joannas Gesicht hellte sich auf. Jemand mit Sachverstand musste diese Messungen vornehmen. Jemand musste die Patienten untersuchen, bevor die Prothesen erstellt werden konnten. »Wer ist für die Vermessungen zuständig?«

»Ich«, sagte Bremmer sachlich. »Ich hole mir die Maße des Stumpfs und des gegenseitigen Gliedmaßes und füttere den Computer mit diesen Daten. Der Computer zeigt dann an, wie das Modell aussehen wird. Und wenn alles in

Ordnung ist, gibt er unserer Maschine die exakten Angaben für das neue Gliedmaß. Alles ist voll automatisiert.«

»Also sehen Sie jeden Patienten?«, fragte Joanna.

»Ja.«

»Machen Sie Fotos von den Patienten mit ihren neuen Prothesen?«

»Die würden uns nichts bringen«, Bremmer schüttelte den Kopf. »Unbewegte Bilder wären nutzlos. Wir machen Videoaufnahmen. Auf diese Weise sehen wir die Prothesen in Aktion und können beurteilen, ob sie funktionieren.«

»Was tragen die männlichen Patienten mit Beinprothesen, wenn die Videos aufgenommen werden?«

»Badehosen oder Boxershorts.«

»Also sieht man auch die Arme.«

»Ich nehme es an«, bestätigte Bremmer, der sich fragte, was an den Armen von Patienten mit Beinprothesen so interessant sein sollte. »Aber natürlich filmt die Kamera bei Beinprothesen vor allem die unteren Extremitäten.«

»Aber man hätte vielleicht auch verschiedene Ansichten der Arme.«

»Das ist richtig.«

»Wo heben Sie diese Videos auf?«

»In unserem neuen Gebäude«, antwortete Bremmer.

Jake hakte ein: »Haben Sie dort auch einen Vorführraum?«

Bremmer nickte grinsend. »Lieutenant, unser neues Zentrum gehört zu den modernsten der Welt. Nicht nur von Amerika«, betonte er, »sondern von der ganzen Welt. Unser neuer Vorführraum hat vier Leinwände, die den Patienten simultan in vier verschiedenen Einstellungen zeigen.«

»Schön«, kommentierte Jake, der sich schon im Geiste ausgezeichnete Ansichten von tätowierten Oberarmen ausmalte.

»Mehr als das«, verbesserte Bremmer. »Das neue Zentrum wird den Neid der gesamten medizinischen Welt auf sich ziehen.« Er blickte zu Josiah Wales. »Hier hat die Bundesregierung ausnahmsweise etwas Vernünftiges getan.«

»Mit großzügiger Unterstützung der Familie Wales«, ergänzte Wales.

»So ist es«, stimmte Bremmer zu. »Und das Endprodukt ist ein Glanzstück, mit dem jeder in Verbindung gebracht werden möchte. Die Würdenträger stehen bereits Schlange für die große Eröffnung am neunzehnten April. Kongressabgeordnete, Senatoren, der Gouverneur. Sogar der Präsident.«

Jake stutzte. Er fragte sich, warum ein neues Institut die Köpfe der Nation anzog. »Worin besteht die Attraktion?«

»Wählerstimmen«, knurrte Wales. »Sie rechnen sich aus, dass Vietnam-Veteranen und Behinderte zusammen ein paar Millionen Wähler ergeben.«

»Trotzdem ist es eine große Ehre, den Präsidenten hier zu haben«, sagte Joanna und dachte an die Freiheitsmedaille, die sie überreicht bekäme. Sie nahm sich vor, bei der Zeremonie nur ein paar kurze Worte zu sagen, dem Präsidenten zu danken und ihn und alle anderen an die zu erinnern, die auf der *Global Explorer II* gestorben waren. »Eine große Ehre«, wiederholte sie.

Wales zuckte die Achseln. »Ich habe ihn nicht gewählt.«

»Ich auch nicht«, stimmte Bremmer mit ein.

Ich schon, lag es Jake auf der Zunge, aber er hielt sich zurück. »Können wir gleich morgen früh mit der Suche beginnen?«

»In Ordnung«, sagte Bremmer. »Schicken Sie Ihr Team

um acht zu mir. Es wäre gut, wenn sie sich mit Computern auskennen würden.«

»Das werden sie«, sagte Jake und lächelte schwach. »Verlassen Sie sich darauf.«

»Um Punkt acht also.«

Draußen empfing Joanna und Jake ein leichtes Nieseln und ein dunkler Himmel kündete von noch mehr Regen.

»Gut, dass wir das mit den Videos herausgefunden haben. Wie bist du darauf gekommen?«, erkundigte sich Jake.

»Reiner Glücksfall«, gestand Joanna. »Ich hatte eigentlich mehr an Fotos gedacht, die man normalerweise macht, um zu sehen, ob Prothesen richtig sitzen.«

»Und von dort war es nicht mehr weit zu den Videos.«

»Es sieht so aus.«

»Und wenn auf einem dieser Videos zufällig ein Mexikaner mit einer tätowierten Rose am Arm zu sehen wäre – dann hätten wir unseren Mann.«

»Die Chancen sind gering.«

»Nicht unbedingt«, meinte Jake. »Vier Terroristen waren in dem Haus. Das heißt, die Chancen stehen eins zu vier, dass der tätowierte Arm zu dem Prothesenträger gehört.«

»Das meinte ich gar nicht«, erklärte Joanna. »Ich meinte, ein Video von einem Beinamputierten zu finden, dessen Arm zufällig von der Seite zu sehen ist und auf dem dann noch zufällig eine Rosentätowierung ist – dafür stehen die Chancen nicht so gut. Und für diese Tätowierung müsst ihr unter Umständen bis zu achttausend Videos durchsehen.«

»Willst du damit sagen, die Chance, diese Tätowierung zu finden, liegt bei eins zu achttausend?«

»So etwas in der Art«, sagte Joanna. »Es sei denn, ihr habt großes Glück.«

»Verflucht!«, brummte Jake.

Sie eilten weiter, während der Regen stärker wurde.

14

Montag, 29. März, 10.14 Uhr

»Schauen Sie sich das an«, sagte Lori und rückte ihren Stuhl beiseite.

Joanna lehnte sich zu ihr herüber und betrachtete die Probe unter dem Mikroskop. Sie war überwuchert von malignen Knochenzellen. »Eindeutig ein Osteosarkom. Na und?«

»Dieses Knochenstück stammt von dem Teil eines Beines aus West Hollywood«, erklärte Lori, geschäftig auf einem Kaugummi kauend. »Und das bedeutet, zwei der Terroristen hatten bösartige Tumore.«

Rasch besah Joanna die Probe noch einmal. Es gab keinen Zweifel an der Diagnose. Die Knochenzellen wucherten wild und bizarr und wiesen einen hohen Grad von Malignität auf. »Glauben Sie, der Mann litt unter Symptomen?«

Lori zuckte die Schultern. »Das lässt sich anhand eines mikroskopischen Präparats nicht sagen.«

»Aber vielleicht anhand einer Röntgenaufnahme.«

»Ich habe Röntgenaufnahmen und Fotografien von den Leichenteilen«, sagte Lori. »Aber daraus ergeben sich keine Hinweise, ob er Symptome hatte.«

»Schauen wir sie uns doch noch einmal an.«

Sie gingen zu einer Reihe von Schaukästen an der anderen Wand des Labors. Mit einer Lupe untersuchte Joanna die vergrößerten Aufnahmen des Funds. Anscheinend handelte es sich um ein Stück Oberschenkel, aus dem der gesplitterte Oberschenkelknochen in spitzem Winkel herausragte. Das Gewebe um den Knochen herum war verbrannt und zerfasert. Joanna ging zu den Röntgenaufnahmen über. Am Schaft des Oberschenkelknochens erkannte man einen invasiven Tumor von der Größe eines Vierteldollars.

»Er hatte Schmerzen.« Joanna deutete auf eine befallene Region im Oberschenkelknochen. »Der Tumor hat sich durch die Knochenrinde hindurch ins Muskelgewebe gefressen. Er hatte sogar starke Schmerzen.«

»Damit hätten wir zwei Terroristen, die an Krebs sterben würden und es wahrscheinlich wussten«, fasste Lori zusammen. »Es müssen Selbstmordattentäter gewesen sein. Eine andere Erklärung gibt es nicht.«

»Vielleicht«, sagte Joanna zweifelnd. »Aber warum sollte man Selbstmord begehen, wenn man weiß, dass man in ein paar Monaten ohnehin stirbt?«

»Vielleicht waren die Schmerzen so stark, dass sie es nicht mehr ertragen konnten«, überlegte Lori. »Vielleicht haben sie sich umgebracht, um dem Leid ein Ende zu setzen.«

»Aber dafür nimmt man doch kein C4.« Joanna besah noch einmal die Röntgenaufnahmen und fragte sich, was diese Terroristen verband. Es musste einen Zusammenhang geben, aber sie kam einfach nicht darauf. Selbst die Krebsleiden unterschieden sich. Der eine hatte Adenocarcinommetastasen in der Leber, der andere ein bösartiges Osteosarkom. Worin aber bestand die Gemeinsamkeit?

Plötzlich kam ihr ein Gedanke. Sie wandte sich an Lori: »Haben Sie schon die Blutgruppen der beiden befallenen Fundstücke bestimmt?«

Lori blätterte in einem großen Buch mit Labordaten.

»Die zur Leber gehörige Blutgruppe konnten wir nicht bestimmen. Sie war größtenteils verkohlt.«

Joanna seufzte erschöpft: »Verflucht.«

»Was sollte an den Blutgruppen der Leichenteile so interessant sein?«

»Wir gehen ständig davon aus, dass wir es mit zwei Personen mit malignen Tumoren zu tun haben, dabei ist es vielleicht nur eine«, erklärte Joanna. »Ein Mensch kann auch an mehreren bösartigen Tumoren erkranken. Es ist nicht besonders verbreitet, aber es kommt vor. Und wenn wir nur einen Patienten mit Krebs haben, hat es für diesen Fall wahrscheinlich gar keine Bedeutung.«

»Mit Blutgruppenbestimmung kommen wir hier nicht weiter.«

»Aber mit der DNS-Analyse«, meinte Joanna plötzlich. »Lassen Sie mich von den Ergebnissen wissen, sobald sie da sind.«

»Aber Ihnen ist bewusst, dass wir höchstwahrscheinlich zwei Patienten mit zwei verschiedenen Arten von Krebs vor uns haben?«

»Ist es«, sagte Joanna. »Aber ich will den Beweis, damit wir unsere Zeit nicht auf falsche Fährten verschwenden.«

»Seltsame Angelegenheit«, meinte Lori und blätterte um. »Wollen Sie von der verstümmelten Hand hören?«

»Nur, wenn es gute Nachrichten gibt.«

»Leider nicht. Unser Freund Maxie Birnbaum kommt bei seiner Suche nach José Hernandez nicht voran. Keiner weiß, wo er ist. Aber Maxie meint, er kennt den Freund von einem Freund von José, der vielleicht weiterhelfen kann.«

»Er steckt also fest.«

»Ja, aber er gibt nicht auf.«

»Genau wie wir.«

»Wir wissen jetzt etwas mehr zu dem C4 aus der Hand«, fuhr Lori fort. »Es besteht aus zwei gesonderten Explosivstoffen mit jeweils kilometerlangen Bezeichnungen. Natürlich nichts, was man zurückverfolgen könnte.«

»Natürlich nicht«, sagte Joanna säuerlich. Vor ein paar Jahren wollte der Kongress ein Gesetz verabschieden, das alle Hersteller von Explosivstoffen verpflichtet hätte, ihren Produkten eine zurückverfolgbare Substanz beizumengen. Damit hätten Ermittler den Ursprung von jedem in Amerika hergestellten Sprengstoff bestimmen können. Doch die mächtige Waffenlobby hatte dafür gesorgt, dass der Antrag abgelehnt wurde.

»Das Labor, dem wir den Splitter geschickt haben, sagt, die Zusammensetzung sei so ungewöhnlich, dass sie jetzt eine Probe davon vom Sprengstofflabor der ATF untersuchen lassen.«

»Bis wann haben wir die Ergebnisse?«

»Sie haben es als Eilauftrag gesandt, wir sollten also in ein paar Tagen von ihnen hören.«

»Gut.«

Lori schloss das Buch. »Schön, dann widme ich mich jetzt den tausend anderen Dingen, die zu erledigen sind.«

»Haben Sie noch eine Minute Zeit?«, fragte Joanna. »Ich muss mit Ihnen reden.«

»Aber sicher«, meinte Lori, der es bei den Worten kalt über den Rücken lief. Wenn ein Satz mit ›Ich muss mit Ihnen reden‹ anfing, verhieß das nicht Angenehmes. »Stimmt irgendetwas nicht?«

»Ihr Temperament«, sagte Joanna offen. »Es wird Ihnen noch Probleme einhandeln, insbesondere mit Leuten wie Jake Sinclair. Er lässt nicht so mit sich umspringen.«

»Ich weiß«, sagte Lori leise. »Ich versuche ja, mich zu beherrschen, aber dieser dämliche Sinclair bringt mich immer wieder auf die Palme.«

»Glauben Sie, er macht es absichtlich?«

Lori zog die Schultern hoch: »Manchmal kommt es mir fast so vor. Wirklich! Oft ist er so herrisch und barsch. Er achtet überhaupt nicht auf die Gefühle der anderen.«

»Das stimmt«, musste Joanna zugeben. »Aber Sie dürfen es nicht persönlich nehmen.«

»Wie soll ich es denn sonst auffassen?«

»Berufsbedingt«, erwiderte Joanna. »Jake ist ein knallharter Bulle, der Mordfälle aufklärt. Er will nicht Ihr Kumpel sein. Er will nur Antworten auf seine Fragen, weil ihm das hilft, seine Fälle zu lösen. Er hat es nicht so mit Freundlichkeit und Taktgefühl.«

»Sie wollen also, dass ich seine Rücksichtslosigkeiten einfach schlucke?«

»Wenn Sie etwas von ihm lernen wollen, wird Ihnen nichts anderes übrig bleiben«, erklärte Joanna. »Von ihm lernen Sie genauso viel wie von mir. Vielleicht sogar mehr, wenn es um Mord geht.«

Lori nickte zögerlich. »Er ist sehr scharfsinnig, das muss ich schon zugeben.«

»Ja, das ist er.«

»Sie meinen also, ich sollte mich am Riemen reißen?«

»Das wäre schlau.«

»Kann ich ihn wenigstens hin und wieder anschreien?«

»Schätze schon«, grinste Joanna. »Aber wählen Sie die Zeitpunkte gut aus.«

Lori wandte sich zum Gehen, hielt dann aber plötzlich

inne und kam noch einmal zurück. »Ich bräuchte noch einen anderen Rat.«

»Um was geht es denn?«

»Um die Medien«, sagte Lori. »Sie haben meine Privatnummer herausgefunden und ich schwöre, dieses verdammte Telefon hört nicht mehr auf zu klingeln. Sie wollen alles wissen über die Bombe, die Opfer und die Leichenteile.«

»Und was sagen Sie ihnen?«

»Nichts. Ich lege einfach auf. Aber die Anrufe hören nicht auf. Nicht einmal nachts.«

»Ich rate Ihnen, den Hörer von der Gabel zu nehmen, wenn Sie schlafen gehen und den Piepser neben das Bett zu legen.«

»Dann werde ich am Ende angepiepst«, sagte Lori. »Bekommen Sie auch solche Anrufe?«

»Ständig«, antwortete Joanna. »Gestern hat mir ein Boulevardblatt zweihundertfünfzigtausend Dollar für ein Interview angeboten. Und weitere hunderttausend für ein paar Fotos von Körperteilen.«

»Großer Gott! Die Medien tun wirklich alles für ein paar Informationen.«

»Sie reagieren bloß auf den Druck der Öffentlichkeit«, sagte Joanna. »In den Zeitungen und Fernsehnachrichten ist West Hollywood Tag und Nacht die Top-Story. Sie dürfen nicht vergessen, wie verängstigt die Leute sind, insbesondere, weil die Bombe in einem Wohngebiet losgegangen ist. Jeder will wissen, wer dahintersteckt und warum und wie weit der Fall schon gelöst ist. Und das interessiert auch die Presse am meisten.«

»Dabei sind die Antworten so einfach.«

»Ach ja?«

Lori hängte sich den Rucksack über die Schulter. »Die

Antworten darauf lauten: A) Wir haben keine Ahnung wer es war, B) wir wissen nicht warum und C) von der Lösung sind wir meilenweit entfernt.«

15

Mittwoch, 31. März, 11.00 Uhr

Das Fernsehen zeigte, wie Simon Murdock im Memorial Hospital ein Podium bestieg, um eine Presseerklärung abzugeben. Sein Gesicht war ernst, der Ausdruck verschlossen, die Lippen ein dünner Strich.

»Er sieht nicht gerade glücklich aus«, kommentierte Farelli.

Jake verfolgte die Übertragung. Er fand, dass Murdock in seinem Nadelstreifenanzug die Wärme eines Leichenbestatters ausstrahlte. »Ich wette, er verpatzt es.«

»Ich dachte, er sei so clever?«

»Er gehört zu den Leuten, die es fertig bringen, clever und dumm gleichzeitig zu sein.«

Die Männer saßen am Tresen einer Snackbar bei Kaffee und Donuts. Es war elf Uhr und langsam trudelten die ersten Mittagsgäste ein. Der Tag draußen war feucht und dunstig, die Sonne kaum zu sehen.

»Warum geben sie überhaupt eine Pressekonferenz?«, wunderte sich Farelli.

»Ist mir auch ein Rätsel«, murmelte Jake abwesend. Er angelte sich eine Serviette und schrieb: 5 x 10 = 60.

»Fünf mal zehn ist fünfzig«, verbesserte Farelli, der über Jakes Arm schielte.

»Ich runde nur etwas auf«, sagte Jake. »Ich habe vier Männer im Vorführraum des Rehazentrums. Vier Leinwände befinden sich in dem Raum, so dass jeder der Männer eine andere Perspektive hat, wenn das Video läuft. Die Videos sind fünf Minuten lang. Wenn man also zehn Videos anschauen will, braucht man dafür fünf mal zehn oder fünfzig Minuten, richtig?«

»Richtig«, stimmte Farelli zu. »Aber du hast sechzig geschrieben.«

»Zehn Minuten muss man einberechnen für das Wechseln der Kassetten, fürs Scharfstellen und dergleichen«, erklärte Jake. »Das heißt also, pro Stunde kann man fünfzig Minuten Film sehen. Das bedeutet zehn Videos pro Stunde. Das sind wiederum achtzig am Tag und so um die fünfhundert in der Woche.« Wieder sah er auf die Zahlen und seufzte tief. »Das heißt, es braucht zwei Monate, um alle Videos durchzusehen.«

»Und bis dahin haben deine Freunde ihre Bombe längst gezündet und sind über alle Berge.«

»Du sagst es.«

Die Männer richteten ihre Aufmerksamkeit wieder auf den Bildschirm. »Und natürlich«, sagte Murdock gerade, »gibt es ein paar Dinge, zu denen ich mich momentan nicht äußern kann. Soweit das klar ist, können Sie jetzt Ihre Fragen stellen.«

Eine Journalistin mit blonden Strähnen im Haar stand auf: »Der einzige Augenzeuge der Explosion ist überraschend im Memorial gestorben«, näselte sie. »Berichten zufolge wurde er ermordet. Ist das wahr?«

»Der Patient starb durch Einatmen von Mageninhalt«, antwortete Murdock prompt. »Einige ungewöhnliche Indizien wurden entdeckt und werden derzeit untersucht.«

»Sie sagen also, es gibt keinen Beweis für ein Verbrechen?«, hakte die Reporterin nach.

»Ich habe Ihre Frage beantwortet. Weitere Fragen?«

Der Moderator eines Lokalsenders, erst jüngst zum rasenden Reporter degradiert, erhob sich. »Ist es wahr, dass die Witwe des Augenzeugen Ihr Krankenhaus auf fahrlässige Tötung verklagt?«

Murdock schluckte, deutlich sichtbar hüpfte der Adamsapfel. »Dazu kann ich nichts sagen.«

»Auf zehn Millionen«, fügte der Reporter hinzu.

»Kein Kommentar.«

Farelli pfiff leise durch die Zähne. »Das ist eine Menge Geld.«

»Von irgendetwas muss der Mensch ja leben«, sagte Jake.

Eine afroamerikanische Reporterin in elegantem Hosenanzug hob die Hand. Sie wies sich als Journalistin von *Time Magazine* aus. »Konnte der Zeuge die Terroristen vor seinem Tod noch beschreiben?«

»Kein Kommentar.«

»Laut zwei verschiedener Quellen hat er das getan«, fuhr die Reporterin fort. »Die Terroristen wurden als Weiße und Mexikaner beschrieben. Auch andere Merkmale wurden genannt. Wir glauben, die Geschichte ist wahr und wir werden sie bringen. Wenn Sie dementieren wollen, haben Sie jetzt Gelegenheit dazu.«

Es entstand eine peinliche Stille, während Murdock einen Finger unter seinen Kragen schob und ihn lockerte.

Jake lehnte sich nach vorne. »Sag was, du dummer Idiot«, drängte er leise.

»Mit diesen Fragen müssen Sie sich an die Polizei wenden«, meinte er schließlich.

»Eine unserer Quellen kommt aus dem Umfeld der Polizei«, fuhr die Journalistin fort.

»Blödsinn«, dachte Jake. Die Geschichte kam höchstwahrscheinlich von Claire Stonehauser, ihrer Schwester oder beiden zusammen. Dort würde ein Reporter mit gutem Riecher nach Informationen suchen.

Farelli fragte besorgt: »Glaubst du, wir haben eine undichte Stelle?«

»Kann ich mir nicht vorstellen.«

»Aber da steht die Reporterin einer nationalen Zeitschrift und behauptet, sie habe die Information von der Polizei.«

»Sie sagt, ihre Quelle komme aus dem *Umfeld* der Polizei«, verbesserte Jake. »Die Reporterin hat die Information von der Witwe oder ihrer Schwester. Und weil die Witwe das Ganze mit zwei Idioten von der Mordkommission besprochen hat, heißt das, die Quelle stand mit der Polizei in Verbindung. So etwas nennt sich dann Umfeld.«

»Hör auf«, sagte Farelli, dem das Wortspiel nicht gefiel. »Spricht hier noch einer meine Sprache?«

»Nicht im Fernsehen.«

Murdock hangelte sich noch am Rand der Frage entlang und versuchte, jede konkrete Antwort zu vermeiden.

Die *Time*-Reporterin fragte spitz: »Trug einer der Terroristen einen Kinnbart und Glatze?«

»O nein«, stöhnte Jake leise.

»Davon ist mir nichts bekannt.«

»Was genau ist Ihnen denn bekannt?«, fragte die Journalistin schroff.

Murdock starrte die Frau an und focht einen hoffnungslosen Kampf gegen die aufsteigende Wut. »Ich weiß von einem forensischen Labor im Memorial, das nach einer Explosion voller Leichenteile ist. Und in diesem Labor arbeitet eine ausgezeichnete Gerichtsmedizinerin, die die Überreste wieder zusammensetzt und uns sagen wird, wer genau diese Terroristen waren.«

»Und das könnte zu den Mördern des Augenzeugen führen?«

»Das wäre mögl –« Murdock fing sich, jedoch zu spät.

Farelli schlug sich mit der flachen Hand vor die Stirn: »Mein Gott! Er ist wirklich dumm.«

Die Reporterin lächelte dünnlippig. »Wie viele Leichenteile haben Sie und wie weit sind Sie mit Ihrer Arbeit, sie wieder zusammenzusetzen?«

Murdock räusperte sich kurz. »Ende der Diskussion.«

Die Journalisten sprangen auf und riefen durcheinander. Der Tumult war so groß, dass man die einzelnen Fragen nicht mehr verstand. Murdock hob die Hand, um die Ordnung wiederherzustellen, doch die Journalisten riefen nur noch lauter.

»Was denkst du?«, fragte Farelli.

»Ich denke, keiner, der etwas über die Terroristen weiß, wird sich zu reden trauen«, sagte Jake. »Die Mexikaner werden über die Grenze fliehen. Die Weißen in die Wälder.«

Farelli nickte. »Ich wette, unser Ziegenbärtchen rasiert sich in eben diesem Moment.«

»Wahrscheinlich«, stimmte Jake zu. »Und das Haar wird er sich auch wieder wachsen lassen.«

»Meinst du, das hat gereicht, um die Bombenleger zu vertreiben?«

»Zum Teufel, nein! Die werden schön hier bleiben, bis sie ihr Ding durchgezogen haben.«

»Und ihnen wird nicht gefallen, was Murdock gerade gesagt hat«, überlegte Farelli. »Ganz und gar nicht.«

»Und sie wissen, wie sie ins Memorial kommen«, sagte Jake düster. »Sie haben es schon einmal geschafft.«

»Das habe ich mir auch gerade gedacht.« Farelli war mit seinem Donut fertig und stand von seinem Barhocker auf. »Wir müssen eine Wache vor die Kühlung stellen, in der die Leichenteile aufbewahrt werden.«

»Lieber zwei«, sagte Jake. »Die andere steht vor Joannas Büro, und zwar rund um die Uhr.«

16

Mittwoch, 1. April, 14.15 Uhr

Maxie Birnbaum führte sie die Treppen eines vierstöckigen Wohnhauses hinauf. Joanna und Lori konnten nur mit Mühe mit ihm Schritt halten. Am Absatz des dritten Stockwerks legten sie eine kurze Pause ein, um wieder zu Atem zu kommen.

»Gibt es keine städtische Verordnung, wonach diese Häuser Aufzüge haben müssten?«, schimpfte Lori.

»Bestimmt nicht in diesem östlichen Teil von Los Angeles«, sagte Maxie. »Wenn es nach den Vermietern ginge, gäbe es wahrscheinlich nicht mal Treppen.«

Das Treppenhaus war eng und nur spärlich beleuchtet. Risse und abgeplatzte Stellen in der tristen grauen Wandfarbe legten den Blick frei auf Putz, der von Maschendraht zusammengehalten wurde. Überall breiteten sich Wasserflecken aus.

»Sind Sie sicher, dass José Hernandez hier wohnt?«, erkundigte sich Joanna.

»Das hat man mir zumindest erzählt«, antwortete Maxie. »Er lebt zusammen mit Frau und Schwiegermutter.«

»Haben Sie vorher angerufen, ob die Adresse noch stimmt?«

»Ich hab's versucht, aber das Telefon war abgestellt.«

»Großartig«, murmelte Joanna und griff nach dem Geländer, um sich die steilen Stufen hinaufzuziehen.

Maxie sprintete voraus und nahm immer zwei Stufen

auf einmal. Sie gelangten in den Gang des vierten Stocks. Durch die verschlossenen Türen drangen die unterschiedlichsten Geräusche. Ein Fernseher lief in voller Lautstärke, Kinder schrien und weinten, Erwachsene stritten auf Spanisch. In der Luft hing der Geruch von würzigem Essen.

Maxie klopfte laut an eine Tür, trat zurück und wartete. Ein Riegel wurde zurückgeschoben, ein Schloss geöffnet. Langsam ging die Tür so weit auf, wie es die eingehängte Kette erlaubte.

Eine Mexikanerin mittleren Alters mit faltigem Gesicht blickte heraus. »*Qué?*«

»Wir sind auf der Suche nach José Hernandez«, sagte Maxie in geschäftlichem Ton.

»Der ist nicht hier.« Die Frau beäugte sie misstrauisch. »Sie wollen wohl Geld?«

»Nein«, beeilte sich Joanna zu sagen. »Wir sind vom Memorial Hospital.«

»Oh«, die Frau nickte. »Es geht also um seinen Krebs?«

»Können wir kurz mit Ihnen sprechen?«, fragte Joanna. »Es ist sehr wichtig.«

Die Frau löste die Kette und öffnete die Tür. Dann trat sie zur Seite. Das kleine Wohnzimmer war völlig leer. Keine Stühle, kein Sofa, keine Lampen. Licht fiel durch ein verschlossenes Fenster, an dem ein Laden fehlte. An der Wand stapelten sich große Umzugkartons.

»Sie sind seine Schwiegermutter?«

»*Sí*«, sagte die Frau. »Warum ruft José nicht an?«

»Wir glauben, er hatte einen schlimmen Unfall«, sagte Joanna leise.

»Ist er tot?«

»Wir fürchten, ja.«

Der Miene der Frau blieb unverändert. Sie bekreuzigte

sich und murmelte ein Gebet auf Spanisch. »Der Tod war immer nah. Er hatte schlimmen Krebs.«

»Was hat José über seine Krankheit gesagt?«, bohrte Joanna.

»Dass er schlimmen Darmkrebs hat und dass er sich im Körper ausbreitet.«

»Hat die Behandlung denn gar nicht geholfen?«

Die Frau schüttelte den Kopf: »Es wurde nicht mal besser, als sie den Tumor im Memorial Hospital rausgeschnitten haben. Er bekam Spritzen, aber es half alles nichts. Immer war er müde. Schließlich musste er sogar seine Arbeit als Gärtner aufgeben.«

Joanna und Lori tauschten kurz Blicke, beide dachten an die Schwielen in der verstümmelten Hand. »Hatte er noch mit dem Boxen zu tun?«

»Er hat es nur noch im Fernsehen gesehen.«

»Und wann hatte er seinen letzten Kampf?«

»Das ist schon über fünf Jahre her.« Die Frau sah Joanna an, Skepsis schlich sich in die dunklen Augen. »Aber was hat das alles mit Josés Krankheit zu tun?«

»Es war ein schwerer Unfall«, sagte Joanna. »Wir versuchen, das Opfer eindeutig zu identifizieren.«

»Sein Gesicht ...?« Sie verstummte.

»Entstellt«, sagte Joanna.

Wieder bekreuzigte sich die Frau. »Der Herrgott wird es wieder richten.«

»War er tätowiert?«, fragte Joanna leise.

Die Frau nickte. »Auf den Fingern hatte er *love* und *hate* stehen. Er hat es wegmachen lassen, aber man konnte immer noch die Buchstaben erkennen.« Sie lächelte schwach. »Meine Tochter war so froh, als er es entfernen ließ. Er hat es für sie getan.«

»Es war also die große Liebe?«

»Sie waren seit sie Kinder waren zusammen. Und wegen seiner Krankheit hat sie sich große Sorgen gemacht.«

»Und wo ist Josés Frau jetzt?«, schaltete sich Lori ein.

»Sie kehrte in unsere Heimat zurück, nach Guadalajara«, antwortete die Schwiegermutter.

»Wenn wir sie sprechen wollen, wie –?«

»Moment mal«, unterbrach Joanna verdutzt. Wie konnte eine Frau, die sich um ihren kranken, verschollenen Mann sorgte, einfach ohne ihn nach Mexiko ziehen? »Sie zögerte nicht, ohne José zu gehen?«

»José wollte es so«, sagte die Frau. »Wir sollten die fünftausend Dollar nehmen und unser Haus in Mexiko verschönern. Er selber wollte später nachkommen.«

»Um in Mexiko zu sterben?«, folgerte Joanna.

»So war es geplant, glaube ich.« Die Frau trat von einem Bein auf das andere. »Er war so stolz, als er ihr das Geld gab. Es war das Letzte, was er auf dieser Welt noch hatte.«

»Sicher seine gesamten Ersparnisse?«, erkundigte sich Maxie.

»Aber nein, *Señor.* Keine Ersparnisse. Alles längst verbraucht. Das Geld bekam er letzten Monat für die Werbefotos, die sie von ihm gemacht haben.«

»Werbung für was?«, fragte Joanna.

»Kleidung für die Jagd.«

Das ergab keinen Sinn, dachte Joanna. Wie konnte ein von Krebs zerfressener Mann für etwas anderes Modell stehen als für den Tod?

»Wer gab ihm den Job?«

»Zwei verrückte Gringos«, sagte die Frau sachlich, dann bemerkte sie ihren Fauxpas. »Ich wollte Sie nicht beleidigen, *Señora.*«

»Nicht doch«, beruhigte Joanna sie. Ihre Gedanken waren bei der Jagdbekleidung, für die José angeblich Modell gestanden hatte. War er deshalb in der zerklüfteten Gegend gewesen und wurde zerfetzt? »Hat er die beiden Gringos beschrieben?«

»Er hat nur erzählt, dass es junge Amerikaner waren.«

»Trug einer der beiden ein Kinn- oder Ziegenbärtchen?«

Die Frau zuckte die Schultern. »Davon hat José nichts gesagt.«

»Können Sie seine Frau fragen, wenn Sie sich das nächste Mal sehen?«

»Natürlich«, sagte die Mexikanerin, dann atmete sie tief ein. »Was soll ich meiner Tochter bloß von ihrem Mann erzählen?«

»Sagen Sie ihr die Wahrheit«, riet Joanna. »Höchstwahrscheinlich ist der Tote wirklich ihr Mann. In ein paar Wochen haben wir Gewissheit.«

Die Frau öffnete ihren Geldbeutel und holte eine kleine handgeschriebene Karte heraus. »Das ist meine Adresse und Telefonnummer in Guadalajara. Bitte informieren Sie uns, wenn Sie es sicher wissen.«

»Danke, dass Sie sich die Zeit für uns genommen haben, *Señora.*«

Draußen neigte sich die Nachmittagssonne dem Horizont entgegen und langsam wurde es kühl. Der Berufsverkehr verstopfte die Straßen. Es war so laut, dass Maxie die Stimme heben musste, damit man ihn hörte: »Was glauben Sie, wie viel es kostet, Josés sterbliche Reste nach Mexiko zu überführen?«, rief er.

»Das könnte teuer werden«, antwortete Joanna. »Es müsste ein versiegelter Sarg sein, also schätze ich, mindestens zweitausend Dollar.«

»Ich werde mal herumfragen, vielleicht bekomme ich

ja eine Spendensammlung zusammen«, sagte Maxie nachdenklich. »Ein Mann sollte in seiner Heimat begraben werden, nahe seinen Lieben.«

Joanna sah Maxie nach. Ein kleiner Mann, breitschultrig, stahlhart, aber mit einem großen Herz. »Er erinnert mich an die Welt meiner Eltern.«

»Eine Welt, die ich nie kennen lernen werde«, murmelte Lori, während sie einen Kaugummi auswickelte. »Was meinen Sie: Die Plätze am Ring und die Mietlimousine, die Maxie zum Kampf bringen soll, würden über fünfhundert Dollar kosten. Wir könnten das Geld genauso gut seiner Sammlung beisteuern.«

»Ich glaube, darüber würde er sich noch mehr freuen als über die Platzkarten.«

»Glaube ich auch«, sagte Lori und öffnete die Fahrertür. »Aber hundertprozentig sicher werden wir nie sagen können, ob die Hand wirklich zu José Hernandez gehörte.«

»Doch, ich glaube schon«, widersprach Joanna. »Sie dürfen nicht vergessen, dass Josés Tumor im Memorial behandelt wurde. Vielleicht gibt es in der Pathologie ja noch irgendwo eine Gewebeprobe. Dann müssten wir nur noch die DNS der Probe mit der DNS der Hand vergleichen und wenn sie übereinstimmen, haben wir ihn.«

»Und damit drei Mexikaner mit Krebs, die von C4 zerfetzt wurden«, sagte Lori kopfschüttelnd. »Zwei in West Hollywood, ein dritter in den Wäldern draußen im Norden von Los Angeles County. Was hat das alles nur zu bedeuten?«

»Es muss eine Verbindung geben.«

»Aber was für eine?«

»Keine Ahnung«, sagte Joanna und stieg ein. »Aber diese Fälle hängen zusammen. Darauf können Sie Gift nehmen.«

17

Freitag, 2. April, 20.50 Uhr

Jean-Claude Fonteneau rannte in Joannas Wohnzimmer im Kreis. Der kleine Junge hatte die Arme ausgebreitet und spielte Flugzeug. Laut brummend flitzte er an seiner Mutter vorbei.

»Er sieht aus wie Daddy«, sagte Joanna.

Kate Blalock Fonteneau nickte. »Er hat auch Daddys Art. Der gleiche Gang, das gleiche Lächeln.«

»Das sind die Blalock-Gene.« Joanna beobachtete, wie ihr Neffe über den Teppich purzelte, sich wieder aufrichtete und weiterrannte. Mit seinen zwei Jahren war er schon jetzt ein hübsches Kind, mit mittelblondem Haar, hohen Wangen und dunklen, frechen Augen. Ein echter Blalock, dachte Joanna und fragte sich, wie wohl ihre Kinder aussähen und ob sich die Blalock-Gene auch bei ihr durchsetzen würden.

Kurz war sie versucht, Kate von Paul du Maurier zu erzählen, doch dann entschied sie, noch zu warten. Mit etwas Glück wäre Paul nächste Woche zurück in Los Angeles und sie könnten alle gemeinsam essen gehen. Das wäre der richtige Moment, um –

»Was ist?«, unterbrach Kate ihre Grübeleien.

Joanna zuckte die Achseln. »Nichts.«

»Komm schon«, drängte Kate. »Ich sehe doch, dass dich etwas beschäftigt. Dann runzelst du immer so die Nase.«

Joanna grinste. »Ich glaube, ich habe den Mann fürs Leben gefunden.«

»Ist nicht wahr!«

»Zu guter Letzt«, sagte Joanna leise.

»Wie heißt er?«

»Paul du Maurier.«

Kate rückte auf dem Sofa näher. »Erzähl mir von ihm. Los. Ich will alles haargenau wissen.«

»Er ist groß, sieht umwerfend aus und hat Geld wie Heu«, schwärmte Joanna. »Er ist Investmentbanker und hat sich unsterblich in mich verliebt.«

Kate beugte sich zu Joanna und schloss sie in die Arme. »Ich freu mich ja so für dich, Schwesterherz. Du verdienst es mehr als sonst jemand auf dieser Welt. Ich weiß, wie schwer du es all die Jahre hattest, als du dich um die Familie kümmern musstest.«

»So schlimm war es nun auch wieder nicht«, meinte Joanna bescheiden.

»Doch, das war es.« Kate nickte zur Bestärkung. »Als Daddy starb, hast du dich um das finanzielle Chaos gekümmert, das er hinterlassen hatte. Und du hast dafür gesorgt, dass es Mum und mir an nichts gefehlt hat, dabei warst du selber gerade mal im ersten Collegejahr. Trotzdem hast du die Sachen in die Hand genommen und alles in den Griff bekommen. Dafür habe ich dich immer sehr bewundert.«

»Es gab einiges, was ich danach nicht in den Griff bekommen habe«, murmelte Joanna mehr zu sich als zu Kate.

»Nein, gab es nicht«, widersprach Kate. »Sogar als Mum krank wurde, hatte sie es dank dir immer gut und war versorgt. Und nebenbei hast du noch für mein College und das Studium gezahlt und mich unterstützt, bis ich meinen Lebensunterhalt als Archäologin selbst verdienen konnte. Das Wohl der anderen ging bei dir immer vor, das wussten wir alle.«

»Das habe ich doch gerne gemacht.« Vor ihrem geistigen Auge sah Joanna ihre toten Eltern. Ihr Vater war mittlerweile über zwanzig Jahre tot, ihre Mutter fast zehn.

»Und was für Schuldenberge du gehabt haben musst!«, fuhr Kate fort. »Hast du sie inzwischen abbezahlt?«

»Vor vier Jahren die letzte Rate«, sagte Joanna. »Heute gibt es auf der ganzen Welt kein Papier mehr, auf dem steht, dass irgendein Blalock jemandem etwas schuldet.«

»Das heißt, du bist jetzt frei, Joanna. Jetzt ist deine Zeit gekommen.«

Joanna strahlte: »Meine Zeit.«

Es klingelte an der Tür. Erst einmal, dann wieder.

Joanna blickte auf die Uhr. Bald neun. Schwerfällig erhob sie sich aus dem Sofa und fragte sich, wer das wohl war. Der Pizzaservice konnte es nicht sein, sagte sie sich, die lieferten nie so schnell.

Sie blickte durch den Spion. Draußen stand Jake Sinclair im leichten Nieselregen, der Mantel schon ganz feucht von den Tropfen.

Joanna fluchte leise und öffnete. »Jake, du musst anrufen, bevor du herkommst.«

»Das habe ich versucht, aber es war immer besetzt.«

Joanna schüttelte den Kopf. »Unmöglich. Hier hat keiner in der letzten Stunde telefoniert.«

»Dann ist der Hörer vielleicht nicht richtig aufgelegt.«

»Ich hoffe, du bist geschäftlich hier.«

»Das bin ich.«

Joanna musterte Jakes Gesicht, sie war sich immer noch nicht schlüssig, ob sie ihm trauen konnte. »Und es ist so wichtig, dass du um diese Zeit kommen musst?«

»Wenn du lieber in der Tür darüber reden möchtest, auch gut«, sagte er mit belegter Stimme. Er griff in die Manteltasche und holte einen Umschlag heraus.

Joanna seufzte tief, dann trat sie beiseite. »Komm rein.«

»Jake!« Kate sprang auf und fiel ihm schwungvoll um den Hals. Er erwiderte ihre Umarmung, dann hielt er sie auf Armeslänge Abstand und musterte sie von oben bis unten. »Du siehst großartig aus, Kleine.«

»Jedenfalls besser als das letzte Mal, als wir uns gesehen haben.«

»Das waren auch düstere Zeiten.« Jake erinnerte sich mit Schaudern an ihre lebensbedrohliche Krankheit. Vor fünf Jahren hatte Kate sich bei Ausgrabungen in Guatemala mit einem ebolaartigen Virus infiziert. Sie war dem Tode nah, als man sie ins Memorial einflog – ihre Leber war fast komplett zerstört. Keiner, einschließlich Joanna, glaubte damals, dass sie durchkäme. Aber durch eine experimentelle Behandlung mit Plasma wendete sich das Blatt zu ihren Gunsten und Kate konnte vollständig kuriert werden. Sie war dem Tod noch einmal von der Schippe gesprungen.

Jake fühlte ein Zupfen am Hosenbein. Er sah herab und blickte in das breite Lächeln eines kleinen Jungen. Jake schnappte sich das Kind und hielt es hoch. »Und wen haben wir hier?«

»Jean-Claude«, antwortete der kleine Junge.

»*Bon soir,* Jean-Claude«, sagte Jake in relativ passablem Französisch. »Ich heiße Jake.«

Hilfe suchend sah der Junge zu seiner Mutter, den Namen hatte er nicht verstanden.

»Er heißt Jacques«, erklärte Kate.

»Jacques«, wiederholte Jean-Claude. Dann beugte er sich vor und gab Jake einen Kuss auf den Hals.

»*Merci*«, sagte Jake und setzte ihn wieder ab.

Kate sah Jake bewundernd an: »Es scheint, er mag dich wirklich. Kommst du mit allen Kindern so gut aus?«

»Ich schätze.«

»Und mit Welpen«, ergänzte Joanna. »Kleine Kinder und Hunde sind ihm am liebsten.«

»Warum kleine Kinder und Hunde, Jake?«

»Weil sie bedingungslos lieben und keine Forderungen stellen.«

Joanna wurde rot, sie wusste, dass diese Bemerkung ihr galt. »Ich hätte dich einfach nicht reinlassen sollen«, sagte sie, halb im Scherz.

Jake ging zur Bar und legte den Hörer zurück auf die Gabel. »Nur falls euch jemand erreichen möchte.«

»Dafür ist Jean-Claude verantwortlich«, entschuldigte sich Kate und hob mahnend den Zeigefinger vor Jean-Claudes Gesicht: »Mach das nicht noch einmal, wenn Tante Joanna es dir nicht erlaubt. Verstanden?«

Jean-Claude tapste auf Joanna zu und breitete die Arme aus.

Kate erklärte: »Er fragt dich, ob du ihm verzeihst.«

Joanna ließ sich in die Hocke nieder und strich dem kleinen Jungen durchs Haar. »Möchtest du gern fernsehen?«

Jean-Claude nickte und sah seine Mutter fragend an.

»Also gut. Aber nicht zu laut.« Kate blickte ihrem Sohn nach, als er davonraste, dann wandte sie sich an Jake: »Ich muss ihm das abgewöhnen. Aber sein Vater legt zu Hause immer als Erstes den Hörer neben die Gabel, wenn er aus der Arbeit kommt, damit er ungestört mit ihm spielen und reden kann. Daher bedeutet für Jean-Claude ein abgehängter Hörer Glück.«

Jake lächelte schwach: »Das geht mir genauso.«

»Aber ich weiß, ihr beide habt Dinge zu bereden. Ich werde mich also –«

»Nicht doch«, wehrte Jake ab. »Wir brauchen vielleicht den fachlichen Rat einer Archäologin.«

Kate rieb sich geschäftig die Hände: »Geht es um Mord?«

»Aber klar.«

»Ich hol uns wohl besser ein paar Flaschen Bier«, sagte sie und eilte zum Kühlschrank.

Joanna rückte näher an Jake heran, sie konnte ihre Neugierde nicht zügeln. »Gibt es etwas Neues?«

Er nickte. »Wir haben etwas Neues in etwas Altem entdeckt.«

»Und was war das Alte?«

»Die verstümmelte Hand.«

»Und was ist das Neue?«

»Sage ich dir gleich.«

Jake sah sich um. Das Wohnzimmer war mit antiken französischen Möbeln eingerichtet, bespannt mit königsblauer Seide. Im Kamin brannte ein Feuer, die Scheite glühten rot und knisterten leise. Jakes Blick blieb auf dem Bärenfell vor dem Kamin hängen, wo er so viele Nächte mit Joanna verbracht hatte, und zum hundertsten Mal fragte er sich, ob er es wohl jemals richtig anstellen würde. Er schwor innerlich, sich beim nächsten Mal mehr anzustrengen.

Kate kam mit drei Flaschen Bier und geeisten Gläsern zurück. Sie setzten sich um den Couchtisch; Jake entschied sich für einen Stuhl mit hoher Rückenlehne, Joanna und Kate ließen sich auf dem Sofa nieder. Vorsichtig gossen sie sich ein, damit nicht zu viel Schaum entstand.

Jake nahm einen großen Schluck von dem köstlichen eiskalten Bier. »Du hast doch sicher von dem Bombenanschlag in West Hollywood gehört?«, wandte er sich an Kate.

»Ich glaube, das hat die ganze Welt.«

»Gut, hier also ein paar Dinge, von denen die Welt noch nichts weiß.« Jake berichtete ihr alles über den Plastiksprengstoff und die beteiligten Terroristen. »Und zwei von ihnen hatten Krebs.«

Kate blickte Joanna an: »Krebs? Was um alles in der Welt soll denn das bedeuten?«

Joanna zuckte die Achseln. »Frag mich nicht.«

»Jedenfalls«, fuhr Jake fort, »bestand die Bombe von West Hollywood aus keinem Allerwelts-C4. Die Hauptbestandteile des Sprengstoffs, RDX und PETN, waren in einem ungewöhnlichen Verhältnis gemischt. Und zwar so ungewöhnlich, dass die Leute im Sprengstofflabor der ATF davon ausgehen, dass es sich um eine Spezialanfertigung handelt.«

»Und?«, drängte Joanna, die endlich etwas erfahren wollte, was sie nicht bereits wusste.

»Und das gleiche C4 wurde kürzlich bei einem anderen Verbrechen verwendet.«

»Bei welchem Verbrechen?« Joanna lehnte sich vor, die Ohren gespitzt.

»Bei dem die Hand in deinem Labor abgesprengt wurde«, sagte Jake. »Der Plastiksplitter aus der Hand enthält exakt die gleichen C4-Bestandteile wie die Bombe in West Hollywood.«

»Großer Gott«, flüsterte Joanna. »Ich wusste doch, dass diese Fälle zusammenhängen. Ich wusste es.«

»Wieso wusstest du das?«

»Gleich. Lass mich Kate nur schnell erklären, worum es geht.« Joanna erzählte ihrer Schwester von der verstümmelten Hand, die man in einem abgeschiedenen Waldstück gefunden hatte, und von den kleinen Plastiksplittern darin. Dann berichtete sie von dem Besuch in José Hernandez' Wohnung. »Diese Hand gehört so gut wie sicher José. Und auch er hatte Krebs im fortgeschrittenen Stadium.«

Jake stöhnte. Der Fall wurde immer verworrener. »Warum sind lauter krebskranke Mexikaner darin verwickelt?«

Wieder konnte Joanna nur die Schultern zucken. »Keine Ahnung. Aber ich habe so das Gefühl, wenn wir diese Frage lösen, wird sich auch der Rest aufklären.«

Jake nickte. Die Schlüsselfrage war gefunden, doch von der Antwort war er noch meilenweit entfernt. Er trank sein Bier aus und zündete sich eine griechische Zigarette an, dann wandte er sich an Kate. »Ich möchte, dass du kurz alles vergisst, was ich dir bisher über den Fall erzählt habe. Konzentriere dich bitte ausschließlich auf diese verstümmelte Hand. Was würdest du denken, wenn du bei einer archäologischen Ausgrabung einfach nur auf eine Hand stoßen würdest?«

Kate überlegte, wobei sie nachdenklich den Kopf von der einen auf die andere Seite wiegte. »Dir ist klar, dass ich es dabei nur mit Knochen zu tun hätte. Hautgewebe und Muskeln wären nicht mehr vorhanden.«

»Okay«, meinte Jake. »Nur anhand der Knochen, sag mir, wie du herausfindest, wer dieser Mensch war.«

»Gibt es irgendwelche Ringe oder anderen Schmuck?«

»Nur Knochen.«

»Also gut, zunächst kann man Kinder und Erwachsene anhand der Knochengröße unterscheiden und daran, ob die Epiphysen zusammengewachsen sind. Wenn es ein Erwachsener war, schätzen wir das Alter anhand der Abnutzung der Gelenke. Weist die Hand Spuren alter Brüche auf, nehmen wir an, dass wir es mit einem Krieger oder Athleten zu tun haben.« Kate dachte weiter angestrengt nach, dann schüttelte sie den Kopf und verwarf den Gedanken. »Natürlich spielt es auch eine Rolle, wo wir sie finden. Wenn eine Hand mit alten Brüchen zum Beispiel in einem Palast liegt, folgern wir, dass sie von einer Palastwache oder einem hohen Offizier stammt.«

»Und wenn ihr sie im Wald findet?«

»Ohne irgendetwas sonst?«

»Nur eine Hand.«

Kate schüttelte den Kopf. »Da gibt es zu viele Möglichkeiten.«

Jake versuchte es anders: »Könntest du feststellen, wie der Mann die Hand verloren hat?«

»Unter Umständen«, sagte Kate, die sich an die Knochenüberreste eines Beins in Guatemala erinnerte. »Wenn die Knochen sauber durchschnitten sind, wurde das Glied wahrscheinlich mit einer scharfen Klinge – einen Schwert oder einer Axt – abgetrennt. Das hieße, dass sie einem Krieger oder Soldaten gehörte. Es gibt auch noch die Möglichkeit, dass die Hand operativ entfernt wurde oder als Form der Bestrafung abgehackt.«

Joanna sagte: »Die großen Knochen der Hand waren ausgefranst und zersplittert.«

»Dann wurde sie zerquetscht oder abgerissen.«

»Mit C4«, sagte Jake und markierte damit das Ende einer weiteren Sackgasse.

»Aber wo ist der Rest von ihm geblieben?«

Jake fuchtelte mit den Armen. »Wahrscheinlich in kleine Stücke zerfetzt.«

»Aber Moment mal«, fiel Kate ein. »In West Hollywood habt ihr jede Menge Körperteile gefunden, zudem Kleidungsstücke und Schuhe. Und da draußen findet ihr nur eine Hand? Da stimmt doch etwas nicht, irgendwas ist faul.«

Jake lächelte: »Ganz richtig.«

»Du glaubst also, es gibt noch mehr?«, fiel Joanna ein.

»Es muss mehr geben«, sagte Jake. »Irgendwelche Reste sind sicher noch da draußen.«

»Mir hat man aber gesagt, dass um den Fundort der Hand alles fein säuberlichst abgesucht wurde.«

»Und sie konnten absolut nichts finden«, knurrte Jake.

»*Niente*, keinen Fetzen Kleidung, nicht die Spur eines weiteren Leichenteils.«

»Wir bewegen uns im Kreis«, fluchte Joanna.

Kate schlürfte an ihrem Bier und leckte sich versonnen den Schaum von den Lippen. »Habt ihr denn auch schon unter der Erde geschaut?«

Jake überlegte einen Moment. »Warum unter der Erde?«

»Warum nicht?«, fragte Kate. »Wenn wir einzelne Knochen in der Wiese finden, graben wir als Erstes die Umgebung um und suchen nach dem restlichen Skelett. Und meistens finden wir auch etwas.«

»Aber warum sollte jemand –« Jake brach mitten im Satz ab und schlug sich mit der Faust in die offene Hand. »Aber natürlich! Sie haben ihn in die Luft gejagt und dann die Überreste verscharrt.«

»Und an der Hand waren Tierbisse«, sagte Joanna. »Ich wette, sie wurde von einem Kojoten oder anderem Aasfresser ausgebuddelt.«

»Dann packt ihr besser eure Schaufeln aus«, riet Kate.

Jake stand auf und lief murmelnd zwischen Bar und Haustür auf und ab. »Wir sind die ganze Zeit der falschen Spur gefolgt und haben uns in den eigenen Schwanz gebissen. Wir sind davon ausgegangen, dass die Explosion in West Hollywood ein Betriebsunfall war, eine ungewollte Detonation. Jetzt bin ich mir da nicht mehr so sicher. Der Kerl in den Wäldern war kein Betriebsunfall, so viel steht fest. Jemand hat ihn mit dem gleichen C4 hochgejagt wie die Mexikaner in dem Haus in West Hollywood.«

Joanna sah Jake verwirrt an: »Willst du damit sagen, dass die Mexikaner gar keine Terroristen sind?«

»Ich sage, ich bin mir nicht mehr sicher.«

Plötzlich verengten sich Joannas Augen. »Ich habe euch

ja noch gar nicht von dem Job erzählt, den José Hernandez kurz vor seinem Verschwinden annahm.«

»Ich dachte, er hatte Krebs im Endstadium«, meinte Jake.

»Das hatte er auch«, fuhr Joanna fort. »Deswegen ist die Geschichte ja auch so verrückt: Seiner Schwiegermutter zufolge haben ihm zwei junge Amerikaner einen Job als Fotomodell für Jagdbekleidung angeboten.«

»Nicht im Ernst«, knurrte Jake.

»Ich wiederhole nur, was sie mir gesagt hat.«

Jake hielt inne und wirbelte herum: »Hatte einer der Amerikaner ein Ziegenbärtchen?«

»Das wusste die Schwiegermutter nicht«, antwortete Joanna. »Sie hat die beiden nie gesehen. Aber was sie gesehen hat, sind die fünftausend Dollar, die José als Vorschuss bekam. Seine Frau hat das Geld in die Renovierung des Hauses in Mexiko gesteckt.«

Jakes Gesicht verhärtete sich. »Sie haben diese Mexikaner gekauft, um sie zu benutzen. Modell stehen, was für ein Blödsinn! Die hatten ganz andere Sachen mit ihnen vor.«

»Wie zum Beispiel?«

Jake zuckte die Schultern. »Wer weiß?«

»Und warum suchen sie sich ausgerechnet Krebskranke?«, fragte Joanna. »Und warum zahlt man jemandem fünftausend Dollar, wenn man ihn nachher mit C4 in die Luft jagt?«

»Keine Ahnung«, Jake kratzte sich am Hinterkopf. »Vielleicht klärt sich ja etwas auf, wenn wir den Rest von José Hernandez finden.«

»Wie willst du das anstellen?«

»Mit Hunden«, erklärte Jake. »Deswegen bin ich eigentlich hier. Ich brauche ein Stück von der Hand als

Fährtenvorlage für die Hunde. Und zwar gleich morgen früh.«

Joanna zögerte. »Ich würde Hunde nehmen, die auf Sprengstoff abgerichtet sind. Die Überreste von José Hernandez müssen voll von C4 sein.«

Jake nickte. »Guter Gedanke. Aber ich möchte ihnen trotzdem die Hand zum Schnuppern geben«

»Wann kommst du morgen vorbei?«

»Was hältst du von acht?«

»Früh. Aber ich werde das Gewebe bereit haben.«

»Gut«, sagte Jake mit Blick auf die Uhr. »Ich muss weiter.« Er verabschiedete sich von Kate. Es freute ihn, dass er sie wiedergesehen hatte und dass es ihr so gut ging. »Du siehst toll aus, Kleine. Sag Jean-Claude gute Nacht von mir.«

»Wenn wir uns hier eingelebt haben, hoffe ich, dass du mal mit uns zu Abend isst«, schlug Kate vor. »Wie in alten Zeiten.«

»Sagt mir einfach, wann«, sagte Jake, die Hand schon an der Türklinke.

Joanna lief ihm nach und fasste ihn beim Arm. »Ich bringe dich noch zum Auto.«

Draußen hatte der Nieselregen aufgehört, aber die Luft war noch feucht. Der Mond stand verschwommen im wolkigen Himmel.

»Willst du dich dafür entschuldigen, dass du am Anfang so biestig warst?«, erkundigte sich Jake.

Joanna lächelte über seine Direktheit. »Das hatte ich nicht vor.« Sie holte tief Luft und fragte sich, wie sie ihm am günstigsten von Paul du Maurier erzählen sollte. Jake war ein wichtiger Teil ihres Lebens gewesen, neben Kate kam er einer Familie am nächsten. Und sie wollte ihn auf keinen Fall verletzen. »Jake, ich muss dir etwas sagen.«

»Ich bin ganz Ohr.«

Mist!, fluchte Joanna innerlich. *Wie stell ich es nur an?*

»Und?«, drängte Jake.

»Jake!«, rief Kate von der Haustür aus. »Jean-Claude besteht darauf, dir persönlich gute Nacht zu sagen.«

Der kleine Junge kam angerannt und umarmte Jake. »Gute Nacht, Jacques.«

»Gute Nacht, Jean-Claude«, sagte Jake, tätschelte dem Jungen den Rücken und schickte ihn zu seiner Mutter zurück.

Von der Tür aus winkte Jean-Claude noch mal mit beiden Händen.

Jake nahm Joannas Arm und schlenderte mit ihr in Richtung Auto. »Ein Prachtkerl.«

»Ein echter Blalock«, grinste Joanna. »Durch und durch.«

»Also, was wolltest du mir sagen?«

Joannas Lächeln erstarb, als sie erneut nach den richtigen Worten suchte. Zur Hölle damit. Sie würde es ihm ein anderes Mal erklären.

»Das ist eine lange Geschichte. Ich erzähl sie dir morgen.«

18

Samstag, 3. April, 10.30 Uhr

»Ich habe Lieutenant Sinclair eine Probe von der verstümmelten Hand gegeben«, sagte Lori und schloss das Gefrierabteil in der Kühlung.

»War sie so verwest, wie ich vorhergesagt habe?«, erkundigte sich Joanna.

»Schlimmer«, sagte Lori und rümpfte die Nase. »Es stank widerlich, sogar in gefrorenem Zustand. Ich bezweifle, dass die Hunde besonders viel damit anfangen können.«

»Sie wären überrascht«, sagte Joanna. »Diese Hunde haben nicht nur einen ausgezeichneten Geruchssinn, sie können auch die feinsten Nuancen von Gerüchen unterscheiden.«

»Aber lenkt sie der Verwesungsgestank nicht ab?«

»Das glaube ich nicht. Diese Hunde sind auf Plastiksprengstoff abgerichtet und werden für jeden Erfolg belohnt. Sie können kleinste Spuren von C4 wittern, egal, wonach es sonst noch riecht.«

»Aber selbst wenn sie weitere Körperüberreste finden – das Gewebe wird so stark verwest sein, dass wir nichts mehr damit anfangen können.«

»Wir sind gar nicht mehr so sehr am Gewebe interessiert«, sagte Joanna. »Wir suchen nach anderen Hinweisen, die uns vielleicht Aufschluss geben, wer diese Terroristen sind und was sie als Nächstes in die Luft jagen wollen.«

Lori blinzelte verwirrt, sie konnte Joannas Worte nicht ganz nachvollziehen. »Geben Sie mir ein Beispiel.«

»Zum Beispiel einen Zettel in der Tasche mit einer Telefonnummer, die wir verfolgen können.«

Sie gingen aus der Kühlung und passierten den Wachposten an der Tür. Ein Stück weiter stand ein zweiter Polizist vor dem forensischen Labor. Er betrachtete die Frauen eingehend, dann nahm er wieder seine militärische Haltung an.

»Wo soll das nur hinführen?«, meinte Lori säuerlich.

»Was meinen Sie damit?«

»Wenn man jetzt schon Polizisten braucht, um Krankenhauslaboratorien zu bewachen«, sagte Lori und senkte die Stimme, als sie an dem zweiten Polizisten vorbeiliefen. »Und ihre Anwesenheit verängstigt unsere Laboranten.«

»Aber die Polizei ist doch da, um sie zu schützen.«

»Das ist ja das Schlimme«, meinte Lori. »Jedes Mal, wenn eine Tür geht, zucken alle im Labor zusammen. Sie sind völlig überspannt. Vielleicht sollten Sie ein paar Worte sagen und sie beruhigen.«

Joanna nickte. »Ich kümmere mich gleich nach der Mittagspause darum.«

Sie kamen zu den Aufzügen und Joanna drückte den Aufwärtsknopf. Sie fragte sich, womit sie den Laboranten die Angst nehmen konnte. Ihr fiel nichts ein. Sie hatten guten Grund zur Sorge, genau wie alle anderen im Krankenhaus auch. Es war mittlerweile bekannt, dass der Augenzeuge der Explosion in seinem Bett im Memorial von den Terroristen getötet wurde. Und das, obwohl ein Polizist vor seiner Tür Wache stand.

»Haben Sie je daran gedacht, dieses Irrenhaus zu verlassen?«, fragte Lori.

»Manchmal«, gestand Joanna.

Die Tür des Aufzugs öffnete sich. Joanna und Lori traten zur Seite, um eine junge attraktive Frau in blauem Blazer und weißer Seidenbluse herauszulassen. Sie hatte das mittelblonde Haar in einem strengen Knoten gebunden. Am Ringfinger trug sie einen großen Diamanten.

Die Frauen tauschten Blicke und lächelten einander flüchtig zu.

»Das hier ist die Pathologie«, sagte Joanna. »Sind Sie sicher, dass Sie hierher wollten?«

»Ja«, sagte die Frau und ihr Blick wanderte kurz von Joannas Gesicht zu ihrem Namensschild. »Ich bin auf der Suche nach dem Büro des Direktors.«

»Da müssen Sie den Gang hinunter und auf halber Höhe links.«

»Danke«, sagte Eva Reineke und ging los.

19

Montag, 5. April, 21.52 Uhr

Die zwei Polizisten, die die forensischen Laboratorien bewachten, hießen beide gleich: Michael Murphy. Beide waren gut gebaut mit breiten Schultern, hatten rotbraunes Haar und grüne Augen. Obgleich nicht miteinander verwandt, gingen sie oft als Brüder durch und wurden auch häufig miteinander verwechselt. Ihre Kollegen hatten ihnen die Spitznamen Big Murph und Little Murph gegeben, wegen zehn Zentimetern Unterschied in der Körpergröße.

»He!«, rief Big Murph seinem Kollegen vor der Kühlung zu. »Ich muss mal für kleine Jungs.«

»Dann pack dir lieber Proviant ein«, rief Little Murph zurück.

Die nächste öffentliche Toilette auf der B-Etage lag am anderen Ende des Korridors, was ungefähr der Entfernung eines Häuserblocks entsprach. Ein paar der Laboratorien hatten eigene Toiletten, aber die Türen waren über Nacht verschlossen und nur wenige Mitarbeiter des medizinischen Fachpersonals hatten Zutritt. Little Murph betrachtete noch einmal die Liste auf seinem Klemmbrett. Dr. Joanna Blalock, Dr. Lori McKay, Marci Wetterman, Cathy Grimes und Mary Chen. Neben jedem Namen befand sich ein Foto der jeweiligen Person.

»Ist bei dir noch jemand im Labor?«, erkundigte sich Little Murph.

»Zwei«, antwortete Big Murph. »Wenn sie gehen, bevor

ich zurück bin, prüf doch noch mal nach, ob sie die Tür auch verschlossen haben.«

»Wird erledigt.«

Little Murph lehnte sich an die Metalltür und lauschte, wie das Echo der Schritte seines Kollegen im Korridor verhallte. Die B-Etage lag unterirdisch und es gab weder Fenster noch Türen, die direkt ins Freie geführt hätten. Man fühlte sich leicht eingesperrt, ein bisschen wie in einem Verlies. Little Murph gähnte laut. Sein Blick wanderte zur Wanduhr. Einundzwanzig Uhr fünfundfünfzig. In zwei Stunden könnte er heim zu seiner Frau und der Kleinen, die er Sunshine nannte, weil ihr Haar in der Sonne wie Gold leuchtete. Er würde beiden einen Kuss geben und dann schlafen wie ein Stein. Nach dem Aufwachen würde er mittags wieder in das Memorial Hospital gehen, um es gegen eine Bande von Terroristen zu bewachen. Er konnte sich nicht vorstellen, dass sie eine Bombe in einem Krankenhaus legen würden. Andererseits hätte er auch nie geglaubt, dass jemand eine Wohngegend sprengen würde.

Plötzlich war Little Murph, als hätte sich irgendwo eine Tür geöffnet. Hastig blickte er den Korridor hinunter. Es war nichts zu sehen, aber etwas weiter war das Licht auch nicht besonders gut. Er schaltete seine Taschenlampe ein und bewegte sich langsam vorwärts. Seine Augen suchten den Gang ab, konnten aber immer noch nichts Ungewöhnliches entdecken.

Er löste den kleinen Riemen über dem Pistolenhalfter, den Blick weiter in den Korridor gerichtet, die Ohren gespitzt. Außer seinem eigenen Atem war alles still. Dann hörte er, wie eine Schranktür geschlossen wurde und aus dem forensischen Labor drang Frauengelächter. Er schaltete die Taschenlampe aus und kehrte an seine Position vor der Kühlung zurück.

Er befestiget den Riemen wieder über der Pistole und fragte sich, ob die Terroristen wirklich so dämlich wären, es auf ein Krankenhaus abzusehen, in dem überall Polizei präsent war. Möglich war es. Little Murph nickte, er erinnerte sich daran, dass die Terroristen den Augenzeugen umgebracht hatten, obwohl ein Polizist vor der Tür gesessen hatte. Die Mistkerle waren als Putzpersonal verkleidet. Falls sie das ein zweites Mal planten, würde es ihnen nachher Leid tun. Little Murphs Blick fiel wieder auf das Klemmbrett. Kein Putzpersonal, keine Handwerker, niemand hatte nach zwanzig Uhr etwas in der B-Etage zu suchen.

Wieder hörte Little Murph Frauengelächter aus dem forensischen Labor. Er fragte sich, was daran so witzig sein konnte, Leichenteile zu sichten und zu versuchen, sie wieder zusammenzusetzen. Nicht für alles Geld der Welt würde er das tun. Little Murph konnte kein Blut sehen und der Anblick von verstümmelten Leichen verursachte ihm tagelanges Muffensausen, manchmal sogar Alpträume. Und es wurde immer schlimmer. Darum hatte er sich auch entschlossen, an der Abendschule einen Juraabschluss zu machen. Noch drei Jahre, dann wäre es soweit. Dann würden sie irgendwo nördlich in ein Haus an der Küste ziehen, wo Sunshine Haustiere hätte und es einen großen Garten gäbe, an einen Ort, wo einem die Luft nicht wegblieb und wo an den Schulen keine Drogen verkauft würden. Noch drei Jahre, dachte Little Murph erneut.

Auf der Uhr war es jetzt zehn. Die Zeiger klickten leise, während sie über das Zifferblatt wanderten. Den Korridor hinauf kam ein anderes klickendes Geräusch, ein lauteres, das sich auf Murphy zubewegte. Er wirbelte herum. Mit angespannten Augen und Ohren versuchte er herauszufinden, wer oder was das Geräusch verursachte. Dann sah er sie auf sich zukommen: eine Frau mit hochhackigen Schuhen, die auf dem Linoleumboden klackerten.

Er öffnete den Riemen über seiner Pistole.

»Hallo Officer! Gott sei Dank!«, sprudelte Eva Reineke los. »Ich dachte schon, ich käme hier nie raus.«

»Gibt es ein Problem?«, fragte Murphy und musterte die elegant gekleidete Frau. Sie trug einen grauen Wollrock, eine weiße Seidenbluse, darüber einen blauen Blazer. Ein großer Diamant funkelte an ihrem Ringfinger.

»Ich war in der Intensivstation und habe auf meinen Mann gewartet und den Aufzug nach unten genommen«, sagte Eva. »Und jetzt finde ich einfach nicht mehr zur Eingangshalle.«

»Das kommt daher, weil Sie hier auf der B-Etage sind«, erklärte Murphy, der erst jetzt sah, wie jung sie war – nicht älter als dreißig – und sehr hübsch. »Sie müssen zurück ins Erdgeschoss.«

Eva seufzte erschöpft: »Ich wäre Ihnen dankbar, wenn Sie mir den Weg zum Aufzug zeigen könnten.«

»Ich kann meinen Posten leider nicht verlassen, Ma'am«, sagte Little Murph. »Aber ich kann Ihnen sagen, wie Sie dort hinkommen.«

Zu dumm, dachte Eva. Es wäre einfacher gewesen, ihn in den Hinterkopf zu schießen, wenn er den Weg vorausging. »Danke«, sagte sie herzlich, während ihre Hand sich langsam in Richtung der halbautomatischen Beretta unter dem Blazer vortastete.

Plötzlich öffnete sich die Tür des forensischen Labors. Eine Laborantin mittleren Alters mit asiatischen Zügen steckte den Kopf heraus und rief Little Murph zu: »Wir haben hier ein Problem mit einem Plastikdeckel. Könnten Sie uns gerade helfen?«

»Natürlich«, sagte Little Murph, dann wandte er sich an Eva. »Warten Sie hier, ich bin gleich zurück und sage Ihnen den Weg.«

»Das ist sehr lieb von Ihnen«, sagte Eva.

Little Murph ging zu der Laborantin, die noch immer in der Tür stand. Als er ihr in den Raum folgte, zog er den Kopf ein, um ja keine Eingeweide, Blut oder Leichenteile zu sehen. An der Seite summten riesenhafte Zentrifugen, und Reagenzglasständer wurden in einem Wasserbad hin und her geschwenkt. Doch Little Murph sah nicht einmal auf, als im hinteren Teil des Raums eine Kurzzeituhr klingelte.

»Hier«, sagte die Laborantin und reichte ihm eine kleine Flasche mit Plastikverschluss. »Bitte seien Sie vorsichtig, sie enthält radioaktives Material.«

Der Verschluss klemmte. Erst beim zweiten Anlauf gelang es Little Murph, ihn zu öffnen. »Kann ich sonst noch irgendwie helfen?«

»Vielen Dank, das war's«, sagte die Laborantin.

Little Murph machte kehrt und ging zurück zur Tür, den Kopf immer noch zwischen den Schultern. Er zog die Tür hinter sich zu und vergewisserte sich, dass sie verschlossen war. Im Gang holte er erst einmal tief Luft.

Er sah den Korridor hinunter zur Kühlung. Die Frau war verschwunden. Himmel, fluchte er leise. Sie irrte wahrscheinlich auf der Suche nach dem Aufzug herum. Von fern hörte er, wie sich eine Aufzugstür öffnete und dann wieder schloss. Er nickte. Sie hatte ihn gefunden.

Little Murph schlenderte zurück zur Kühlung. Am Fuß der Metalltür bemerkte er einen kleinen unförmigen Berg aus kleisterartigem Material. Sein erster Gedanke war, dass in der Kühlung etwas auslief. Er bückte sich, um es genauer zu betrachten.

Das C4 explodierte mit einem intensiven gelben Blitz. Little Murph sah die blendende Farbe auf sich zuschießen und für den Bruchteil einer Sekunde erinnerte sie ihn an das blonde Haar seiner Tochter und wie es in der Sonne glänzte.

20

Dienstag, 6. April, 00.20 Uhr

Der Polizist hob das Absperrband für Joanna an. Sie duckte sich darunter hindurch und hastete den Korridor der B-Etage entlang. In ihrem Kopf hämmerte die Frage, ob von dem forensischen Labor noch etwas übrig war. Immer wieder musste sie an die Bombe in West Hollywood denken, die einen kompletten Straßenzug weggefegt hatte. Ihr Labor musste zerstört sein, dachte sie niedergeschlagen, und damit zehn Jahre Arbeit.

Auf Höhe der Aufzüge sah sie Jake und Farelli mit Dan Hurley und zwei ATF-Agenten, alle versammelt hinter einer zweiten Absperrung. Im Inneren des offenen Aufzugs waren die Leute der Spurensicherung mit Puder und Pinseln auf der Suche nach Fingerabdrücken.

»Willkommen zur Late Night Show«, sagte Jake ohne die Spur eines Lächelens.

»Was ist passiert?«, fragte Joanna.

»Eine Bombe ist explodiert und hat einen Polizisten getötet«, sagte Jake und dachte an die junge Witwe. Man hatte sie noch nicht verständigt, weil die spärlichen Überreste von Michael Murphy, die bisher gefunden wurden, für eine Identifizierung nicht ausreichten. »Das ist alles, was passiert ist.«

»Und warum warten wir hier?«

»Weil wir sichergehen wollen, dass da nicht noch eine zweite Bombe ist«, erklärte Hurley.

Joanna sah ihn fragend an. »Warum sollten sie eine zweite Bombe deponieren?«

»Als Sprengfalle«, erläuterte Hurley. »Auf diese Weise erwischen sie mehr Polizisten.«

»Dreckskerle«, murmelte Farelli. »Was zum Teufel sind das für Leute?«

»Leute, die ganz normal aussehen«, sagte Hurley tonlos. »Die meisten Bombenleger sind weiß, zwischen zwanzig und vierzig und kommen aus der Mittelschicht. Und alle glauben sie an irgendetwas. Am beunruhigendsten ist, dass jeder denkt, er habe Gott auf seiner Seite.«

»Und was ist mit den ganzen Unschuldigen, die sie in die Luft sprengen?«, fragte Joanna verbittert.

Hurley zuckte die Achseln: »Das kümmert die doch nicht.«

Die kleine Gruppe drehte sich um, als sie einen ATF-Agent auf sich zukommen hörte. Seine blaue Jacke war verschmiert mit Schmutz und einer weißen puderartigen Substanz. Er winkte sie herein. »Alles sauber, aber achten Sie auf herabhängende Kabel.«

Hurley ging voran und führte die anderen den ruhigen Korridor hinunter. Hier regte sich kein Hauch und in der Luft hingen immer noch Staubpartikel und verdunkelten das Licht. Ihre Augen suchten Decke und Wände nach allem ab, was herunterhängen oder hervorstehen könnte. Sie überquerten einen kreuzenden Gang und jetzt wurde der Schaden offensichtlicher. Risse überzogen die Wände und die Decke hatte sich nach oben gewölbt. Die Lampen waren zerstört, stattdessen leuchteten große, starke Scheinwerfer.

Als sie sich der Tür zum forensischen Hauptlabor näherten, hielt Joanna den Atem an und hoffte, dass wenigstens ein Teil von ihrem Labor noch stand. Über ihr gab es keine Decke mehr und sie sah freigelegte Rohre und Kabel. Irgendwo schien ein Elektrobrand zu schwelen.

Joanna blieb stehen und warf einen Blick in den Raum. Die Tür hing nur noch an einem Scharnier, der Glaseinsatz war zersplittert. Überall am Boden lagen Scherben und umgestürzte Instrumente, aber die große Zentrifuge stand noch und lief sogar. Die Schränke waren verschlossen, ihr Inhalt sicher.

»War von meinen Laboranten jemand während der Explosion hier unten?«, fragte Joanna.

»Zwei«, antwortete Hurley. »Sie wurden ziemlich durchgeschüttelt. Eine hat sich vielleicht den Arm gebrochen.«

»Wo sind sie?«

»In der Notaufnahme.«

Sie liefen durch den Schutt und kamen zu dem Ort, an dem eigentlich die Kühlung hätte sein sollen. Die Wand war komplett herausgerissen, von der schweren Stahltür fehlte jede Spur. Ein Teil der gegenüberliegenden Wand stand noch, aber sie war mit Rissen und Kratern übersät. Stellenweise ragten gezackte Metallsplitter aus ihr heraus, wie Dartpfeile in einer Zielscheibe.

»Moment mal«, sagte Jake, der eine besonders zerklüftete Partie in der Wand inspizierte. »Hier glitzert doch etwas.«

Mit einem Taschenmesser löste er das Stück schimmernden Metalls vorsichtig aus dem Putz. Es sah aus wie Gold und schien umgekrempelt zu sein. Dann erkannte Jake die Buchstaben LOS A und die Zahlen 214, und schlagartig wurde ihm klar, was er da in der Hand hielt: »Es ist Murphys Dienstmarke«, sagte er heiser.

»Herrje«, entfuhr es Farelli. Beim bloßen Gedanken, dass sie nicht genügend Überreste von Murphy finden würden, um ihn zu begraben, zuckte er zusammen.

Sie betraten den Bereich, in dem früher einmal die Kühlung gestanden hatte. Sie war nicht wiederzuerkennen. Ein Teil der Rückwand stand noch, doch wo einst das Gefrierabteil war, gähnte jetzt ein riesiges Loch. Die Wucht der Explosion hatte die Decke weggerissen und nur die Ecken waren noch übrig.

Joanna watete durch knöcheltiefen Schutt von zersplittertem Holz und geborstenem Glas. Alles war in kleine Stücke zerschlagen. Ihr Blick fiel auf die Stelle, wo das Gefrierabteil gestanden hatte und auf die weggesprengte Wand drum herum. Noch vor zwei Nächten hatten Lori und sie spät in diesem Bereich gearbeitet, keine zwei Meter von dem Gefrierabteil entfernt. Wäre die Bombe damals hochgegangen, hätte die Explosion sie ins Jenseits befördert.

»Wurden alle Leichenfunde hier gelagert?«, unterbrach Jake ihre Überlegungen.

»Komplett alle.«

»Ist noch irgendetwas zu retten?«

Joanna schob mit dem Schuh ein wenig Schutt zur Seite und entdeckte ein zerbrochenes Reagenzglas. »Das bezweifle ich.«

»Aber die wichtigsten Untersuchungen hatten Sie doch schon gemacht?«, erkundigte sich Hurley hoffnungsvoll.

Joanna zuckte die Schultern: »Schwer zu sagen.«

Jake nahm seinen Block heraus und blätterte darin herum. »Du hast die Proben unter dem Mikroskop untersucht, die Blutgruppen bestimmt und die DNS-Analysen sind in Arbeit. Was gäbe es sonst noch zu tun?«

»Im Moment nichts.« Joanna trat versehentlich auf zerbrochenes Glas und hörte es knirschen. »Aber wenn es neue Erkenntnisse gibt oder neue Funde, testen wir oft noch alles Mögliche. Nur dass uns jetzt die Gewebeproben dazu fehlen.«

»Meine Männer werden alles durchsuchen. Vielleicht können sie ein paar der Körperteile wiederfinden.«

»Viel Glück«, sagte Joanna. Langsam ging sie am Rand des Raums entlang, auf der Suche nach irgendetwas, das zu retten sein könnte, irgendetwas, das noch intakt war. Doch alles war kurz und klein geschlagen. Sie entdeckte ein Hochglanzfoto, ebenfalls zerrissen. Auf Höhe des Gefrierabteils blieb Joanna stehen und spähte in das klaffende Loch. Nichts als baumelnde Kabel und Rohre. Wieder dachte sie an die Wucht der Explosion und wie es ihr ergangen wäre, wenn die Terroristen zwei Abende vorher gekommen wären.

Joanna sah herüber zu Jake. »Wie ist es den Terroristen bloß gelungen, hier hereinzukommen, wo doch zwei Polizisten die Türen bewachten?«

»Das wissen wir auch nicht«, gestand Jake. »Einer der beiden ging aufs Klo. Er war höchstens zehn Minuten weg. Als die Bombe detonierte, war er gerade auf dem Rückweg, kurz hinter den Aufzügen.«

»Wurde er verletzt?«

»Er hat eine schwere Gehirnerschütterung und ein geplatztes Trommelfell«, sagte Jake, der wünschte, der Polizist wäre in einem der Laboratorien auf die Toilette gegangen, statt bis ans Ende des Korridors zu laufen. Er wäre mindestens fünf Minuten früher zurück auf seinem Posten gewesen. »Er wird sich erholen.«

Joanna lief weiter und kam zu der Seitenwand, an der ursprünglich Regale und Schränke gestanden hatten. Die Wand war herausgerissen, der hintere Teil fehlte komplett. Mit dem Fuß schob sie abgeplatzten Putz, zerbrochenes Glas und eine verformte Metallplatte zur Seite. Dann entdeckte sie etwas, das wie ein staubbedecktes Reagenzglas aussah. Mit der Schuhspitze drehte sie das Objekt um. Es war ein Finger mit einem Stück Hand. Schnell bückte sich Joanna und entfernte den Staub mit einem Taschentuch. Nun konnte sie ein eintätowiertes *E* auf dem Finger erkennen. Es war die Hand von José Hernandez. Joanna trat zurück und konzentrierte sich auf die unmittelbare Umgebung des Fundorts. Links von sich fand sie einen Arbeitsschuh und gleich daneben ein Stück Kopfhaut, beides von dem Schauplatz in West Hollywood.

Sie blickte über die Schulter zum herausgesprengten Gefrierabteil und studierte erneut die Form. Zu ihr hin fehlte die Abteilwand ganz. Die andere Seitenwand war jedoch intakt, wenn auch stark verbogen. Sie nickte. Jetzt verstand sie, warum der Inhalt der Tiefkühlung an diesem Ort gelandet war. Er war dem Weg des geringsten Widerstands gefolgt und an der Seite aus dem Abteil ausgetreten, wo sich ihm keine Wand entgegenstellte.

Joanna hob einen langen Holzsplitter auf und wickelte das Taschentuch um die Spitze. Dann steckte sie den Stock in den Schuh, um seine Position zu markieren.

»Hast du was gefunden?«, rief Jake.

»Die Hand von José Hernandez.«

»Und in welchem Zustand?«

»Gut genug, dass deine Hunde Witterung aufnehmen können, wenn nötig.«

Jake sah auf die Uhr. Zwei Uhr morgens. Heute Nacht gäbe es keinen Schlaf. Als Erstes würde er die Hand nehmen und die Hunde noch einmal daran schnuppern lassen, in der Hoffnung, dass sie der Geruch zu weiteren Überresten von José Hernandez führte. Der erste Versuch war erfolglos verlaufen.

Joanna kam zurück zu den Männern. »Außerdem habe ich einen Arbeitsschuh und ein Stück Kopfhaut gefunden. Beides stammt, glaube ich, aus West Hollywood.«

»Das sind drei Leichenteile von dreißig bei einem ersten groben Rundgang«, sagte Hurley. »Nicht schlecht.«

»Für den Anfang nicht.« Joanna deutete auf den Bereich, in dem sie gerade fündig geworden war: »Ihre Männer sollten sich bei der Suche auf die Umgebung dieser Wand konzentrieren. Und auf die herausgesprengte Rückwand der Tiefkühlung. Dort sind mit größter Wahrscheinlichkeit noch mehr von den Leichenteilen.«

Hurley fragte: »Was machen wir mit den Leichenteilen, wenn wir sie finden?«

»Sie müssen gekühlt werden«, sagte Joanna. »Aber nicht im Gefrierfach.«

Ein uniformierter Polizist erschien am Eingang der Kühlung und gab Farelli ein Zeichen.

Als dieser sich umdrehte, knisterte über ihm plötzlich ein baumelndes Kabel und eine Funkendusche ergoss sich in den Raum. Dann war es wieder still. Farelli sah in die Schwärze, wo die Decke gewesen war. »Gibt es hier drin eigentlich irgendetwas leicht Entzündliches? Gas? Öl?«

»Nichts«, versicherte Joanna. »Hier läuft alles mit Strom.«

»Verstehe«, sagte Farelli und fragte sich, was mit den Lösungs- und Reinigungsmitteln war, die es in den meisten Laboratorien gab. Er ging zu dem Polizisten, wobei er einen großen Bogen um das herunterhängende Kabel machte. Sie besprachen sich kurz, dann kehrte Farelli zurück.

»Eine der Laborantinnen ist gerade aus der Notaufnahme zurückgekommen«, berichtete er. »Sie haben sie in Joannas Büro gebracht.«

»Und wo ist die zweite?«, erkundigte sich Joanna besorgt.

»Immer noch in der Notaufnahme«, sagte Farelli. »Ihr

Arm ist gebrochen. Sie ziehen einen Spezialisten hinzu, um sie zu versorgen.«

Joanna seufzte. Sie fühlte sich mitverantwortlich für das, was ihren Mitarbeiterinnen zugestoßen war. Sie hätte nicht erlauben sollen, dass so spät noch gearbeitet wurde, wenn die Gefahr am größten war. Von nun an würden alle, eingeschlossen sie selbst, um achtzehn Uhr aus dem Labor draußen sein.

Sie folgten dem Polizisten in das forensische Labor. Jemand hatte einen Pfad zwischen den Glassplittern frei geräumt. In der Decke und den Wänden waren große Risse, aber abgesehen davon wirkten sie unversehrt. Joanna blickte zu den großen Apparaturen an der Seite. Die Zentrifugen und die Gas-Chromatographieanlage standen noch, rein äußerlich schienen sie keinen Schaden genommen zu haben. Glück gehabt, dachte sie, großes Glück. In ein paar Tagen hätte sie das Labor wieder aufgestellt, vorausgesetzt, die Statiker ließen es zu.

Sie kamen in das hintere Labor, das von der Explosion unberührt geblieben war. Allein das Skelett war von seiner Halterung auf den Boden gefallen.

Mary Chen, die Cheflaborantin der forensischen Abteilung, saß an einem kleinen Schreibtisch und blickte vor sich ins Leere. Sie hatte einen großen Bluterguss auf der Stirn und aufgeschürfte Arme und Hände. Auf dem Kittel waren Blutspritzer.

Joanna setzte sich zu ihr und drückte ihr die Schulter. »Ist bei Ihnen alles in Ordnung?«

»Mir geht es gut«, sagte Mary tonlos. Sie war eine Frau mittleren Alters, zierlich, mit feinen asiatischen Zügen, nur ihr Haar war vorzeitig ergraut. »Die arme Cathy hat sich den Arm gebrochen.«

»Ich habe es gehört«, sagte Joanna leise. »Wenn wir hier

unten fertig sind, gehe ich in die Notaufnahme und kümmere mich darum, dass sie gut versorgt wird.«

Ein schwaches Lächeln stahl sich in Marys Gesicht. »Das ist gut.«

»Fühlen Sie sich im Stande, mit dem Detective zu reden?«

Mary nickte, das Lächeln war wieder verschwunden. »Ich glaube aber nicht, dass ich eine große Hilfe sein werde.«

»Erzählen Sie einfach nur, was Sie wissen.«

Jake zog sich einen Stuhl heran und musterte die Frau kurz. Ihr Gesicht war ruhig und ausdruckslos, aber die Hände waren zu Fäusten geballt. »Nur ein paar Fragen«, begann er sachte. »Wo waren Sie zum Zeitpunkt der Explosion?«

»Vorne im Labor«, sagte Mary. »Wir pipettierten gerade Salzlösung in Reagenzgläser als Kontrollversuch. Auf einmal gab es einen lauten Knall und das ganze Labor schien zu schwanken. Als Nächstes fand ich mich auf dem Boden wieder, bedeckt mit Glas. Alles wurde dunkel, und ich hörte Cathy schreien. Dann gingen die Lichter wieder an, und ich sah, wie Cathy ihr Handgelenk hielt.« Mary schluckte hörbar. »Man konnte sehen, dass es gebrochen war.«

Jake nickte, angenehm überrascht darüber, dass die Laborantin ein gutes Auge für Details zu haben schien. »Von Ihnen hat nicht zufällig jemand das Labor zwischen achtzehn Uhr und der Explosion verlassen?«

Mary dachte einen Moment lang nach. »Wir sind gegen sieben in die Cafeteria gegangen zum Essen.«

»Und wann sind Sie zurückgekommen?«

»So gegen acht.«

»Haben Sie die beiden Polizisten im Korridor gesehen, als sie weggingen und wiederkamen?«

»Beide waren da«, erinnerte sich Mary. »Der größere stand an unserer Tür, der kleinere bei der Kühlung.«

»Und danach haben Sie das Labor nicht mehr verlassen?«

»Keine von uns.«

Jake lehnte sich in seinem Stuhl zurück. Er merkte, dass er wieder einmal in eine Sackgasse geraten war. Es gab eine Toilette im Labor, dafür mussten sie also nicht raus. Und während sie sich im Labor aufhielten, sollte die Tür verschlossen und verriegelt sein.

»Haben Sie die Tür immer verschlossen gehalten?«

Mary zuckte die Schultern: »Es gab keinen Grund, sie zu öffnen.«

»Haben Sie –«

Mary hob den Zeigefinger: »Wenn ich es genau bedenke, habe ich die Tür doch einmal geöffnet.«

»Warum?«

»Der Deckel einer Flasche hat geklemmt, also habe ich den Beamten gefragt, ob er uns helfen kann.«

»Und hat er geholfen?«

Mary nickte. »Er kam in die Tür zum Labor und öffnete die Flasche beim zweiten Versuch.«

»Wann war das?«

»Nur wenige Minuten vor der Explosion.«

Das war der Moment, in dem sie die Bombe platzierten, dachte Jake. Big Murph war einen Block entfernt beim Pinkeln und Little Murph im Labor mit einer Flasche beschäftigt. Der Gang war mindestens eine Minute unbewacht. Zeit genug für einen Profi, eine Bombe zu legen und sich schleunigst aus dem Staub zu machen. »War außer dem Polizisten noch jemand im Gang?«

»Nur diese Frau.«

Jakes Kopf schnellte nach vorne.

»Was für eine Frau?«

»Ich glaube, es war eine Besucherin«, erinnerte sich Mary. »Ich glaube, sie hatte sich verirrt, weil der Polizist so etwas sagte wie ›wenn ich zurückkomme, erklären ich Ihnen den Weg‹.«

Farelli griff nach seinem Notizblock, als Jake sagte: »Beschreiben Sie die Frau.«

»Sie war jung, so Mitte, Ende zwanzig und sehr schick«, erzählte Mary. »Sie trug einen blauen Blazer.«

»Haben Sie Ihr Gesicht gesehen?«

»Nicht besonders gut.«

»Wie sah sie aus?«

»Eine Weiße mit sehr heller Haut. Sie hatte blondes Haar, zurückgekämmt.« Mary versuchte sich an mehr zu erinnern, dann schüttelte sie den Kopf: »Mehr weiß ich nicht. Ich habe sie nur eine Sekunde lang im Profil gesehen.«

Joanna hob plötzlich die Hand: »Ich glaube, ich habe sie auch gesehen.«

»Wann?«, fragte Jake.

»Gestern Nachmittag«, antwortete Joanna. »Sie ist hier unten aus dem Aufzug gestiegen.«

Bestimmt, um sich einen Eindruck von den örtlichen Begebenheiten zu verschaffen, dachte Jake. »Kannst du der Beschreibung von Mary noch etwas hinzufügen?«

»Ich fürchte nein«, sagte Joanna und bemühte sich vergeblich, sich an mehr Details zu erinnern. »Ich sah sie nur ganz kurz. Aber ich würde sie wiedererkennen.«

Jake wandte sich wieder an Mary: »Was hatte die Frau für ein Gesicht?«

Mary zuckte die Achseln.

»Große Nase, kleine Nase?«, bohrte Jake nach. »Unterbiss, Oberbiss? Können Sie sich an irgendwelche Besonderheiten erinnern?«

»Nichts Auffälliges.«

»Ihrer Beschreibung nach kommt sie aus dem angelsächsischen Raum«, überlegte Jake laut.

»Zweifellos.«

»Und sonst fällt Ihnen nichts mehr ein?«

»Leider nein.«

Farelli klappte seinen Block zu. »Wenn Sie sich morgen besser fühlen, würden Sie mit einem unserer Zeichner reden und mit ihm ein Phantombild dieser Frau erstellen?«

»Ich kann es versuchen«, sagte Mary. Dann verengten sich plötzlich ihre Augen: »Glauben Sie etwa, diese Frau hat es getan?«

»Möglicherweise«, sagte Jake tonlos.

Mary seufzte schwach. »Was passiert nur mit Amerika? Gibt es denn gar keinen Anstand mehr?«

Kaum noch, lag es Jake auf der Zunge. Mittlerweile war Amerika ein Land voller Spinner, Verrückter, Mörder und Sexualverbrecher, die keine Rücksicht auf irgendjemand oder etwas nahmen. In eben diesem Moment entspannte sich wahrscheinlich eine elegant gekleidete Terroristin bei einem Bier, zufrieden mit ihrer Arbeit und begierig darauf, sie bald fortzusetzen.

»Kann ich jetzt gehen?«, fragte Mary und erhob sich. »Zu Hause macht man sich sicher schon Sorgen um mich.«

Jake nickte. »Wie kommen Sie heim?«

»Mein Auto steht auf dem Parkplatz.«

Jake winkte einen Polizisten zu sich: »Officer, sorgen Sie dafür, dass diese Dame sicher zu ihrem Auto kommt.«

Mary fragte: »Kommt der Zeichner hierher?«

»Ich glaube, es wäre günstiger bei uns auf dem Revier.«

»Geben Sie mir Bescheid?«

»Ja.«

Jake wartete, bis die Laborantin und der Polizist die Tür hinter sich geschlossen hatten. »Das darf doch nicht wahr sein! Eine Frau! Ich fass es nicht!«

»Und ein Mann«, erinnerte Farelli. »Vergiss nicht unseren Glatzkopf mit dem Ziegenbärtchen.«

»Also haben wir ein Pärchen«, sagte Jake. »Vielleicht sind sie ja verheiratet.«

Hurley schüttelte den Kopf. »Eher unwahrscheinlich. Terroristen arbeiten ungern mit Leuten, die ihnen nahe stehen. Das macht die Sache meist zu kompliziert.«

Genau, dachte Jake wütend. Diese Dreckskerle wollten sich nicht darum sorgen müssen, jemand Nahestehenden zu verlieren. Sie konnten keine Ablenkung brauchen, während sie Dinge in die Luft sprengten und Unschuldige ermordeten. Wie Little Murph. Ein guter Polizist, der nur Wache stand und deswegen sterben musste. Selbstverständlich würde die Abteilung eine große Trauerfeier organisieren und die halbe Belegschaft wäre dabei. Und alle müssten sich zusammenreißen, wenn die Flagge von Murphs Sarg genommen, zusammengefaltet und der Witwe überreicht würde und die Tochter daneben stand, die noch zu klein war, um es zu verstehen.

Jake holte tief Luft und zwang seine Gedanken zurück in die Gegenwart. »Wenigstens bekommen wir jetzt vielleicht ein einigermaßen brauchbares Phantombild von der Terroristin.«

Hurley warf ein: »Wenn man davon ausgeht, dass die Laborantin auch wirklich gesehen hat, woran sie sich zu erinnern glaubt.«

»Warum sollte sie das nicht?«, wunderte sich Jake.

»Bombenopfer sind meist übel mitgenommen und erinnern sich nicht gut«, erläuterte Hurley. »Sie tendieren dazu, die Lücken mit Vermutungen auszufüllen.«

»Auf mich machte sie einen ziemlich gefassten Eindruck.«

»Äußerlich, ja«, stimmte Hurley zu. »Aber innerlich war sie sicher ziemlich aufgewühlt.«

»Da kennen Sie Mary Chen aber schlecht«, schaltete sich Joanna ein.

»Aber ich kenne Bombenopfer.«

»Ich erzähl Ihnen mal etwas von Marys Vergangenheit«, fuhr Joanna fort. »Danach können Sie mir sagen, wie viel sie aushält oder nicht. Mary wurde in einem kleinen Dorf südlich von Shanghai geboren, zu einer Zeit, als China unter Mao und der Roten Armee stand. Als sie noch klein war, hat ihre Familie ein altes dampfbetriebenes Fährschiff gekapert. Das gesamte Dorf, zweihundert Leute, quetschten sich auf das Boot und segelten Richtung Hongkong. Sie hatten praktisch keine Chance durchzukommen. Sie mussten ohne Navigationssystem mehrere hundert Kilometer zerklüfteter Küstenlinie umschiffen und wurden dabei von Patrouilleschiffen der Rotchinesen gejagt. Wollen Sie wissen, was Mary dabei für eine Aufgabe hatte?«

Die Männer nickten gebannt.

»Sie war der Aussichtsposten«, erzählte Joanna. »Auf Grund ihrer außergewöhnlich guten Augen wurde sie gebeten, Späherin zu sein. Sie willigte ein. Also wurde sie auf einem Stuhl im Bug des Schiffes festgebunden, als menschliches Frühwarnsystem. Sie war ihr Radar.«

Farelli musste an seinen Großvater denken, der auf dem Zwischendeck eines Ozeanriesen nach Amerika gekommen war. Verglichen mit Marys Geschichte war das die reinste Kreuzfahrt.

»Einmal wurden sie von den Patrouillebooten eingeholt und beinahe in die Luft gesprengt, wobei die Hälfte der Passagiere starb. Mary blieb die ganze Zeit im Bug und lenkte sie in eine Nebelbank, wo sie ihre Verfolger abschütteln konnten. Eine Woche später schleppten sie sich in den Hafen von Hongkong. Damals war Mary Chen gerade mal zehn Jahre alt.«

Joanna sah Hurley an und lächelte schwach. »Also, meinen Sie wirklich, eine Bombenexplosion im Gang könnte sie durcheinander bringen?«

»Das ist natürlich ein Argument«, gestand Hurley, dann schüttelte er den Kopf. »Sie hat all das durchgemacht?«

»Und mehr.«

»Dann bekommen wir wahrscheinlich ein ziemlich gutes Phantombild«, prophezeite Jake.

»Aber nur im Profil«, erinnerte Hurley.

»Immer noch besser als nichts«, sagte Jake, doch auch er wünschte, sie hätten eine schöne Frontalansicht der Terroristin.

Farelli meldete sich zu Wort: »Glaubt ihr, sie stand zeitlich genügend unter Druck, um ein paar Fingerabdrücke im Aufzug zu hinterlassen?«

»Sie hat sicher die Treppen benutzt«, sagte Hurley. »Die Zeitschaltung der Bombe war auf nur wenige Minuten eingestellt.«

Farelli nickte. »Wahrscheinlich hast du Recht. Der Aufzug ist wirklich der letzte Ort, an dem man sein will, wenn eine Bombe hochgeht.«

Jake nahm sich vor, auch die Treppengeländer auf Fingerabdrücke untersuchen zu lassen. Und den Türgriff zum Treppenhaus, sowohl von der B-Etage als auch von der Eingangshalle. Außerdem mussten die Leute befragt werden, die zur Zeit der Explosion in der Wartehalle saßen. Vielleicht hatte jemand eine junge Frau in blauem Blazer bemerkt. Und vielleicht hatte ihr ja sogar jemand ins Gesicht gesehen. »Sie werden langsam immer übermütiger. Mit dieser letzten Bombe sind sie das bisher größte Risiko eingegangen.«

»Die denken nicht ans Risiko«, erklärte Hurley. »Ihnen geht es einzig um ihre Mission. Alles andere ist nebensächlich.«

»Das ist es ja gerade«, meinte Jake, hob das Skelett vom Boden auf und hängte es zurück an den Haken. »Diese Leute sind nicht dumm. Sie hätten ihr Ziel längst schon zerbomben können. Und dennoch riskieren sie alles, um ein Labor in der Pathologie zu sprengen, das auch noch streng von der Polizei bewacht wird. Warum? Warum sprengen sie nicht einfach, was immer sie sprengen wollen und hauen ab?«

»Wie ich schon sagte«, meinte Hurley, »sie warten wahrscheinlich auf einen bestimmten Tag. Und der rückt immer näher.«

Jake rieb sich das Kinn. »Welcher Tag im April könnte denn so wichtig sein? Gibt es irgendwelche großen Ereignisse im April?«

»Ostern? Pessach?«, schlug Farelli vor.

»Wie wäre es mit Tax Day?«, fragte Joanna. »Die Einkommenssteuern müssen bis zum fünfzehnten April bezahlt sein.«

»Nein«, sagte Hurley und für einen kurzen Moment wich alle Farbe aus seinem Gesicht. »Der Neunzehnte. Tag des Terrorismus in Amerika.«

Wortlos sahen sie einander an.

Hurley gewann als Erster die Fassung zurück und fuhr fort: »Die Schüsse, die den Unabhängigkeitskrieg einleiteten, fielen am neunzehnten April in Lexington und Concord. Erinnert ihr euch? Der so genannte Schuss, den man auf der ganzen Welt hörte. Heute verstehen sich Terroristen als Patrioten, und deshalb werden die schlimmsten Attentate am neunzehnten April verübt.«

Jake nickte bedächtig: »Wie zum Beispiel die Bombe in der Bundesbehörde in Oklahoma City.«

Auch Hurley nickte: »Oder das Feuergefecht im Branch-Davidian-Sektierzentrum bei Waco.«

»Aber was gäbe es Vergleichbares in Los Angeles?«, überlegte Jake. Und nach einer Pause: »Schlimmer als in Oklahoma City kann es doch einfach nicht werden.«

»Darauf würde ich nicht wetten«, sagte Hurley finster.

21

Dienstag, 6. April, 7.15 Uhr

Joanna wälzte sich im Schlaf hin und her, geplagt von einem Alptraum. Sie war wieder im forensischen Labor und zerrte verzweifelt an der verschlossenen Tür. Eine Plastikbombe stand auf der Arbeitsfläche, daneben zählte ein Zeitzünder rückwärts die Sekunden. Joanna riss mit aller Kraft an der Tür. Sie rührte sich keinen Millimeter. Durch den Glaseinsatz sah sie einen Polizisten, der mit einer elegant gekleideten Frau redete. Joanna klopfte gegen das Glas und schrie, so laut sie konnte – aber die beiden beachteten sie nicht und gingen einfach weg. *O Gott! O Gott!* Voller Verzweiflung schnappte sich Joanna einen Metallstuhl und schmetterte ihn gegen die Scheibe, so dass das Glas zerbrach. Der Zeitzünder tickte immer lauter. Fünf Sekunden. Vier Sekunden. Joanna stürzte sich auf die Bombe. *O Gott! O Gott!* Zwei Sekunden. Jetzt hatte sie die Bombe, bereit, sie zu werfen. Eine Sek–

Joanna fuhr aus dem Schlaf hoch, ihre Hand umklammerte krampfhaft das Telefon auf ihrem Nachttisch. Es dauerte einen Moment, bis sie realisierte, dass sie sich zu Hause in ihrem Bett befand. Sie atmete tief durch und sah auf den Wecker. Sieben Uhr fünfzehn. Sie legte sich wieder zurück und versuchte, sich zu sammeln. Himmel, dachte sie und bemerkte erst jetzt, dass ihr Nachthemd völlig durchgeschwitzt war. Alles hatte so echt gewirkt, insbesondere die Bombe und der Zeitzünder und die Terroristin in ihrem blauen Blazer. Joanna blickte auf die tickende Uhr. Vielleicht war das Ticken bis in ihr Unterbewusstsein gedrungen und hatte den Alptraum ausgelöst. Sie beschloss, sich einen neuen Wecker zu kaufen, einen digitalen, der nicht tickte.

Das Klingeln des Telefons schreckte sie erneut auf. Schlechte Nachrichten, dachte sie. Anrufe am frühen Morgen brachten immer schlechte Nachrichten. Nach dem dritten Läuten hob sie ab.

Sie räusperte sich kurz und nahm dann den Hörer ans Ohr: »Ja?«

»Joanna?«

»Hallo«, sagte sie, jetzt, wo sie Pauls Stimme erkannte. »Wie geht es dir?«

»Nicht besonders gut«, antwortete er, steckte sich eine Zigarette an und hustete in den Hörer. »Die Meetings ziehen sich hin und wir kommen nicht vorwärts. Wir haben alle weiteren Gespräche auf Montag verschoben.«

»Das hört sich aber gar nicht gut an«, sagte Joanna und richtete sich im Bett auf.

»Und zu allem Überfluss ist jetzt auch noch einer unserer Konkurrenten in die Übernahmeverhandlungen um die Bank eingestiegen, und bei seinem Angebot können wir vielleicht nicht mithalten.«

»Klingt nach einem Problem.«

»Und es wird immer schlimmer«, sagte Paul. »Moment bitte.«

Joanna hörte, wie er einige Befehle bellte, dann schlug irgendwo im Hintergrund lautstark eine Tür zu.

»Entschuldige«, Paul war wieder am Telefon. »Jedenfalls könnte die Sache länger dauern, als ich ursprünglich angenommen hatte.«

»Wie lang?«

»Wochen.«

»Das wäre dann die längste Zeit, die wir je getrennt waren.«

»Es sei denn, wir unternehmen etwas dagegen.«

Joanna lächelte und kuschelte sich in ihre Decke. »Woran hattest du gedacht?«

»Du könntest übers Wochenende nach New York fliegen.«

»Ich wünschte, ich könnte!«, sagte Joanna.

»Wünsch es nicht«, sagte Paul verführerisch. »Tu es einfach.«

»Das ist unmöglich«, erklärte sie. »Die Sache mit dem Bombenanschlag, an der ich arbeite, wird immer katastrophaler. Du kannst dir nicht vorstellen, was in der Zwischenzeit alles passiert ist.«

»Aber du könntest doch am Freitag losfliegen und Sonntag wieder zurück«, sagte er und seine Stimme wurde fordernder. »Willst du mir erzählen, dass sie dich nicht mal zwei Tage entbehren können?«

»Wir arbeiten hier Tag und Nacht an dem Fall«, erklärte sie. »Keiner bekommt genügend Schlaf, weil wir wissen, dass uns nicht mehr viel Zeit bleibt, bis –« Sie bremste sich im letzten Moment, bevor sie etwas sagte, was sie nicht verraten wollte.

»Bis was?«

»Ich kann nicht darüber reden.«

Paul zog an seiner Zigarette. »Und wenn du Samstag fliegst und Sonntag zurückkommst? Das wäre dann nur ein Tag.«

»Das wäre ein Tag, auf den ich nicht verzichten kann.«

»Nicht kannst, oder nicht wirst?«

»Beides.«

Eine lange, unangenehme Pause entstand.

Joanna hörte, wie sich Paul die nächste Zigarette ansteckte.

»Ich brauche dich jetzt«, sagte er schließlich.

Sie zögerte. Sie wollte nach New York, wusste aber, dass sie nicht konnte. Nicht, wo der neunzehnte April so nah gerückt war. »Warum kommst du nicht nach Los Angeles? Deine nächste Besprechung ist doch erst am Montag.«

»Ich habe jede Menge Besprechungen«, entgegnete Paul hastig. »Dieses Wochenende planen wir unsere neue Strategie. Also, warum schwingst du deinen wunderschönen Körper nicht in dieses Flugzeug und kommst nach New York?«

»Es geht einfach nicht.«

»Wenn ich dich also wirklich brauche, kannst du nicht. Hab ich Recht?«

Joanna atmete tief ein und versuchte, ihren Ärger zu unterdrücken. »Im Moment muss ich Prioritäten setzen.«

»Deine oder meine?«

»Jetzt hör mir mal zu«, Joannas Stimme wurde lauter. »Als du mir sagtest, dass du deine Verabredung zum Abendessen mit deiner Tochter verschieben musst, weil du eine dringende Konferenz in New York hast, da habe ich das auch verstanden. Das hatte für dich absolute Priorität. Es hat nicht bedeutet, dass du deine Tochter nicht liebst. Es hieß nur, dass in diesem Moment die Konferenz Priorität vor dem Essen mit deiner Tochter hatte. Ich würde mir wünschen, dass du verstehst, dass auch ich Prioritäten habe.«

»Du vergleichst hier Äpfel mit Birnen«, hielt Paul dagegen.

»Nein, das tue ich nicht. Ich erkläre dir, dass meine Prioritäten genauso wichtig sind wie deine.«

Es klickte im Hörer.

»Ich hab einen Anruf auf der anderen Leitung«, sagte Paul hastig. »Warte eine Sekunde.«

Joanna setzte sich aufrecht hin. Sie konnte nicht fassen, in welche Lage er sie da brachte. Es war, als wollte Paul, dass sie zwischen ihm und ihrem Beruf wählte. Und sie bemerkte einen herrischen Ton in seiner Stimme, der ihr bislang entgangen war. Er verlangte von ihr, dass sie seinen Prioritäten den Vorrang gab.

Paul kam wieder an den Hörer. »Und, hast du deine Meinung geändert?«

»Es geht nicht. Ich kann nicht wegfliegen. Nicht jetzt.«

Paul atmete tief ein und stieß die Luft geräuschvoll wieder aus. »Die Sache mit den Prioritäten müssen wir noch klären.«

»Ich glaube, das haben wir bereits getan.«

Wieder entstand eine peinliche Pause, die sich diesmal sogar noch länger hinzog.

»Ich glaube, wir sollten uns eine Zeit lang nicht sehen«, sagte Paul.

»Eine lange Zeit«, entgegnete Joanna und hängte auf.

Sie ließ sich zurück ins Bett fallen und starrte an die Decke. Würde sie es wohl jemals auf die Reihe bekommen? Oder musste sie immer zwischen Beruf und Beziehung, vielleicht sogar Ehe wählen? Verflucht noch mal! Ein Bild von Paul stahl sich in ihre Gedanken. Er kraulte ihr den Nacken und gestand ihr, wie wichtig sie ihm war.

Joanna konnte sich gerade noch die Decke über den Kopf ziehen, bevor die ersten Tränen flossen.

22

Dienstag, 6. April, 13.15 Uhr

Jake stürmte die Treppen zum John-Edgar-Wales-Rehabilitationszentrum hinauf. Lou Farelli erwartete ihn bereits am Eingang.

»Wie viele haben wir?«

»Drei Videos von Beinamputierten mit roten Tätowierungen oberhalb des Ellbogens«, antwortete Farelli.

»Mit Schrift darunter?«

»Bei zweien sicher, bei einem vielleicht.«

Sie gingen durch die getönten Glastüren, die sich automatisch öffneten, und kamen in eine imposante Eingangshalle. Der Boden war aus poliertem Granit, die kuppelförmige Decke war verziert mit Deckenmalereien, auf denen sich Ärzte und Schwestern um Patienten kümmerten. In der Mitte der leeren Halle stand ein erhöhter Empfangsschalter aus Mahagoni. Er vermittelte den Eindruck, als stünde man vor dem Richterpult, fand Jake.

»Die scheinen keine Kosten gescheut zu haben«, bemerkte er.

Farelli zuckte die Schultern. »Das tut die Regierung doch nie. Ist ja schließlich nicht ihr Geld.«

Jake blickte zu den Deckengemälden. »Hier kommt man sich vor wie in einem verdammten Museum.«

»Es wird besser aussehen, wenn erst mal die Einrichtung drin ist.«

»Und wann passiert das?«

»In ein paar Wochen«, meinte Farelli und drückte den Aufzugsknopf. »Da ist dann auch die große Eröffnung.«

Sie fuhren mit dem Lift in den zweiten Stock und liefen einen breiten, leeren Gang entlang. Die Wände waren mit grasgrünem Stoff bespannt, der Linoleumboden war dunkelbraun. Die Klimaanlage in der Decke schaltete sich ein und blies kühle Luft in den Gang.

»Die Jungs finden dieses Krankenhaus gruselig«, sagte Farelli. »Insbesondere nachts, wenn es hier oben wie in einem Gefängnis ist.«

»Wie viele Teams sitzen an den Videos?«, fragte Jake.

»Drei«, antwortete Farelli. »Sie arbeiten in Schichten von acht Stunden rund um die Uhr.«

Jake überschlug rasch im Kopf die Zahlen. »Sie können trotzdem noch nicht durch alle Videos sein.«

»Sie sind weiter, als du denkst.« Farelli erklärte, wie Dan Hurley die Liste zusätzlich gekürzt hatte, indem er alle Patienten über fünfzig beziehungsweise unter fünfzehn Jahren ausschloss, da sie weder in das Täterprofil passten noch der Beschreibung von Stonehausers Witwe entsprachen. »Danach hatten wir nur noch achthundert Videos zu überprüfen. Über sechshundert haben unsere Jungs jetzt schon durch. Es bleiben also nur noch zweihundert.«

»Bei unserem Glück ist der Täter Nummer achthundert«, spekulierte Jake.

»Erzähl's mir.«

Leise betraten sie einen abgedunkelten Raum. Die Videoanlage lief und projizierte Bilder auf vier verschiedene Leinwände. Jake lehnte sich an die Wand und verfolgte den Film. Ein zweifach Amputierter versuchte mit Hilfe von Krücken auf künstlichen Beinen zu laufen. Er hatte keine Tätowierungen auf den Armen.

»Das ist er ganz sicher nicht«, sagte eine Stimme in der Dunkelheit.

Das Band wurde gestoppt und die Lichter gingen an. In der Luft hingen graue Schwaden und der Geruch von kaltem Zigarettenrauch. Vier Detectives saßen um einen Tisch, auf dem sich leere Pizzakartons und überquellende Aschenbecher stapelten.

»Das war Nummer sechshundert auf unserer Liste«, sagte Del Harriman, der seit zwanzig Jahren in der Mordkommission arbeitete. Er wusste mehr über Kameras und Film als die meisten so genannten Experten und hatte daher einige Doppelschichten im Vorführraum hinter sich. »Wenn dieses Theater vorbei ist, brauch ich erst mal eine Woche Urlaub.«

»Genehmigt«, sagte Jake. Er mochte den Detective mit dem Adlergesicht, der sich bald zur Ruhe setzen würde, um irgendwo in Arizona seinen eigenen Kameraladen zu eröffnen. »Sagen Sie mir, ist das eine gute Videoanlage hier?«

»Die beste der Welt«, sagte Harriman. »Das hier ist eine Sony, die macht alles automatisch. Nur aufs Klo gehen muss man noch selber.«

»Lassen Sie uns mal die Tätowierungen sehen.«

Harriman drückte ein paar Knöpfe auf der Fernbedienung. Der Raum wurde dunkel und ein neues Video erschien auf den Leinwänden.

Alle Augen richteten sich auf einen jungen Mexikaner, der mit deutlichem Hinken auf einem künstlichen Bein lief. Man konnte klar erkennen, dass er die Zähne zusammenbiss, entweder vor Anstrengung oder Schmerz. Auf seinem rechten Oberarm konnte man unscharf eine rötliche Tätowierung ausmachen.

Harriman hielt den Film an und drückte ein paar weitere Knöpfe auf der Fernbedienung. Das Standbild auf der Leinwand vergrößerte sich und wurde scharf. Die Tätowierung war eine Blume, jedoch keine Rose. Am ehesten wirkte sie wie eine orangefarbene Sonnenblume. Sie hatte einen langen Stiel und darunter war ein Muster mit Kringeln, aber kein Schriftzug.

»Das ist er nicht«, sagte Jake mit Blick auf die Leinwand zu seiner Rechten, die den Jungen im Profil zeigte. »Den Nächsten bitte.«

Harriman gab eine Zahlenkombination ein. Einen kurzen Moment lang war die Leinwand weiß, dann erschienen Zickzacklinien und schließlich lief ein neues Video an. Wieder ein Mexikaner, dieser aber älter als der erste. Mitte oder Ende vierzig, schätzte Jake aufgrund der faltigen Halspartie des Mannes.

Der zweite Patient schien viel besser mit seiner Prothese zurechtzukommen und hinkte nur ganz leicht. Im Profil sah man eine Tätowierung mit roten Rosen auf dem rechten Oberarm. Darunter stand etwas.

»Stopp!«, rief Jake aufgeregt.

Der Film hielt an und das Standbild wurde langsam vergrößert. Jake erkannte den ersten Buchstaben. Ein *M.* Nach und nach erschien der Rest des Wortes. *MACHO.*

»Mist«, brummte Jake. »Den Nächsten bitte.«

Der Dritte war der jüngste. Er war Mitte bis Ende zwanzig, trug einen gepflegten Schnauzer und hatte sein Haar nach hinten gegelt. Jake betrachtete das Haar und dachte an das Schädelfragment, das sie am Schauplatz der Explosion in West Hollywood gefunden hatten. Das Haar war voller Gel gewesen.

Jakes Blick wanderte zu der roten Rosentätowierung am Oberarm des Mannes. Darunter stand etwas, aber es verschwamm, als der Mann stolperte und sich wieder fing. Die Arme ruderten noch, als die Profilansicht ausgeblendet wurde.

»Können wir noch mal zurückspulen?«, fragte Jake.

Harriman drückte einen Knopf auf der Fernbedienung und die Bilder flimmerten rückwärts über die Leinwand. Er stoppte den Film kurz vor der Stelle, an der der Mann stolperte. Dann ließ er ihn in extremer Zeitlupe laufen, Bild für Bild. Die Tätowierung kam ins Sichtfeld, aber der Patient schwang den Arm nach oben, so dass man nur die letzten zwei Buchstaben erkennen konnte. Deutlich sah man ein *EY.*

»Das könnten die letzten Buchstaben von ›Monterrey‹ sein«, meinte Farelli.

»Es könnte alles Mögliche sein«, erwiderte Jake. Er wandte sich an Harriman. »Können wir den Wortanfang noch mal genauer sehen?«

»Nicht mit der Ausrüstung hier«, sagte Harriman. »Er erscheint nur auf zwei Bildern und da schwenkt der Mann gerade den Arm von der Kamera weg.«

»Gibt es eine Möglichkeit, die einzelnen Bilder herauszulösen und die Schrift zu rekonstruieren?«

»Könnte schon sein«, sagte Harriman zweifelnd. »Ich werd mal bei unseren Freunden vom FBI fragen.« Er dehnte langsam den Rücken und lauschte, wie die Wirbel knackten. »Ich hoffe wirklich, dieser Typ ist der Täter. Wenn ich noch mehr von diesen Filmen anschauen muss, bin ich bald blind.«

»Ich möchte, dass die restlichen zweihundert Filme auch noch gesichtet werden«, bestimmte Jake. »Ausnahmslos.«

Die Männer am Tisch stöhnten laut. Einer steckte sich eine Zigarette an und hustete.

Harriman fragte, »Aber was ist, wenn auf dem Arm von dem Typ tatsächlich ›Monterrey‹ steht?«

»Dann haben wir wahrscheinlich den Richtigen gefunden. Aber denken Sie daran, keine Regel dieser Welt besagt, dass nicht zwei Leute die gleiche Tätowierung haben können.« Jake dachte an die Qualität des Rosenmotivs auf der Armpartie. Sie war mittelmäßig und wahrscheinlich von einem Tätowierer südlich der Grenze gestochen, der ein Dutzend Kunden am Tag abfertigte. »Haben Sie irgendwelche Informationen zu dem Mann?«

Harriman drückt auf einen Knopf. Die Bilder verschwanden von den Leinwänden, dafür erschien eine schwarzweiße Einblendung:

RAMÓN GONZALEZ
FALL: 8422
GEB.: 05.04.1970
DIAGNOSE: OSTEOSARKOM

Jake nahm seinen Block und notierte sich die Daten.

Farelli fragte: »Was um alles in der Welt ist denn ein Osteosarkom?«

»Keine Ahnung«, sagte Jake und klappte seinen Block zu. »Aber es klingt wie etwas, das man lieber nicht hat.«

Sie gingen aus dem Vorführraum und fuhren mit dem Aufzug hinunter. Draußen empfing sie ein grauer, schwüler Tag, die Luft war zum Schneiden. Farelli lockerte seinen Kragen und sah auf die blinkende Anzeige oben an der Bank of Amerika. Es war vierzehn Uhr vierzig und die Temperatur betrug neunundzwanzig Grad.

»Wir müssen den Jungs da oben eine Pause gönnen«, meinte Farelli. »Sonst drehen die uns noch durch.«

»Ist nicht drin«, antwortete Jake. »Uns läuft die Zeit davon.« Jetzt sah auch er zu der Leuchtanzeige. Eben zeigte sie das Datum: 6. April. »Wir haben nur noch dreizehn Tage.«

»Das ist nicht genug«, sagte Farelli niedergeschlagen. »Es wird länger dauern, diese Dreckskerle zu stellen.«

»Wir müssen sie erwischen, bevor die Bombe hochgeht, oder sie verschwinden für immer.«

Farelli sah ihn verwundert an: »Du meinst, sie lösen sich einfach in Luft auf?«

»Das passiert immer wieder. Die wirklich Schlauen entkommen. Sie verwenden keine Kreditkarten oder geben Sozialversicherungsnummern an, so dass sie auch keine Spuren hinterlassen. Sie stellen keine Schecks aus, haben keine Bankkonten und wenn sie ganz verschwinden wollen, ziehen sie sich einfach irgendwo in die Wildnis zurück und keiner hört jemals wieder von ihnen.«

Farelli dachte darüber nach. Er war nicht überzeugt. »Und was ist mit dem Unabomber – Ted Soundso –, der hat doch alles genauso gemacht, wie du gerade beschrieben hast und trotzdem haben sie ihn gefasst.«

»Sie haben ihn nicht wirklich gefasst«, verbesserte Jake. »Das FBI hat ihn jahrelang erfolglos gesucht, ohne ihm auch nur nahe zu kommen, bis sein Bruder ihn ausgeliefert hat. Wenn sein Bruder nicht gesungen hätte, würde dieser Verrückte immer noch frei herumlaufen und Briefbomben verschicken.« Jake wischte sich mit dem Finger den Schweiß von der Stirn. »Und ich wüsste noch ein Dutzend andere Beispiele.«

»Verdammt«, sagte Farelli angewidert. »Du meinst also, wenn wir sie jetzt nicht fassen, fassen wir sie gar nicht mehr?«

»Genau das meine ich.«

Jake merkte sofort, dass etwas nicht stimmte, als er in Joannas Büro kam. Sie starrte ins Leere und war in Gedanken ganz woanders. Auf ihrem Schreibtisch stand ein überquellender Aschenbecher, in dem die letzte Zigarette noch glimmte.

»Du siehst schlecht aus«, sagte er und erinnerte sich an das letzte Mal, als er Joanna rauchen gesehen hatte. Das war, als Kate tödlich an dem Ebolavirus erkrankt war. »Ist etwas passiert?«

Joanna griff nach einem Taschentuch und trocknete sich die Augen. »Ein Mann.«

»Wer?«

»Einer, den ich für perfekt hielt, der sich dann aber als Fehlgriff entpuppte.«

»Kann ich irgendetwas tun?«

»Ja. Stell mir keine Fragen.« Joanna drückte ihre Zigarette aus. Pauls zweiter Anruf kam ihr wieder in den Sinn. Zehn Minuten später hatte er noch einmal angerufen und sie hatte geglaubt, er wollte sich entschuldigen. Aber weit gefehlt. Es sei besser, reinen Tisch zu machen, hatte er gemeint. Es wäre sinnlos, abzuwarten, was passierte. Besser, sie gingen wieder getrennter Wege. Und dann hatte er sich verabschiedet.

»Darf ich dich mal etwas fragen, Jake? Eine rein hypothetische Frage.«

Jake lehnte sich an den Arbeitstisch. »Ich höre.«

»Stell dir vor, du bist in einer Situation, in der du jemanden, den du wirklich liebst, dringend brauchst. Aber diese Person steckt gerade in einer wichtigen Sache und kann nicht weg.«

»Ja, und?«

»Was würdest du denken?«

»Dass ich wohl schauen muss, wie ich ohne sie zurechtkomme.«

»Du wärst nicht böse?«

Jake zuckte die Achseln. »Nein, warum sollte ich?«

Joanna nickte. Diese Antwort hatte sie erwartet. So war Jake. Er wusste, was Prioritäten waren.

Jake musterte Joanna kurz. Sie sah müde und abgekämpft aus, die Augen waren gerötet und geschwollen. Aber trotzdem war sie noch verdammt hübsch. Sie hatte diese zeitlose Schönheit, die bis ins Alter anhalten würde. »Alles klar bei dir?«

»Nein«, gestand sie. »Aber ich komm schon zurecht.«

»Wenn ich irgendetwas tun kann, ruf mich an.«

»Danke, Jake.«

Er zuckte erneut die Achseln. »Ich habe doch noch gar nichts getan.«

»Doch, hast du.«

Joannas Magen knurrte und rumorte. »Ich hab noch gar nichts gegessen«, fiel ihr ein. Sie ging zum Schreibtisch, nahm einen Schokoriegel und packte ihn aus. »Willst du ein Stück?«

»Nein, danke«, antwortete Jake, erleichtert, dass sie nicht mehr ganz so traurig aussah. Er griff nach einer Zigarette, entschied sich dann aber doch dagegen. »Wenn du eine Minute Zeit hast, könnte ich Hilfe bei ein paar medizinischen Fachausdrücken gebrauchen.«

»Schieß los«, sagte Joanna und leckte sich Schokolade von den Fingern. Jake las seine Notizen vor. »Was zum Beispiel ist ein Osteosarkom?«

»Das ist eine seltene Form von Knochenkrebs. Warum?«

»Weil ich eine Videoaufnahme von einem Mexikaner mit Beinprothese und roter Rosentätowierung gesehen habe.«

»Stand ›Monterrey‹ darunter?«

»Das wissen wir nicht so genau«, sagte Jake. »Aber seine Diagnose war Osteosarkom.«

Joanna runzelte die Stirn, als sich das Puzzle plötzlich zusammenfügte. »Einer der Knochen, die wir draußen in West Hollywood gefunden haben, hatte ein invasives Osteosarkom.«

Jake nickte bedächtig. »Und dieser Knochen könnte zu dem Typ mit der tätowierten Rose gehören.«

»Es gibt eine Möglichkeit, das sicher herauszufinden.«

Joanna ging voran in das hintere Labor. Der Boden war mittlerweile frei geräumt. Maurer reparierten die Brüche in den Wänden, Schreiner versahen alle Schränke und Schubladen mit Sicherheitsriegeln. An der Seite stand Mary Chen und testete eine Ultrazentrifuge. Jake winkte ihr.

»Wie ist das Portrait geworden?«, rief sie ihm zu.

»Ziemlich gut«, antwortete Jake. »Es wird uns eine große Hilfe sein.«

Joanna sagte leise: »Aber es ist nur im Profil, oder?«

»Einer von den Polizisten in der Eingangshalle meint, er habe sie auch gesehen«, erwiderte Jake. »Vielleicht bekommen wir ja doch noch eine Frontalansicht. Und wenn das der Fall ist, möchte ich, dass du sie dir auch ansiehst und mir sagst, ob es die Frau ist, der du beim Aufzug begegnet bist.«

Sie kamen zu Lori McKay, die konzentriert an einem Computer arbeitete. Ein Kirschlolli ragte aus ihrem Mund.

Joanna fragte: »Haben Sie die DNS-Analysen von der West-Hollywood-Explosion schon im Computer?«

»Aber sicher doch«, nuschelte Lori und schob den Lutscher in die andere Backe. »Habe ich alles gestern eingegeben.«

»Zeigen Sie uns bitte mal den DNS-Typus aus dem Knochengewebe mit dem Osteosarkom, und überprüfen

Sie, ob es eine Übereinstimmung mit irgendeiner anderen Gewebeprobe gibt«, bat Joanna.

Lori gab ein paar Befehle über die Tastatur ein, dann lehnte sie sich zurück und wartete. Nach wenigen Sekunden erschienen die Daten einer DNS-Typisierung auf dem Bildschirm. Darunter stand eine Liste: Schädelfragment, Knochen (Sarkom) und Tätowierung. »Die Tätowierung und das Schädelfragment stammen von dem Mann mit dem Osteosarkom.«

»Und da gibt es auch keine Zweifel?«, fragte Jake.

»Die Wahrscheinlichkeit, dass ich mich irre, liegt bei eins zu fünf Milliarden.«

»Sehr schön«, sagte Jake und rieb sich die Hände. »Sieht ganz so aus, als hätten wir ihn.«

23

Dienstag, 6. April, 16.40 Uhr

Die Frau am Empfang redete kurz am Telefon, dann sah sie zu Joanna und Jake auf. »Dr. Wales ist gerade in einer Besprechung.«

»Dann warten wir«, sagte Jake.

»Es könnte aber eine Weile dauern.« Sie warf schnell einen Blick auf die Wanduhr. Es war zwanzig vor fünf. »Und wir schließen hier Punkt siebzehn Uhr ab.«

»Nicht heute Abend«, entgegnete Jake. »Alle bleiben, solange ich es sage. Das gilt auch für Dr. Wales und Dr. Bremmer und alle anderen, die Patienten untersuchen, mit ihnen reden oder ihre Daten verwalten.«

»Aber – einige von der Belegschaft sind schon weg.«

»Wenn wir sie brauchen, holen wir sie mit dem Streifenwagen wieder her.« Jake stützte sich mit den Knöcheln auf den Schalter, lehnte sich nach vorne und sah der Rezeptionistin tief in die Augen. »Vielleicht wollen Sie Dr. Wales darüber informieren.«

Die Frau sprach noch einmal kurz ins Telefon und mied dabei Jakes Blick. Sie wartete auf Antwort und hoffte, dass es heute nicht zu spät wurde. Ein gut aussehender Internist hatte sie zum Abendessen eingeladen und es war ihre erste Verabredung seit einem halben Jahr. Sie musste sich noch die Haare richten und tausend andere Dinge erledigen. »Lieutenant, meinen Sie, ich kann um sechs Uhr gehen?«

»Haben Sie einen wichtigen Termin?«

»Einen sehr wichtigen.« Sie presste sich den Hörer ans Ohr und lauschte angestrengt, dann nickte sie Jake zu: »Dr. Wales erwartet Sie jetzt.«

Jake nahm Joanna beim Arm und führte sie um den Empfangsschalter.

»Lieutenant«, rief die Frau ihnen nach. »Kann ich um –«

»Sie werden pünktlich sein.«

Sie gingen durch den großen Funktionsbereich, mittlerweile leer bis auf zwei Patienten, die sich an parallelen Barren stützten, während sie auf ihren künstlichen Beinen zu laufen versuchten. Schweiß rann ihnen über die Gesichter, jeder Schritt war ein Kampf. Ein farbiger Therapeut stand zwischen ihnen und spornte sie an.

»Sehr gut, weiter so«, ermutigte er sie. »Läuft ja schon ganz prima.«

Jake fühlte, wie ihm die Blicke der Patienten folgten. Sie sahen, wie mühelos er sich bewegte und zweifelsohne beneideten sie ihn um seine Beine.

Joanna ging voraus in eine großräumige Werkstatt. Werkzeuge und Instrumente lagen säuberlich nebeneinander auf den verlassenen Arbeitsbänken. Die Techniker waren alle schon fort, ihre grünen Kittel hingen lose an Haken an der Wand. Im hinteren Teil des Raums sah Jake Josiah Wales auf einem erhöhten Behandlungsstuhl sitzen. Er hatte ein Hosenbein heraufgerollt und darunter kam ein Stumpf zum Vorschein, der kurz unter dem Knie aufhörte. Timothy Bremmer saß vor ihm und maß den Durchmesser des Stumpfs.

Jake verlangsamte seine Schritte und fragte Joanna leise: »Meinst du, wir sollen später noch mal wiederkommen?«

»Nein«, sagte Joanna. »Sie behandeln hier sein Bein, nicht den Kehlkopf.«

Als sie näher kamen, betrachtete Jake Wales' Stumpf. Er war fleischig und gerötet und sah aus wie eine ausgestopfte Socke. »Danke, dass Sie sich die Zeit für uns nehmen.«

»Ich hoffe, Sie haben einen guten Grund«, sagte Wales verstimmt.

»Wir glauben, wir wissen, wer der Mann ist, dessen Beinprothese wir am Explosionsschauplatz in West Hollywood gefunden haben«, sagte Jake kühl, bemüht, seine Abneigung gegen Wales zu verbergen. »Wir müssten einen Blick in seine Krankenakte werfen.«

»Wie hieß er?«

»Gonzalez.«

Wales zog die Schultern hoch. »Wir haben haufenweise Gonzalez in unseren Akten.«

»Sein Vorname ist Ramón, und er hat eine tätowierte Rose am Oberarm«, sagte Jake und hoffte auf eine Reaktion. »Darunter stand ›Monterrey‹.«

Wieder zog Wales die Schultern hoch.

Bremmer sah auf. »Darum wollten Sie also die Videos ansehen.«

»Genau«, sagte Jake. »Erinnern Sie sich vielleicht an eine tätowierte rote Rose?«

»Nicht aus dem Stand«, sagte Bremmer und konzentrierte sich wieder auf Wales' Stumpf.

Wales verlagerte sein gewaltiges Gewicht in dem Stuhl von der einen Seite auf die andere. »Geben Sie uns hier fünf Minuten und wir suchen die Akte von diesem Patienten für Sie heraus.«

Jake lehnte sich an eine Werkbank und blickte zur anderen Wand. Hände und Füße ragten aus dem Putz und wirkten in dem schummrigen Licht wie echt. Erst auf den zweiten Blick erkannte er, dass es künstliche Glieder waren, die an Haken hingen.

Wales war seinem Blick gefolgt. »Das sind die reparierten Prothesen.«

Jake erkundigte sich: »Wie lange hält so eine neue Prothese denn normalerweise?«

»Das kommt ganz darauf an, wie aktiv der Träger ist«, sagte Wales. »Meine letzte hatte ich sechs Jahre, doch dann zerbrach das verflixte Ding. Erst war es nur ein winziger Riss an der Ferse, aber bald wurde er immer größer.«

»Das passiert bei den alten Modellen«, erklärte Bremmer, der jetzt mit einem Greifzirkel weitere Messungen vornahm. »Die halten nicht halb so lang wie unsere neuen.«

»Ich hasse es, neue Prothesen zu bekommen«, klagte Wales. »Sie passen nie so gut wie die alten, egal, wie sorgfältig man vorher gemessen hat. Man muss die verdammten Dinger einlaufen, bis sie nicht mehr drücken. Und das dauert.«

»Warum repariert man dann nicht die alte?«, erkundigte sich Joanna.

»Das haben wir ja versucht«, sagte Wales und nickte. »Sechsmal letzten Monat. Aber es hielt einfach nicht.«

»Die neueren sind besser«, wiederholte Bremmer und notierte die Maße auf einem Block. »Die geschichteten Modelle halten mindestens doppelt so lang.«

»Sorgen Sie nur dafür, dass sie zur Eröffnung des neuen Instituts fertig ist«, sagte Wales. »Ich möchte, dass meine Prothese die erste ist, die in dem neuen Gebäude angepasst und getragen wird.«

»Kein Problem«, beruhigte Bremmer. »Sie werden der erste Direktor und gleichzeitig der erste Patient des John-Edgar-Wales-Rehabilitationszentrums sein.«

Wales beugte und streckte den Stumpf und musterte erst ihn, dann die Leere darunter. »Wissen Sie, ich spüre immer noch den Fuß, der natürlich gar nicht mehr da ist.

Das ist das so genannte Phantomschmerzensyndrom, Lieutenant«, erklärte Wales. »Leute, die eine Extremität verloren haben, glauben häufig, sie noch zu spüren. Man nimmt an, dass die Nerven im Stumpf Signale ans Gehirn schicken, die dort falsch interpretiert werden.«

»Tut das weh?«, fragte Jake.

»Nur, wenn man hinabsieht und bemerkt, dass der Fuß noch immer fehlt.« Wales' Blick verlor sich im Nichts. »Manchmal vergisst man das, selbst wenn man schon seit vierzig Jahren ohne ihn lebt.«

Wieder verlagerte er sein Gesicht und sein Ausdruck verhärtete sich. »Aber eines vergesse ich nie, Lieutenant: diesen Hurensohn, der mich das Bein gekostet hat.« Er spuckte wütend auf den Boden. »Er saß betrunken am Steuer, als er mich auf meinem Fahrrad erfasste und mir das Bein zerquetschte. Er bekam ein Jahr Gefängnis. Ich verlor einen Fuß. Ein gottverdammter Säuferkopf ...« Wales verstummte.

Jake blickte erneut auf den geröteten Stumpf des Arztes und dachte, er würde genauso fühlen, wenn er wegen irgendeines besoffenen Volltrottels den Fuß verloren hätte und für den Rest des Lebens hinken müsste.

»Aber genug davon«, meinte Wales. Er beugte sich herunter und legte seine alte Prothese an. »Wie hieß der Patient gleich wieder?«

»Ramón Gonzalez.«

Sie gingen in ein nahe gelegenes verglastes Büro, das mit Akten, Magazinen und Büchern voll gestopft war. Hinter dem Schreibtisch hing eine große Schwarzweißfotografie. Darauf kletterte ein Pilot aus einem Düsenflieger. Darunter stand: »Für meinen kleinen Bruder. In Liebe, John Edgar.«

Bremmer setzte sich an den Computer und tippte etwas ein. Einen Moment später erschienen zwei Namen auf dem Bildschirm.

»Bei uns gab es zwei Ramón Gonzalez«, sagte er und tippte weiter. Der eine Ramón Gonzalez war 1996 gestorben. Der andere lebte noch.

»Es muss der zweite sein«, sagte Jake.

Bremmer rief den zweiten auf und lehnte sich im Stuhl zurück, während sich die anderen nach vorne beugten. Eine Sekunde später erschien die Krankengeschichte des Patienten.

RAMÓN GONZALEZ
2801 ESCONDIDO STREET – APT. 26
LOS ANGELES, CA 90038
ALTER – 28
RASSE – HISPANISCH
GEBURTSORT – COLIMA, MEXIKO
DIAGNOSE: OSTEOSARKOM – FEMUR LINKS
OPERATIVE AMPUTATION IN MEXIKO, 1998
TUMOR REZIDIV – 1999
PROTHESE ANGEPASST – 2. MÄRZ 1999

»Ich frage mich, warum sie ihm das Bein amputiert haben«, murmelte Joanna.

»Weil er Knochenkrebs hatte«, sagte Bremmer und suchte im Computer nach weiteren Informationen zu Ramón Gonzalez. Es gab keine.

Joanna schüttelte den Kopf. »Heutzutage amputiert man bei Osteosarkom am Oberschenkel doch nicht mehr. Man entfernt den Tumor und setzt Titanschrauben ein.«

»Vielleicht dachten sie ja, für ihn wäre es besser so«, sagte Wales nachdenklich.

Joanna schüttelte den Kopf: »Die Wahrscheinlichkeit

eines erneuten Befalls ist bei einer Amputation sehr hoch, sogar, wenn man zusätzlich bestrahlt. Darum sind sie doch zu der neuen Methode übergegangen. Die Operationsärzte hätten das wissen müssen.«

Wales fragte höhnisch: »Was will man schon von einem Krankenhaus südlich der Grenze erwarten?«

»Dort gibt es auch sehr gute Ärzte«, protestierte Joanna.

»Dann scheint unser Ramón eben keinen von ihnen erwischt zu haben.«

»Es sieht so aus.« Wahrscheinlich hatten sie getan, was sie konnten, dachte sie. Mexiko fehlte das Geld für ein gutes Gesundheitssystem. Die reichen Mexikaner ließen sich in amerikanischen Krankenhäusern behandeln, die Ärmeren mussten sich mit zweitklassigen Einrichtungen abfinden. Die Armen waren immer die Dummen, dachte Joanna. »Haben wir einen Teil des Sarkoms im Memorial?«

»Nicht, dass ich wüsste«, sagte Wales. »Warum?«

»Weil einer der Knochen vom Explosionsschauplatz in West Hollywood ein Osteosarkom aufwies. Sollte die DNS dieses Knochens mit der von Ramón Gonzalez' amputiertem Bein übereinstimmen, gäbe es keinen Zweifel mehr, dass er in dem gesprengten Haus war.«

Bremmer erkundigte sich: »Also sind Sie gar nicht sicher, ob Ramón Gonzalez ein Opfer der Explosion war?«

»Nicht hundertprozentig«, antwortete Joanna. »Es besteht eine geringe Möglichkeit, dass es mehr als einen Mexikaner mit Rosentätowierung und Osteosarkom gibt.«

»Aber Sie haben doch auch eine Prothese am Schauplatz gefunden«, überlegte Bremmer laut.

»Die nicht unbedingt von Ramón Gonzalez sein muss«, entgegnete Joanna. »Der einzig sichere Beweis wäre ein DNS-Test.«

»Wie dem auch sei«, schaltete sich Wales wieder ein, »Sie können vergessen, noch eine Probe von dem Osteosarkom aus dem mexikanischen Krankenhaus zu bekommen. Dieses Bein ist längst weg.«

»Muss nicht sein«, sagte Joanna. »Ich würde mir gerne mal sein vollständiges Krankenblatt ansehen. Ich will alle Informationen, die Sie zu Ramón Gonzalez haben.«

Wales zögerte. »Es wird nicht viel zu ihm geben. Sie wissen doch, wir legen keine ausführlichen Akten zu unseren Patienten an.«

Joanna deutete auf den Bildschirm. »Hier steht, das Sarkom trat 1999 wieder auf. Woher wissen Sie das?«

Wales warf die Hände in die Luft. »Wahrscheinlich hat er es uns erzählt.«

»Aber wenn das der Fall war, hätten Sie ihn doch in das Memorial überwiesen, um die Diagnose zu bestätigen. Dort hätten sie ihn geröntgt. Ein Onkologe hätte ihn untersucht und vielleicht hätte der zufällig eine Probe des Osteosarkoms bei dem mexikanischen Krankenhaus angefordert, in dem das Bein amputiert wurde.«

Wales schnaubte spöttisch. »Das wäre aber ein ziemlicher Aufwand, finden Sie nicht?«

»Wir können es aber herausfinden, indem wir einen Blick in seine Akte werfen.«

Wales griff langsam nach dem Telefon. »Die Leute aus unserem Archiv sind möglicherweise schon nach Hause gegangen.«

Jake lächelte schwach: »Kein Problem, wir können sie abholen lassen und wieder herholen.«

In Wales' Augen spiegelte sich seine Abneigung gegen Jake. Er wollte schon etwas sagen, überlegte es sich dann aber anders. Er drehte den anderen den Rücken zu, als er den Hörer abnahm.

Jake sah Joanna mit unverhohlener Bewunderung an. Er war beeindruckt von der Art, mit der sie mit dem arroganten Mediziner umging. Aber noch mehr imponierte ihm ihr medizinisches Fachwissen. Jake hatte einfach angenommen, dass alle Informationen zu Ramón Gonzalez in diesem Computer gespeichert waren. Joanna wusste es besser. Sie wusste, dass es irgendwo noch eine ausführlichere Akte geben musste. Und diese ausführlichere Akte würde ihnen vielleicht eine Menge interessanter Hinweise liefern. Zum Beispiel, wo er arbeitete, womit er sich beschäftigte und ob er dabei eventuell mit Sprengstoffen in Berührung kam. Und all diese Informationen könnten in einer Akte stehen, die Jake völlig übersehen hätte. Draußen auf der Straße kannte er sich gut aus, aber im Krankenhaus brauchte er eine Joanna Blalock.

Wales legte auf. »Sie suchen seine Akte heraus. Ihnen ist natürlich bewusst, dass sie dieses Gebäude nicht verlassen darf.«

»Wohl aber eine Kopie davon«, antwortete Joanna prompt. »Wir bräuchten zwei.«

»Ist das ein Befehl?«, blaffte Wales.

»Es ist eine Bitte«, sagte Joanna ruhig. »Aber wenn Sie wollen, kann ich auch eine richterliche Verfügung einholen.«

Wales knurrte etwas Unverständliches, wovon das letzte Wort wie *Schlampe* klang.

Jake blickte dem Arzt eiskalt in die Augen: »Würden Sie das bitte wiederholen?«

Wales erwiderte den Blick, allerdings nur einen Moment lang. Dann wandte er sich ab.

»Es war wohl nicht so wichtig«, murmelte Jake und holte seinen Block hervor. Dort suchte er die Notizen zu dem letzten Gespräch mit den Rehabilitationsärzten.

Er sah herab auf Bremmer. »Sämtliche Prothesen werden von Ihnen vermessen, stimmt das?«

»So ungefähr.«

»Sie untersuchen also alle Patienten, die wegen künstlicher Gliedmaßen hierher überwiesen werden.«

»Richtig.«

»Und alle Patienten müssen zuerst zu der Dame am Empfang?«

Bremmer nickte. »Dort werden sie aufgenommen.«

»Und dann kommen sie zum Therapeuten?«

»Korrekt.«

»Untersuchen Sie sie bei jedem Besuch?«

»Nein, das macht der Therapeut.«

»Und wie viele Therapeuten gibt es?«

»Vier.«

»Ich brauche ihre Namen«, sagte Jake.

Eine rundliche Frau mittleren Alters kam an die Tür und räusperte sich vernehmlich. »Hier ist die Akte, nach der Sie gefragt haben.«

Wales deutete auf Joanna. »Geben Sie sie ihr.«

Joanna legte die Akte auf den Computer und blätterte sie eilig durch. Das Krankenblatt von Ramón Gonzalez war dünn und bestand nur aus zwölf Seiten. Die Informationen darin deckten sich mit denen im Computer. Das Bein von Gonzalez wurde wegen eines Osteosarkoms amputiert und ein Jahr später wurde erneut Krebsbefall diagnostiziert. Dr. Timothy Bremmer hatte ihm die Prothese angepasst.

Joanna warf Jake einen kurzen Blick zu. »Gonzalez kam regelmäßig zu Untersuchungen hierher. Sein letzter Besuch war vor sechs Wochen.«

»Wer war bei seinen Besuchen für ihn zuständig?«

»Steht hier nicht drin.«

»Wahrscheinlich ein Therapeut«, meinte Bremmer.

Jake fragte: »Bleiben die Patienten immer beim gleichen Therapeuten?«

Bremmer nickte: »Immer.«

Joanna sah wieder in die Akte. Gonzalez war von einem Onkologen im Memorial untersucht worden. Seine Erkrankung war wieder aufgetreten und hatte sich ausgebreitet. Diesmal hatte er Lungenmetastasen. Der Onkologe hatte eine Biopsie empfohlen, um die Diagnose abzusichern. Gonzalez hatte abgelehnt, er wollte keine weiteren Behandlungen mehr. Man hatte ihm gesagt, dass er kein Jahr mehr zu leben habe.

Joanna blätterte zurück zum Deckblatt der Akte und studierte Gonzalez' persönliche Daten. Er war achtundzwanzig, Gelegenheitsgärtner, verheiratet, seine Frau hieß Maria. Er wohnte in – Joanna blickte kurz auf. »Wissen wir, ob er Kinder hatte?«

»Das wäre wenn auf dem Deckblatt vermerkt«, sagte Bremmer.

»Da steht nichts.«

Die rundliche Frau an der Tür sagte: »Wir fragen nicht nach Kindern. Das Deckblatt ist hauptsächlich für die Abrechnung gedacht.«

Recht so, dachte Jake säuerlich. Nicht nötig, Kinder zu erfassen. Sie könnten die Rechnung sowieso nicht zahlen. »Warum ist es wichtig, ob Ramón Gonzalez Kinder hatte?«

»Weil wir dann herausfinden könnten, ob das Osteosarkom aus West Hollywood von ihrem Vater stammt«, sagte Joanna und erläuterte die Prozedur.

»Das funktioniert wie ein Vaterschaftstest. Wenn man die DNS der Eltern und der Kinder kennt, kann man mit Sicherheit bestimmen, wer der Vater war. Man müsste also nur die DNS der Mutter und der Kinder testen und mit der DNS des Osteosarkoms vergleichen. Wenn es passt, war es mit Sicherheit Ramón Gonzalez. Und zwar ohne Wenn und Aber.«

Jake machte sich eine Notiz und markierte sie mit einem großen Stern. »Hoffen wir, dass er Kinder hat.«

Joanna reichte die Akte der Frau an der Tür. »Wir brauchen zwei Kopien.«

Die Frau blickte fragend zu Wales, der widerwillig nickte.

Joanna sah ihr nach, in Gedanken bei den Indizien, die darauf deuteten, dass Ramón Gonzalez bei der Explosion dabei war. Das Osteosarkom und die Prothese gehörten vermutlich zu ihm, genauso wie die Rosentätowierung. Aber der Schriftzug unter der Blume musste nicht unbedingt ›Monterrey‹ heißen. Obwohl er mit höchster Wahrscheinlichkeit der Richtige war, fehlte noch der letzte Beweis.

Joanna seufzte erschöpft und wandte sich an Bremmer: »Ist bei den Untersuchungen des Prothesenfragments, das wir Ihnen gegeben haben, schon etwas herausgekommen?«

»Lediglich, dass sie hier angefertigt wurde, irgendwann in den letzten drei Jahren.«

»Wie haben Sie das herausgefunden?«

»Wir haben unser gegenwärtiges Modell vor drei Jahren eingeführt«, erklärte er. »Das neue Acryl springt und bricht nicht mehr so leicht.« Er rieb sich das Kinn. »Sie sollten es mal rüber in die Biotechnik geben. Vielleicht entdecken die ja etwas Ungewöhnliches.«

»Von der Ferse ist nichts mehr übrig«, sagte Joanna. »Die Reste wurden bei dem Bombenanschlag auf mein Labor zerstört.«

Bremmer schüttelte den Kopf. »Was müssen das für Tiere sein, die Bomben in Krankenhäusern legen?«

»Die gleichen, die eine Bundesbehörde in Oklahoma City bombardieren würden«, sagte Jake.

»Aber hier handelt es sich um ein Hospital voll kranker Menschen«, meinte Bremmer. »Das ist doch etwas anderes.«

»Nein, ist es nicht«, widersprach Jake mit rauer Stimme. »Vorsätzlicher Mord ist und bleibt vorsätzlicher Mord, egal, wo er verübt wird oder an wem.«

»Selbstverständlich«, verteidigte sich Bremmer. »Ich dachte nur, dass Krankenhäuser irgendwie tabu wären.«

»Nicht für Terroristen«, sagte Jake. »Die kümmert das überhaupt nicht.« Er nahm Joanna beim Arm und wandte sich zum Gehen. »Holen wir uns die Fotokopien.«

Sie gingen aus dem Büro und durch die Werkstatt. Hinter ihnen hörten sie, wie Wales und Bremmer mit gedämpften Stimmen stritten. Jake verlangsamte seine Schritte und strengte die Ohren an, aber er verstand nichts. »Ich frage mich, worum es geht.«

»Was immer es ist, du kannst Gift drauf nehmen, dass Bremmer den Kürzeren zieht«, sagte Joanna.

Jetzt hörten sie Wales laut fluchen.

»Es scheint, sie kommen nicht sonderlich gut miteinander aus.«

»Kannst du dir irgendjemand vorstellen, der mit Wales auskommen sollte?«

»Der Punkt geht an dich.«

Sie kamen in den großen Funktionsbereich. Jetzt war nur noch ein Patient da, und auch der humpelte eben mühsam auf seinem künstlichen Bein Richtung Ausgang.

»*Muy bien,* Miguel«, rief ihm der farbige Therapeut hinterher. »*Hasta la vista.*«

»*Buenas noches.*« Der Mexikaner winkte zurück.

Joanna blieb stehen.

»Was denn?«, fragte Jake.

»Der Therapeut spricht spanisch.«

»Na und?«

»Fragen wir ihn doch mal, ob er alle spanisch sprechenden Patienten betreut.«

Joanna schlenderte hinüber zu dem Therapeuten, Jake folgte ihr. Auf dem Namensschild an seinem Kittel stand ›Lucas‹.

»Hallo, Lucas«, sagte Joanna. »Wie läuft die Arbeit?«

»Danke, gut.« Lucas war groß, trug einen Schnauzer, hatte ein markantes Kinn und Hände so groß wie Klodeckel. »Aber jetzt bin ich ziemlich geschafft.«

»Ich bin Dr. Blalock und das ist Lieutenant Sinclair vom LAPD«, erklärte Joanna. »Hätten Sie vielleicht Zeit, uns ein paar Fragen zu beantworten?«

»Klar«, sagte er freundlich. Sollte er von ihnen eingeschüchtert sein, ließ er es sich zumindest nicht anmerken.

»Sprechen Sie gut Spanisch?«, fragte Joanna.

»Es geht so.«

»Gut genug, um sich mit den mexikanischen Patienten zu unterhalten?«

»Oh, ja«, antwortete Lucas freimütig. »Sie fühlen sich wohler, wenn wir sie in ihrer Muttersprache anreden. Da können sie sich auch selber besser ausdrücken.«

»Kümmern Sie sich hier um alle mexikanischen Patienten?«

»Um die meisten.«

»Kennen Sie auch Ramón Gonzalez?«

»Ja«, sagte Lucas, dann runzelte er die Stirn. »Aber ich habe ihn eine Weile nicht gesehen. Ist alles in Ordnung mit ihm?«

»Wir versuchen, ihn zu finden«, log Joanna. »Erinnern Sie sich, ob er eine Tätowierung hatte?«

»Ja, eine große. Am Oberarm«, antwortete Lucas sofort. Mit zusammengekniffenen Augen versuchte er sich zu erinnern. »Ich glaube, es waren rote Rosen.«

»Irgendein Schriftzug?«

Lucas nickte: »Da stand ›Monterrey‹. Da kommt er nämlich her. Er sprach ständig davon.«

Joanna und Jake tauschten wissende Blicke.

Lucas bemühte sich, in ihren Gesichter zu lesen, wurde aber nicht schlau daraus. »Ich hoffe, mit Ramón Gonzalez ist alles in Ordnung. Er hatte solche Angst, nachdem die Ärzte erneut Krebs diagnostiziert hatten.«

Jake trat näher. »Hat er viel über seine Krankheit gesprochen?«

Wieder nickte Lucas: »Er machte sich viele Gedanken um seine junge Frau, die dann allein wäre und so. Aber er erzählte mir von einem Plan, wie er für sie sorgen könnte.«

»Und wie wollte er das anstellen?«

»Er meinte, er würde an das große Geld kommen«, sagte Lucas. »Ich weiß noch genau, wie er sagte: ›Das Geld reicht bis an ihr Lebensende.‹«

»Und wo sollte das Geld herkommen?«

Lucas zuckte die Schultern. »Das hat er nicht gesagt.«

»Glauben Sie ihm?«

Lucas nickte ein drittes Mal: »Bei diesen Dingen lügt ein Mann nicht.«

24

Dienstag, 6. April, 18.30 Uhr

Zu Hause in ihrer großzügigen Eigentumswohnung stürzte Joanna als Erstes zum Anrufbeantworter in ihrem Arbeitszimmer. Er blinkte. Eine neue Bank wollte ihr eine Kreditkarte zusenden. Sie schaltete den Computer ein und überprüfte ihre E-Mails. Nichts.

Sie schlüpfte aus ihren Schuhen und rief sich ins Gedächtnis, dass es in New York erst einundzwanzig Uhr dreißig war und Paul vielleicht noch in einer Konferenz saß. Einmal mehr erwog sie, ihn anzurufen, verwarf den Gedanken aber schnell wieder.

»Langen Tag gehabt, was?«, fragte Kate, die in das Arbeitszimmer kam und sich an eines der vielen Bücherregale lehnte, die vom Fußboden bis zur Decke reichten.

»Zu lang«, sagte Joanna und ließ sich auf das Sofa neben dem Schreibtisch fallen. »Gab es irgendwelche Anrufe?«

»Nicht, solange ich hier war.« Kate musterte ihre Schwester. Sie sah die Traurigkeit, wusste aber, dass sie ihr nicht helfen konnte. »Ich glaube, er ruft nicht mehr an.«

»Glaube ich auch«, sagte Joanna leise.

»Jean-Claude wollte heute Abend unbedingt Hot Dogs mit Chilisoße. Isst du mit uns?«

»Ich habe wirklich keinen Appetit.«

»Es hilft doch nichts, hier zu sitzen und zu darben.«

»Das weiß ich ja. Ich esse später etwas.«

Jean-Claude platzte in den Raum. Zwischen den Beinen hatte er einen Besen als Pferd. Er trug Cowboystiefel und eine Spielzeugpistole mit Halfter.

»Hallo, Jean-Claude«, sagte Joanna und streckte einen Arm nach ihm aus. »Bekomm ich einen Kuss?«

Der kleine Junge lehnte den Besen vorsichtig in die hinterste Ecke des Arbeitszimmers. Dann kam er zu Joanna und küsste sie auf beide Wangen.

Kate sagte: »Jean-Claude glaubt, in Amerika sind alle Cowboys und er will auch einer sein.«

Joanna küsste ihren Neffen auf die Nase, seine Ähnlichkeit mit ihrem Vater verblüffte sie einmal mehr. Das Gesicht. Die Augen. Alles Blalock. »Ich glaube, du wirst ein guter Cowboy.«

Jean-Claude grinste über beide Ohren.

»Okay, mein kleiner Rancher«, sagte Kate, drehte ihn zur Tür und gab ihm einen spielerischen Klaps auf den Hintern. »Geh schön fernsehen, bis ich dich zum Essen rufe.«

Jean-Claude zögerte. Sein Blick wanderte zum Besen in der Ecke.

»Ich glaube, dein Pferd muss sich über Nacht ein wenig ausruhen«, sagte Kate.

Jean-Claude war schon fast an der Tür, als er sich noch einmal umdrehte und Joanna eine Kusshand zuwarf. Dann galoppierte er aus dem Zimmer.

Als die Tür in Schloss fiel, fing Joanna an zu weinen. Sie hatte die Tränen zurückhalten wollen, aber sie kullerten ihr einfach aus den Augen. Kate eilte zu ihr und nahm sie in den Arm.

»Er geht mir einfach nicht aus dem Kopf«, schluchzte Joanna.

Kate drückte sie noch fester. »Das wird schon wieder mit der Zeit.«

»Ich weiß. Aber ich denke ständig nur an seine guten Seiten und die schönsten Momente mit ihm.«

»Hast du schon mal überlegt, ihn anzurufen?«

»Ach, tausend Mal. Ich habe sogar mehrfach seine Nummer in New York gewählt, aber immer aufgelegt, bevor jemand dranging.« Joanna nahm ein Taschentuch und schnäuzte sich. »Es ist vorbei. Tief im Herzen weiß ich das.«

»Vielleicht solltet ihr es noch einmal versuchen«, schlug Kate vor. »Vielleicht war er nur so kurz angebunden und gefühlskalt, weil er gerade in einer angespannten Lage steckt.«

»Da zeigt sich das wahre Gesicht«, erklärte Joanna. »In schwierigen Zeiten sieht man die Leute ungeschminkt, wie sie hinter der Fassade sind. Erst dann findet man heraus, mit wem man es wirklich zu tun hat.«

»Es gibt also keine Hoffnung mehr für euch?«

»Nicht nach dem zweiten Anruf«, sagte Joanna. »Er klang so kalt und herzlos. Er sprach mit mir in so einem geschäftsmäßigen Ton, als wäre das mit uns nur ein Deal, der nicht nach seinen Vorstellungen ablief.«

»Hört sich nach erstklassigem Mistkerl an.«

»Genau als das hat er sich auch entpuppt. Zu dumm, dass ich es so spät gemerkt habe.«

»Dann ist es also aus und vorbei?«

»Absolut.«

»Dann verschwende deine Tränen nicht an ihn«, grinste Kate.

Jetzt musste auch Joanna lächeln. Das hatte ihr Vater immer zu ihnen gesagt, wenn sie weinten, ohne einen echten Grund zu haben.

»So ist es schon besser«, sagte Kate, zwinkerte ihr zu und ging Richtung Tür. »Jetzt wasch dir erst mal das Gesicht, während ich nach unseren Feinschmecker-Hot-Dogs sehe.«

Joanna ließ den Kopf zurück auf die Sofalehne sinken und fragte sich, ob wohl auch sie einmal Glück in der Liebe haben würde. Es schien, als geriete sie stets in Beziehungen ohne Zukunft. Meistens waren es gut aussehende Männer, intelligent und interessant, aber es hielt nie besonders lang. Sie überlegte, ob der Fehler in Wirklichkeit bei ihr lag, ob sie sich vielleicht unterbewusst immer Männer aussuchte, mit denen es früher oder später zum Eklat kommen musste. Oder lag es an ihrem Beruf? Vielleicht war sie nicht bereit, ihre Arbeit für irgendetwas zurückzustecken. Blödsinn, dachte sie schließlich. Wir haben alle unsere Fehler. Wieder dachte sie an Paul du Maurier. Er lächelte sie an. Gewaltsam schob sie das Bild beiseite.

Joanna ging zum Computer und sah erneut nach den E-Mails. Immer noch keine Nachrichten. Mit dem Zeigefinger tippte sie eine Botschaft für sich selbst, die auf dem Bildschirm erschien.

VERSCHWENDE DEINE TRÄNEN NICHT

Joanna lächelte bei der Erinnerung an das Gesicht und die Stimme ihres Vaters und wünschte, er wäre noch da. Er war so weise, lieb und geduldig gewesen. Kein Tag verging, an dem sie nicht an ihn dachte und an all die Dinge, die er ihr gesagt hatte. Aber seinen Rat zu den Tränen hatte sie völlig vergessen gehabt. Der Satz war noch irgendwie weiter gegangen, als Kate ihn zitiert hatte. Wie hieß es nur gleich? Allmählich fielen ihr die Worte wieder ein und ihr Lächeln erstarb. Sie tippte den fehlenden Teil des Satzes ihres Vaters:

VERSCHWENDE DEINE TRÄNEN NICHT
DU WIRST SIE SPÄTER BRAUCHEN

25

Donnerstag, 8. April, 15.30 Uhr

Eva und Rudy hatten sich ihre Los-Angeles-Dodgers-Baseballkappen tief in die Stirn gezogen. Sie parkten direkt gegenüber der Straße mit dem Wohnblock, in dem Maria Gonzalez lebte. Die Sonnenblenden waren heruntergeklappt, so dass vorübergehende Passanten ihre Gesichter nicht sehen konnten.

»Wissen wir über die anderen alle Bescheid?«, fragte Eva.

»Ja«, sagte Rudy, der unter dem Armaturenbrett ein Munitionsmagazin in seine halbautomatische Pistole schob. »Die Familien Hernandez und Espinoza sind irgendwo in Mexiko unten. Die Reyes sind verschwunden. Laut Nachbarn sind sie Richtung Südarizona aufgebrochen.«

»Also wird die Polizei sie nicht aufspüren können.«

»Da müsste es schon mit Zauberei zugehen.«

»Und was ist mit dem Fünften?« Eva schnippte mit den Fingern, um sich an seinen Namen zu erinnern. »Du weißt schon, der, der so gut Englisch sprach.«

»Alvarez«, sagte Rudy. »Seine Frau ist umgezogen. Keiner weiß, wohin, obwohl die Leute, mit denen ich geredet habe, immer noch glauben, dass sie im Ostteil von Los Angeles ist.«

»Such weiter nach ihr«, befahl Eva. »Und wenn du sie findest, *töte* sie.«

»Warum bist du so sicher, dass diese Männer ihren Frauen alles weitererzählt haben?«

»Ich bin gar nicht sicher, aber nehmen wir es einfach mal an«, erklärte Eva. »Auf diese Weise gehen wir kein Risiko ein. Wir wollen nicht, dass sie mit der Polizei reden.«

Rudy zuckte die Schultern und steckte die Waffe in die Innentasche seiner Lederjacke. »Aber die Frauen wissen doch nicht mehr als ihre Männer. Sie haben alle gedacht, wir würden eine Bank ausrauben und ihre Familien reich machen. Mehr können die Frauen auch nicht sagen.«

Eva atmete tief durch. Sie wünschte, Rudy wäre etwas schlauer. Dann wäre die Gefahr nicht so groß, dass er etwas verpatzte. »Aber die Bullen werden ihnen die Geschichte nicht abkaufen. Nicht, wenn überall in Los Angeles C4-Bomben explodieren.«

»So gesehen«, räumte Rudy ein, »hast du wahrscheinlich Recht.«

»Die Polizei ist nicht dämlich«, erinnerte ihn Eva. »Und speziell die, mit denen wir zu tun haben, sind ganz schön gerissen.«

»Aber nicht gerissen genug herauszufinden, dass wir einen Anschlag auf –«

Evas Blick durchbohrte ihn: »Halt's Maul. Wie oft haben wir dir gesagt, dass du das niemals aussprechen darfst.«

»Aber hier ist doch niemand außer dir und mir.«

»Und was ist mit den Leuten auf dem Bürgersteig? Die könnten dich im Vorbeigehen durch dein offenes Fenster hören.«

Rudy blickte den Gehweg entlang, um sich zu versichern, dass keiner da war, dann kurbelte er schnell sein Fenster hoch.

Eva betrachtete den Wohnblock auf der anderen Straßenseite. Die Gruppe Frauen, die auf den Stufen gesessen und geplaudert hatte, löste sich gerade auf. Einige gingen ins Haus, die anderen zerstreuten sich. »Los jetzt, kümmre dich um die Angelegenheit.«

Eva sah zu, wie Rudy aus dem Wagen kletterte, zur Straßenecke schlenderte und an der Ampel auf Grün wartete. Elf Tage noch, dachte sie, und ihr Opfer wäre tot und stünde vor dem Weltgericht, bevor er auf ewig in der Hölle schmorte, wo er hingehörte. Er und seinesgleichen hatten das Land in den Ruin getrieben, indem sie die Grenzen öffneten und die Flut der Immigranten hereinließen. Keine Weißen, natürlich. Dafür jede Menge Schwarze, Dunkelhäutige und die ganzen Mischlinge, die als Erstes Sozialhilfe beantragten und sich dann beschwerten, dass die Regierung nicht mehr für sie tat. Als Nächstes schafften sie das Schulgebet ab und rüttelten am Recht des Bürgers auf Waffenbesitz und Selbstverteidigung. Aber das FBI und die DEA durften so viele Waffen haben, wie sie wollten, und sie konnten Unschuldige erschießen, wann immer ihnen der Sinn danach stand, wie sie es in Ruby Ridge und Waco und einem Dutzend anderer Orte getan hatten. Und dann waren da noch die Marshals, dachte sie verbittert. Sie hatten ihre Familie ermordet und waren davonspaziert, als wäre nichts gewesen. Sie würde dafür sorgen, dass sie bezahlten. Sie würde ihnen mitten ins Herz stoßen. Sie würde der Schlange den Kopf abschlagen.

Sie richtete ihre Aufmerksamkeit wieder auf den Wohnblock. Ein schwarzer Wagen war vorgefahren und hatte unweit der Stufen im Parkverbot gehalten. Zwei Leute stiegen aus, ein Mann und eine Frau. Sie hatten ihr den Rücken zugewandt, aber Eva fühlte, dass sie nicht in diese Gegend gehörten. Die beiden waren zu gut gekleidet und ihr Auto wirkte zu neu. Sie sah zur Kreuzung. Rudy war jetzt auf der anderen Straßenseite, keine zwanzig Meter von dem schwarzen Auto entfernt.

Der Mann und die Frau redeten miteinander und drehten die Köpfe, so dass Eva ihre Gesichter sehen konnte. Sie erkannte sie sofort. *O verflucht! O verflucht!* Es war der Detective, den sie am Tatort in West Hollywood gesehen hatte, und bei ihm war Joanna Blalock, die Ärztin, die ihr im Gang begegnet war, als sie die Pathologie auskundschaftete. Eva starrte auf Joanna. Ohne den weißen Mantel wirkte sie anders, aber es gab keinen Zweifel: Es war die gleiche Frau.

Jetzt war Rudy nur noch zehn Meter von dem schwarzen Auto entfernt. *Hau ab! Hau ab!,* wollte Eva schreien. Sie konnte sehen, wie Rudy in seine Jacke griff und wusste, was als Nächstes passieren würde. Hastig ließ Eva den Wagen an und griff nach dem Schalthebel.

Keine fünf Meter von dem Detective entfernt blieb Rudy stehen und tat, als hätte er etwas vergessen. Er machte ein gleichgültiges Gesicht und kehrte zurück zur Kreuzung, wo er geduldig wartete, bis die Ampel auf Grün schaltete. Dann überquerte er die Straße und kam zum Auto.

Evas Herzschlag dröhnte ihr noch immer in den Ohren. Sie atmete tief durch und versuchte, sich wieder zu beruhigen. »Mann! Das war eine coole Aktion.«

»Was für eine Aktion?«, erkundigte sich Rudy.

»Na, wie du dich umgedreht hast und zum Auto zurückgekommen bist.«

Rudy sah sie verständnislos an. »Ich bin nur zurückgekommen, weil ich den Schalldämpfer für die Pistole vergessen hatte.«

»Willst du etwa sagen, du hast sie gar nicht gesehen?«

»Wen gesehen?«

»Den Detective, der aus dem schwarzen Auto gestiegen ist, als du gerade auf den Wohnblock zugegangen bist.«

Rudy fielen beinahe die Augen aus dem Kopf. »Das war ein Bulle?«

»Das war der Oberbulle.«

»Und wer war die Frau neben ihm?«

»Joanna Blalock«, erklärte Eva. »Das ist die Pathologin mit dem forensisches Labor, das ich in die Luft gejagt habe.«

»Mein Gott«, murmelte Rudy und wischte sich den Schweiß mit dem Ärmel von der Stirn. »Ich hätte sie fast berühren können.«

»Sie werden langsam gefährlich«, überlegte Eva laut und verfluchte sich dafür, dass sie nicht mehr C4 im Labor platziert hatte. Das hätte nicht nur alle Beweisstücke zerstört, auch die Zeugen wären sie los gewesen. Zu dumm, dachte sie und fragte sich zum wiederholten Mal, wie sie die Menge des C4 nur so unterschätzen hatte können. »Es fehlt nicht mehr viel und sie haben uns.«

»Der große Typ ist also der Oberbulle?«

»Ganz genau.«

»Vielleicht sollten wir uns um ihn kümmern?«

»Er ist nicht das Hauptproblem«, sagte Eva. »Die Frau ist es.«

»Wie kommst du darauf?«

»Ohne sie kämen sie mit den Ermittlungen nicht weiter«, erklärte Eva, wickelte einen Kaugummi aus und steckte ihn in den Mund. »Sie setzt die ganzen Leichenteile wieder für sie zusammen. Sie identifiziert die Opfer und gibt den Bullen die richtigen Tipps.«

»Soll ich sie umlegen?«

Eva dachte einen Moment lang nach. Die Frau wäre leichter zu töten als der Polizist und damit wäre eine Sorge aus der Welt geschafft. Aber das konnte gefährlich sein. Eva wollte auf keinen Fall noch mehr Bullen am Hals haben. Was sie am dringendsten brauchte, waren genaue Informationen. Wenn die Bullen der Lösung schon zu nahe waren, müsste sie das Attentat vielleicht abblasen. Nein, schoss es ihr durch den Kopf. Das kam nicht in Frage. So eine Möglichkeit würde sich kein zweites Mal bieten. Sie konzentrierte sich wieder auf die zwei Fragen, die sie beschäftigten: Was wusste die Polizei? Und wie nah waren sie dran, das geplante Attentat aufzudecken? Es gab nur zwei Leute, die ihr diese Fragen beantworten konnten: Joanna Blalock und der Bulle neben ihr.

»Soll ich diese Blalock jetzt umlegen oder nicht?«, fragte Rudy noch einmal.

»Finden wir erst mal heraus, wie viel sie weiß.«

»Und wie sollen wir das anstellen?«

»Es gibt Mittel und Wege«, sagte Eva und fuhr los.

Maria Gonzalez senkte den Blick auf das kleine Kruzifix in ihrer Hand. »Mein Mann ist tot, nicht wahr?«

»Ich fürchte ja«, sagte Joanna.

Maria nickte langsam. »Ich wusste es. Tief im Innern habe ich es gefühlt.« Sie fuhr sich mit der Hand durchs Haar und brachte es in Form. Sie war jung und hübsch, hatte glattes, schwarzes Haar und Rehaugen. »Der Krebs war wieder ausgebrochen und breitete sich aus. Die Ärzte sagten, es würde keine Hoffnung für ihn geben.«

»Er starb nicht an Krebs«, sagte Joanna. »Wir glauben, dass er bei einer Explosion ums Leben kam.«

Maria legte verwundert die Stirn in Falten. »Im Krankenhaus?«

»Nein, ein paar Straßen weiter«, sagte Joanna vage. »Hat Ihr Mann denn nie etwas von Sprengstoff oder Dynamit erwähnt?«

Maria schüttelte heftig den Kopf. »Nie.«

Joanna musterte das Gesicht der jungen Witwe. Es war ausdruckslos und ohne eine Spur von Trauer. Nervös spielte sie mit dem kleinen Kruzifix.

Draußen fing ein Presslufthammer an, den Asphalt zu bearbeiten. Der ohrenbetäubende Lärm drang durch das halb geöffnete Fenster im Wohnzimmer.

»Entschuldigen Sie mich«, sagte Maria und eilte zum Fenster, um es zu verschließen.

Joanna drehte sich kurz zu Jake. »Sie scheint nicht gerade traurig über die Nachricht.«

»Das ist dir also auch aufgefallen, hm?«

Maria schloss das Fenster und das Geräusch drang nur noch gedämpft in das Zimmer. Sie kam zurück und setzte sich auf den Rand des Sofas. »Eine der großen Wasserleitungen hat ein Loch. Die hämmern jetzt schon seit einer Woche. Manchmal kann man keinen klaren Gedanken mehr fassen.«

»Wir werden Sie nicht lange belästigen«, sagte Joanna. Sie bemerkte die Uhr am Handgelenk der Witwe. Es war ein teures Modell mit goldenem Armband. »Sie sind also sicher, dass Ihr Mann nie etwas von Sprengstoff erwähnte?«

»Nicht mir gegenüber.«

»Und fällt Ihnen irgendein Grund ein, warum er mit Sprengstoff zu tun gehabt haben könnte?«

»Nein«, sagte Maria. »Er mochte keine –« Sie stockte mitten im Satz und riss die Augen auf. »Haben Sie versucht, die Bank zu sprengen?«

»Was für eine Bank?«, stießen Joanna und Jake fast gleichzeitig hervor.

Maria zögerte. Sie wusste nicht, wie viel sie zugeben sollte. Vielleicht war Ramón ja gar nicht tot, kam ihr in den Sinn. Vielleicht hatten sie ihn erwischt und hielten ihn jetzt auf dem Revier fest. Oder er war tot und die anderen Räuber waren davongekommen. In diesem Fall stünde ihr immer noch der Anteil von Ramón zu. »Er – er sprach davon, eine Bank zu überfallen. Aber ich habe das nie ernst genommen.«

»Erzählen Sie mir etwas von der Bank«, bat Jake, der merkte, dass sie nicht die Wahrheit sagte.

»Es war nur dummes Gerede«, beharrte Maria.

»Verstehe«, sagte Jake in gelassenem Ton und nickte, als wäre er mit der Antwort zufrieden. Er sah, wie sie unfreiwillig erleichtert aufatmete. »Ach, übrigens, haben Sie eigentlich die Staatsbürgerschaft?«

»Ich habe die Greencard«, sagte Maria mit einem Anflug von Trotz.

Jake sah ihr in die Augen. Wieder spürte er, dass sie log. Die Greencard war das höchste Gut für jeden Ausländer. Diese Aufenthaltsgenehmigung erlaubte ihnen, in Amerika zu arbeiten und zu leben, mit all den damit verbundenen Privilegien.

»Gut«, sagte Jake sachlich. »Diese Karte verleiht Ihnen eine Menge Rechte, darunter den Anspruch auf einen Verteidiger vor Gericht.« Er blickte sie lange und kalt an. »Und den werden Sie nötig haben, wenn Sie uns hier etwas vorlügen. Bitter nötig.«

»Aber ich habe doch gar nichts getan«, protestierte Maria.

»Aussageverweigerung bei einem Mordfall ist ein Verbrechen«, sagte Jake und sah, wie sich die Angst in ihr Gesicht schlich. »Wir wollen von Ihnen nur die Wahrheit. Sie sagen uns, was los war, und wir lassen Sie wieder in Ruhe.«

Maria blickte auf das Kruzifix. »Mir passiert nichts?«

»Nichts«, versicherte ihr Jake.

Es entstand eine peinliche Stille. Selbst der Presslufthammer war verstummt.

»Ich wusste nicht, dass es ihm ernst war«, sagte Maria leise. »Ich schwöre es.«

Jake nahm seinen Block. »Wollte Ihr Mann die Bank alleine ausrauben?«

»Nein, mit ein paar anderen zusammen.«

»Was für anderen?«

»Ein paar Leute kamen auf Ramón und seine Freunde zu und fragten, ob sie bei einem Banküberfall mitmachen wollten«, sagte Maria. »Jeder sollte hunderttausend Dollar direkt im Anschluss an den Raub erhalten und weitere hunderttausend einen Monat später. Sollte irgendwer dabei ums Leben kommen, würde das Geld an die Familie gehen.«

»Solange sie nicht redeten.«

Maria nickte. »Genau.«

Jake fragte: »Sagte Ihr Mann etwas über die Leute, die ihn für den Banküberfall anheuerten?«

»Nur sehr wenig. Sie drohten ihm: Wenn er zu viel erzählen würde, müssten sie ihn umbringen.«

Joanna dachte an die Unterhaltung mit José Hernandez' Schwiegermutter und ihre Beschreibung der zwei Weißen, die ihm den Job als Fotomodell für Jagdbekleidung angeboten hatten. Die Polizei hatte versucht, Josés Witwe in Guadalajara zu erreichen, damit sie die Beschreibung bestätigte, aber sie war spurlos verschwunden. »Waren das Gringos?«

Wieder nickte Maria. »Junge Gringos.«

»War eine Frau dabei?«

»*Sí.* Eine schöne Frau.«

»Hat sie irgendwann mal ihren Namen gesagt?«

Maria versuchte, sich zu erinnern. Ramón hatte einmal

einen weiblichen Namen erwähnt. Evie, oder so etwas in der Art. Oder war es Ava oder Etta? Sie war sich nicht sicher. Besser, sie erwähnte es gar nicht, bevor sie ihnen etwas Falsches sagte. Sonst glaubten sie am Ende noch, sie hätte gelogen und bescherten ihr Probleme. Insbesondere, wenn sie herausfanden, dass sie gar keine Greencard hatte. Nein, besser, sie sagte nichts davon.

»Und?«, drängte Joanna. »Hat die Gringo-Frau nun ihren Namen gesagt?«

»Ich glaube nicht«, sagte Maria. »Aber Ramón hat einmal gehört, wie sie sich über die Organisation unterhielten, zu der sie gehörten. Es war ein Name, der überhaupt nicht zu ihnen passte – wie von einer kirchlichen Gruppe.«

»Wir brauchen diesen Namen«, bohrte Jake.

Marias Lippen bewegten sich, hielten inne und fingen dann wieder an. »Es war irgendetwas mit einer Zahl. Zehn Soundso.«

»Eine Adresse?«, riet Jake.

»Nein«, sagte Maria, immer noch in Gedanken. »Etwas Religiöses. Ich weiß noch, wie ich dachte, das ist ja eine religiöse Vereinigung.« Plötzlich hellten sich ihre Augen auf. »Gerechten! ›Die Zehn Gerechten‹. So hießen sie.«

Jake und Joanna tauschten verwunderte Blicke. Beide hatten noch nie von dieser Organisation gehört. Jake schlug eine neue Seite auf und notierte sich den Namen. »Haben sie sich Ihrem Mann unter diesem Namen vorgestellt?«

»Nein. Er hörte, wie einer der Gringos den Namen am Telefon sagte.«

Jake fragte: »Wo hat er dieses Telefonat gehört?«

»An ihrem Treffpunkt in West Hollywood.«

»Hat er Ihnen die Adresse gegeben?«

Maria schüttelte den Kopf. »Er sagte nur, es sei ein Haus.«

Ja, dachte Jake verbittert. Nur ein Haus, voll gestopft mit genug C4, um einen kompletten Straßenzug wegzufegen und über zwanzig Menschen zu töten. »War die Bank, die sie ausrauben wollten, in der Nähe des Hauses?«

»Aber nein«, widersprach sie schnell. »Mein Mann sagte, sie wäre beim Memorial Hospital.«

»War es eine Bank of America?«

»Das hat er nicht gesagt.«

Jake wandte sich an Joanna: »Gibt es sonst noch irgendwelche Banken in der nahen Umgebung?«

»Eigentlich nein. Es gibt eine Western-Federal-Filiale in einem Supermarkt sechs Straßen weiter.«

Zu weit, überlegte Jake. Außerdem hatten diese Supermarktbanken meist nur kleine Bargeldbestände. Es musste die Bank-of-America-Filiale sein, an der er mit Joanna auf dem Weg vom Memorial Hospital zum Rehazentrum vorbeigekommen war. »Hat Ihr Mann gesagt, warum es eine Bank beim Memorial sein sollte?«

Maria blinzelte und versuchte sich zu erinnern, schüttelte dann aber den Kopf. »Er sagte nur, dass es die ist, die die Gringos und ihr Freund vom Memorial ausrauben wollten.«

»Was für ein Freund vom Memorial«, fragte Jake hastig.

Maria zuckte die Achseln. »Keine Ahnung. Die Gringos müssen wohl irgendwen im Memorial haben.«

Die Schlafzimmertür ging auf. Ein gut aussehender, muskulöser Latino blickte Maria an. Sein Oberkörper war nackt und über der einen Brustwarze hatte er eine kleine Tätowierung. »Alles in Ordnung, Maria?«

»Alles klar«, antwortete sie ihm. »Diese Leute haben nur ein paar Fragen zu Ramón.«

Der Mann blickte sie misstrauisch an. »Ach ja?«

»Mach bitte die Tür zu. Es dauert nur noch ein paar Minuten.«

Der Mann zögerte, dann fügte er sich ihrer Bitte.

»Ein Cousin«, erklärte Maria.

»Verstehe«, sagte Jake und grinste in sich hinein. Er fragte sich, wie lange Ramón wohl schon ausgedient hatte. »Sie sagten, diese Leute hätten Ramón und seinen Freunden angeboten, mit ihnen eine Bank zu überfallen. Wie viele Männer waren insgesamt in die Geschichte verwickelt?«

»Mit Ramón vier.«

Jake nickte Joanna zu. Ihre Annahme bestätigte sich. Auf diese Zahl hatte sie die Leute, die zum Zeitpunkt der Explosion in dem Haus waren, geschätzt. Er wandte sich wieder an Maria. »Können Sie uns die Namen der anderen nennen?«

»Nein.«

»Waren sie nie zu Besuch hier?«

»Nicht, dass ich wüsste«, sagte Maria. »Er traf sie immer nur im Memorial Hospital.«

»Verstehe«, sagte Jake, der gar nichts verstand. Was hatten all diese Leute mit dem Memorial zu schaffen? Und warum hatten sie eine Bank in der Nähe des Krankenhauses für ihren Überfall gewählt? Die einzige Gemeinsamkeit war das Memorial und das ergab keinen Sinn.

»Also haben wir vier Leute aus dem Memorial, die –«

Joanna hob den Zeigefinger und unterbrach ihn. Sie wandte sich an Maria: »Wer waren diese Freunde von Ramón? Waren das auch Patienten aus dem Memorial?«

»Ja, aus der Klinik.«

Joanna lehnte sich nach vorne. »Aus dem Rehazentrum?«

»Nein. Er sagte mir, dass er sie in der Krebsklinik kennen gelernt hatte.«

»Sie hatten also alle Krebs?«

Maria nickte. »Und alle hatten nur noch ein Jahr zu leben.« Sie seufzte niedergeschlagen. »Diese Männer waren keine Diebe. Sie wollten nur für ihre Familien sorgen, bevor sie starben.«

Joanna lehnte sich zurück. Sie musste die neuen Informationen erst einmal verdauen. Jetzt wusste sie, warum die Gewebeproben von West Hollywood voller Geschwüre waren. Und sie wusste auch, nach welchen Kriterien diese armen Mexikaner ausgesucht worden waren, um sich bei einem Bankraub zu beteiligen. Aber wer steckte hinter all dem Wahnsinn? Und warum?

Jake fragte: »Wie oft hat sich Ramón mit den anderen in West Hollywood getroffen?«

Maria zuckte die Schultern. »Drei-, viermal, glaube ich.«

»Und was haben sie bei diesen Treffen gemacht?«

»Sie haben den Überfall geprobt, sagte Ramón. Sie sind durchgegangen, wo sie vor der Bank stehen würden und was sie wann tun mussten. Und sie mussten sich an ihre Schutzwesten gewöhnen.«

Jakes Augen verengten sich, als er an einen Raub in einer Bank of America vor ein paar Jahren dachte, bei der die Attentäter mit AK-47-Sturmgewehren bewaffnet waren und kugelsichere Westen trugen. Beide wurden von einem Scharfschützen der Polizei durch Schüsse in den Kopf getötet. »Hat er Ihnen erzählt, wie diese Westen aussahen?«

»Ramón sagte, sie wären aus dünnem Plastik und seien grellorange. Und sie fühlten sich nicht besonders schwer an.«

»Also leicht?«

Maria nickte. »Das hat Ramón zumindest erzählt. Man konnte sie leicht an- und ausziehen.«

Das klang überhaupt nicht nach kugelsicheren Westen, dachte Jake. Diese Westen waren meistens schwer und unhandlich. Niemals wären sie grellorange. Das wäre doch eine Zielscheibe für jeden Schützen. »Hat er diese Weste jemals mit nach Hause gebracht?«

»Nein.«

Joanna griff nach Jakes Notizblock und schrieb: *Frag mich nachher nach dem Orange.*

»Okay«, sagte Jake und unterstrich das Wort *Orange.* Sein Blick fiel wieder auf Maria. »Wusste Ihr Mann den Tag, an dem der Bankraub stattfinden sollte?«

»Am neunzehnten April«, sagte Maria ohne Zögern. »Ramón hat den Tag auf unserem Kalender markiert.«

»Zeigen Sie mir den Kalender«, sagte Jake und klappte seinen Block zu. Sie gingen in eine kleine Küche, in der es stark nach würzigem Essen roch. An einer Schranktür hing ein großer Kalender. Der neunzehnte April war rot eingekreist. Eine Reihe anderer Tage war ebenfalls angestrichen.

Jake deutete auf die Markierungen. »Für was stehen die?«

»Das waren die Tage, an denen er sich mit den Leuten in West Hollywood traf.«

Jake legte den Finger auf die letzte Markierung in dem Kalender. Es war das Datum der Bombenexplosion. »Haben Sie Ihren Mann nach diesem Tag noch mal gesehen?«

Maria seufzte traurig. »Das war der letzte Tag.«

Jake nahm seine Visitenkarte heraus und pinnte sie neben den Kalender. »Wenn Ihnen noch irgendetwas einfällt, rufen Sie mich unter dieser Nummer an. Wir brauchen Namen. Namen von Leuten. Verstehen Sie?«

Maria nickte nervös. Der durchdringende Blick des Detective schüchterte sie ein.

Jake studierte ihre Augen. »Gibt es noch etwas, das Sie uns sagen wollen?«

»Nein, *Señor.*«

Sie gingen durch das Wohnzimmer zur Wohnungstür. Seitlich an der Wand hing ein großes Gemälde mit einem gütig lächelnden Jesus. Das Bild hing schief. Jake betrachtete es einen Moment, bevor er es zurechtrückte.

»Ich habe Ihnen alles gesagt, was ich weiß«, sagte Maria. »Bitte machen Sie mir keine Probleme.«

»Wenn Sie die Wahrheit gesagt haben, gibt es nichts zu befürchten.« Jake ließ ein letztes Mal den Blick über das Wohnzimmer schweifen. Er hatte das Gefühl, irgendetwas übersehen zu haben. »Aber wenn Sie uns angelogen haben, wird es Ihnen noch Leid tun.«

»Ich habe nicht gelogen.«

An der Tür drehte sich Joanna noch einmal um. »Nur noch eine Frage. Haben Sie Kinder?«

Marias Gesicht verschloss sich plötzlich. »Warum wollen Sie das wissen?«

»Weil Ihr Mann durch die Explosion entstellt ist«, erklärte Joanna. »Wir sind nahezu sicher, dass er es war, aufgrund der Tätowierung und der Krebsart, von der der Körper befallen ist. Aber um alle Zweifel auszuräumen, müssten wir einen DNS-Test machen. Blutproben von Ihren Kindern würden uns dabei weiterhelfen.«

»Wir haben keine Kinder«, sagte Maria. »Kurz nachdem wir geheiratet hatten, verlor Ramón das Bein. Danach konnte er nicht mehr –« Maria unterbrach sich und beendete das Thema mit einer wegwerfenden Geste. »Wir haben keine Kinder.«

Draußen senkte sich die Nachmittagssonne und färbte den Himmel rot, blau und grau. Die Stadtarbeiter luden ihre Presslufthämmer auf einen Pritschenwagen.

»Hurley hatte Recht«, sagte Jake. »Die Bombenleger warten auf den neunzehnten April. An diesem Tag werden sie irgendetwas Großes in Los Angeles in die Luft jagen und das wird sicher keine Bank sein.«

»Vielleicht war der Anschlag auf die Bank als Ablenkungsmanöver geplant«, schlug Joanna vor.

Jake dachte darüber nach. »Vielleicht. Aber eine Ablenkung von was?«

»Keine Ahnung.«

»So etwas Verrücktes«, sagte Jake und schüttelte den Kopf. »All dieses verfluchte C4 konnte doch nicht nur für eine Bank gedacht sein. Und was diese kugelsicheren Westen betrifft: Die halten Kugeln ungefähr so sicher ab wie meine Sportjacke hier.«

»Diese orangefarbenen Westen waren mit Sprengstoff gefüllt«, erklärte Joanna. »Wir fanden orangefarbene Splitter, die sich in José Hernandez' Hand und außerdem in einige der Leichenteile aus West Hollywood gebohrt hätten. Wir haben uns schon gewundert, was das sein könnte und wie es da hingekommen war. Jetzt ist mir alles klar.«

»Warum bist du so sicher?«

»Weil der Anteil an C4 in diesen Plastiksplittern wahnsinnig hoch war«, sagte Joanna. »Ich nehme an, dass sie die mit Sprengstoff gefüllten Westen bei der Explosion anhatten. Das ist der Grund, warum so wenig von ihnen übrig ist.«

Jake zog eine Braue hoch. »Willst du damit sagen, sie sollten als Selbstmordattentäter benutzt werden?«

»Genau das.«

»Die perfekte Bombe«, sagte Jake finster. »Man braucht sich keine Gedanken über ein Versteck machen, oder dass sie jemand entdeckt oder ein Hund sie aufspürt. Man muss nur jemanden dazu bringen, sie anzuziehen und ihn dann in die richtige Richtung schicken.«

»Und nichts kann sie aufhalten«, fügte Joanna deprimiert hinzu.

»Du sagst es.« Jake hielt ihr die Wagentür auf.

Keiner der beiden bemerkte das Auto, das langsam an ihnen vorbeifuhr, oder die zwei Insassen darin, die ihre Baseballkappen tief ins Gesicht gezogen hatten.

26

Freitag, 9. April, 11.15 Uhr

Ein kleiner, unbemannter Bagger holperte über eine Wiese und kam vor einem weißen Fähnchen zum Stehen. Das Fähnchen markierte den Punkt, an dem die Spürhunde angeschlagen und den Boden aufgewühlt hatten, was bedeutete, dass dort die Reste von José Hernandez begraben lagen.

Hundert Meter weiter standen Jake, Farelli und Dan Hurley hinter einer metallenen Schutzabsperrung und beobachteten das Geschehen auf einem Übertragungsbildschirm. Der Roboterarm des Baggers grub sich langsam in die Erde und schob sie beiseite.

»Und du meinst also, diese Dreckskerle haben vielleicht eine Sprengfalle versteckt?«, fragte Farelli.

»So etwas kommt vor«, meinte Hurley. »Und manchmal ist die Sprengfalle schlimmer als die ursprüngliche Bombe. Die letzte, mit der ich zu tun hatte, war voll gepackt mit Nägeln. Sie hätte jeden im Umkreis von einem Block aufgeschlitzt.«

Jake erschauderte. »Die kennen wirklich keine Skrupel, oder?«

»Die scheren sich einen Dreck«, bestätigte Hurley. »Für sie gilt: je mehr Tote und Verletzte, desto besser.«

»Aber warum sollte man jemanden wie José Hernandez in die Luft sprengen?«, grübelte Jake. »Was hat man davon?«

»Ich nehme an, das war ein Testlauf«, sagte Hurley.

»Man weiß nie, wie gut eine Bombe funktioniert, bevor man sie nicht ausprobiert hat.«

»Irgendwo in der Weite Südkaliforniens.«

Hurley nickte. »Das ist einer der Gründe, warum wir die Stadt mit den meisten Anschlägen sind. Es gibt unzählige Fleckchen in Los Angeles County, wo man eine Bombe zünden kann, ohne dass es jemand merkt oder jemand sich daran stört. Aber ich muss gestehen, einen besseren Ort als diesen hier kann ich mir kaum vorstellen.«

Das Testgelände lag im abgelegenen Norden des Countys, nordöstlich von Valencia, ein gutes Stück entfernt von der Interstate 5. Die hügelige Gegend war von Schluchten und Tälern durchzogen, hohe Bäume und dichte Sträucher schirmten den Boden gegen jede Sicht aus der Luft ab.

»Sie haben dem armen Kerl also weisgemacht, er würde für Jagdbekleidung Modell stehen«, rekonstruierte Jake. »Was natürlich völliger Quatsch war. Dann haben sie ihm eine Weste angelegt, die mit C4 voll gestopft war, und ihn in die Luft gejagt. Einfach nur um zu sehen, ob die Bombe auch funktionierte.«

»Reizende Leute«, kommentierte Farelli sarkastisch.

»Aber wenn diese Leute wirklich Selbstmordattentäter waren«, fuhr Jake fort, »wozu brauchten sie dann vier von ihnen?«

Hurley zuckte die Schultern. »Da gibt es zwei Möglichkeiten: Entweder hatten sie vier verschiedene Ziele, oder sie wollten einen Ort sozusagen mit geballter Kraft komplett in Schutt und Asche legen.«

Jake fragte: »Und welche der Möglichkeiten hältst du für wahrscheinlicher?«

»Ich glaube, sie wollten es an einem einzigen Ort so richtig krachen lassen«, antwortete Hurley. »Ich tippe auf irgendein Regierungsgebäude. Und sie wollen, dass danach kein Stein mehr auf dem anderen steht.«

»Oder irgendjemand noch lebt«, ergänzte Jake.

»Das auch.«

Jake blickte auf den Übertragungsbildschirm. Der kleine Roboter war mittlerweile umgeben von frisch aufgehäufter Erde. Jake ließ den Monitor nicht aus den Augen, während er fragte: »Habt ihr jemals von einer Gruppe namens ›Die Zehn Gerechten‹ gehört?«

Hurley schüttelte den Kopf. »Nicht, dass ich wüsste. Warum?«

»Weil Maria Gonzalez uns erzählte, ihr Mann habe mitbekommen, wie sich die Attentäter einmal selbst so nannten.«

»Großer Gott«, Hurley pfiff durch die Zähne. »Diese Drecksschweine laufen rum, sprengen Leute in die Luft, töten Polizisten und nennen sich ›Die Zehn Gerechten‹. Das muss man sich mal vorstellen.«

Jake erkundigte sich: »Wie kann ich etwas über sie herausfinden?«

»Über die Terrorfahndung des FBI«, sagte Hurley. »Die haben eine Riesenliste von diesen Spinnervereinen im Computer. Die gehe ich heute Nachmittag gleich als Erstes durch.«

»Dazu fällt mir ein«, sagte Jake verärgert, »heute Morgen rief mal wieder das FBI bei mir an. Sie wollten wissen, warum wir noch nicht weiter sind.«

Hurley nickte. »Damit kündigen sie an, dass sie mehr von ihren eigenen Leuten auf den Fall ansetzen. Denen steigt nicht nur Washington auf den Kopf. Die Leute wollen diesen Fall gelöst haben, und zwar pronto.«

»Ich fürchte, dass sie uns vielleicht rausdrängen.«

Hurley schüttelte den Kopf: »Die brauchen Einheimische an dem Fall. Die werden uns noch eine Weile dabeihaben wollen.« Er holte einen Block hervor und notierte ›Die Zehn Gerechten‹. »Habt ihr sonst noch was herausgefunden?«

»Eins noch«, sagte Jake. »Gonzalez' Witwe erzählte uns, dass ihr Mann ein Gespräch der Terroristen mitgehört hatte, in dem von einem ›Freund vom Memorial‹ die Rede war.«

Hurley kniff die Augen zusammen. »Du meinst, sie hatten einen Informanten im Krankenhaus?«

»So muss es wohl sein«, nickte Jake. »Irgendjemand muss ihnen ja gesagt haben, wo die Leichenfunde aufbewahrt wurden.«

»Nicht unbedingt«, erwiderte Hurley zweifelnd. »Sie hätten sich auch an der Information erkundigen können, wo das forensische Labor ist. Und wir haben ihnen auch noch den Hinweis geliefert, wo an dem Fall gearbeitet wurde, weil wir einen Polizisten vor der entsprechenden Tür postiert hatten.«

»Wir hatten *zwei* Polizisten vor *zwei* Türen«, entgegnete Jake. »Die Tür mit dem Schild ›Abteilung für Forensische Pathologie, Joanna Blalock, Dr. Med., Direktor‹ ließen die Terroristen links liegen, stattdessen gingen sie direkt zur unbeschilderten Kühlung. Das muss ihnen jemand gesagt haben. Und wahrscheinlich hat ihnen dieser Jemand auch den besten Zeitpunkt für den Anschlag verraten.«

Hurley nickte bedächtig. »Und offensichtlich hatten sie eine ungefähre Vorstellung von der Größe des Raumes, denn sie wussten, wie viel C4 sie brauchten, um ihn zu zerstören, ohne dabei das halbe Krankenhaus zum Einsturz zu bringen.«

Farelli traute seinen Ohren nicht. »Ihr glaubt also wirklich, irgendein Arzt ist in die Sache verwickelt?«

»Im Prinzip könnte es jeder sein«, erklärte Jake. »Arzt, Schwester, Laborant, egal. Aber wer es auch ist, er steht in engem Kontakt mit den Terroristen.«

Hurley holte einen Notizblock heraus. »Wie viele Leute arbeiten im Memorial?«

»Über tausend«, sagte Jake.

Hurley brummte: »Und wir müssen alle Namen durch den Computer jagen.«

»Wie lange wird das dauern?«

»Zu lang.«

»Wir haben was!«, rief einer der Sprengstoffexperten am anderen Ende der Schutzabsperrung. Er drehte heftig am Knopf einer Fernsteuerung.

Alle Augen richteten sich auf den Bildschirm. Der Bagger hob einen großen Matchbeutel aus dem Loch im Boden und riss ihn mit einer Metallklaue auf, so dass sein Inhalt ins Gras fiel. Die Übertragungskamera richtete sich auf den herausgefallenen Schutt und vergrößerte ihn Stück für Stück.

»So weit, so gut«, flüsterte Hurley.

Zwei Sprengstoffexperten in Schutzanzügen wagten sich vorsichtig an den Roboter heran. Sie setzten bedächtig einen Fuß vor den anderen und hefteten den Blick fest auf den Boden, während sie sich dem aufgeschütteten Erdberg näherten. Sorgfältig untersuchten sie den zerrissenen Matchbeutel, den herumliegenden Inhalt und das Loch, aus dem alles stammte. Mit langstieligen Schaufeln durchwühlten sie die Erdhaufen. Schließlich gaben sie den anderen ein Okay.

Hurley ging voran um die Metallabsperrung herum und über das Feld. Das Gras war weich und grün und roch frühlingshaft frisch. Über ihnen war der Himmel blau, getupft mit kleinen Federwölkchen und ohne eine

Spur von Smog. Was für ein traumhafter Tag, dachte Jake und fragte sich, ob es wohl auch so schön gewesen sein mochte, als die Terroristen José Hernandez hierher lockten, um ihn dann in die Luft zu sprengen. Der Ärmste hatte wahrscheinlich geglaubt, er könne hier einfaches Geld verdienen und danach zu seiner Frau nach Hause. Alles, was jetzt von ihm nach Mexiko zurückkehren würde, waren ein paar Gewebefetzen in einem versiegelten Sarg.

Verwesungsgeruch hing über dem Matchbeutel und dem verschütteten Inhalt im Gras. Jakes Blick fiel auf etwas, das wie ein Stück Brust aussah, aus der eine Rippe herausragte. Daneben lag eine silberne Gürtelschnalle, an der noch ein Stück Hose hing.

Jake nahm einen Stock und drehte die Schnalle um. Auf der Vorderseite standen Josés Initialen JH. Die Hose schien eine Bluejeans gewesen zu sein. Kleine Messingnieten fassten die Naht einer Hosentasche ein.

»Von dem ist ja nicht mehr viel übrig«, sagte Farelli und hielt sich mit der Hand die Nase zu.

»Allerdings«, sagte Jake säuerlich und stocherte mit dem Stock in der Tasche herum. Erst kam ein Taschentuch zum Vorschein, dann verfing sich ein kleines Stück Papier daran.

Hurley zog sich ein Paar Latexhandschuhe über und hob den Zettel auf. Er war zerrissen und stellenweise aufgelöst, so dass sich nur ein paar Zahlen und Buchstaben erkennen ließen:

EV
2 FL

»Was zum Teufel soll denn das bedeuten?«, fragte Hurley, mehr an sich gewandt als an die anderen.

Jake sah ihm über die Schulter: »Jedenfalls ist es keine Telefonnummer.«

»Vielleicht steht FL ja für Florida«, spekulierte Hurley ins Blaue. »Aber wenn das der Fall wäre, müsste der Name einer Stadt davor stehen, keine Zahl.«

Farelli erhaschte nun auch einen Blick auf die Notiz. »Gibt es in Florida einen Ort, den man eher mit einer Zahl als mit Namen bezeichnet? In Südcarolina gibt es zum Beispiel eine Stadt namens ›Ninety Six‹. Die Cousine meiner Frau wohnt dort.«

»Das werden wir überprüfen«, sagte Hurley und steckte den Papierfetzen in eine Plastikhülle. »In der Zwischenzeit müssen wir die Erde hier nach der anderen Hälfte des Zettels durchsuchen.« Er blickte versonnen in das tiefe Loch und beobachtete, wie sich Ameisen und andere Insekten auf den Weg nach unten machten. »Wir brauchen einen Namen, eine Person, der wir nachgehen können.«

Mit der Schuhspitze wühlte Jake in dem Rest des verstreuten Inhalts, der hauptsächlich aus großen, unförmigen Scherben bestand. Jake betrachtete sie eine Weile, bis er zu dem Schluss kam, dass sie aus braunem Tonmaterial waren. »Was zur Hölle wollten die hier draußen mit Blumentöpfen?«

»Ist mir auch ein Rätsel«, sagte Hurley. »Vielleicht ließen sie ihn irgendwelche Keramiken in der Hand halten. So wie Requisiten, weißt du, er sollte wirklich das Gefühl haben, dass er Modell steht.«

Farelli kniete sich hin, um eine der langen Scherben zu inspizieren. Sie war rohrförmig und hatte einen Daumen und Reste eines weiteren Fingers am Ende. »Ich werd verrückt!«

»Was denn?«, fragte Jake.

»Das ist kein Topf!«, sagte Farelli und hielt den Keramikarm hoch. »Das stammt von einer Schaufensterpuppe.«

Eilig durchsuchten die Männer den restlichen Scherbenberg. Sie fanden ein Stück Kopf, an dem man noch den Ansatz einer Nase erkennen konnte.

»Aber was wollten sie mit Schaufensterpuppen?«

»Ich schätze, mit denen haben sie den Zerstörungsradius der Sprengstoffmischung bestimmt«, antwortete Hurley, der nun die umstehenden Bäume auf Spuren von Explosionsschäden absuchte. »Das kann man machen, indem man Puppen in unterschiedlicher Entfernung vom Nullpunkt aufstellt. Eine Explosion, die eine Puppe zersprengt, tötet leicht auch einen Menschen.«

Jake nickte bei Hurleys Erklärung. »Kannst du dir vorstellen, was für ein Blutbad vier strategisch verteilte Selbstmordattentäter an einem belebten Ort wie einem Einkaufszentrum oder bei einer Sportveranstaltung anrichten würden?«

»Ja, das kann ich«, sagte Hurley finster. »Aber das ist nicht die Art unserer Terroristen hierzulande. Die arbeiten normalerweise anders. Sie sind nicht wie die Selbstmordattentäter im Mittleren Osten.«

»Inwiefern?«

»Die meisten ihrer Anschläge richten sich nicht gegen die Bevölkerung, sondern in erster Linie gegen staatliche Institutionen wie Gerichte oder Verwaltungsgebäude.«

»Wie in Oklahoma City.«

»Genau«, sagte Hurley. »Warum also die Schaufensterpuppen? Die sagen doch gar nichts über die Zerstörung eines Gebäudes aus.«

»Vielleicht wollen die Terroristen ein Gebäude zerstören und zusätzlich alle Leute darin töten«, schlug Jake vor.

Hurley schüttelte den Kopf. »Für gewöhnlich greifen sie keine normalen Bürger an.«

»Und wenn es sich bei diesen normalen Bürgern um Leute vom FBI oder ATF handeln würde?«

»Gutes Argument«, stimmte Hurley zu und machte sich eine Notiz. Er würde anregen, alle Bundesbehörden im Großraum Los Angeles am neunzehnten April in Alarmbereitschaft zu setzen, insbesondere die, in denen sich viele FBI-Agenten aufhielten.

Farelli streifte Latexhandschuhe über und sammelte weitere Puppenteile. Eine Hand, einen Fuß, eine halbe Pobacke, an der Blut klebte. Die blutverschmierte Pobacke steckte er in eine Plastikhülle. »Sollen wir das unserer Frau Doktor ins Labor schicken?«

Jake nickte, dann wandte er sich dem aufgerissenen Matchbeutel zu. Mit dem Stock fischte er noch mehr Puppenscherben heraus und ein Stück Stoff, das von einem T-Shirt zu stammen schien. Er stocherte tiefer und stieß auf etwas Festes. Vorsichtig brachte er ein rechteckiges dunkles Etwas zum Vorschein. Es war ein Portemonnaie aus Leder. »Sieh einer an, was haben wir denn hier?«

Farelli stellte sich auf die Zehenspitzen und sah Jake über die Schulter. »Unglaublich! Da wurde ja das komplette Innenleben herausgesprengt.«

»Herausgerissen«, verbesserte Jake. »Da sind noch die Fäden, wo die Fächer waren. Sieht mir ganz nach Handarbeit aus.«

»Um sicherzugehen, dass sich keine Papiere oder andere Hinweise auf seine Identität im Futter versteckten«, sagte Hurley entmutigt.

»Also haben wir ein zerrissenes Portemonnaie«, sagte Farelli.

Jake lächelte dünn. »Oder mehr. Viel mehr.«

Farelli betrachtete den Geldbeutel noch einmal. Er konnte nichts Neues daran entdecken. »Das musst du mir erklären.«

»Nimm mal dein Portemonnaie und lass es auf den Boden fallen.« Jake trat zurück und sah zu, wie Farellis Geldbörse im Gras landete.

»Und jetzt heb es auf und gib es mir.«

Farelli bückte sich und reichte Jake das Portemonnaie. »Bitteschön.«

»Und jetzt schau, wo du deine Finger hast.«

Farelli starrte eine Weile auf seine Hand, während er den Geldbeutel von einer Seite auf die andere drehte. Plötzlich weiteten sich seine Augen. »Fingerabdrücke! Der Typ, der das Portemonnaie aufgehoben hat, um es zu zerlegen, hat seine Fingerabdrücke darauf hinterlassen.«

»Auf weichem, eingefettetem Leder«, ergänzte Jake. »Das ist der perfekte Untergrund für Abdrücke.«

»Ich bete nur, dass du Recht hast«, sagte Hurley. »Aber vielleicht hatte der Kerl Handschuhe an und dann gibt es keine Abdrücke.«

»Das ist möglich«, räumte Jake ein. »Aber jetzt muss ich dich mal etwas fragen: Was würdest du mit Handschuhen machen – insbesondere wenn Blut dran klebt –, nachdem du sie benutzt hast?«

»Ich würde sie wegwerfen«, sagte Hurley sofort.

»Würdest du sie mit zurück zum Auto nehmen?«

»Nein, ich –« Hurley brachte den Satz nicht zu Ende, sondern nickte: »Hätte er Handschuhe getragen, hätte er sie mit verbuddelt.«

»Wo?«

»Im Matchbeutel.«

Jake hob den Beutel mit dem Stock an und krempelte ihn um. »Keine Handschuhe.«

27

Freitag, 9. April, 14.40 Uhr

Jake bemerkte die gedrückte Stimmung sofort, als er in das forensische Labor kam. Die Laboranten hatten die Köpfe zusammengesteckt und tuschelten in gedämpftem Ton. Lori McKays Blick verlor sich im Computerbildschirm in Joannas Büro. Neben ihr auf dem Tisch stand ein Blumenstrauß mit einer Karte.

»Wo ist Joanna?«, fragte Jake.

»Sie ist heute früher gegangen«, sagte Lori. »Sie fühlte sich nicht gut.«

»Gab's irgendwas?«

»Einen Anruf von einem Typen aus New York.«

»Und?«

»Sie hat zugehört und ist dann unter Tränen aus dem Büro.«

»Woher wussten Sie, dass der Anruf aus New York kam?«

»Ich bin ihr gefolgt und habe sie am Parkplatz eingeholt. Da erzählte sie mir dann die ganze Geschichte.«

Jake schielte auf den Blumenstrauß. Auf der Karte konnte er nur das Wort *Liebe* erkennen. »Sind sie wieder zusammen?«

»Das müssen Sie sie selber fragen.«

Zögerlich klopfte Jake an Joannas Wohnungstür. Er bereute bereits, gekommen zu sein, denn die Fragen, die er ihr stellen wollte, waren nicht so dringend und hätten auch später geklärt werden können. Aber er wollte sie sehen und wissen, ob sie wieder mit diesem neuen Freund zusammen war. Jake klopfte ein zweites Mal.

Kate öffnete. »Hallo, Jake. Komm rein.«

»Wie geht es ihr?«, erkundigte er sich.

»Ganz okay, wenn man bedenkt, welches Gefühlschaos sie gerade hinter sich hat.«

»Ich dachte, zwischen den beiden sei es aus?«

»Das dachte sie auch.«

Jean-Claude galoppierte auf seinem Besen ins Wohnzimmer. Er trug einen Cowboyhut schräg auf dem Kopf. »Jacques!«

»Hallo, Jean-Claude«, freute sich Jake. Er bückte sich und kitzelte den kleinen Jungen am Bauch bis er lachte. Dann rückte er sorgfältig den Hut gerade. »Jetzt siehst du aus wie ein richtiger Cowboy. Los, fang die Schurken.«

Jean-Claude ritt fröhlich aus dem Wohnzimmer ins Zimmer nebenan, in dem laut eine Stereoanlage lief.

Jake wandte sich an Kate. »Wo ist Joanna?«

»Im Arbeitszimmer.«

Jake klopfte an die Tür zum Arbeitszimmer und trat ein. Joanna saß an ihrem Schreibtisch und starrte auf das Telefon. Ein kleiner Papierkorb neben ihr quoll über vor gebrauchten Taschentüchern.

»Ich habe gehört, dein Freund hat sich noch mal gemeldet«, sagte Jake.

Joanna nickte. »Schlechte Nachrichten sprechen sich immer schnell rum, nicht wahr.«

»Und was wollte er?«

»Er erzählte mir, dass er mich liebt und dass er sich mir gegenüber nur so mies verhalten hat, weil er unter Druck stand«, sagte Joanna tonlos. »Er hat seine Geschäfte erfolgreich abgeschlossen und alles ist wieder gut. Nun könnten wir seiner Meinung nach neu beginnen.«

»Und was hast du geantwortet?«

»Dass ich keine Glühbirne bin, die er nach Belieben an- und ausknipsen kann«, berichtete Joanna. »Da ist er völlig ausgetickt. Er sagte ein paar sehr unschöne Dinge, und zu allem Überfluss ritt er auch noch auf der Tatsache herum, dass ich unverheiratet und auch nicht mehr die Jüngste sei. Er meinte, ich sei zu unflexibel und auf diese Weise würde ich nie einen Mann finden.«

»Nicht, solang du dich mit solchen Widerlingen abgibst«, fügte Jake hinzu.

Joannas Mund verzog sich zu einem schwachen Grinsen. »In Zukunft werde ich bei der Wahl meiner Männer kritischer sein.«

»Ist dir nach ein bisschen Arbeit?«

»Wirklich, heute könnte ich –« Sie stockte und sah Jake durchdringend an. »Es gibt neue Beweise und du kommst nicht weiter damit. Ist es das? Bist du deswegen hier?«

»Nein. Ich bin natürlich gekommen, weil ich sehen wollte, wie es dir geht.«

»Lügner«, sagte sie mit mattem Lächeln.

»Okay, es gibt da ein, zwei Dinge«, gestand Jake.

Joanna seufzte: »Um was geht es?«

Jake erzählte ihr von dem geborgenen Matchbeutel mit den Überresten von José Hernandez und den zersprengten Puppen. Während er ihr von den Einzelheiten berichtete, beobachtete er, wie sie nickte und in Gedanken die wichtigen Hinweise von den unwichtigen trennte. Dann stellte sie Fragen zu den Puppen – Fragen, auf die er selbst noch gar nicht gekommen war.

»Wo haben sie diese Schaufensterpuppen her?«

Jake zog die Schultern hoch. »Wahrscheinlich gestohlen.«

»Oder vielleicht gekauft«, spekulierte Joanna. »Ihr müsst alle Läden überprüfen, die solche Puppen anbieten, insbesondere Lagerverkäufe.«

»Vielleicht finden wir ja ein Firmenzeichen«, führte Jake ihren Gedanken weiter.

»Oder ein Ladenetikett oder sonst irgendeinen Hinweis.«

Jake zwinkerte ihr zu. »Du bist ja doch nicht ganz unbrauchbar.«

Joanna atmete tief ein, die Traurigkeit kehrte in ihr Gesicht zurück. »Heute wäre ich keine große Hilfe für dich, Jake. Ich bin zu abgelenkt und kann mich nicht lang konzentrieren. Ich würde Sachen übersehen und Fehler machen. Glaub mir, ich würde eher Verwirrung stiften als zur Aufklärung beitragen.«

»Vielleicht hast du Recht«, sagte Jake, der innerlich vom Gegenteil überzeugt war. Eine halbe Joanna Blalock leistete immer noch mehr als die meisten Ermittler an ihrem besten Tag. Er musste sie nur irgendwie davon überzeugen. »Kann ich dir noch ein Beweisstück zeigen, mit dem wir nicht weiterkommen?«

»Klar«, sagte Joanna wenig begeistert.

Jake reichte ihr die zerfledderte Notiz aus der Jeanstasche von José Hernandez.

Joanna studierte den Zettel:

EV
2 FL

»Das sagt mir auch nichts«, meinte sie.

»Jedenfalls ist es keine Telefonnummer, oder?«

»Nein. Das nicht.« Joanna versuchte, sich zu konzentrieren, aber ihre Gedanken wollten einfach nicht bei der Sache bleiben. Wieder dachte sie an Paul und die Blumen, die er ihr geschickt hatte und wie vernünftig er erst geklungen hatte. Dann waren Wut und Bitterkeit durchgebrochen und er hatte sein wahres Gesicht gezeigt.

»Ich weiß es nicht«, sagte sie und schob den Zettel von sich. Ihr Blick fiel auf ihren Tischkalender. Darauf hatte sie sich einen Termin notiert, eine Verabredung mit Kate zum Abendessen. Da stand:

KATE
THE IVY
14:00

Joanna griff nach dem Papierfetzen und sah ihn sich noch einmal an. Sie fragte sich, ob auch das eine Verabredung war. Diese Notizen fingen normalerweise mit dem Namen der Person an, die man treffen wollte, dann folgte der Treffpunkt. Plötzlich kam ihr eine Idee. »Wie hieß gleich die Straße in West Hollywood, in der die Bombe hochging? Fing die nicht auch mit *F* an?«

Jake holte seinen Block heraus und suchte die entsprechende Seite. »Hier hab ich es: Fletcher Drive. Zwei eins zwei zwei Fletcher Drive.«

»Vielleicht steht *2 FL* ja dafür.«

Teufel auch, dachte Jake. Er hatte die Lösung direkt vor seiner Nase gehabt und dennoch übersehen. »Und was heißt *EV*?«

»Ich nehme an, es ist der Anfang eines Namens.«

»Vielleicht Evelyn oder Eva oder Eve«, schlug Jake vor, der an die weibliche Terroristin dachte. »Wir können

Hurley mal die Listen der Terroristen nach diesen Namen durchgehen lassen.«

»Und damit wissen wir auch, dass José Hernandez zu der Gruppe gehörte«, sagte Joanna. »Er war in dem Haus in West Hollywood oder plante zumindest, dorthin zu gehen.«

Jake sah Joanna voll Bewunderung an. Er bezweifelte, ob sie je ohne sie darauf gekommen wären.

»Was?«, fragte Joanna.

»Nichts«, sagte Jake. Er brauchte sie beinahe so sehr wie er sie liebte, und er fragte sich, was wohl aus seinem Leben geworden wäre, hätte sie diesen anderen Mann geheiratet. Ein höllisch einsames Leben, schien ihm.

Joanna griff nach seiner Zigarette und nahm geistesabwesend einen Zug. »Es tut so weh, Jake, so verdammt weh.«

»Ich weiß«, sagte er. »Aber dich in diesem Zimmer zu vergraben macht die Sache auch nicht besser.«

»Ich muss eine Weile allein sein«, flüsterte Joanna. »Ich brauche Zeit, um die Scherben zusammenzukehren.«

»Du wirst es auf später verschieben müssen.«

Joanna starrte Jake fassungslos an, ihr Blick wurde hart. »Du willst mir nicht einmal die Zeit lassen, einen klaren Kopf zu bekommen?«

»Das muss warten«, sagte Jake ungerührt.

»Fahr zur Hölle!«, keifte Joanna. »Und nimm deinen verdammten Fall gleich mit.«

»Eine Menge Leute werden sterben, Joanna«, sagte Jake ruhig. »Diese zersprengten Puppen stehen für Menschen, die es in Stücke fetzt. Und Gott allein weiß, wie viele es sein werden. Zehn. Zwanzig. Hundert. Mehr vielleicht sogar.«

»Und du glaubst, ich kann das verhindern?«

»Möglich wär's«, sagte Jake.

»Ach was, ich kann so gut wie gar nichts ausrichten, egal, was kommt.«

Jake ging zu einem Skelett, das in der hintersten Ecke des Zimmers hing, und stupste es sanft an. Er sah zu, wie es hin und her schaukelte. »Eins garantier ich dir, Joanna. Wenn ein Gebäude voller Menschen in die Luft fliegt, während du dich in deinem Arbeitszimmer selbst bemitleidest, wirst du dich danach für den Rest deines Lebens fragen, ob du nicht vielleicht doch etwas ausrichten hättest können.«

»Du lässt einfach nicht locker.«

»Nein, tu ich nicht.« Jake stupste das lebensgroße Skelett erneut. »Und ich sage dir auch, warum: Ich habe ständig diese Leichenteile von West Hollywood vor Augen. Ich sehe immer noch den Feuerwehrmann, der mit dem toten Kind im Arm aus dem Schuttberg steigt. Diese Bilder begleiten mich sogar nachts in meinen Träumen. Vielleicht kannst du ja damit leben. Ich kann es jedenfalls nicht.«

»Du siehst also immer nur diesen Fall.« Joanna blickte zur Seite.

»Ich sehe eine Bande Terroristen, die wieder töten werden, es sei denn, wir stoppen sie.«

»Kannst du nicht mal eine Minute an *mich* denken und daran, was ich gerade durchmache?«, fragte Joanna. Sie biss sich auf die bebende Unterlippe. »Ist das zu viel verlangt?«

Jake trat auf Joanna zu und hob sie aus dem Stuhl. »Jetzt hör mir mal gut zu. Du bist mir der wichtigste Mensch auf dieser Erde und wenn dir das bis jetzt noch nicht aufgefallen ist, dann ist das dein Problem. Und ich weiß, wie weh das tut und bei Gott, ich wünschte, ich könnte irgendetwas für dich tun. Zum Beispiel mit dir nach Cancún fahren und mit dir am weißen Strand sitzen, dich halten und dir sagen, alles wird gut und der Schmerz geht vorbei und das Leben geht weiter. All diese Dinge würde ich gerne tun, aber das kann ich nicht, weil ich hier eine Bande von mordenden Dreckskerlen habe, die ich erst fangen muss.« Er hielt sie auf Armeslänge von sich weg. »Hörst du, was ich sage?«

Joanna nickte und versuchte schniefend, neu aufsteigende Tränen zu unterdrücken. »Das würdest du wirklich alles für mich tun?«

»Und mehr«, Jake zog sie wieder an sich und umarmte sie fest. »Vertraue mir. Ich lass dich nicht fallen.«

»Oh, Jake!«

Jakes Handy meldete sich aus seiner Jackentasche. Er tippte Joanna mit dem Zeigefinger auf die Nasenspitze, dann griff er nach dem Telefon und redete kurz.

Joanna sah, wie sich sein Ausdruck verhärtete. Sein Blick wurde eisig.

»Was gibt's?«

»Das ist Farelli«, sagte Jake und hielt das Handy kurz zu. »Er ist in der Wohnung von Maria Hernandez.«

»Und?«

»Sie wurde ermordet«, sagte Jake. »Und wer immer das war, hat sie davor gefoltert.«

28

Freitag, 9. April, 16.02 Uhr

Farelli empfing sie im Hausflur vor Maria Gonzalez' Wohnung. Ein ekelerregender Gestank hing in der warmen, stehenden Luft.

»Ich hoffe, ihr habt nicht gerade gegessen«, warnte Farelli sie vor.

»So schlimm?«, fragte Jake.

»Schlimmer«, sagte Farelli und fächelte sich mit der Hand etwas Luft zu. »Sie hat sich entleert, als man sie aufschlitzte.«

Jake holte ein Salbentöpfchen aus der Tasche und öffnete es. Er und Joanna entnahmen kleine Portionen und schmierten sie sich unter die Nasen. Die Creme war mit Menthol versetzt und hielt selbst die schlimmsten Gerüche ab.

»Also, was hast du bisher?«, fragte Jake.

Farelli blätterte kurz in seinem Notizblock. »Die Nachbarn haben den ganzen Vormittag lang einen üblen Geruch bemerkt, der aus der Wohnung kam. Sie benachrichtigten den Hausbesitzer, der schließlich um vierzehn Uhr vierzig hier eintraf. Er hat sie dann gefunden.«

»War außer dem Besitzer noch jemand in der Wohnung?«, erkundigte sich Jake.

»Er sagte nein. Als er die Leiche sah, rannte er Hals über Kopf wieder raus und verschloss die Tür. Dann rief er die Polizei.«

»Und wie kamen die darauf, ausgerechnet uns zu verständigen?«

»Zuerst war eine Streife hier. Sie fanden deine Karte neben der Leiche.«

Farelli führte sie in die Wohnung. Das Wohnzimmer sah aus, als hätte der Blitz eingeschlagen. Sofa und Sessel standen auf dem Kopf, Kissen und Bezüge waren aufgerissen. Der Boden war bedeckt mit Schaumstoff- und Wattefüllung. Sogar der Esstisch lag mit abgerissenen Beinen auf der Seite.

»Ich frage mich, wonach sie gesucht haben«, sagte Jake.

»Was es auch war, es muss ihnen ziemlich wichtig gewesen sein«, kommentierte Farelli.

Sie ließen einen Detective von der Spurensicherung durch, der den Tisch aufstellte und anfing, ihn nach Fingerabdrücken abzusuchen. Ein anderer aus der gleichen Einheit untersuchte sorgfältig das große Jesusbild an der Wand. Jemand hatte es aufgeschlitzt, so dass die Leinwand auseinander klaffte.

»Und keiner will etwas bemerkt haben?«, fragte Jake.

»Wenn doch, hält er zumindest den Mund«, antwortete Farelli. Er stieg auf einen Wattebausch aus der Füllung und es knirschte. Als er die Watte beiseite schob, kam eine goldene Damenarmbanduhr zum Vorschein. »Glaubst du, das hier hat etwas mit den Terroristen zu tun?«

»Möglich«, sagte Jake, der fühlte, dass es so sein musste, obwohl ihm immer noch nicht klar war, was sie wollten.

»Ich sage dir jedenfalls eines«, fasste Farelli zusammen. »Wir haben es hier nicht mit einem gewöhnlichen Raub zu tun. Und es war auch keine der mexikanischen Gangs aus dem Viertel. Die stehlen und morden zwar, aber sie foltern nicht. Das ist nicht ihr Stil.«

»Trotzdem kann eine Gang dahinterstecken«, meinte

Joanna. Ihre Stimme klang tonlos und irgendwie abwesend. »Vielleicht haben sie gedacht, sie hätte etwas Wertvolles versteckt.«

Farelli sah Joanna einen Moment lang an. Irgendetwas stimmte heute nicht mit ihr, aber er wusste nicht, was. Etwas schien zu fehlen. »Alles in Ordnung, Frau Doktor?«

»Alles klar«, versicherte Joanna.

»Gut«, sagte Farelli, glaubte ihr aber nicht. »Jedenfalls steckt hinter diesem Raub keiner aus der Gegend und ich sag euch auch, warum: In der Küche fanden wir ihren Geldbeutel ausgeleert auf dem Boden. Vierzig Dollar waren drin und ein paar Kreditkarten. So etwas hätten die Leute von hier niemals liegen lassen.«

Das Gleiche gilt für die Golduhr, dachte Joanna. Sie hätte fragen sollen, ob andere Dinge wie Schmuck oder Geld fehlten. Das war die Schlüsselfrage, um herauszufinden, ob man es mit einem Raub zu tun hatte und sie hatte es einfach komplett vergessen. Reiß dich zusammen! Schalte dein Gehirn ein!

Farelli schmierte sich noch mehr Mentholcreme unter die Nasenlöcher. Er holte tief Luft und machte sich bereit. »Zwanzig Jahre im Dienst und du meinst, du hast schon alles gesehen. Und dann so was.«

Bei dem Anblick, der sich ihnen bot, blieben Joanna und Jake wie angewurzelt in der Küchentür stehen. Maria Gonzalez' Leiche war an einen Küchenstuhl mit hoher Lehne gefesselt. Knöchel, Beine, Hände und Arme, Kopf und Hals waren mit Paketband an dem Stuhl befestigt, so dass sie sich keinen Millimeter mehr bewegt haben konnte. Sogar den Mund hatte man ihr zugeklebt. Ihr Körper war übersät von unzähligen Schnitten, alle umgeben von verkrustetem Blut. Aber das Schlimmste war das Gesicht: zerschnitten, blutig und verzerrt in Todesangst.

»O mein Gott!«, flüsterte Joanna und zwang sich, hinzusehen.

Jake schluckte hörbar. So etwas war ihm noch nie begegnet und er wünschte bei Gott, dass es auch bei dem einen Mal bleiben würde. Er fragte sich, wie lange sie wohl zum Sterben gebraucht hatte.

Girish Gupta untersuchte den Boden hinter der Leiche. Er richtete sich auf und klopfte sich den Staub von den Hosenbeinen, dann kam er zu Jake und Joanna. Er trug Atemschutz und Gummihandschuhe bis zu den Ellbogen hoch. »Diese Brutalität hier übersteigt mein Fassungsvermögen«, sagte er und schüttelte langsam den Kopf. »Was müssen das für Menschen sein, die zu so etwas fähig sind?«

Psychopathische Freaks wie Charlie Manson, lag es Jake auf der Zunge. Aber er sah keine der üblichen Anzeichen, die auf die Tat eines Verrückten hinwiesen, wie etwa mit Blut geschriebene Mahnungen oder Botschaften an den Wänden. Und es gab auch keinen Hinweis auf einen rituellen Mord. Jake trat näher und bemerkte eine weiße, puderartige Substanz um einige der Schnitte. »Was ist das für weißes Zeug?«

»Salz«, sagte Gupta grimmig. »Sie haben ihr Salz in die Wunden gerieben, damit es noch mehr wehtat.«

Der Gestank von menschlichen Exkrementen drang durch das Menthol unter Jakes Nase. Er trug mehr Creme auf, dann wandte er sich an Joanna. »Willst du dir das auch einmal ansehen?«

»Schätze ja«, sagte sie und versuchte, sich zu konzentrieren. Draußen näherte sich ein Polizeihubschrauber. Bei dem Geräusch musste Joanna an den Hubschrauberausflug denken, den sie und Paul von San Francisco nach Carmel unternommen hatten. Und der Rückflug war sogar noch eindrucksvoller gewesen, als die Lichter von San Francisco in der Dunkelheit unter ihnen geblinkt hatten.

»Stimmt etwas nicht?«, erkundigte sich Jake.

»Nein«, sagte Joanna. »Ich warte nur, dass der Lärm aufhört.«

»Mit dem Hubschrauber und den Presslufthämmern draußen herrscht hier ununterbrochen Lärm«, klagte Gupta. »Man versteht sein eigenes Wort nicht mehr. Wir haben versucht, die Fenster zu schließen, aber der Gestank war nicht auszuhalten.«

Jake sah Farelli an. »Was soll eigentlich der Polizeihubschrauber hier?«

»Ein Nachbar hat jemanden auf einem Hausdach gesehen. Er entpuppte sich aber als Rentner, der seine Tauben fütterte.«

Joanna zog ein Paar Latexhandschuhe über und zwang ihre Aufmerksamkeit auf die Leiche der Frau. Schieb deinen Kummer einen Moment lang beiseite, befahl sie ihrem Kopf und hoffte, er würde folgen. Langsam schritt sie um das Opfer herum, wobei sie besonders auf die Schnitte achtete. Sie waren sehr klein – nicht länger als drei, höchstens fünf Zentimeter – und tief. Es gab keine Stelle an Marias Körper, die verschont geblieben wäre. Joanna betrachtete ihren Kopf. Eine vertikale Wunde verlief über der linken Schläfe und die Kieferpartie war blau angeschwollen.

Joanna blickte Farelli an: »Wer es auch war, er ist gewaltsam hier eingedrungen.«

Farelli nickte. »Die Kette an der Tür ist abgerissen.«

Joanna schloss die Augen und versuchte, sich den Tathergang vorzustellen. Bilder schossen ihr durch den Kopf. Die gerissene Türkette. Die Platzwunde an der Schläfe. Die bläuliche Schwellung am Kiefer. Die goldene Uhr auf dem Wohnzimmerboden. Plötzlich fügte sich alles zusammen. Joanna öffnete die Augen. »Maria kannte diese Leute nicht. Sie hatte sie noch nie gesehen und auch noch nie ihre Stimmen gehört.«

Jake ließ den Blick kurz über Marias Leiche gleiten, auf der Suche nach den Hinweisen, die Joanna entdeckt hatte. »Wie kommst du darauf?«

»So ist es abgelaufen«, sagte Joanna leise und versetzte sich noch einmal in die Situation. »Es klopft an der Tür. Maria will nachsehen, wer draußen steht, hat aber keinen Türspion. Sie fragt, wer da ist. Jemand antwortet, aber sie erkennt die Stimme nicht. Vorsichtig öffnet sie die Tür einen Spalt breit, lässt die Kette aber eingehängt. Der Mörder schlägt ihr die Tür ins Gesicht und reißt dabei die Kette ab.«

Jake fragte: »Woran sieht man das?«

Joanna deutete auf die Verletzung an der Schläfe. »Diese Wunde verläuft vertikal und ist breit, nicht kurz und schmal wie die übrigen Schnitte. Sie stammt von einer stumpfen Kante, wie von einer Tür. Damit haben wir die Erklärung für die abgerissene Kette und die ungewöhnliche Gesichtsverletzung.«

»Und dadurch verlor sie das Bewusstsein«, folgerte Farelli.

»Nein, dadurch verlor sie das Gleichgewicht«, fuhr Joanna fort. »Sie versuchte, sich aufzurichten, aber ihr Angreifer hatte sich schon auf sie geworfen. Er versetzte ihr einen Kinnhaken und dabei verlor sie das Bewusstsein.« Joanna deutete auf Marias Kinn. »Hier sieht man den Bluterguss.«

Gupta sah sich die bläuliche Schwellung genauer an. Sie war ihm völlig entgangen, genauso wie die Bedeutung der Schläfenverletzung. Er wäre nie auf die Idee gekommen, diese Hinweise mit der gebrochenen Türkette in

Verbindung zu bringen, nicht in tausend Jahren. Er fragte sich, ob Joanna Blalock wirklich so genial war. Vielleicht hatte sie ja auch seherische Kräfte, die ihr Einblicke in die Vergangenheit erlaubten. Was es auch war, neben ihr wirkten die meisten Gerichtsmediziner wie Amateure. Gupta lehnte sich über das Opfer und untersuchte Hände und Arme nach Abwehrverletzungen. Es gab keine Prellungen oder Schürfwunden. »Sie hatte keine Gelegenheit, sich gegen die Schläge zu verteidigen.«

»Vielleicht doch«, sagte Joanna. »Wir haben ihre Uhr auf dem Wohnzimmerteppich gefunden. Vielleicht hob sie schützend den Arm und der Angreifer schlug ihr die Uhr vom Handgelenk.«

Seherische Kräfte, dachte Gupta. Joanna Blalock hatte eindeutig mediale Fähigkeiten.

Joanna besah noch einmal die Schnitte auf Marias Brüsten. »Was meinen Sie, womit man ihr diese Schnitte zufügte?«

»Mit etwas sehr Scharfem«, sagte Gupta. »Einem Skalpell oder etwas Ähnlichen.«

Nach einer Pause sagte Joanna: »Ich glaube nicht, dass es ein Skalpell war. Dann wären die Schnitte länger und breiter. Ich tippe auf eine Rasierklinge.«

Jakes Augen verengten sich zu Schlitzen. »Und der Mörder wäre wohl kaum mit einer blutigen Rasierklinge in der Tasche hier herausspaziert.«

Joanna nickte. »Er hätte sie weggeworfen.«

»In einen Abfalleimer oder in den Müllschlucker«, überlegte Jake laut. »Und es gibt nur eine Möglichkeit, wie man eine Rasierklinge halten kann.«

»Zwischen Daumen und Zeigefinger.«

»Auf dieser verfluchten Klinge sind also vielleicht die schönsten Fingerabdrücke.« Jake wandte sich aufgeregt an Farelli. »Prüf alle Mülltonnen, besonders die im Flur und in der Nähe der Aufzüge. Gibt es im Hinterhof einen Container?«

»Ja«, sagte Farelli. »Gleich neben der Hoftür.«

»Den auch überprüfen.«

Als Farelli aus dem Raum eilte, setzten gerade wieder die Presslufthämmer ein. Joanna und Jake sahen sich an. Beide dachten das Gleiche: Maria Gonzalez konnte sich die Seele aus dem Leib geschrien haben, keiner hätte sie bei diesem Lärm gehört.

»Was um alles in der Welt wollten die bloß von ihr?«, fragte Jake. »Und warum haben sie ihr das angetan?«

»Keine Ahnung«, sagte Joanna und ging noch einmal um die Leiche herum.

Jake beobachtete Joanna bei ihrer Suche nach weiteren Hinweisen. Sie war völlig in den Fall versunken. Gut, dachte er. Wenigstens hat sie fürs Erste ihre Trauer und ihr gebrochenes Herz vergessen. Aber das würde nicht andauern. Der Schmerz würde zurückkehren. So war es immer. Besonders nachts, wenn man mit seinen Gedanken alleine war.

»Willst du dir das mal ansehen?«, fragte Joanna, nachdem sie das Klebeband von Marias Lippen gelöst hatte. Die Unterlippe war beinahe abgebissen. »Sie hat sich vor Schmerzen die Lippen durchbissen.«

Jake betrachtete die zerkauten Lippen, dann fiel sein Blick auf die Genitalien der Frau. Schnitte auch dort. Angewidert wandte er den Blick ab.

»So grausam«, flüsterte Joanna. »Es entzieht sich jeder Beschreibung.«

Farelli kam zurück in die Küche. Er winkte mit einer Hand voll Zwanzigdollarscheinen. »Sieh mal, Jake, was die Jungs im Schlafzimmerschrank gefunden haben.«

»Wie viel ist es?«

»Über zweitausend«, sagte Farelli und blätterte die Scheine durch die Hand. »Vielleicht war es das, wonach sie gesucht haben.«

»Vielleicht«, sagte Jake zweifelnd. »Aber ich kann es mir eigentlich nicht vorstellen. Bei den Schmerzen, die man ihr zufügte, hätte sie ihre eigene Mutter verraten.«

»Und die Vorstellung, zerschnitten und entstellt zu sein«, ergänzte Joanna schaudernd. »Sie hätte alles getan, damit nur ja nicht so etwas passiert.«

Farelli sagte: »Hinten im Schrank war noch etwas.«

»Was denn?«, fragte Jake.

»Ein Latino mit Tätowierung über der Brustwarze und Kugel im Kopf.«

»Ihr Cousin«, meinte Jake trocken.

»Wer?«

»Nichts«, sagte Jake. »Sorg dafür, dass diese Geldscheine auf Fingerabdrücke untersucht werden. Das ist vielleicht ein Teil des Geldes, das ihr Mann von den Terroristen hatte.«

»Wird erledigt. Ach ja: Bis jetzt gibt's keine Rasierklinge.«

»Sucht weiter.«

Jake wandte sich wieder an Joanna. »Sie waren hinter etwas anderem her. Etwas, für das sie bereit waren, sie zu töten. Was könnte das wohl sein?«

Joanna zuckte die Schultern. »Es gibt hier nur eine Person, die das mit Sicherheit beantworten könnte, und die ist leider tot.«

Jake verschränkte die Finger hinter dem Rücken und fing an, auf und ab zu gehen, während er mit sich selbst redete. »Sie leidet unvorstellbare Schmerzen. Sie hätte ihnen alles gesagt. Alles. Aber sie tut es nicht. Warum nicht? Warum sagt sie ihnen nicht, was sie wissen wollen?«

Joanna dachte einen Moment lang nach. »Im Allgemeinen gibt es zwei Gründe, warum man eine Frage nicht beantwortet. Entweder man will nicht, oder man hat keine Ahnung.«

»Du meinst, sie hatte vielleicht gar keine Vorstellung, was sie von ihr wollten?«

»Es wäre möglich.«

Jake zog einen weiteren Kreis durch die Küche, wieder murmelte er leise vor sich hin. Vor dem Küchenschrank blieb er stehen, um sich eine Zigarette anzustecken. Als er nach der Schachtel griff, fiel sein Blick auf die Seite des Schranks. »Wo ist denn der Kalender, der hier hing?«

Gupta sagte: »Der liegt auf dem Küchentisch neben Ihrer Karte.«

Jake fuhr herum. »Haben Sie ihn dort hingelegt?«

Gupta schüttelte den Kopf. »Das lag hier schon so, als ich ankam. Keiner hat die Sachen angerührt. Sie sind voller Blut und werden darum noch sorgfältig auf Fingerabdrücke untersucht.«

»Das darf doch nicht wahr sein!« Jake schlug sich die Faust in die offene Hand. »Diese Schweine waren hier.«

Jake eilte zum Tisch und besah sich den Kalender und die Karte mit seiner Adresse. Sie waren blutverschmiert, doch auf den ersten Blick ließen sich keine Fingerabdrücke erkennen. Jake sah vom Tisch zu Marias Leiche und dann zurück zu dem Stuhl dazwischen. Er deutete auf den leeren Stuhl. »Einer der Terroristen saß hier und zeigte Maria Gonzalez den Kalender mit den angestrichenen Tagen. Sie haben sich wahrscheinlich auf den neunzehnten April konzentriert, weil er rot eingekreist ist.«

Joanna nickte. »Sie dachten, sie müsste wissen, was an

diesem Tag geplant war, aber das war gar nicht der Fall. Sie haben sie wegen einer Information gefoltert, die sie gar nicht hatte.«

Jake nickte zustimmend. »Und sie wussten, dass wir hier waren. Sie wollten wissen, was sie uns gesagt hat.«

Farelli sah Jake verwundert an. »Wie hätten sie wissen sollen, dass du hier warst?«

»Weil sie meine Visitenkarte gesehen haben«, sagte Jake heiser.

Farelli schüttelte den Kopf. »Nicht möglich.«

»Warum nicht?«

»Weil die Terroristen deine Karte doch erst zu Gesicht bekamen, *nachdem* sie hier eingebrochen waren. Sie mussten schon vorher gewusst haben, dass ihr hier wart.« Er kratzte sich hinter dem Ohr. »Zum Teufel, das ist doch der Grund, warum sie überhaupt erst herkamen. Warum sollten sie sich sonst über eine junge Witwe ohne Aufenthaltsgenehmigung Gedanken machen? Sie würde ganz bestimmt nicht zur Polizei oder zum FBI rennen.«

»Aber woher hätten sie denn wissen sollen, dass wir Maria Gonzalez verhört haben?«, fragte Jake. »Wir bekamen ihre Adresse doch selbst erst gestern Nachmittag von –« Sein Ausdruck verhärtete sich plötzlich, und er wandte sich an Joanna: »Hast du gestern jemandem von unserem Besuch erzählt?«

»Nein«, beteuerte sie.

»Ich auch nicht. Außer Lou und Hurley habe ich es keiner Menschenseele gegenüber erwähnt.« Jake steckte sich eine Zigarette an und spuckte einen Tabakkrümel von der Lippe. »Das bedeutet also, wir haben eine undichte Stelle. Irgendjemand muss die Terroristen informiert haben.«

»Und es muss jemand aus dem Rehabilitationszentrum

sein«, sagte Joanna. »Von dort hatten wir Maria Gonzalez' Adresse. Nur sie wussten, dass wir herkommen würden.«

Jake hob die Hand und zählte an den Fingern ab. »Dann lass uns mal sehen. Da wären zwei Ärzte, Wales und Bremmer. Und Lucas, der schwarze Therapeut. Und das Mädchen, das die Akte aus dem Archiv in den Büroglaskasten brachte.«

»Und die Frau am Empfang«, fügte Joanna hinzu.

»Und alle in dem Institut, die sich mit diesen Leuten unterhalten haben könnten. Wir müssen das gesamte verdammte Zentrum samt Umfeld überprüfen.« Jake tippte sich mit dem Zeigefinger ans Kinn. Sein Blick wanderte zurück zum Kalender mit der Notiz ›Freund vom Memorial‹. Sie verschwand teilweise unter verschmiertem Blut. »Vielleicht war es ja ihr so genannter ›Freund vom Memorial‹. Vielleicht war das ihre Quelle.«

Jake holte sein Handy hervor und wählte Dan Hurleys Nummer. Er berichtete ihm kurz von den jüngsten Ereignissen und bat ihn, sich bei der Computerrecherche auf die Belegschaft und die Angestellten des Memorial zu konzentrieren. »Und *EV* ist vielleicht der Anfang des Namens einer der Terroristen.« Jake presste das Telefon ans Ohr. »Richtig. Wie Evelyn oder Eva ... Ja, es könnte die weibliche Terroristin sein ... Nein, ich habe das Phantombild noch nicht gesehen. Ich frage Farelli gleich danach.«

Jake steckte das Handy wieder ein und wandte sich an Farelli. »Hast du schon das Phantombild gesehen?«

»Ja«, sagte Farelli und griff in die Innentasche seiner Jacke. »Ich habe eine Kopie eingesteckt, kurz bevor ich hergekommen bin.«

Jake betrachtete die Zeichnung eingehend. Die Terroristin war jung, Anfang dreißig. Sie hatte schmale Lippen und hohe Wangenknochen. Es war eine attraktive Frau, jedoch ohne besondere Kennzeichen oder Male. Mittelschicht, dachte Jake. Er stellte sie sich schlank und intelligent vor. Und absolut tödlich.

Farelli sagte: »Bei der Frisur gab es einige Uneinigkeiten. Die Laborantin gab an, sie hätte es zurückgebunden getragen wie früher Grace Kelly. Der Polizist in der Eingangshalle meinte, sie hätte einen Kurzhaarschnitt.«

Joanna starrte auf das Phantombild und ihre Gedanken rasten zurück zu einer Begegnung mit einer attraktiven Frau, die aus dem Aufzug stieg. »Sie hatte es nach hinten gebunden.«

»Bist du sicher?«, fragte Jake eifrig.

Joanna ließ den Blick nicht von dem Portrait und nickte. »Ganz sicher.«

»Ist sie gut getroffen?«

»Nicht schlecht«, sagte Joanna. »Aber die Lippen sind zu dünn und die Wangenknochen eine Spur zu hoch.«

Jake rieb sich zufrieden die Hände. Ein gutes Bild würde ihnen weiterhelfen. Damit hätten sie ein Gesicht, nach dem sie fahnden konnten. »Hast du heute Zeit, dich mit dem Zeichner zusammenzusetzen?«

»Sicher.«

Jake faltete sorgsam das Bild, dann sah er sich noch einmal in der Küche um, ob er noch etwas vergessen hatte. Wieder blickte er in Maria Gonzalez' schmerzverzerrtes Gesicht, bevor er sich an Girish Gupta wandte. »Macht es Ihnen etwas aus, wenn Dr. Blalock die Autopsie übernimmt?«

»Ganz und gar nicht«, sagte Gupta in gestochenem britischen Akzent. »Aber ich würde ihr gerne dabei assistieren.«

»Passt Ihnen morgen früh um neun?«, erkundigte sich Joanna.

»Passt ausgezeichnet.« Gupta war schon im Gehen, da fiel ihm noch etwas ein: »Übrigens habe ich die Nummer von meinem Freund in Montreal für Sie herausgesucht.«

»Was für ein Freund«, fragte Joanna überrascht.

»Wissen Sie nicht mehr?«, fragte Gupta. »Vor einem Monat erzählte ich Ihnen von einem Freund, der in der Pathologie der McGill-Universität in Montreal beschäftigt ist, und Sie baten mich, Ihnen seine Nummer zu besorgen. Sie müssen sich doch erinnern.«

»Doch, jetzt«, sagte Joanna schwach. Sie hatte mit dem Pathologen über mögliche offene Stellen an der medizinischen Fakultät von Montreal sprechen wollen. Vor ihrem geistigen Auge erschien Paul du Maurier und winkte ihr lächelnd zu. Die Traurigkeit kehrte mit einem Schlag zurück. »Hinterlassen Sie die Nummer bitte einfach in meinem Büro.«

Gupta bemerkte die Veränderung in ihrem Ausdruck. »Stimmt irgendetwas nicht?«

»Nein«, sagte Joanna und versuchte, ihre zittrige Stimme zu kontrollieren. »Dieser Raum ist nur so stickig.«

Jake und Joanna gingen aus der Wohnung und stiegen in den Aufzug. Langsam ruckelte er nach unten. Er klang, als könnte er etwas Öl vertragen. Ein kleiner Ventilator in der Decke kämpfte gegen die stehende Luft – vergeblich.

»Eine Zeit lang war ich gar nicht schlecht.«

»Du warst großartig«, sagte Jake und drückte ihr kurz die Schulter. »Du hast dich sehr gut gehalten.«

»Aber gleich ist es mit der Beherrschung vorbei.«

»Schaffst du es noch bis zum Auto?«

»Ich versuche es.«

Die Aufzugstür öffnete sich, und sie gingen zügig einen Gang hinunter und durch die Tür ins Freie. Der Gehweg war nach beiden Seiten mit polizeilichen Absperrbändern verschlossen. Überall standen uniformierte Polizisten. Auf der anderen Straßenseite hatten sich einige Schaulustige versammelt, darunter ein paar mit Ferngläsern, die sich so eine bessere Sicht erhofften. Rundum standen die Fenster offen, Leute blickten heraus und unterhielten sich lautstark auf Spanisch.

»Lass uns etwas trinken gehen«, schlug Jake vor und hielt ihr die Wagentür auf.

»Mir ist nicht danach«, sagte Joanna und zog den Kopf ein, um einzusteigen.

Da explodierte plötzlich das Autofenster neben ihr und zerbarst in tausend Scherben. Als Nächstes splitterte die Heckscheibe mit lautem Klirren. Einen Sekundenbruchteil später hatte Jake Joanna auf den Beifahrersitz gedrückt und sich schützend auf sie geworfen.

Er hörte, wie die Menge schrie und panisch auseinander stob. Polizisten riefen: »Auf den Boden! Auf den Boden!« Dann folgten weitere Schüsse. Es klang wie ein Präzisionsgewehr, das von oben schoss. Wahrscheinlich von einem der Dächer, dachte Jake, lauschte und wartete auf den nächsten Schuss.

Nichts. Kein Laut. Die Sekunden verstrichen und die Stille schien noch intensiver zu werden. Ein Baby schrie, dann war es wieder still.

Joanna lag reglos unter ihm, aber er hörte sie atmen. »Bist du in Ordnung?«

»Ich – ich glaube schon«, flüsterte sie.

»Bleib unten und beweg dich nicht.«

Im Hintergrund hörten sie, wie Beamte versuchten, sich mit Polizeifunkgeräten über statisches Rauschen hinweg zu verständigen. Aus der Ferne kamen Sirenen und das Geräusch von Rotorblättern eines herannahenden Polizeihubschraubers. Jake erwog, den Zündschlüssel zu drehen und durchzustarten. Aber dazu müsste er mit dem Kopf aus der Deckung, um durch die Windschutzscheibe zu sehen, daher ließ er es bleiben.

»Da ist er!«, rief ein uniformierter Polizist. »Da drüben auf dem Dach.«

Auf einmal hagelte es Schüsse. Die Polizei feuerte mit Pistolen, Gewehren und Schrotflinten. Es war ein ohrenbetäubender Lärm.

Über ihnen kreiste der Hubschrauber. Das Rotieren der Blätter war sogar noch lauter als die Schüsse und klang so nah, dass Jake sich fragte, ob der Hubschrauber wohl gerade landete.

»Feuer einstellen! Feuer einstellen!«, befahl plötzlich eine Stimme aus dem Lautsprecher des Hubschraubers. »Sie schießen auf den alten Mann mit seinen Tauben.«

Sofort erstarben die Schüsse.

Die Polizisten richteten sich langsam wieder auf, noch immer mit gezogenen Waffen, die Blicke hefteten sich auf die Dächer und offenen Fenster gegenüber.

Ein junger Polizist näherte sich vorsichtig dem zerbrochenen Seitenfenster von Jakes Wagen. »Sind Sie verletzt, Lieutenant?«

»Nein, wir sind in Ordnung.«

»Sir, es wäre vielleicht das Beste, wenn Sie die Lady hier wegbringen. Wir müssen die umliegenden Häuser durchsuchen und die Gegend sichern. Das wird eine Weile dauern.«

»Geben Sie uns Deckung«, sagte Jake.

Der junge Polizist gab ein Signal und sechs Polizisten nahmen das Haus gegenüber ins Visier.

»Ich richte mich auf und du windest dich Richtung Tür«, sagte Jake zu Joanna.

Joanna fühlte, wie sich Glassplitter in ihre Arme bohrten, als sie sich rückwärts bewegte. Jetzt hingen ihre Beine halb aus dem Wagen, daher winkelte sie sie an. Dann presste sie sich so tief es ging in den Sitz, um Jake möglichst viel Freiraum zu verschaffen.

In Windeseile war er hinter dem Steuer. Er hielt den Kopf gesenkt, drehte den Zündschlüssel und drückte das Gaspedal durch. Mit quietschenden Reifen schossen sie davon.

Joanna wartete, bis sie an der Kreuzung abbogen, bevor sie sich aufrichtete. Sie atmete tief durch und versuchte, sich zu beruhigen. Das Herz hämmerte ihr gegen die Brust. »Großer Gott! War das knapp!«

»Fünfzehn Zentimeter weiter und wir wären tot gewesen«, sagte Jake. Seine Stimme klang ruhig, aber innerlich bebte auch er. Er und Joanna hatten beide vollkommen im Freien gestanden, als der Schütze das Feuer eröffnete. Der Dreckskerl hatte auf ihre Köpfe gezielt.

Sie atmete noch ein paar Mal tief durch und versuchte, ihrer Angst Herr zu werden. »Glaubst du, das waren sie?«

»Wer sonst?«

»Wahrscheinlich«, sagte Joanna und überprüfte ihr Gesicht auf Schnitte im Spiegel der Sonnenblende. Es gab keine. »Aber andererseits ist es eine ziemlich heruntergekommene Gegend. Vielleicht wollte ja irgendein Straßengangmitglied sein Glück versuchen.«

»Niemals«, sagte Jake bestimmt. »So jemand schießt vielleicht auf einen Polizisten oder auf ein Polizeiauto, aber doch nicht auf ein ganzes Beamtenheer. So blöd sind die auch nicht. Und mal davon abgesehen, haben sie erst losgelegt, als du und ich herausgekommen sind. Diese Kugeln galten uns.«

Joanna nickte langsam. Sie ließ den Kopf zurück an die Nackenlehne sinken und atmete weiter tief durch. »Und das alles, weil sie fürchten, wir kommen der Sache zu nahe. Sie scheinen wirklich besorgt zu sein.«

Jake nahm eine Zigarette, steckte sie an und inhalierte tief. Er blickte zu Joanna und dachte wieder, wie knapp die Schüsse sie verfehlt hatten. »Vielleicht wäre es besser, wenn Kate und Jean-Claude für eine Weile in ein Hotel gehen würde.«

Joanna zog eine Braue hoch: »Du meinst, sie könnten es noch mal versuchen?«

»Wer weiß?«, sagte Jake. »Und damit wären Kate und Jean-Claude in großer Gefahr. Denk daran, sie töten jeden, der ihnen im Weg steht. Alte Männer, junge Polizisten, schlafende Babys. Damit haben sie überhaupt kein Problem.«

»Ich bringe sie in einem kleinen Hotel weit weg vom Memorial unter«, sagte Joanna, die sich fragte, ob es nicht das Beste wäre, sie übers Wochenende nach Disneyland zu schicken. Sie erschauderte bei dem Gedanken, wie einfach es für die Terroristen jetzt wäre, die gesamte Familie Blalock auszuradieren. »Wo soll ich bleiben?«

»In deiner Wohnung.«

»Ist das dein Ernst?«

»Aber sicher.«

Joanna sah ihn seltsam an. »Aber werden sie nicht versuchen, mich dort zu kriegen?«

»Das will ich doch hoffen«, sagte Jake heiser.

»Warum?«

»Weil ich in deinem Wohnzimmer sein werde und sie erwarte.«

29

Montag, 12. April, 14.00 Uhr
Washington, D. C.

In der Kommandozentrale des Secret Service stand der Führungsstab versammelt um einen runden Tisch, auf dem eine Detailkarte von West Los Angeles ausgebreitet lag. Die Routen, die der Präsident bei seinem Besuch fahren würde, waren rot eingezeichnet.

»Der größte Teil der Strecke von Santa Monica geht also über den Freeway?«, fragte Agent Jack Youngblood, Leiter des Teams, das den Präsidenten auf seiner Reise begleitete.

»Ganz richtig«, sagte Mary Beth Curtis und zog die geplante Route mit einem Zeigestab nach. Sie überflog rasch die Straßen zwischen dem Loew's Hotel und der Auffahrt zum Freeway. Dazwischen lagen fünf Kreuzungen mit Ampeln. Die Motorradeskorte würde sie absperren. »POTUS kommt um sieben Uhr fünfundvierzig aus dem Hotel«, fuhr sie fort und bediente sich der beim Secret Service gebräuchlichen Abkürzung für ›President of the United States‹. »Erst geht es zum Santa Monica Freeway, den er Richtung Osten fährt. Er nimmt die Ausfahrt Overland und fährt durch die Stadt bis zum Pico Boulevard. Um acht Uhr ist er in Century City.«

»Die kalifornische Autobahnpolizei wurde selbstverständlich benachrichtigt.«

»Selbstverständlich.«

»Haben sie Zicken gemacht, weil sie eine ihrer belebtesten Autobahnen zur Stoßzeit absperren müssen?«

»Ich habe sie nicht nach ihrer Meinung gefragt. Ich sagte ihnen einfach, was sie zu tun haben.«

Youngblood lächelte. Er mochte Mary Beth Curtis, eine schlanke, schwarze Frau mittleren Alters, die sich in zehn Jahren von den unteren Rängen nach oben gearbeitet hatte. Sie hatte im Fälschungsdezernat des Secret Service angefangen, doch jetzt war sie im Personenschutz. Immer, wenn der Präsident das Weiße Haus verließ, hatte Curtis schon lange im Voraus alle Routen der Limousine geplant, jede Abzweigung, die sie nahm, jede Kreuzung, die sie überquerte. Und wann. Und sie plante die Fluchtwege ein, sollte ein Attentat auf die Präsidentenlimousine verübt werden.

Curtis tippte mit dem Zeigestock auf die Avenue of the Stars. »POTUS frühstückt im Century Plaza, er betritt und verlässt das Hotel via Dienstboteneingang.«

Youngblood schauderte. Bei ›Dienstboteneingang‹ musste er immer an Robert Kennedy denken, wie er durch den Küchenbereich des Ambassador Hotels in der Innenstadt von Los Angeles ging. Seine Sicherheit war praktisch null. Sirhan Sirhan hatte ungehindert auf den Kopf des Senators gezielt. Youngblood fühlte, wie sich sein Magen zusammenkrampfte. Seine größte Sorge war, dass ein Attentat auf den Präsidenten gelingen würde, während er für ihn verantwortlich war. Allein der Gedanke trieb ihm den Schweiß auf die Stirn.

»Um genau neun Uhr fünfzehn«, sagte Mary Beth Curtis, »verlässt POTUS das Hotel und fährt über den Pico und Westwood Boulevard bis zum Rehabilitationszentrum. Er müsste um neun Uhr dreißig am John-Edgar-Wales-Rehabilitationszentrum sein. Die Einweihung –«

»Moment mal!«, unterbrach Youngblood. »POTUS hatte sich doch gegen die Einweihung entschlossen. Wissen Sie nicht mehr?«

»POTUS hat seine Meinung geändert«, sagte sie. »Jetzt will er doch daran teilnehmen. Wir erhielten den Befehl dazu vor einer Stunde.«

»Himmel«, knurrte Youngblood.

»Wenn Sie versuchen wollen, es ihm auszureden, warten wir so lange auf Sie.«

Youngblood seufzte frustriert. Die Planänderung gefiel ihm nicht und ebenso wenig, dass der Präsident überhaupt in die Nähe des Memorial kam. Das war viel zu riskant. Ginge es nach Youngblood, würde der gesamte Los-Angeles-Besuch gestrichen. Er blickte zu Thomas Harrington, dem Leiter des Secret Service. »Sir, bei allem Respekt, ich glaube, der Präsident macht einen Fehler.«

»POTUS ist über die Empfehlung des Vorauskommandos informiert«, sagte Harrington. »Ich selbst war gerade im Oval Office, als er den Bericht las. Ich verlieh meinen Bedenken so viel Nachdruck, wie es mir möglich war.« Harrington erwog für einen Moment, die Unterhaltung genau wiederzugeben, ließ es dann aber doch bleiben. »Kurz gesagt: Er will vor der Öffentlichkeit nicht den Eindruck erwecken, dass sich der Präsident der Vereinigten Staaten von einer Gruppe gewalttätiger Individuen einschüchtern lässt. Er hat die Sache gründlich mit seinen Beratern besprochen und ist zu dem Ergebnis gekommen, dass sich die Risiken auf ein Minimum beschränken lassen.«

Nicht, wenn man es mit durchgeknallten, verdammten Terroristen zu tun hat, dachte Youngblood. »Sir, ist ihnen bekannt, dass diese Bombenleger bereits zweimal zugeschlagen haben?«

»Das wissen sie.«

»Und wissen sie auch, dass der nächste Anschlag für den neunzehnten April vorhergesagt wird?«

»Auch das.«

Youngblood versuchte sich zu beherrschen. Er war groß und breitschultrig, hatte ein markantes Kinn und trug einen Bürstenhaarschnitt. Aus seinem Gesichtsausdruck konnte man selten schließen, was er wirklich fühlte. »Der befehlshabende Offizier unseres Vorauskommandos hält das Memorial Hospital für einen potentiell gefährlichen Aufenthaltsort für den Präsidenten. Und er hat ›gefährlich‹ doppelt unterstrichen.«

»Und aus diesem Grund wird der Präsident auch nicht die pädiatrische Station des Memorial Hospital besuchen, wie ursprünglich vorgesehen«, sagte Harrington, »sondern seinen kurzen Aufenthalt auf das neue Zentrum beschränken, das zwei Blocks vom Krankenhaus entfernt liegt.«

»Ich bin immer noch dagegen«, bekannte Youngblood.

Das sind wir im Secret Service doch alle, wollte Harrington sagen, verkniff sich jedoch die Bemerkung. »Das Zentrum ist ganz neu gebaut und noch menschenleer. Und so wird es auch bis zu POTUS' Besuch bleiben. Achtundvierzig Stunden vor der Ankunft des Präsidenten wird das Gebäude versiegelt. Ein zweites Agententeam ist bereits auf dem Weg nach Los Angeles. Ihre einzige Aufgabe besteht darin, das Gebäude sauber zu halten. Über das Wochenende geht niemand hinein oder kommt heraus. Und damit meine ich niemand.«

Youngblood holte tief Luft und stieß sie geräuschvoll wieder aus. Er fügte sich dem Entschluss des Präsidenten. »Die Liste der Ehrengäste, die bei der Einweihung dabei sein werden, muss sorgfältig überprüft werden.«

»Wir sind bereits dabei.«

»Sie müssen zu vorgeschriebenen Zeiten kommen«, fuhr Youngblood fort. »Nach acht Uhr dreißig wird keiner mehr zugelassen. Alle Limousinen erhalten Anweisung, mindestens zwei Blocks entfernt zu parken.«

»Gut, gut«, pflichtete Harrington ihm bei. »Natürlich werden Metalldetektoren aufgestellt, durch die alle hindurch müssen. Und wir sollten alle sechs Stunden Spürhunde durch das Gebäude führen.«

Youngblood erinnerte sich an den Bauplan des neuen Zentrums, den er vor einer Woche gesehen hatte. Es gab vier Stockwerke, jeweils mit einer Fläche von tausendzweihundert Quadratmetern. »Was für Hunde sollen wir Ihrer Meinung nach nehmen?«

»Unsere Belgischen Schäfer«, sagte Harrington. »Die wittern Sprengstoffe auf hundert Meter.«

»Ich brauche vier davon.«

»Sie werden heute Abend im Flugzeug sein«, sagte Harrington, dann wandte er sich an Curtis: »Ich will für den Präsidenten mindestens zwei Fluchtrouten weg vom Rehazentrum.«

»Das wird nicht möglich sein«, antwortete sie. »Das Zentrum liegt in einer Sackgasse.«

»Verstehe«, sagte Harrington. Innerlich kochte er, ließ es sich jedoch nicht anmerken. Darüber hätte man ihn längst informieren müssen. »Überprüfen Sie noch einmal, ob es nicht eine Ausfahrt oder Durchfahrt gibt, die wir benutzen könnten.«

»Wird erledigt«, sagte sie und griff zum Telefon. »Unser Vorauskommando soll uns eine Luftaufnahme der Umgebung faxen.«

»Zeigen Sie sie mir, wenn sie da ist«, sagte Harrington und wandte sich zum Gehen. »Kommen Sie, Jack. Begleiten Sie mich noch zum Aufzug.«

Am Wasserspender blieb Harrington stehen und streckte sich nach den Pappbechern. Er warf einen Blick über die Schulter, um sicherzustellen, dass sie außer Hörweite waren, dann flüsterte er: »Wenn es irgendein Anzeichen eines Problems gibt – ich meine auch nur die Spur einer Ahnung –, schaffen Sie POTUS' Hintern schleunigst da raus und zurück zu Air Force One. Verstanden?«

»Ja, Sir.«

30

Dienstag, 13. April, 13.25 Uhr

Eva zeigte Rudy das großzügig geschnittene Wohnzimmer ihres neuen Hauses. Der Raum war leer bis auf eine Matratze, die hochkant an der Wand lehnte.

»Die Jalousetten müssen unten bleiben«, ermahnte sie ihn. »Und schalte abends ein paar Stunden lang das Licht an. Auf diese Weise schöpft niemand Verdacht.«

»Was mach ich, wenn jemand klingelt?«

»Ignorieren.«

Sie führte ihn durch einen engen Flur. Rechts und links gingen Türen in Schlafzimmer, Bad und ein kleines Arbeitszimmer. In der Nähe der Küche stand eine Tür mit Riegel einen Spalt breit offen. Rudy spähte hinein. Er konnte nur ein paar Stufen erkennen, die nach unten führten, der Rest verschwand im Dunkeln. »Wo geht es hier hin?«

»In den Keller.«

»Gibt's da einen Ausgang nach draußen?«

Eva schüttelte den Kopf. »Nur ein kleines Fenster hoch oben, aber da sind Eisenstangen davor.«

Sie kamen in eine große, frisch gestrichene Küche mit Kühlschrank, Eisschrank und Herd. Auf der Arbeitsfläche neben der Spüle standen Essenskonserven, Getränkedosen und Plastikwasserflaschen. Daneben lagen Zünder, Kabel und zwei Blöcke C4.

Rudy spähte durch die Jalousetten hinaus. Er sah einen kleinen, vernachlässigten Garten auf der einen Seite und eine Garage auf der anderen. Dazwischen standen Bäume und eine hohe Hecke.

»Wer wohnt hinter diesem Wäldchen?«, fragte Rudy.

»Ein altes, schwerhöriges Paar.«

»Irgendwelche Hunde?«

»Ein Spielzeugpudel, der einmal bellt, bevor er wegrennt.«

Rudy nickte, zufrieden mit dem Haus und seiner Lage. Der Fluchtweg durch die Hecke war perfekt. Jeder, der hinter ihnen her war, musste zuerst durch das Gewirr der Büsche. Er wäre ein leichtes Ziel. »Dieses Haus ist fantastisch. Wie hast du es bloß so schnell gefunden?«

»Reiner Zufall«, sagte Eva. Aber es war kein Zufall gewesen und sie hatte das Haus auch nicht schnell gefunden. Sie hatte es gleichzeitig mit dem Haus in West Hollywood gemietet. Dieses zweite Haus war ihre Rückversicherung, sollte irgendetwas schief gehen, wie zum Beispiel, dass Rudy so blöd war, sich erwischen zu lassen und sich dann entschied, alles auszuplaudern, um seine Haut zu retten.

Rudys Blick fiel auf eine Matratze am Boden vor der Vorratskammer. Er ließ sich drauffallen und testete, wie weich sie war. »Schläfst du hier?«

»Ja«, sagte Eva und sah zu, wie Rudy sich zurücklegte.

»Warum schlafen wir nicht beide hier?«, fragte er und grinste anzüglich.

»Weil ich will, dass du die Haustür bewachst, während ich ein Auge auf den Hintereingang habe.«

»Von hier aus ist man doch gleich an der Haustür.«

»Wie lange, schätzt du, würdest du brauchen? Drei, vier Sekunden?«

»Höchstens.«

»Genug Zeit für jemanden, die Haustür einzurammen und dir den Kopf wegzublasen.«

Rudy glotzte Eva an und zog sie dabei mit den Augen aus. Sie hatte so eine schmale Taille und einen prachtvollen Arsch. Er stellte sich vor, wie er es ihr so lange besorgte, bis sie um Gnade winselte. »Gar nicht interessiert?«

»Jetzt ist nicht der richtige Zeitpunkt dafür.« Eva warf kurz einen Blick auf die Wölbung in Rudys engen Jeans. Es ließ sie völlig kalt. Sie sah wieder woanders hin.

»Solltest du es dir doch noch einmal anders überlegen ...«

»Bist du der Erste, der es erfährt.«

Evas Handy klingelte in ihrer Jackentasche. Schnell holte sie es heraus.

»Ja?«

»Es gibt Probleme.«

Eva erkannte sofort die Stimme ihres Kontaktmanns aus dem Memorial Hospital. »Von wo rufen Sie an?«

»Von draußen.«

»Bleiben Sie, wo Sie sind.« Eva klappte ihr Handy zusammen und blickte zu Rudy. »Ich muss kurz weg. Ich will, dass du im Haus bleibst, bis ich zurück bin.«

Rudy studierte ihr Gesicht, wurde aber nicht daraus schlau. Es war ausdruckslos. »Irgendetwas nicht in Ordnung?«

»Verschließ die Tür hinter mir und mach niemandem auf.«

Eva setzte die Baseballkappe mit dem angeklebten Pferdeschwanz auf. Sie zog den Schirm herunter, so dass ihr Gesicht größtenteils verdeckt war, dann nahm sie eine Sonnenbrille. Sie betrachtete sich kurz im Badezimmerspiegel, bevor sie in einen hellen Frühlingstag hinauslief.

Die Wohngegend war ruhig. Es gab keine Jogger oder Spaziergänger, nur eine Frau, die gegenüber im Garten arbeitete. Sie winkte und Eva winkte im Vorbeieilen geistesabwesend zurück. Sie wusste, es musste sich um etwas Dringendes handeln. Sonst hätte ihr Kontaktmann nicht mitten am Tag auf ihrem Handy angerufen. Das hatten sie ihm strengstens untersagt, es sei denn, es handelte sich um einen echten Notfall. Was mochte wohl passiert sein? Was?

Sie atmete tief durch und ging im Kopf die schlimmsten Szenarien durch. Die erste Möglichkeit war, dass man ihre Pläne für den Anschlag aufgedeckt hatte. Unwahrscheinlich, dachte sie. Dann hätte der Kontaktmann sie nicht anrufen können. Er wäre verhaftet worden. Die zweite Möglichkeit war, dass man die Einweihungspläne für das Rehazentrum geändert oder abgesagt hatte. Das wäre eine Katastrophe. All ihre Arbeit wäre umsonst gewesen. Der perfekte Plan würde in Rauch aufgehen.

An der Ecke bog Eva in ein kleines Einkaufszentrum ein. Sie ging zu einer Telefonzelle kurz hinter einem Schönheitssalon und griff nach dem Telefonbuch. Während sie darin herumblätterte, suchte sie mit den Augen das Zentrum und die Kreuzung dahinter ab. Ein schwarzweißer Streifenwagen stand an der Ampel. Eva wartete, bis das Auto weiterfuhr, dann hob sie den Hörer ab, warf zwei Vierteldollarmünzen ein und wählte.

»Ja?«, fragte der Kontaktmann.

»Ist Mr. Right zu sprechen?«, fragte Eva in ihrem abgesprochenen Code.

»Er ist verreist«, kam die korrekte Antwort.

Eva sah sich noch einmal um, dann fragte sie: »Was gibt's?«

»Die Polizei hat herausgefunden, dass jemand aus dem Rehazentrum in die Sache verwickelt ist. Sie untersuchen hier alles und befragen die Angestellten noch einmal.«

»Sie haben nur Vermutungen.«

»Sie müssen mehr haben«, sagte die Stimme besorgt. »Sie wissen, dass jemand von hier Informationen über Ramón Gonzalez weitergegeben hat.«

Sie haben die Leiche gefunden, dachte Eva und fragte sich einmal mehr, ob Maria Gonzalez ihnen wirklich alles gesagt hatte.

»Und als ob das noch nicht genug wäre, will jetzt auch noch der Secret Service mit jedem Einzelnen von uns reden.«

»Sie haben trotzdem nichts in der Hand«, sagte Eva ruhig. »Wenn sie wirklich etwas wüssten, würden sie Leute verhaften, statt sie zu befragen.«

»Aber sie werden weiter recherchieren und herausfinden, dass meine Schwester zu den Leuten gehört, die in der Idahosiedlung vom FBI getötet wurden. Und wenn das herauskommt, haben sie eine direkte Verbindung zu mir.«

Das wird eine Weile dauern, dachte Eva, und bis dahin bist du sowieso tot. »Alice hat nie ihren Mädchennamen verwendet, das wissen Sie doch.«

»Aber sie werden alle doppelt und dreifach überprüfen.«

»Lassen Sie sie nur«, sagte Eva und klang unbesorgt. »Sie sind ein völlig unbeschriebenes Blatt und das werden Sie auch bleiben. Und nach dem großen Knall deutet alles auf Ihren Kollegen und der wird dann nicht mehr da sein, um sich zu verteidigen.«

»Aber es gibt keine handfesten Beweise gegen ihn.«

»Doch, die gibt es. Besonders, wenn sie das C4 finden, das wir in seiner Garage versteckt haben.«

»Himmel! Das haben Sie getan?«

»Natürlich. Glauben Sie, wir lassen Sie ungedeckt?«

»Niemals. Nicht eine Sekunde«, sagte der Kontaktmann dankbar.

Eva hörte, wie er erleichtert aufatmete. Nur noch ein paar Tage, dachte sie. Halte diese Idioten noch sechs Tage zusammen. »Also, wieder alles in Ordnung?«

»Ja«, sagte der Mann. »Aber ich glaube, wir haben noch ein Problem. Ein großes.«

»Was?«

»Joanna Blalock.«

Eva hörte ein lautes Dröhnen über das Telefon, das langsam abnahm. »Was war das?«

»Hier ist gerade ein Düsenflieger gestartet. Meine Telefonzelle steht am Santa-Monica-Flughafen.«

»Sie sagten etwas von Joanna Blalock. Wo liegt das Problem?«

»Sie weiß zu viel und sie wird die Polizei geradewegs zu uns führen.« Der Kontaktmann schluckte hörbar. »Sie und der Chef-Detective leiten hier alle Befragungen, aber es ist Blalock, die die Richtung vorgibt. Ich spüre förmlich, wie sie der Sache näher kommt.«

»Wie das?«

»Zum Beispiel daran, dass sie mir Fragen über Ramón Gonzalez und seine Prothese stellt. Wie sie gemacht wird und wer sie ihm angepasst hat.«

»Na und?«

»Sie konzentriert sich auf die Prothese und die Fertigungsmaschine«, fuhr der Mann fort. »Sie war ganze zwanzig Minuten im Maschinenraum und hat mich und die anderen befragt. Wenn sie einen von diesen Spürhunden bei sich gehabt hätte, die auf Sprengstoff abgerichtet sind, hätte der verrückt gespielt. Das wäre das Ende unseres Plans gewesen.«

»Aber sie hatte keinen Hund.«

»Aber der Secret Service wird welche haben. Und Joanna Blalock trifft sich morgen Nachmittag mit ihnen.« Der

Kontaktmann machte eine Pause, während im Hintergrund der nächste Düsenflieger abhob. »Ich sage Ihnen, Joanna Blalock steht kurz vor der Lösung. Noch ein guter Hinweis und sie wird die Teile zusammensetzen.«

»Verstreuen Sie Cayennepfeffer im Raum«, sagte Eva und überlegte fiebrig. »Sie brauchen nicht viel. Ein paar Körner hier und da sind genug.«

»Verdeckt das den Geruch?«

»Zumindest eine Weile.« Eva wusste, dass der Pfeffer die Hunde ablenken würde und sie vergraulen, aber die gut abgerichteten würden das C4 letztlich doch noch wittern. »Um wie viel Uhr trifft sich Blalock mit den Agenten vom Secret Service?«

»Irgendwann morgen Nachmittag.«

»Dann verstreuen Sie den Pfeffer heute Abend um die Maschine. Und denken Sie daran: nicht zu viel.«

»Und was ist mit Joanna Blalock?«

»Wenn nötig, sorge ich dafür, dass sie niemandem mehr Fragen stellt.«

»Das ist leichter gesagt als getan«, sagte die Stimme am anderen Ende der Leitung. »Irgendwer hat gestern auf sie geschossen, als sie aus der Wohnung von Ramón Gonzalez kam. Seitdem hat sie ständig einen Polizisten bei sich.«

»Wissen Sie das sicher?«

»Das gesamte Memorial weiß das.« Der Kontaktmann holte tief Luft. »Sie waren das nicht zufällig, oder?«

»Nein, das waren wir nicht.«

»Wie auch immer: Sie werden es schwer haben, an sie heranzukommen.«

»Ich werd's mir merken.«

»Eins noch.«

»Was?«

»Sie haben ein Bild von Ihnen.«

»Was!« Evas Herz setzte für einen Schlag aus und fing dann an, wie wild zu pochen. »Wa – was für ein Bild?«

»Ein Phantombild«, erwiderte ihr Kontakt. »Glücklicherweise hatten Sie eine Perücke auf. Sonst wäre das Portrait wirklich gut getroffen.«

»Konnten Sie mich trotzdem erkennen?«

»Ich schon«, sagte er. »Aber ich bin nicht sicher, ob jemand anderes es könnte. Zumindest nicht auf den ersten Blick. Sie haben Ihre Wangenknochen ein wenig zu hoch gezeichnet und den Mund ein bisschen zu breit.«

»Also besteht nur eine Ähnlichkeit mit mir?«

»Ja. Aber jemand muss Sie irgendwo gesehen haben.«

Wer?, fragte sich Eva und ihre Gedanken rasten. Sie trug immer Verkleidungen und Perücken, wenn sie an einen neuen Ort kam und das sollte ausreichen, um – Eva presste sich den Hörer ans Ohr. »Was für eine Perücke trage ich auf dem Bild?«

»Die mit dem Knoten hinten.«

Eva legte die Stirn in Falten, während sie in Gedanken ihre Verkleidungen durchging. Sie hatte diese Perücke zweimal getragen und zwar jeweils im Memorial. Das erste Mal, als sie die Gerichtsmedizin auskundschaftete und dann erneut, als sie sie in die Luft jagte. Schlagartig erinnerte sie sich, wie sie bei ihrem Erkundungsgang im Korridor auf Joanna Blalock getroffen war. »Hat Joanna Blalock irgendetwas mit dem Phantombild zu tun?«

»Davon weiß ich nichts«, sagte der Kontaktmann. »Man hat mir nur gesagt, dass man die Person auf dem Bild verantwortlich hält für den Anschlag im Memorial.«

Es musste Joanna Blalock gewesen sein, dachte Eva. Niemand sonst hatte ihr direkt ins Gesicht gesehen. Aber wie konnte sie geahnt haben, warum ich da war? Vielleicht hatte Blalock Notizen mit anderen verglichen, wie zum Beispiel dem Polizeibeamten in der Eingangshalle oder der Laborantin, die ihren Kopf in den Flur gesteckt hatte. Aber es war Joanna Blalock, die die beste Sicht gehabt hatte und es war Joanna Blalock, die sie bei einer Gegenüberstellung identifizieren konnte. »Joanna Blalock«, murmelte Eva wütend.

»Sie glauben, für das Bild ist sie auch verantwortlich?«, fragte die Stimme.

»Sie ist für alles verantwortlich.«

»Sie könnte die ganze Aktion verderben.«

»Wenn wir sie lassen.«

»Und da ist noch etwas, was zum Problem werden könnte.«

»Was?«, fragte Eva gereizt.

»Es gibt Gerüchte, wonach die Einweihung des neuen Instituts auf der Treppe davor stattfindet. Dort werden sie vielleicht auch die Medaillen überreichen.«

»Was für Medaillen?«

Eva hörte sich aufmerksam die Details an, wie die Freiheitsmedaille vom Präsidenten Joanna Blalock und ihren Kollegen übergeben werden sollte. »Wollen Sie damit sagen, der Präsident geht unter Umständen gar nicht in das neue Institut hinein?«

»Das ist so ein Gerücht hier.«

»Verdammter Mist«, sagte Eva. All ihre Pläne für den Anschlag auf den Präsidenten hingen davon ab, dass er das neue Institut betrat und darin herumgeführt wurde. »Die Übergabe der Medaille ist also Teil der Einweihungszeremonie, richtig?«

»Es scheint so. Offensichtlich ist der Secret Service nervös, was den Los-Angeles-Besuch des Präsidenten betrifft. Sie wollen alles möglichst komprimieren und ihn so schnell es geht hinein- und wieder herausbringen.«

Eva versuchte, das Problem zu durchdenken. Die Übergabe war der Schlüssel. Wenn die Medaillen auf der Treppe überreicht wurden, würde der Präsident nicht hineingehen. »Können Sie sicher herausfinden, wo die Verleihung der Medaillen stattfindet?«

»Das habe ich schon versucht, aber ohne Erfolg. Anscheinend weiß es niemand.«

»Ich kenne jemanden, der es wissen müsste.«

»Wen?«

»Ich rufe wieder an, wenn ich die Information habe.«

Eva hängte auf und eilte aus dem Einkaufszentrum. *Verdammt! Verdammt!*, fluchte sie leise vor sich hin, während sie in die Straße von ihrem Haus bog. Die Probleme häuften sich. Wenn der Präsident nicht in das Gebäude ging, wurde es wirklich kompliziert. Sie konnten ihn vielleicht zwar immer noch in die Luft sprengen, aber es wäre riskant, und es bestand die Chance, dass sie ihn verfehlten. Nein, dachte sie, wir brauchen den Präsidenten im Gebäude, um ihn sicher zu erwischen. *Verdammt! Verdammt!* Und was die Sache noch schlimmer machte, war dieses Phantombild von ihr, das jetzt sicher jeder Bulle im Umkreis von hundert Kilometern hatte. Und zweifellos würden sie es auch in den Nachrichtensendungen im Fernsehen zeigen. Das Phantombild war das Letzte, was sie im Moment gebrauchen konnte. Von nun an würde sie ihre Verkleidungen extrem vorsichtig auswählen und das Haus nur dann verlassen, wenn es wirklich sein musste. Auf lange Sicht war es ihr egal. Sie hatte bereits geplant, nach dem Anschlag nach Costa Rica zu fliegen und sich einer Gesichtsoperation zu unterziehen. Damit hätte sie eine völlig neue Identität und so viel Geld, wie sie ihren Lebtag nicht ausgeben konnte. Ihr Vater, der Führer der Zehn Gerechten, würde schon dafür sorgen.

Eva lief die Treppen zum Eingang hoch und durch die Tür, die Rudy ihr aufhielt.

»Mach zu«, fuhr sie ihn an.

»Was ist passiert?«

»Eine Menge.« Eva stapfte nach hinten in die Küche und überlegte, wie sie am besten mit Rudy verfahren sollte. Dieser Idiot! Dieser Volltrottel! Sie lehnte sich über die Spüle, spritzte sich Wasser ins Gesicht und trocknete sich die Wangen mit einem Handtuch. Langsam drehte sie sich zu ihm um. Sie hatte ihre Beherrschung wiedergewonnen. »Wo warst du gestern Nachmittag?«

Rudy war sofort auf der Hut. »Ich musste ein paar Sachen besorgen.«

»Was für Sachen?«

»Du weißt schon: Zigaretten, Rasierklingen. So Zeug.«

»Und das soll zwei Stunden gedauert haben?«

»Ich bin noch ein bisschen herumgefahren.«

Eva warf das Handtuch zur Seite. »Hast du gestern auf Joanna Blalock geschossen?«

»Ich doch nicht«, sagte Rudy sofort und schüttelte vehement den Kopf. »Teufel, nein! Warum sollte ich?«

Eva sah an seiner Körperhaltung, dass er log. Dieser hirnlose Idiot! Er hätte erwischt werden können, und dann hätte er alles preisgegeben, um seinen Kopf aus der Schlinge zu ziehen. »Ich muss die *Wahrheit* wissen.«

»Ich war's nicht«, sagte er, jetzt mit festerer Stimme.

»Gut, wer immer es war, zu schade, dass er nicht getroffen hat«, sagte sie und versuchte es auf diese Art. »Eine tote Joanna Blalock wäre mir recht gewesen.«

Rudy zuckte die Schultern. Er war kurz versucht zu gestehen, überlegte es sich dann aber noch mal anders. Er wollte nicht die fünfhunderttausend Dollar riskieren, die er für den Job bekam. Hunderttausend waren bereits auf einer Bank in Mexiko deponiert. Die restlichen Vierhunderttausend würden dorthin transferiert, wenn der Präsident erst einmal tot war. Fortan würde er ein sorgenfreies Leben führen. »Die Nachbarschaft wimmelt nur so von mexikanischen Gangs. Vielleicht war es ja ein Bandenmitglied.«

»Vielleicht«, sagte Eva.

»Ich könnte es herausfinden.«

Sie schüttelte den Kopf. »Was geschehen ist, ist geschehen.«

»Wahrscheinlich hast du Recht.«

Rudy nahm eine Limodose von der Arbeitsfläche und öffnete sie. Er fragte sich, wo Maria Gonzalez wohl den Rest des Geldes versteckt hatte. Zweitausend Dollar hatten sie unter der Leinwand des Jesusgemäldes entdeckt. Irgendwo mussten noch weitere dreitausend stecken, aber sie hatten sie nicht finden können. Aus diesem Grund war Rudy am nächsten Tag noch einmal zurückgekommen – um nach dem restlichen Geld zu suchen. Aber die Gegend wimmelte von Polizisten, also war er auf ein Dach in der Nachbarschaft geklettert und hatte zugesehen. Er wusste immer noch nicht, warum er auf den Bullen und die Ärztin gefeuert hatte. Er hatte einfach nicht widerstehen können, eine Stimme in seinem Kopf hatte ihm gesagt, was zu tun war. Und es hatte sich so gut angefühlt, als er es tat.

Rudy wandte sich um und bemerkte, dass Eva ihn immer noch misstrauisch ansah. Sie weiß es, dachte er, sie weiß, dass ich lüge. Angst überkam ihn. Nicht nur die fünfhunderttausend Dollar waren in Gefahr. Hier ging es um sein Leben. Mit Evas Leuten war nicht zu spaßen. Sie hatten alle getötet, die sich ihnen in den Weg stellten. »Stimmt – stimmt irgendetwas nicht?«

Eva erkannte die Angst in seinen Augen und wusste sofort, dass ihr Gesicht ihre Gefühle verraten hatte. Sie lächelte Rudy zu und misstraute ihm jetzt sogar noch mehr. Aber sie brauchte ihn. Zumindest jetzt. Sie seufzte laut. »Ich habe darüber nachgedacht, was wir mit Joanna Blalock machen.«

»Wir sollten sie töten«, sagte Rudy sofort. »Und zwar schön langsam.«

»Ich werde darüber nachdenken«, sagte Eva und ging aus der Küche.

31

Donnerstag, 11. April, 21.40 Uhr

Jake vergewisserte sich, ob alle Fenster in Joannas Wohnung verschlossen waren. Er lugte durch die Vorhänge im Wohnzimmer auf den spärlich beleuchteten Innenhof. Draußen regnete es ununterbrochen, am Himmel war kein Mond zu sehen, alles war dunkel.

Er zog die Vorhänge zu und nahm sein Walkie-Talkie: »Lasst mal von euch hören.«

»Hier draußen ist alles klar«, meldete sich der Detective aus dem Wagen, der nahe dem Eingang der Wohnanlage parkte.

»Alles ruhig«, kam die zweite Antwort aus der leer stehenden Wohnung direkt gegenüber. Die beobachtenden Detectives hatten Nachtsichtgeräte, die auf Joannas Haustür und den Weg dorthin gerichtet waren.

»Haltet die Augen auf«, sagte Jake.

Er hörte, wie die Dusche im Badezimmer abgedreht wurde und sah sich noch einmal schnell im Wohnzimmer um, für den Fall, dass er irgendetwas übersehen hatte. Die Türen, die Vorhänge, die Heizung und die Lüftungsschächte, die Lampen in der Decke. Alles überprüft und gesichert. Da blieb sein Blick an den brennenden Scheiten im Kamin hängen. Hastig nahm er noch einmal das Walkie-Talkie: »Was ist mit dem Kamin?«

Es kam keine Antwort, nur statisches Rauschen.

»Was ist mit dem Kamin?«, wiederholte Jake.

»Hurley hat sich heute Nachmittag darum gekümmert«, antwortete der Detective von der anderen Seite des Innenhofs. »Er hat ihn mit einem Drahtgitter überzogen, das an ein Alarmsystem angeschlossen ist. Da braucht nur ein Vogel darauf zu landen, damit hier die Hölle los ist.«

Jake dachte einen Moment lang nach. »Kann man ein Loch in das Gitter schlagen?«

»Keine Chance. Es ist aus Titandraht.«

»Gut«, sagte Jake.

Joanna stand im Eingang zum Flur und frottierte sich das Haar mit einem flauschigen Handtuch. »Mann, hier kommt man sich ja vor wie auf einem Militärstützpunkt.«

»Das kommt daher, weil es einer ist«, sagte Jake.

»Glaubst du wirklich, sie würden noch einmal auf uns schießen?«

Jake schüttelte den Kopf. »Sie sind miserable Schützen. Sonst wären wir längst tot.« Er dachte an den Mann auf dem Dach, der auf sie geschossen hatte. Die Kugeln, die sie sicherstellen konnten, waren aus einer halbautomatischen Pistole abgefeuert worden. Hätte der Schütze ein Gewehr mit Zielfernrohr gehabt, hätte er sie beide leicht und ohne Hast töten können. »Nein, die werden nicht noch einmal auf uns schießen.«

»Und wie werden sie dann versuchen, uns zu kriegen?«

»Mit einer Bombe.«

Joanna unterbrach ihr Haartrocknen und starrte Jake an. »Meinst du das ernst?«

»Aber sicher doch«, sagte er ohne Zögern. »Mit C4 kennen sie sich am besten aus. Und es wäre so leicht: Man muss nur ein Hinterfenster einschlagen und eine Bombe hineinwerfen. Für unsere Überreste würde sich kein Begräbnis mehr lohnen.«

»Was für ein hübscher Gute-Nacht-Gedanke«, spottete Joanna.

»Ich wollte nur, dass du weißt, womit wir es hier zu tun haben.«

Sie nickte und seufzte tief. »Einen wild entschlossenen Bombenleger kann man eigentlich gar nicht aufhalten, oder?«

»Kaum«, sagte Jake. »Man kann nur versuchen, es ihm so schwer wie möglich zu machen, überhaupt erst an einen heranzukommen.«

»Und meistens gelingt nicht einmal das.« Joanna fuhr fort, sich die Haare zu trocknen. »Wie du sagtest, sie könnten mein Badezimmerfenster einschlagen, bevor die Männer draußen etwas dagegen tun können. So ist das nun mal.«

»So wäre es, hätten wir dein Badezimmerfenster nicht mit Stacheldraht vergittert«, erklärte Jake. »Außerdem laufen da draußen zwei Hundeführer um das Gebäude. Und jeder von denen hat einen Traum von einem Rottweiler dabei, der keine Angst vor C4 hat.«

»Jetzt fühlt es sich an, als wären wir in einem Kriegsgefangenenlager«, sagte Joanna.

»Das sind wir in gewisser Hinsicht ja auch.«

»Wer hätte je gedacht, dass so etwas in Amerika passieren könnte?«

»Willkommen in der neuen Welt«, sagte Jake bitter.

Joanna nahm einen großen Kamm aus der Tasche ihres Frotteebademantels und kämmte sich das Haar. Sie sah zu, wie Jake seine Waffe in das Halfter unter dem Arm steckte. Er trug das verfluchte Ding nie, wenn er bei ihr war. Nie. Aber heute Nacht war alles anders. Er würde sie vielleicht nicht mal zum Schlafen ablegen.

Sie sah sich im stillen Wohnzimmer um. Es war so ruhig, seit Kate und Jean-Claude weg waren. Ständig erwartete sie, dass der Kleine auf seinem treuen Besen hereingaloppiert kam. Aber sie wusste, dass das nicht geschehen würde. Er war mit seiner Mutter in einem Motel fern des Memorial eingesperrt. Und sicher fragte er sich, warum er nicht bei seiner Tante Joanna sein konnte. Wieder seufzte sie. Wie sollte man einem Zweijährigen erklären, was Terroristen waren?

Plötzlich tat es über ihr einen dumpfen Schlag.

Jake griff nach seiner Waffe, sofort in Einsatzbereitschaft.

Joanna sah hoch und wich langsam zurück. Dann hörte sie leise Schritte. »Das ist die Frau aus der Wohnung oben. Die lässt immer alles fallen.«

Jake steckte die Waffe zurück in das Halfter und griff schnell nach dem Walkie-Talkie. Er sprach mit dem Team in der Wohnung auf der anderen Seite des Innenhofs. »Habt ihr irgendetwas gesehen?«

Es rauschte erst kurz, bevor die Antwort kam. »Die Frau, die über euch wohnt, ist gerade heimgekommen.«

»Beschreibt sie«, drängte Jake.

»Klein und rundlich mit Schoßhündchen.«

Jake sah Joanna fragend an. Sie nickte.

»Sagt mir Bescheid, wenn im Hof wieder jemand kommt oder geht«, sagte Jake in das Walkie-Talkie.

»Machen wir«, versprach der Detective. »Aber bei der Frau gerade waren wir sicher. Wir haben gesehen, wie der Hundeführer sie am Eingang überprüft hat.«

»Ich will trotzdem benachrichtigt werden.«

»Wird erledigt.«

Jake legte das Walkie-Talkie weg und stieß laut die Luft aus. Er drehte langsam den Kopf hin und her, um das verspannte Genick zu lockern. »Willst du ein Bier?«

»Ich könnte wirklich eins gebrauchen«, stimmte Joanna zu.

Jake ging zur Bar und kam mit zwei eiskalten Flaschen Importbier zurück. Er öffnete sie und reichte Joanna eine.

»Auf glücklichere Tage«, prostete er ihr zu.

»Und zwar eine Menge davon«, ergänzte sie.

Joanna saß auf dem Sofa und beobachtete, wie Jake auf und ab ging. Sogar er war beunruhigt durch diese Dreckskerle mit ihren Bomben. Und das zu Recht. Es waren kaltblütige Mörder, die ohne Zögern den gesamten Wohnkomplex in die Luft jagen würden, nur um etwas aus dem Weg zu räumen, das ihnen bei ihrem großen Plan im Weg stand. Aber was war das für ein großer Plan? Welches Gebäude wollten sie in die Luft sprengen? Auf welche Institution hatten sie es abgesehen? Wie viele Leute würden dabei ums Leben kommen? Und werde ich noch da sein, wenn all das geschieht?

Joanna machte sich hinsichtlich ihrer Lage nichts vor. Die Kugeln vor Marias Wohnblock hatten ihr gegolten. Hätte sie sich nicht zufällig gerade geduckt, um ins Auto zu steigen, hätten die Schüsse ihr den Kopf weggeblasen. Die Terroristen wollten sie töten und sie würden es wieder versuchen, ob Jake nun bei ihr war oder nicht. Was ist es nur, das ich weiß? Was ist es, was die Terroristen so stark beunruhigt?

Ihr Blick wanderte zum Kamin, als die lodernden Scheite laut knackten. Sogar der Kamin war eine Gefahr, dachte Joanna niedergeschlagen und fragte sich, ob die Terroristen es schaffen konnten, die Titanabdeckung zu durchbrechen. Mehr bräuchte es nicht. Dann könnten sie einen C4-Block in den Kamin werfen und die Wohnung in ihre Einzelteile zerlegen. Vor ihrem geistigen Auge sah sie, wie die Opfer aus den Schuttbergen in West Hollywood gezogen wurden. Sie sah den Feuerwehrmann mit dem kleinen toten Kind im Arm. Dieses Bild würde sie niemals vergessen. Keiner, der es je gesehen hatte, würde das.

Joanna atmete tief durch und dachte, dass in ihrem Leben seit der verdammten Explosion alles schief gelaufen war. Alles. Ihre komplette Welt war auf den Kopf gestellt. Aber daran war nicht die Explosion schuld.

Jake blickte sie an und bemerkte den abwesenden Ausdruck in ihrem Gesicht. Er kam zu ihr und setzte sich neben sie auf das Sofa. »Bei dir alles in Ordnung?«

Sie lehnte den Kopf an seine Schulter. »Ich hätte es dir sagen sollen.«

»Was sagen?«

»Das mit Paul du Maurier.«

Jake zuckte die Schultern. »Du hast getan, was du für richtig hieltest.«

»Bist du mir böse?«

»Ich bin drüber weg.«

Joanna gelang ein schwaches Lächeln. »Nein, bist du nicht.«

Jake stöhnte leise. »Wenn du die Antworten schon kennst, warum fragst du dann überhaupt noch?«

»Das heißt, du bist mir immer noch böse. Stimmt's?«

»Ein wenig«, gestand Jake. Er zündete sich eine Zigarette an und blies den Rauch an die Decke. »Leider merke ich immer erst, wie wichtig mir etwas ist, wenn ich gerade dabei bin, es zu verlieren.«

»Willkommen im Club.« Joanna nahm ihm die Zigarette aus der Hand, zog einmal daran und reichte sie ihm zurück. »Ich hatte dich beinahe aus meinem Kopf bekommen, Jake. Beinahe.«

»Mich ganz vergessen?«

»Ich wollte dich nie vergessen«, sagte sie offen. »Ich wollte aufhören, dich zu lieben.«

Jake drückte ihr sanft die Schulter. »Schätze, das Schicksal hat uns füreinander bestimmt, ob zum Guten oder Schlechten.«

»Sieht so aus«, sagte Joanna. Sie starrte ins Feuer, sah dort aber nur das Gesicht von Paul du Maurier. Er lächelte ihr zu. »Er hat mich tief verletzt, Jake. Es tut immer noch so verdammt weh. Ich werde eine Weile brauchen, um darüber hinwegzukommen.«

»Versuche nicht, darüber hinwegzukommen«, riet Jake. »Lass den Schmerz zu und lerne, damit zu leben.«

»Hast du das auch getan, als du Eleni verloren hast?«

»Ja.«

»Und hat es funktioniert?«

»Ich bin bei dir gelandet, oder nicht?«

Der Regen draußen fiel jetzt dichter und prasselte gegen das Erkerfenster. In der Ferne schlug ein Blitz ein, gefolgt von Donnergrollen. Die ganze Wohnung erbebte.

»Schläfst du hier?«, fragte Joanna und stand auf.

»Ja«, sagte Jake. »Ich will nah an der Tür sein. Wenn du irgendetwas hörst, das leiseste Geräusch, lässt du dich Richtung Schrank fallen und ziehst alle Decken auf dich drauf. Verstanden?«

»Verstanden«, sagte Joanna und küsste ihn auf die Wange. »Danke, dass du hier bist, Jake.«

»Ich wüsste keinen Ort, an dem ich sonst sein wollte.«

»Gute Nacht«, sagte sie und ging aus dem Zimmer.

Jake sah zu, wie die brennenden Scheite im Kamin zu toter Asche zerfielen. Wie das Leben, dachte er. Einen Moment war alles hell und warm und fühlte sich gut an. Und dann auf einmal brach alles zusammen und man konnte nichts dagegen tun. Irgendwelche Ereignisse machten alles kaputt. Oder das Schicksal. Was es auch war. Er dachte an seine frühere Ehefrau Eleni, und wie weh es getan hatte, als sie nicht mehr da war. *Himmel! In was für einem Zustand ich damals war!* Und es hatte ewig gebraucht, bis er darüber hinwegkam. Joanna schien viel besser damit zurechtzukommen als er damals. Zumindest konnte sie noch arbeiten. Sie wird schon wieder, versuchte er sich einzureden. Schließlich hatte sie heute Abend schon ein paar Mal gelächelt. Sie war bereits auf dem Weg der Besserung.

Einen Moment später bemerkte Jake, wie sehr er sich getäuscht hatte. Leise hörte er durch das Rauschen des Regens, wie sich Joanna in den Schlaf weinte.

32

Mittwoch, 14. April, 14.20 Uhr

Jake und Lou Farelli gingen an den neu aufgebauten Betonabsperrungen vor der Bundesbehörde in West Los Angeles entlang. Zwischen den Absperrungen und dem Gebäude patrouillierten bewaffnete Wachposten mit Polizeihunden.

»Es ist doch einfach nicht zu fassen!«, schimpfte Farelli. »Was so ein paar Terroristen in einer Stadt anrichten können.«

»Und es wird noch schlimmer werden«, meinte Jake. »Warte erst mal ab, was am neunzehnten April los ist. Sämtliche Bundesbehörden im Umkreis von hundert Kilometern werden sich in Betonfestungen verwandeln.«

»Und du glaubst, die Terroristen werden wirklich zuschlagen?«

»O ja«, sagte Jake. »Man kann nicht alle Türen und Fenster in jedem Gebäude sichern. Das ist schlicht unmöglich. Und vergiss nicht, diese Terroristen sind Experten darin, Schwachstellen auszukundschaften und zu nutzen.«

Jake nickte und dachte an die Bombe im Memorial Hospital. Zwei Polizisten hatten zwei Türen in einem leeren Korridor bewacht, und trotzdem war es den Terroristen gelungen, eine Bombe zu zünden, wobei ein Polizist ums Leben kam. »Sie werden irgendetwas Großes direkt vor unserer Nase in die Luft sprengen.«

»Es sei denn, wir nageln sie vorher fest.«

»Bis zum Neunzehnten bleiben uns nur noch fünf Tage«, sagte Jake finster. »Wie hoch schätzt du unsere Chancen ein?«

Farelli zuckte die Schultern. »Vielleicht haben wir ja Glück.«

»Da müsste schon ein Wunder geschehen.«

Sie kamen zum Gehweg. Man hatte alle Briefkästen an der Straße entfernt. Das gesamte Viertel war in Alarmbereitschaft. Kein Auto durfte anhalten, nicht einmal, um jemanden abzusetzen. Eine Motorradstreife stand in der Nähe und überwachte die Gegend. Der Polizist erkannte Jake und Farelli und grüßte.

Sie betraten das zwanzigstöckige Gebäude und ließen ihre Ausweise von zwei Wachposten überprüfen. Danach mussten sie Dienstmarken und Waffen in eine Plastikwanne legen, bevor sie durch den Metalldetektor gingen. Ein Schäferhund beäugte sie gelangweilt und verlor dann ganz das Interesse.

Im Aufzug sah Jake nach oben und betrachtete die Deckenluke, die aus der Kabine führte. Sie war weder zugeschraubt noch anderweitig verschlossen.

Farelli fragte: »Was schaust du?«

»Ich denke nur nach«, sagte Jake, der jetzt auf den Zehenspitzen stand und sich nach der Deckenluke streckte. Widerstandslos ließ sie sich aufziehen. »Wir gehen alle davon aus, dass die Terroristen versuchen, irgendwo hineinzukommen, um eine Bombe anzubringen, richtig?«

»Richtig.«

»Aber wie können wir sicher sein, dass die Bombe nicht schon längst irgendwo platziert wurde?«

»Weil die Hunde sie gewittert hätten.«

Jake deutete auf die Luke. »Stell dir mal vor, die Terroristen wären hier hochgeklettert und hätten die Bombe in der Wand des Aufzugschachts versteckt. Solange die Jungs nicht gezielt einen Hund in den Schacht führen und ihn herumsuchen lassen, würde sie niemals entdeckt werden. Und in jedem Gebäude gibt es sicher tausend solcher Ecken und Winkel.«

Farelli pfiff durch die Zähne. »Das heißt ja, dass man nirgends vor diesen Schweinehunden sicher ist.«

»Du sagst es.«

Sie stiegen aus dem Aufzug und gingen zügig zum Empfang des FBI-Hauptquartiers, wo man ihre Ausweise ein zweites Mal prüfte. Dann geleitete man sie durch einen Gang in einen großen Konferenzraum. Dort wartete Dan Hurley auf sie, zusammen mit einem Mann, den sie nicht kannten.

»Entschuldigungen Sie bitte die Verspätung«, meinte Jake.

»Kein Problem.« Dan Hurley stand auf und stellte sie William Kitt vor, dem Chef der Antiterroreinheit des FBI.

»Nehmen Sie Platz, meine Herren«, sagte Kitt förmlich. »Die neuen Informationen werden uns eben zugefaxt.«

Jake blickte auf das Faxgerät und fragte sich einmal mehr, was so dringlich sein mochte. Man hatte ihm nicht gesagt, wegen wem, was oder warum sie sich trafen, lediglich, dass er so schnell wie möglich zum Hauptquartier kommen sollte. Das erste Blatt kam aus dem Fax und Kitt griff danach.

Hurley konnte sich nicht länger zurückhalten: »Jake, wir wissen jetzt, wer diese Dreckskerle sind«, platzte er heraus.

Jake zog eine Braue hoch. »Gibt es Namen?«

»Und Gesichter.«

Der Lieutenant lehnte sich über den Tisch und starrte gebannt auf Hurley. »Ist das wirklich wahr?«

Hurley nickte. »Wir konnten einen halben Satz Fingerabdrücke von dem Portemonnaie aus dem Matchbeutel nehmen. Und sogar noch einen besseren von der Rasierklinge, die Farelli bei der ermordeten Frau in der Küche fand.«

Jake blickte Farelli anerkennend an und hielt die Daumen hoch. Die Rasierklinge, mit der man Maria Gonzalez gefoltert hatte, war unauffindbar gewesen. Sie waren kurz davor aufzugeben, als Farelli auf die Idee kam, den Mülleimer auseinander zu nehmen. Und da lag sie dann, verbogen, aber noch intakt.

»Und die Abdrücke passen zusammen«, fuhr Hurley fort. »Sie stammen von derselben Person.«

Jake kam kurz die Frau in den Sinn, die mit der Rasierklinge misshandelt worden war. Keinen Teil ihres Körpers hatten sie verschont. Er wollte nicht einmal daran denken, welche Schmerzen sie gelitten haben musste. Er holte seinen Block hervor. »Sie haben den vollen Namen von diesem sadistischen Dreckskerl?«

»Rudolph Payte«, sagte Hurley. »Seine Freunde nennen ihn Rudy.«

»Gute Arbeit«, sagte Kitt und legte die Blätter aus dem Fax zusammen. »Fangen wir mit dem Verein an, zu dem er gehört.«

Kitt gab eine detaillierte Beschreibung der extremistischen Gruppe. Obwohl es schien, als läse er vom Blatt ab, war offensichtlich, dass er schon einiges über sie wusste. »Sie nennen sich ›Die Zehn Gerechten‹. Die Mitglieder sind weiße Rassisten, die die Regierung und ihre Gesetze strikt ablehnen. Vor ein paar Jahren haben sie ein fünfzigtausend Quadratkilometer großes Gebiet Wildnis im Norden von Idaho zu ihrer eigenen Nation erklärt. Sie bauten eine große Siedlung, riegelten die Straßen ab, weigerten sich, Steuern zu zahlen und schossen auf jeden, der uneingeladen ihr Gebiet betrat. Als ein U. S. Marshall zu ihnen kam, um ihnen Dokumente zuzustellen, ermordeten sie ihn kaltblütig dafür, dass er den Fuß auf ihren Boden gesetzt hatte. Dieser Marshall hinterließ eine Frau und zwei Kinder.« Kitt war leiser geworden.

Er atmete tief durch, ehe er fortfuhr: »Wenige Tage später marschierte eine Armee von FBI-Agenten ein und Krieg brach aus. Es gab ein regelrechtes Feuerwerk. Die Siedlung wurde in Brand gesteckt. Die meisten Rassisten kamen in den Flammen um. Einige wurden erschossen. Leider entkam jedoch der Anführer der Gruppe, Walter George Reineke. Und ebenso sein Leibwächter, Rudy Payte.«

Jake fragte: »Also war Rudy Payte gar kein überzeugter Anhänger dieser Spinner?«

»Er war es, wenn man ihm genug Geld dafür gab«, erklärte Kitt trocken. »Jedenfalls dachten wir, mit dieser Gruppe wäre es aus und vorbei und sie würde keine Probleme mehr machen. Offensichtlich haben wir uns geirrt.«

»Und wer ist die Frau, hinter der wir her sind?«, fragte Jake.

»Reinekes Tochter Eva«, sagte Kitt und reichte ihnen eine gefaxte Fotografie von Eva Reineke. Man konnte keine Details erkennen, aber es war ohne Zweifel die gleiche Frau wie auf dem Phantombild der Polizei. »Sie ist der führende Kopf hinter den Bombenanschlägen.«

»Wo hat sie das gelernt?«

»Bei uns«, sagte Kitt. »Eva Reineke ging nach der Highschool direkt zur Armee und wurde Sprengmeisterin. Sie spezialisierte sich auf Plastiksprengstoffe und die üblichen Zeitzünder. Sie war so gut darin, dass sie in die engere Auswahl für die Spezialeinheit kam. Sie bewarb sich für die Eliteeinheit und wurde angenommen. Für ihre Leistungen im Training bekam sie stets ausgezeichnete Bewertungen. Eine Woche bevor sie das grüne Barett verliehen bekommen sollte«, fuhr Kitt fort, »wurde sie jedoch unehrenhaft entlassen.«

»Weswegen?«

»Weil sie einer paramilitärischen Vereinigung beigetreten war und versuchte, andere Soldaten zu überzeugen, es ihr gleichzutun.«

»Und konnte sie jemanden überreden?«

Kitt nickte. »Rudy Payte. Auch er wurde unehrenhaft entlassen.«

Kitt reichte ihnen Fotografien von Walter George Reineke und Rudy Payte. »Diese Bilder gehen an alle Polizeibeamten in Los Angeles County. Und natürlich werden sie auch im Fernsehen gezeigt. Am neunzehnten April wird jeder Wachposten an jeder Bundesbehörde die Besucher mit diesen Bildern vergleichen.«

Jake dachte an die erste Explosion in West Hollywood. »Diese Fotos sollten außerdem in Supermärkten und kleinen Läden auf der Westside herumgezeigt werden.«

»Und in allen Flughäfen und allen Busbahnhöfen und Bahnstationen«, schaltete Hurley sich ein.

Farelli warf nur kurz einen Blick auf die Fotografien der drei Terroristen. Sie sahen völlig normal aus, wie Leute, denen man zum Beispiel bei einem Baseballspiel begegnet. »Mit diesen Fotos wird sicher einiges einfacher.«

»Nicht viel«, warnte Kitt. »Von allen Terroristen sind die Einheimischen am schwersten zu fassen. Sie sprechen unsere Sprache. Sie sehen aus wie wir und verhalten sich wie wir. Sie kennen unsere Gepflogenheiten, sie wissen, wie es in diesem Land läuft. Sie fügen sich so gut bei uns ein, weil sie ein Teil von uns sind.«

Es klopfte laut an der Tür. Ein großer, gut gebauter FBI-Agent kam herein, trat schnell auf Kitt zu und gab ihm einen Hefter.

»Sir, diese neuen Bilder sind gerade eingetroffen«, sagte er. »Auf ihnen kann man viel mehr erkennen.«

»Gut.« Kitt öffnete den Hefter und ging kurz die neuen Farbfotografien durch. »Haben sie schon die Namen der Gerechten mit den Angestellten des Memorial abgeglichen?«

»Ja, Sir, aber es gab keine Entsprechungen.«

Kitt seufzte müde. »Wieder eine Sackgasse.«

»Sir, bei einigen der Frauen aus der Siedlung in Idaho standen Initialen zwischen Vor- und Nachname. Sie könnten für Mädchennamen stehen.«

»Überprüfen Sie das so schnell wie möglich.«

»Wir versuchen es, aber wir kommen kaum vorwärts«, sagte der Agent. »Die Frauen hatten keine Sozialversicherungsnummern und die Gemeindeverwaltung, in der die Geburts- und Heiratsurkunden aufbewahrt waren, ist abgebrannt.«

»Verdammt«, brummte Kitt.

»Ja, Sir.«

»Bleiben Sie dran.« Kitt wartete, bis der Agent die Tür hinter sich geschlossen hatte, dann reichte er die Fotografien herum.

Er kippte seinen Stuhl nach hinten und sann über die Schwierigkeiten nach, die Terroristen zu ergreifen. Er brauchte einen Tipp oder einen Informanten, andernfalls hielt er es für nahezu unmöglich, sie vor dem geplanten Attentat zu erwischen. Deswegen war es so wichtig, ihren so genannten ›Freund vom Memorial‹ zu finden. Vielleicht könnte man ihn hart genug in die Mangel nehmen, dass er auspackte.

Farelli knurrte verhalten, als er das Bild von Rudy Payte ansah. »Wo kommt so ein Dreckspack eigentlich her?«

Von überall, wollte Kitt sagen. Aus ganz Amerika. Sie hatten ihre Lager verteilt vom Pazifik im Nordwesten bis zur Wüste im Südwesten und den Sümpfen in Florida. Lauter Fanatiker, die es darauf abgesehen hatten, das Land in seiner jetzigen Form zu zerstören und nach ihren Vorstellungen wieder aufzubauen.

Kitts Ansicht nach stellten diese einheimischen Terroristen die größte Bedrohung für Amerika dar. Und diese Bedrohung wuchs. Seine Agenten ermittelten gegenwärtig in fast tausend Fällen, die wahrscheinlich mit einheimischem Terrorismus zu tun hatten. Einige davon waren offensichtlich, wie die Drohbriefe, die im Finanzamt eingegangen waren. Andere Fälle waren weit ominöser, wie der jüngste ungelöste Diebstahl von fünfundzwanzig Tonnen Ammoniumnitrat aus einem Lager für Landwirtschaftsbedarf in West Virginia. Das war zwölfmal so viel wie in der Bombe bei dem Anschlag auf die Bundesbehörde in Oklahoma City enthalten war. Kitt fragte sich, ob etwas von diesem Ammoniumnitrat nach Los Angeles gelangt war.

Aber nein, überlegte er. Eva Reineke war Expertin für C4 und andere Plastiksprengstoffe. Sie würde sich nicht mit etwas derart Unhandlichem wie Ammoniumnitrat herumschlagen. Obwohl man nie wissen konnte, vielleicht hatte sie ja noch einen Plan B. So wie alle guten Terroristen.

Kitt sah auf die Uhr. In zwanzig Minuten würde er sich mit einigen Agenten vom Secret Service treffen. »Ich lasse Ihnen Kopien von den Fotos der Terroristen machen, außerdem bekommen sie noch die weiteren körperlichen Merkmale.«

Jake musterte das Foto von Walter George Reineke. Der Terrorist sah aus wie ein Großvater mit dem wenigen grauen Haar und dem milden Lächeln. Aber die Augen waren klein, dunkel und kalt. Sie sahen aus wie Pistolenkugeln. »Wie kommt so ein Mensch zum Terrorismus?«

»Indem er Frau, Sohn und Schwiegertochter bei einem Brand verliert«, erklärte Kitt. »Und die Regierung dafür verantwortlich macht.«

Jake nahm das Foto von Eva Reineke und betrachtete es. »Und Eva war also nicht in der Siedlung, als sie abbrannte?«

»O doch, das war sie«, sagte Kitt. »Laut Augenzeugenbericht hat ihr Vater sie und Rudy durch einen geheimen Fluchttunnel herausgebracht, von dem nur er wusste.«

»Und warum hat er die anderen Leute nicht mitgenommen?«

Kitt sammelte die Fotos ein. Dann erhob er sich vom Tisch. »Das müssen Sie Walter George Reineke schon selber fragen.«

33

Donnerstag, 15. April, 10.18 Uhr

»Joanna Blalock wird auf Schritt und Tritt von Polizisten bewacht«, sagte Rudy.

»Von wie vielen?«

»Von zwei«, antwortete er. »Der eine geht mit ihr ins Krankenhaus, der andere bleibt im Streifenwagen draußen und beobachtet ihr Auto.«

»Welches ist ihres?«

Rudy zeigte durch die Windschutzscheibe. »Der blaue BMW neben den Behindertenparkplätzen.«

Sie saßen in einem dunkelgrünen Chevy-Van am Ende des Parkplatzes hinter dem Memorial Hospital. Die Morgensonne war grell und schien ihnen direkt in die Augen. Beide trugen sie Baseballkappen und besonders große Sonnenbrillen.

Eva betrachtete den Streifenwagen, der nahe dem Hintereingang des Memorial parkte. Von dort aus konnte der Polizist weit im Voraus sehen, wer kam oder ging. »Bleibt Blalock den ganzen Tag im Hospital?«

Rudy nickte. »So ziemlich. Gestern Mittag kam sie kurz mal raus.«

»Wohin ist sie gegangen?«

»In einen kleinen Park ein paar Straßen weiter. Ich glaube, er wird größtenteils von Leuten aus dem Hospital genutzt. Da liefen lauter Ärzte und Schwestern rum. Und ein paar Kinder spielten im Gras. Scheint so eine Art Familienpark zu sein.«

»War Blalock allein?«

»Nein, der Polizist folgte ihr.«

Was war Rudy doch für eine treue Seele, dachte Eva. Ein Jammer, dass er so dumm war. »Ich meinte, ob sie dort jemanden traf.«

Rudy konzentrierte sich und versuchte sich zu erinnern. »Ein kleines Kind rannte auf sie zu und nannte sie ›Tante Joanna‹.«

»War jemand bei dem Kind?«

»Seine Mutter. Er nannte sie ›Ma-ma‹ oder so ähnlich.«

Evas Augen verengten sich hinter der dunklen Sonnenbrille. Also hatte Joanna Blalock eine Schwester und einen Neffen. Interessant. »Sind sie die ganze Zeit im Park geblieben?«

»Nur kurz«, erzählte Rudy. »Dann sind sie in eine kleine Eisdiele hinter dem Park gegangen.«

»Und der Polizist war immer dabei?«

»Er hielt sich circa drei, vier Meter hinter ihnen.«

»Und was war mit dem Streifenwagen?«

»Der fuhr um die Eisdiele herum und parkte auf der anderen Straßenseite«, berichtete Rudy. »Ich sage dir, die kleben wie die Fliegen an ihr.«

Eva zog die Sonnenblende herunter und griff nach einem Kaugummistreifen. Sorgfältig ging sie gedanklich noch einmal alle Informationen zu Joanna Blalock, ihrer Schwester, dem Neffen und den zwei beobachtenden Polizisten durch. Dann fing sie an, nach Schwachpunkten zu suchen. Sie fand auf Anhieb zwei, beide riskant. Zu riskant.

»Vielleicht sollten wir die Sache vergessen«, unterbrach Rudy ihre Überlegungen.

Eva schüttelte den Kopf, ignorierte Rudy und versuchte, sich nicht aus dem Konzept bringen zu lassen. Irgendwie musste man die zwei Polizisten von Joanna Blalock trennen, ihr Sichtkontakt musste unterbrochen werden. Aber wie?

»Ich verstehe nicht, warum –«

»Du musst auch gar nichts verstehen«, schnappte Eva, ihre Konzentration war dahin. »Aber ich sage es dir trotzdem, also hör gut zu.« Sie zählte an den Fingern auf: »Erstens hat Blalock mich gut genug gesehen, um der Polizei eine Beschreibung zu geben. Der Zeichner der Polizei hat ein Phantombild von mir erstellt.«

»Das darf doch nicht wahr sein!«

»Das heißt, sie könnte mich bei einer Gegenüberstellung herauspicken oder vielleicht hat ja das FBI ein Foto von mir, auf dem sie mich erkennt.«

»Das darf doch nicht wahr sein!«, sagte Rudy noch einmal.

»Und sie leitet die Ermittlungen«, fuhr Eva fort. »Ohne sie würden diese Polizisten wie die Clowns übereinander stolpern. Sie gibt ihnen ständig den richtigen Kurs vor.«

»Ja, aber es sind doch nur noch vier Tage.«

»Genug Zeit für jemanden wie sie«, sagte Eva. »Und vergiss nicht, in diesem Fall dreht sich alles irgendwie um das Memorial Hospital. Darum gibt die Polizei, das FBI und das ATF alle Informationen auch an Joanna Blalock. Sie sind auf ihre Fachkenntnisse angewiesen.«

Rudy nickte langsam, jetzt verstand auch er. »Sie hält den Motor am Laufen«

»Sie *ist* der Motor. Alles, was die Bullen und die Leute vom FBI wissen, weiß auch sie.« Und Blalock würde hundertprozentig auch wissen, ob die Freiheitsmedaillen auf den Stufen vor oder im Gebäude verliehen wurden, dachte Eva. Und diese Information war entscheidend für ihre Pläne.

»Mann! Wünschst du dir nicht, du könntest Joanna Blalock in den Kopf schauen, um herauszufinden, wie viel die Polizei nun wirklich weiß?«

»Ja, das würde ich gerne«, sagte Eva und dachte, dass Rudy manchmal gar nicht so blöd war. Sie konzentrierte sich wieder auf Joanna Blalock, ihre Familie und den Park mit der Eisdiele in der Nähe. »Haben ihre Verwandten Joanna Blalock zurück ins Krankenhaus begleitet?«

»Nein«, sagte Rudy. »Sie umarmten sie und verabschiedeten sich bis zum nächsten Tag.«

»Und das wäre heute, oder?«

»Ja.«

»Sagten sie, wo sie sich treffen wollen?«

»Ich schätze, im Park.«

Eva lächelte. »Wir brauchen einen Kinderwagen. Ich will einen mit großem Verdeck.«

»Sofort?«

»Sofort.«

»Wozu?«

»Wirst du schon sehen.«

12.25 Uhr

Jean-Claude rannte mit ausgebreiteten Armen über das Gras und winkte Joanna.

Joanna ging in die Hocke und fing den kleinen Jungen in einer festen Umarmung auf. »Weißt du eigentlich, was für ein gut aussehender kleiner Kerl du bist?«

Jean-Claude nickte mit breitem Grinsen.

»Hattest du einen schönen Tag?«

Jean-Claude nickte wieder, zog ein Hosenbein hoch und zeigte Joanna seine neuen Cowboystiefel.

»Sind die aber schön.«

Jean-Claude gab Joanna einen Kuss auf die Backe. »Wir gehen Eis essen.«

»Selbstverständlich, aber erst später. Geh erst mal spielen.«

Joanna sah ihrem Neffen zu, wie er auf seinem Pferd davonritt, hinein in eine Fantasiewelt, zu der nur Kinder Zutritt hatten. Er winkte seiner Mutter, die auf einer Parkbank saß, dann ritt er weiter und spielte Cowboy beim Vieheintreiben.

Joanna ging zu Kate und setzte sich neben sie. »Ruht er sich denn niemals aus?«

»Erst, wenn die Herde sicher auf der Koppel ist.«

»Woher hat er nur die Idee mit den Cowboys?«

»Das weiß der liebe Herrgott.« Kate steckte sich eine Zigarette mit einem Einwegfeuerzeug an und inhalierte tief. »Ich glaube, er träumt sogar von ihnen.«

»Seit wann rauchst du wieder?«

»Seit ich gehört habe, dass es Leute gibt, die dich umbringen wollen.«

Joanna nahm ihr die Zigarette ab, zog einmal und gab sie dann zurück. »In ein paar Tagen ist alles vorbei. Ab dann bin ich den Terroristen egal.«

»Warum bist du da so sicher?«

»Weil sie am neunzehnten –« Joanna stockte, als ihr plötzlich bewusst wurde, dass die Bedrohung gegen sie vielleicht nie aufhören würde. Selbst nach der großen Explosion wollten die Terroristen sie vielleicht noch aus dem Weg schaffen. Sie war noch immer nicht dahintergekommen, was sie bloß so Wichtiges wissen sollte. Joanna blickte zu dem uniformierten Beamten, der drei Meter entfernt stand. »Wahrscheinlich löst sich die Terroristengruppe auf, wenn sie ihren Plan erst einmal ausgeführt hat.«

»Und mit einigem Glück verschwinden sie dann auf Nimmerwiedersehen.« Kate trat ihre Zigarette aus, lehnte sich zurück und musterte Joannas Gesicht. »Du siehst fertig aus.«

»Ich schlafe nicht gut.«

»Obwohl Jake auf dich aufpasst?«

Joanna zuckte die Schultern. »Ich höre Geräusche. Ich träume schlecht.«

»Und denkst du noch viel an Paul?«

»Nicht mehr so oft«, log Joanna. Letzte Nacht hatte sie geträumt, sie wären noch zusammen. Als sie aufwachte, war sie so glücklich. Dann wurde ihr bewusst, dass sie nur geträumt hatte, und wieder waren ihr die Tränen gekommen.

Jean-Claude raste auf sie zu und hielt kurz an, um seiner Mutter einen Kuss zu geben. Er ließ noch eine Frau mit Kinderwagen vorbei, dann galoppierte er wieder los.

Joannas Blick streifte den Kinderwagen und die junge Frau, die ihn schob. Sie hatte langes, rotes Haar und trug eine Baseballkappe, die sie tief ins Gesicht gezogen hatte, damit die Sonne sie nicht blendete. Im Profil wirkte sie so jung. Keine fünfundzwanzig. Und ihr Bauch wölbte sich bereits mit einer zweiten Schwangerschaft. Joanna versuchte, einen Blick auf das Baby zu erhaschen, aber das große Verdeck versperrte ihr die Sicht. Schließlich sah sie auf ihren eigenen flachen Bauch herab.

Joanna seufzte tief. Sie ging nun auf die Vierzig zu und die Jahre verstrichen viel zu schnell. Für sie würde es keine Schwangerschaft geben, keine Kinder, keine Familie.

Auf der Straße vor dem Park fuhr dröhnend ein Motorrad vorbei und hielt an der Ampel. Der Fahrer hatte sich eine Glatze rasiert. Die Arme waren über und über tätowiert. Der Polizist neben Joanna baute sich schnell vor ihr auf und schirmte so die Sicht von der Straße aus ab. Seine Hand fuhr an das Halfter und löste den Riemen. Seine Augen waren auf den Glatzkopf geheftet. Der andere Polizist war aus dem Streifenwagen gestiegen und benutzte die offene Wagentür als Schild. Sekunden verstrichen. Dann schaltete die Ampel auf Grün. Der Motorradfahrer jagte den Motor hoch und fuhr davon.

Kate seufzte erleichtert. »Wie du das nur aushältst.«

»Ich habe keine Wahl.«

»Natürlich hast du die Wahl«, entgegnete Kate. »Steig in ein Flugzeug und flieg ans andere Ende der Welt.«

Joanna schüttelte den Kopf. »Wenn sie es drauf anlegen, finden sie dich überall.«

»Aber du sagtest doch, sie lassen dich in Frieden, wenn sie erst einmal ihren Anschlag verübt haben.«

»Ich sagte, dass sie das *wahrscheinlich* tun«, verbesserte Joanna. »Sie könnten immer noch hinter mir her sein. Es gibt keine Garantie.«

»Himmel!«, stöhnte Kate leise.

»Also kann ich genauso gut hier bleiben.«

Kate kramte ihre Zigaretten hervor, fand aber das Feuerzeug nicht mehr. Es war durch ein kleines Loch im Futter ihrer Jackentasche gerutscht. Mühsam pulte sie es wieder zurück in die Tasche und steckte die Zigarette an. »Kannst du unter diesen Bedingungen eigentlich noch arbeiten?«

»Es ist nicht leicht.«

»Wie kannst du dich überhaupt konzentrieren?«

Joanna lächelte schwach. »Ich sage mir immer, dass sie mich töten werden. Ob du's glaubst oder nicht, dieser Gedanke schärft die Konzentration.«

Kate erwiderte das Lächeln. »Du lässt dich einfach nicht unterkriegen, was?«

»Nicht so schnell.«

»Kommst du voran bei der Suche nach diesen Schweinen?«

»Wir wissen mittlerweile, wer sie sind«, sagte Joanna. »Wir haben Namen und Gesichter.«

»Großartig!«

»Es klingt toll auf dem Papier«, sagte Joanna tonlos. »Aber wissen, wer sie sind, ist das eine. Sie zu fassen, bevor sie ihre Bombe zünden, etwas ganz anderes.«

Joanna schilderte Kate das Telefonat mit Jake am Vormittag. Sie beschrieb Rudy Payte, Eva und Walter George Reineke und erzählte von der Terroristengruppe, der sie angehörten und wie sie entstanden war. »Sie nennen sich ›Die Zehn Gerechten‹.«

Kates Augen weiteten sich. »Sagtest du ›Die Zehn Gerechten‹?«

»Ja«, sagte Joanna, die das erschreckte Gesicht ihrer Schwester bemerkte. »Stimmt etwas nicht?«

»Etwas Schreckliches wird passieren«, sagte Kate finster. »Es wird ein Armageddon geben.«

»Woher weißt du das?«

»Wegen dem Namen«, erklärte Kate. »Es ist eine Prophezeiung für die Zukunft.«

Joanna rückte näher zu ihr, die Ohren gespitzt. »Das musst du mir erklären.«

»Der Name stammt aus dem ersten Buch Mose«, sagte Kate. »Als Gott sich entschied, Sodom und Gomorrha zu vernichten, versuchte Abraham, ihn davon abzuhalten. Abrahams Argument war, dass Gott bei dieser Zerstörung neben den Gottlosen auch unschuldige Menschen töten würde. Gott überdachte seinen Plan und sagte, er würde die Städte verschonen, wenn Abraham zehn gerechte Männer finden könnte, die in Sodom lebten. Nur zehn. Das gelang Abraham nicht und was folgte, war eine der großen Katastrophen in der Bibel – die Zerstörung von Sodom und Gomorrha.«

Joanna schauderte. »Was haben sie bloß vor mit uns?«

»Irgendetwas Schreckliches. So viel steht fest.«

Religiöse Fanatiker, dachte Joanna verächtlich, alle bildeten sich ein, sie handelten im Namen Gottes. Selbst wenn sie Kinder in die Luft sprengten oder einen unschuldigen Patienten erwürgten. Sie glaubten, das wäre Gottes Wille. Joanna sah ihre Schwester an und dachte an die biblische Herkunft des Namens der Gruppe. Sie fragte sich, ob er versteckte Hinweise über die Terroristen enthielt. »Warum weißt du eigentlich so viel über Sodom und Gomorrha?«

»Tu ich gar nicht«, sagte Kate. »Vor ein paar Jahren war mein Mann bei einer archäologischen Ausgrabung und sie entdeckten etwas, das sie für die Überreste von Sodom hielten. Vieles sprach dafür und er präsentierte die Funde auf einer Konferenz in Paris. Ich habe dir nur gesagt, was er mir damals erzählte.« Sie fuhr sich mit der Hand durchs Haar und zupfte es zurecht. »Damals haben wir darüber gelacht, was wohl passieren würde, wenn Gott verlangte, dass ihm zehn Gerechte aus Paris gezeigt werden sollten. Jetzt finde ich das gar nicht mehr so komisch.«

Jean-Claude raste an ihnen vorbei, auf der Jagd nach imaginären Verbrechern. Er umkreiste den Polizisten in der Nähe, dann ritt er davon.

Kate fragte: »Zeichnen sich diese Verrückten durch irgendwelche besonderen Kennzeichen aus? Kann man sie an irgendetwas erkennen?«

»Nicht äußerlich«, sagte Joanna. »Aber Walter George Reineke hat starkes Asthma.«

»Und?«

»Und er wurde als Letztes in San Diego gesehen und man nimmt an, dass er auf dem Weg nach Los Angeles ist«, fuhr Joanna in sachlichem Tonfall fort. »Die Luft hier ist miserabel, voller Smog und anderer Verunreinigungen. Das könnte einen ernsthaften Asthmaanfall auslösen, der sich nicht mit der Medizin, die er üblicherweise nimmt, bekämpfen ließe. Er müsste sich im Krankenhaus behandeln lassen.«

»Und sein Bild hängt in jeder Notaufnahme von Los Angeles, habe ich Recht?«

Joanna nickte. »Und seinen Namen haben alle Apotheken in ihren Computern, für den Fall, dass er versucht, sein Rezept aus Idaho hier einzulösen.«

Kate sah Joanna bewundernd an. »Schwesterherz, von dir möchte ich nicht verfolgt werden.«

»Das scheinen die Terroristen auch zu denken«, sagte Joanna. Ihr war bewusst, wie gering die Chancen waren, den Führer der Gruppe über seine gesundheitlichen Probleme zu erwischen. Die Notaufnahmen der Krankenhäuser waren an den Wochenenden so überfüllt, dass das Personal kaum Zeit fand, den Patienten ins Gesicht zu sehen. Walter George Reineke brauchte sich nur eine Brille aufzusetzen und einen falschen Bart anzukleben und keiner würde ihn mehr erkennen. »Es ist ziemlich aussichtslos«, murmelte sie.

»Aber es ist besser als gar nichts.«

»Wahrscheinlich.« Joanna stand auf und strich sich den Rock glatt. »Lust auf Eis?«

»Eigentlich nicht«, sagte Kate und winkte Jean-Claude zu sich. »Aber ich kenne da jemanden.«

13.02 Uhr

Rudy Payte lag hinten im Chevy-Van auf dem Bauch und schwitzte. Alle Fenster waren hochgekurbelt und die Mittagssonne brannte herunter, so dass die Temperatur im Wageninnern über vierzig Grad stieg. Rudy verfluchte seine unbequeme Lage, die Hitze und Schwüle und die Schweißpfützen, die sich unter ihm bildeten. Am meisten aber verfluchte er die gefährliche Position, in die Eva ihn gebracht hatte. Der Van stand in der Ladezone vor der Eisdiele. Direkt gegenüber war der Streifenwagen, der Joanna Blalock überwachte. *Verdammter Mist!* Der Bulle wird merken, dass hier etwas nicht stimmt und herüberkommen, um den Van zu kontrollieren. Und dann muss ich ihn töten. Was hatte sich Eva nur dabei gedacht? Der eine Bulle war direkt gegenüber und der andere saß mit Familie Blalock in der Eisdiele. Und die Straße war belebt. Sie konnten nicht unauffällig entkommen, selbst wenn sie irgendwie überlebten. Dummer Plan! Dumm! Was immer das für ein Plan sein mochte.

Eva hatte ihm nichts Genaueres gesagt. Nur, dass er in dem Van liegen und nicht aus dem Fenster schauen sollte. Wenn es zweimal an die Seitentür klopfte, sollte er sie öffnen, sich hinter das Lenkrad werfen und losfahren. Klar! Während die Bullen einfach dastanden und winkten. *Mit dieser Aktion bringt sie uns noch beide ins Grab!* Rudy versuchte, tief durchzuatmen, um sich zu beruhigen. Noch vier Tage, dachte er, und ich liege in Mexiko am Strand. Mit einer halben Million auf der Bank.

Es schabte sacht an der Windschutzscheibe. Rudy griff nach seiner halbautomatischen Waffe, die Sinne in Alarmbereitschaft. Das musste der Bulle sein. Bewegungslos mit klopfendem Herz lag er auf dem Bauch. Er fragte sich, ob der Polizist es an den Türen versuchen würde. Bis auf die Seitentür neben ihm war alles verschlossen. Wenn der Bulle diese Tür öffnete, würde Rudy ihn töten und davonfahren. Ihm blieb keine Wahl. Eva müsste alleine sehen, wie sie zurechtkam.

Da war das Geräusch an der Windschutzscheibe noch einmal. Behutsam robbte er vor, bis er zwischen den Vordersitzen hindurchsehen konnte. Eine fette Politesse steckte einen Strafzettel unter den Scheibenwischer. *Deinen Strafzettel kannst du dir sonstwohin schieben! Der Typ, dem ich das Auto geklaut habe, kann ihn bezahlen.*

Rudy kroch wieder zurück in seine ursprüngliche Position. In der Hitze fiel das Atmen schwer und es wurde von Minute zu Minute stickiger. Rudy griff nach einer kleinen Flasche Wasser und leerte sie in einem Zug. Er fragte sich, wie lange es wohl noch dauerte und wie viel länger er es in der Hitze aushalten würde. Noch zehn Minuten und sein Gehirn wäre eingetrocknet. Er griff noch einmal nach der kleinen Flasche und versuchte, die letzten Tropfen herauszusaugen.

Von draußen drangen Verkehrsgeräusche zu ihm, dann das Lachen eines Kindes. Er hätte gerne kurz hinausgesehen, aber Eva hatte es ihm verboten. Noch mal lachte das Kind, diesmal viel näher. Rudy konnte dem Drang zu schauen nicht mehr widerstehen. Langsam richtete er sich auf und schielte durch das untere Eck des Fensters. Familie Blalock betrat soeben die Eisdiele, direkt gefolgt von einem Polizisten. Die Straße herauf kam Eva mit dem Kinderwagen. Rudy ließ sich auf den Boden fallen und schraubte den Schalldämpfer seiner Waffe noch einmal fest. Dann wartete er.

»Schokolade«, orderte Jean-Claude bei dem Mann hinter der Eistheke.

»Eine Kugel oder zwei?«, fragte er.

Jean-Claude blickte seine Mutter fragend an. Sie hielt einen Finger hoch. Jean-Claude nickte und hob auch einen Finger.

»Er mag besonders diese Mini-Marshmallows«, vertraute Kate dem Verkäufer an.

Der Mann füllte die Waffel und reichte sie Jean-Claude. »Bitte schön, kleiner Mann.«

»*Merci beaucoup*«, sagte Jean-Claude und lächelte ihn an. Der Verkäufer trug eine rote Schürze über einem eindrucksvollen Bauch und hatte einen buschigen weißen Bart. Für Jean-Claude sah er aus wie der Nikolaus. Vorsichtig pickte er die kleinen Marshmallows von dem Eis und aß eins nach dem anderen. »Mehr, Mama.«

»Ist schon unterwegs.« Der Verkäufer kam hinter dem Tresen hervor und legte eine frische Schicht Marshmallows auf.

»Sie verziehen ihn«, sagte Kate.

Der Besitzer der Diele nickte strahlend. »Dafür bin ich da.«

Der kleine Laden war voller Mittagsgäste. Sämtliche Tische und Hocker an der Theke waren besetzt. Es gab nicht mal genug Platz, um sich an die Wand zu lehnen. »Wir sollten langsam zurück«, sagte Joanna.

Der Polizist, der sie bewachte, führte sie hinaus in den hellen Tag. Draußen dröhnten Autos und Laster vorbei. Er wartete, bis die Straße frei war, bevor er der Streife gegenüber ein Handsignal gab.

Eine junge Frau mit Kinderwagen kam auf ihn zu.

Der Polizist trat zurück, um sie vorbei zu lassen.

Jetzt war der Kinderwagen zwischen ihm und den Blalocks. Der Beamte wich weiter zurück, bis er fast an den grünen Van stieß, der an der Seite parkte.

Die rothaarige Frau lächelte, während sie in den Kinderwagen griff. Sicher will sie das Verdeck verstellen, damit die Sonne dem Baby nicht ins Gesicht scheint, dachte der Polizist.

Eva hielt die Waffe mit dem Schalldämpfer in der Hand, bevor er eine Chance hatte, zu reagieren. Der erste Schuss traf ihn in den Bauch, der zweite ging in die Schulter. Er erstarrte, dann fiel er auf den Gehweg.

Eva klopfte zweimal an die Wagentür, die sofort aufging. Sie packte Jean-Claude am Kragen und warf ihn hinein. Schnell drehte sie sich wieder um und hielt Joanna die Waffe an die Schläfe. »Steig ein oder ich puste dir den Kopf weg.«

Eva schubste erst Joanna in den Van, dann Kate.

»Heda!« Der Besitzer kam aus seiner Eisdiele gerannt. »Was tun Sie da?«

Eva wirbelte herum und feuerte aus nächster Nähe. Der massige Mann ging wie ein nasser Sack zu Boden. Kurz darauf war Eva im Wagen und schlug die Tür zu. »Los! Los!«, schrie sie Rudy zu.

Der Polizist in dem schwarz-weißen Streifenwagen sah, wie der Chevy davonfuhr. Er suchte nach seinem Kollegen, konnte ihn aber nirgends entdecken. Dann sah er, wie Leute zusammenliefen. Eine Frau schrie.

Er riss die Tür seines Wagens auf und rannte zur Eisdiele. Er sah das Motorrad nicht kommen, das ihn überfuhr.

34

Donnerstag, 15. April, 14.40 Uhr

Jake eilte durch die automatischen Türen und in die Notaufnahme des Memorial. Es schien Chaos zu herrschen. Schwestern und Pfleger hetzten an ihm vorbei, einige schoben Liegen, andere hatten Plastikbeutel mit frischem Plasma und Vollblut in den Händen. Ein junger Arzt versuchte durch den Tumult hindurch Anweisungen zu geben. Jake trat zurück und wartete ungeduldig, bis eine Bahre an ihm vorbei war. Ein bewegungsloser Körper lag darauf, komplett mit einem Laken bedeckt.

»Jake! Hierher!«, rief Farelli ihm zu. Er wartete an der Tür zum Verbandsraum eins. Vor seinen Füßen stand ein durchsichtiger Behälter mit einer Polizeiwaffe und einer Dienstmarke darin.

Jake ließ einen Rollstuhlfahrer vorbei, dann ging er schnellen Schritts zu Farelli. »Wie viele Tote?«

»Keiner von unseren Leuten«, berichtete Farelli. »Zumindest noch nicht.«

»Man hat gerade eine Leiche an mir vorbeigeschoben. Wer war das?«

»Ein Selbstmord«, sagte Farelli. »Ein Typ ist hier in der Nähe von einem Hoteldach gesprungen.«

Die Tür zum Verbandsraum öffnete sich und eine EKG-Schwester rollte ihren Apparat heraus. Die beiden Männer machten ihr Platz, als sie durch den Flur an ihnen vorbeieilte und in einem anderen Raum verschwand.

Jake holte seinen Block hervor und blätterte verärgert darin herum. »Okay, sag mir, was wir haben.«

»Nichts. Absolut gar nichts«, sagte Farelli.

»Hat irgendjemand Joanna gesehen?«

Farelli schüttelte den Kopf. »Niemand hat sie oder sonst etwas gesehen.«

»Nicht ein einziger Zeuge?«

Wieder schüttelte Farelli den Kopf.

»Verflucht«, zischte Jake wütend. »Wie zum Teufel konnte das passieren? Wie konnten sie entführt werden, ohne dass jemand etwas mitbekommen hat?«

Farelli zuckte die Schultern. »Ich habe keine Ahnung.«

»Irgendjemand muss doch etwas gesehen haben«, beharrte Jake. »Diese Dreckskerle können sich nicht unsichtbar machen.«

»Weathers sagte, es ging wie der Blitz.« Farelli kramte ebenfalls seinen Block heraus und suchte die entsprechende Seite. »Einen Moment lang war Joanna noch da, im nächsten war sie verschwunden. Alles, woran er sich erinnert, ist ein dunkler Van, der wegfuhr.«

William Weathers war der Polizist, der im Streifenwagen gegenüber der Eisdiele gesessen hatte. Als er seinem Kollegen zur Hilfe kommen wollte, wurde er von einem vorbeifahrenden Fahrzeug erfasst und erlitt einen komplizierten Beinbruch. Farelli hatte sich kurz in der Notaufnahme mit ihm unterhalten.

Er blätterte zur nächsten Seite. »Weathers war sich nicht ganz sicher, was es für eine Marke war. Er meint, vielleicht ein Ford oder ein Chevy.«

»Und ich wette, der Fahrer hat nicht angehalten.«

»Nein. Ist einfach weitergefahren. Und wieder gab es keine Augenzeugen.«

Jake fluchte leise. Er fragte sich, wie es den Terroristen

gelungen war, in so kurzer Zeit einen derart detaillierten Plan auszuarbeiten. »Der Typ, der Fahrerflucht beging, gehörte wahrscheinlich zum Plan.«

»Möglich«, sagte Farelli und nickte. »Sie haben nichts dem Zufall überlassen. Es war wie eine Kommando-Aktion.«

Jake nickte erwidernd. »Auch das passt. Vergiss nicht, Eva Reineke hatte schon fast das grüne Barett, bevor man sie rausschmiss.«

»Es scheint, die haben sie sehr gut ausgebildet«, sagte Farelli verbittert. »Denn alles, was zurückgeblieben ist, sind ein Kinderwagen und zwei angeschossene Männer.«

Die Schwingtüren von Verbandsraum eins flogen auf und ein korpulenter Chirurg trat in den Korridor. Er war mittleren Alters, mit beginnender Glatze und dickem Schnauzbart. Die Vorderseite seines Kittels war schweißdurchtränkt.

»Wie geht es ihm?«, fragte Farelli und hielt seine Dienstmarke hoch.

»Er wird überleben«, sagte der Chirurg. »Aber das Schienbein ist mehrfach gebrochen und muss operiert werden.«

»Können wir zu ihm?«

Der Chirurg zögerte und schüttelte dann den Kopf. »Er wird gerade in den OP gefahren.«

»Wir brauchen nur ein paar Minuten«, beschwor ihn Jake. »Das Leben eines Menschen könnte davon abhängen.«

Wieder zögerte der Chirurg. »Fassen Sie sich kurz. Wenn die Helfer mit der Liege kommen, muss er weg.«

Jake hastete in den Raum, dicht gefolgt von Farelli. Eine Schwester regulierte gerade die Tropfgeschwindigkeit der

Infusion in Weathers' Arm. Jake ging zum Behandlungstisch, sein Blick fiel auf den Verband über dem gezackten Knochen, der aus Weathers Bein herausragte.

»Wie fühlen Sie sich?«

»Zum Kotzen«, presste Weathers zwischen zusammengekniffenen Lippen hervor. »Mein Bein bringt mich um.«

Die Schwester sah herüber. »Wollen Sie noch eine Spritze?«

»Es geht schon«, sagte Weathers, aber er biss die Zähne zusammen vor Schmerzen.

»Wir müssen schnell reden. Sie kommen gleich in den OP«, drängte Jake.

»Ich weiß.«

»Fangen Sie da an, wo Joanna Blalock das Krankenhaus verließ.«

»Sie kam zum Hintereingang heraus, Keely vor ihr. Sie gingen über den Parkplatz zu dem Park hinterm Krankenhaus. Dort traf sie sich mit ihrer Schwester und dem kleinen Jungen.«

»Haben Sie zu diesem Zeitpunkt mal für einen Moment den Blickkontakt verloren?«

»Nicht eine Sekunde.«

»Wie ging es weiter?«

»Die Frauen saßen auf der Parkbank, während der Junge spielte«, fuhr Weathers fort. »Weit und breit war nichts Ungewöhnliches. Nur Frauen mit Kindern und Babys. So was eben.«

Jakes Augen verengten sich. »Haben Sie auch einen Kinderwagen bemerkt?«

»Ja, da war einer –« Weathers krümmte sich, als ihm ein stechender Schmerz ins Bein schoss. Schweiß lief ihm über das Gesicht. Er wandte sich an die Schwester. »Kann ich die Spritze vielleicht doch haben?«

Die Schwester injizierte ihm ein Schmerzmittel durch den Infusionsschlauch.

Weathers fühlte, wie sein Kopf leicht wurde und der Schmerz sich in ein dumpfes Ziehen verwandelte. Er zwang sich zur Konzentration.

»Sie sagten, da war ein Kinderwagen«, hakte Jake wieder ein.

Weathers nickte. »Mit einem großen Verdeck. Geschoben von einer jungen Frau mit rotem Haar.«

»In welche Richtung ging sie?«

Weathers dachte einen Moment lang nach. »Sie kam nicht wieder an mir vorbei, sie muss also den Park durch den Hintereingang verlassen haben.«

Und ist dann schnurstracks zur Eisdiele, dachte Jake. Er tauschte wissende Blicke mit Farelli. Die Frau mit dem Kinderwagen war wahrscheinlich Eva Reineke, die bei einem Kontrollgang überprüfte, ob alles glatt lief. »Und was ist dann passiert?«

»Nicht viel«, sagte Weathers und versuchte, sich die Lippen mit der Zunge zu befeuchten. »Ein Motorrad hielt an der Ampel und fuhr dann weiter.«

Jake lehnte sich nach vorne. »Haben Sie den Fahrer gesehen?«

»Ein Glatzkopf mit tätowierten Armen.«

»Alt oder jung?«

»Älter. So Mitte fünfzig, schätze ich.«

Die Beschreibung passte auf Walter George Reineke. Er musste es gewesen sein, dachte Jake. »Und was geschah dann?«

»Sie kamen aus dem Park und gingen in die Eisdiele. Ich –«

Die Tür schwang mit lautem Krachen auf und ein OP-Helfer zog eine Liege herein.

Jake sah zur Schwester. »Ich brauche nur noch eine Minute.«

»Geht nicht«, sagte sie. »Wir müssen los.«

Während die Schwester und der Helfer Weathers vom Behandlungstisch auf die Liege hoben, fragte Jake weiter. »Als Sie zur Eisdiele kamen, war da der Van schon da?«

»Er stand direkt in der Ladezone.«

Ganz schön clever, dachte Jake. Nicht nur versperrte er Weathers die Sicht, gleichzeitig zwang er ihn, selbst auf der anderen Straßenseite zu parken. »Ist Ihnen an dem Van irgendetwas aufgefallen? Farbe? Marke?«

»Ich habe nicht sonderlich auf ihn geachtet«, sagte Weathers, während der Schmerz zurückkehrte. »Ich weiß, das hätte ich tun sollen.«

Verdammt richtig, das hätten Sie, wollte Jake sagen, verkniff es sich aber.

»Dann fuhr der Wagen weg, und ich hörte einen Schrei«, berichtete Weathers weiter. »Also bin ich aus dem Auto und über die Straße gelaufen. Dann kam irgendetwas herangedonnert. Das ist das Letzte, woran ich mich erinnern kann.«

»Gedonnert?«

Weathers nickte, während die Schwester und der Helfer seine Liege bereits auf die Tür zuschoben. »Es hörte sich eher nach einem Motorrad als nach einem Auto an.«

Dann war der Verbandsraum leer und still, auf dem Boden lagen alte Mullbinden, Infusionsschläuche und Verpackungsmaterial. Der Geruch von Blut hing in der Luft.

»Er sagt, er hätte nicht besonders auf den Van geachtet«, knurrte Jake. »Wofür hat der Mann denn Augen im Kopf?«

Farelli nickte. »Das war nicht besonders schlau von ihm.«

Jake tigerte im Zimmer auf und ab und trat den Müll zur Seite, als er an Farelli vorbeikam. »Er ist nachlässig und faul geworden. Und damit hat er vielleicht Joannas Leben auf dem Gewissen.«

»Das waren Profis, Jake. Uns wäre es wahrscheinlich nicht besser ergangen.«

»Mag sein.« Aber Jake wusste, dass Farelli Recht hatte. Die Terroristen hatten einen perfekten Plan und führten ihn exakt aus. Sie wussten genau, wie sie die Polizisten außer Gefecht setzen konnten. Er wandte sich wieder an Farelli: »Wer, glaubst du, hat Weathers überfahren?«

»Der Skinhead auf dem Motorrad«, erwiderte Farelli ohne Zögern.

»Und weißt du, wer das war?«

Farelli schüttelte den Kopf.

»Walter George Reineke.«

»Hör auf!«

»Doch«, sagte Jake überzeugt. »Er war es. Im Täterprofil des FBI steht, dass er zwar Ende fünfzig ist, jedoch jünger aussieht. Da ihm die Haare ausgehen, rasiert er sich oft den Kopf kahl. Und er hat tätowierte Arme und ein Faible für Motorräder. Also: Wer, glaubst du, hat Weathers überfahren?«

»Der alte Walter George Reineke höchstpersönlich.«

»Schätze, er kam her, um seiner kleinen Tochter unter die Arme zu greifen.«

Farelli lächelte verzerrt. »Wie es sich für einen anständigen Daddy gehört.«

Jake setzte seine Wanderung fort. Seine Wut wegen Weathers' Versagen war nicht verraucht, aber noch mehr ärgerte er sich über sich selbst. Er hätte darauf bestehen müssen, dass Joanna tagsüber im Labor der Gerichtsmedizin blieb, mit einem Polizisten an der Seite und einem zweiten vor der Tür. Doch ein Spaziergang im Park schien so harmlos und die Anlage hatte so übersichtlich gewirkt. Aber der Park war auch gar nicht das Problem gewesen. Der Gang zur Eisdiele hatte sich als tödlich erwiesen. Wer hätte das vorhersehen sollen? Wer wäre überhaupt auf so eine Idee gekommen?

Aber du wusstest, dass sie es auf sie abgesehen hatten, schalt sich Jake, das war kein Geheimnis. Und wo warst du, als sie dich am dringendsten brauchte? Das läuft jetzt schon dein ganzes verdammtes Leben lang so!

Jake atmete tief durch und versuchte, Schuldgefühle und Wut beiseite zu schieben, um sich auf das Wesentliche zu konzentrieren: Joanna finden, bevor die Terroristen sie töteten. Wo konnte er ansetzen? Welche Fragen mussten zuerst beantwortet werden? Er überlegte noch einmal, was sich vor der Eisdiele abgespielt haben mochte. Die Polizisten. Die Schüsse. Der Schrei. Das Motorrad. Es gab keine Hinweise, nichts, woran man sich festhalten konnte. Noch einmal ging er die Ereignisse durch, langsamer diesmal. »Der Van«, sagte er schließlich.

»Was?«

»Finden wir das Auto, wissen wir auch, wo Joanna ist«, fuhr Jake fort und überlegte, wie man mehr Informationen über den Wagen beschaffen konnte. »Überprüf als Erstes alle Geschäfte im Umkreis von zehn Kilometern, die Kinderwagen verkaufen.«

Farelli notierte sich die Anweisungen. »Ich verstehe aber nicht, wie uns das weiterhelfen sollte. Die würden doch kaum ihr Autokennzeichen beim Kauf angeben.«

»Nein, aber vielleicht hat ein Angestellter den Kinderwagen zum Wagen getragen. Vielleicht erinnert er sich. An die Marke. Das Baujahr. Wer weiß?«

»Aber es kann auch sein, dass das Auto gestohlen ist«,

sagte Farelli nachdenklich. »Und vielleicht haben sie es ja schon wieder irgendwo in den Graben gesetzt.«

»Wahrscheinlich brauchen sie es aber noch. Wenn man fünf, sechs Leute zu transportieren hat, ist so ein Van ideal.«

Farelli nickte. »Besonders, wenn er getönte Scheiben hat.«

Jake runzelte die Stirn und dachte angestrengt nach, ob er nicht etwas übersah. »Sie könnten natürlich auch einen zweiten Wagen gestohlen und den ersten stehen gelassen haben. Sozusagen als Absicherung.« Jake rieb sich bedächtig die Hände. »Wir brauchen eine Liste aller Vans, die in den letzten zehn Tagen im Umkreis von Los Angeles gestohlen wurden. Konzentriere dich auf dunkelgrüne Chevrolets und Fords.«

Farelli sah von seinen Notizen auf. »Weathers hat nur geraten, als er Ford oder Chevy sagte.«

»Ich weiß. Aber der erste Eindruck ist meistens ziemlich verlässlich.«

Farelli notierte sich einen letzten Punkt. »Jake, ich glaube, am meisten können wir bei Weathers' Kollegen und dem Eisverkäufer über den Wagen herausfinden. Sie waren am nächsten dran.«

»Wahrscheinlich hast du Recht«, sagte Jake zweifelnd. Manchmal sahen die Leute, die am nächsten dabei waren, am wenigsten. Andererseits, überlegte Jake, stand der Van mehrere Minuten vor dem Laden. Vielleicht war er dem Eisverkäufer aufgefallen. »Wie geht es den beiden?«

Farelli zuckte die Schultern. »Sie waren schon in der Chirurgie, als ich kam.«

Jake lief wieder auf und ab. »Wir müssen dieses verdammte Auto finden.«

»Und darauf hoffen, dass Joanna in der Nähe ist.«

»Ja«, seufzte Jake, der wusste, wie wenig Hoffnung es

gab. Er fragte sich, warum sich die Terroristen von Joanna so stark bedroht fühlten. Wusste sie etwas, oder war sie kurz davor, etwas zu entdecken? Möglich. Aber warum entführen? Warum nicht einfach töten, so, wie sie es vor ein paar Tagen versucht hatten? Was sollte dieses Hin und Her? Es ergab einfach keinen Sinn.

»Jake«, sagte Farelli leise. »Dir ist doch hoffentlich bewusst, dass Joanna schon längst tot sein könnte.«

»Das glaube ich nicht«, sagte er und Joannas Gesicht tauchte vor seinem geistigen Auge auf. »Wenn sie sie umbringen wollten, hätten sie das an Ort und Stelle erledigen können. Und sie hätten sich die Mühe gespart, Jean-Claude auch noch zu entführen.«

»Warum, glaubst du, haben sie den Kleinen mitgenommen?«

»Als Absicherung«, sagte Jake. »Sie werden ihn von Joanna und Kate trennen und versprechen, dass sie ihm nichts antun, solange Joanna mitarbeitet. Und natürlich würden die beiden niemals ohne Jean-Claude fliehen.«

»Das mag ja alles zutreffen. Aber spätestens am Neunzehnten werden sie Joanna töten.«

»Ich weiß.«

»Und den Jungen und seine Mutter gleich mit.«

»Auch das weiß ich.«

Die Tür des Verbandsraums öffnete sich und der korpulente Chirurg kam herein. Er trug einen frischen Kittel, der jedoch schon wieder fast durchgeschwitzt war.

»Ich habe schlechte Nachrichten«, sagte er.

»Was?«, fragte Jake.

»Der angeschossene Polizist ist auf dem Operationstisch geblieben«, sagte er emotionslos. »Eine Kugel hatte eine Lungenarterie zerfetzt. Für ihn kam jede Hilfe zu spät.«

Farelli blickte zur Seite. Traurig schüttelte er den Kopf. Er hatte Joe Keely seit zehn Jahren gekannt. Ein guter Polizist mit Frau und zwei Kindern im Teenageralter. Eine Tochter sollte bald aufs College gehen und Joe redete von nichts anderem. »Weiß es seine Frau schon?«

»Noch nicht. Wir versuchen, sie zu erreichen.«

Jake fragte: »Was ist mit dem Eisverkäufer?«

»Sieht auch nicht sonderlich gut aus.«

»Wird er durchkommen?«

»Seine Chancen stehen nicht zum Besten«, sagte der Chirurg und drehte sich zur Tür. »Das Letzte, was ich mitbekommen habe, war, dass sie Probleme hatten, seinen Blutdruck zu stabilisieren.«

35

Donnerstag, 15. April, 16.32 Uhr

»Nein! Nicht!«, schrie Kate und umklammerte Jean-Claude. »Mein Junge bleibt bei mir!«

»Im Keller ist es feucht und dunkel«, sagte Eva ruhig.

Kate drehte sich weg, so dass sie Jean-Claude mit ihrem Körper von der Terroristin abschirmte. »Er bleibt bei mir.«

»Wenn der Junge schreit oder heult, fesseln und knebeln wir euch alle drei. Verstanden?« Evas Stimme klang beherrscht und keineswegs Angst einflößend, aber ihre Hand blieb die ganze Zeit über an der Pistole, die aus ihrer Jackentasche schaute. »Und wenn ihr einmal gefesselt und geknebelt seid, dann wird sich das auch nicht mehr ändern, klar?«

Kate sah Joanna Hilfe suchend an. Sie konnte Jean-Claude nicht den Terroristen überlassen. Das durfte sie einfach nicht.

»Nun?«, fragte Eva, während sie nach der Kellertür griff. »Entscheidet euch.«

Im Flur herrschte angespannte Stille. Keiner rührte sich. Draußen in der Ferne heulte irgendwo eine Sirene. »Was wollt ihr?«, fragte Joanna und versuchte, ihre Angst zu verbergen. Ihr Blick schoss den Hausflur hinunter, auf der Suche nach einem Ausweg. Der männliche Terrorist stand an der Küchentür und schraubte einen Schalldämpfer auf seine Waffe.

Eva folgte Joannas Blick. »Denk nicht mal daran.«

Wieder sah Kate Joanna ängstlich an, ihre Augen fragten stumm nach Rat. Sie drückte Jean-Claude noch fester an sich.

Der Junge wand sich in ihrem Arm. »Mama, kann ich Wasser haben?«

Eva gab Rudy ein Zeichen und er verschwand in der Küche. Dann zog sie ihre Pistole hervor und schraubte langsam einen Schalldämpfer auf. Dabei ließ sie Joanna keinen Moment aus den Augen.

Nur mit Anstrengung gelang es Joanna, die aufsteigende Panik zu unterdrücken. Gehetzt versuchte sie, ihre Lage zu überblicken. Sie befanden sich in einer mittelständischen Nachbarschaft, die sie nicht kannte. Nach den Schüssen hatte man sie gezwungen, sich auf den Boden des Vans zu legen, während sie scheinbar eine Ewigkeit durch die Gegend fuhren. Als der Wagen schließlich anhielt, hatte Joanna jegliche Orientierung verloren. Sie wusste nicht einmal, ob sie noch in Los Angeles waren. Aber wo sie auch sein mochten, eins stand fest: Sie waren gefangen und wurden von Terroristen festgehalten, die sie früher oder später umbringen würden. Vielleicht konnte man irgendwie mit ihnen verhandeln, dachte Joanna verzweifelt. Vielleicht gelang es ihr, Informationen gegen ihre Leben einzutauschen. Aber tief im Innern wusste sie, dass das nie funktionieren würde.

Rudy kam mit einem Plastikbecher Wasser für Jean-Claude zurück. Der kleine Junge trank ihn aus und sagte: »*Merci.*«

»Okay«, sagte Rudy, nahm ihm den Becher wieder ab, zerdrückte ihn in der Hand und ließ ihn auf den Boden fallen. »Fangen wir an.«

»Tante Joanna, kann ich fernsehen?«, fragte Jean-Claude unschuldig.

»Ich glaube, hier gibt es keinen Fernseher«, sagte Joanna.

Eva lächelte, doch in diesem Lächeln war keine Wärme. »In ein paar Minuten haben wir einen für dich.«

»Kann ich mit der Frau gehen und fernsehen?«, fragte er.

Kate sah Joanna an: »Was soll ich nur machen?«

»Lass Jean-Claude gehen«, riet Joanna. »Sie werden ihm nichts tun.«

»Wie kannst du da so sicher sein?«

»Sie wollen mich, nicht ihn«, sagte Joanna und war selbst überrascht, wie gelassen sie klang. »Und sie wissen, wenn sie ihm etwas tun, bekommen sie nichts aus mir heraus.«

Widerwillig setzte Kate ihren Sohn ab und tätschelte ihm den Rücken. »Du musst bei der Frau bleiben.«

»Kann ich dann auch fernsehen?«

»Ja.«

Eva öffnete die Tür zum Keller. Sie ließ die Frauen nicht aus den Augen. »Legt eure Geldbeutel und Uhren auf den Boden, bevor ihr runtergeht.«

Rudy untersuchte schnell die Jacken der Schwestern nach möglichen Waffen. Er fühlte nichts außer Kates Zigaretten, die er einsteckte. »Sie sind sauber.«

»Bewegt euch!«, befahl Eva und stupste Joanna mit dem Lauf ihrer Pistole.

Joanna ging voran in den dunklen Keller. Das Licht war so schwach, dass man kaum die Stufen sah, aber sie konnte sie fühlen. Sie waren eng und aus Holz und knarrten laut unter ihrem Gewicht. Das Geländer bestand aus einem Eisenrohr, das sich kalt und rostig anfühlte.

»Halt dich am Geländer fest und geh ganz langsam«, sagte Joanna.

»Es – es ist so dunkel hier«, flüsterte Kate.

»Ich weiß«, sagte Joanna. Sie zählte die Stufen. Acht. Neun. Zehn. Elf. Zwölf. Jetzt berührten ihre Füße den Betonboden. Schnell überschlug sie im Kopf die Höhe des Kellers. Zwölf Stufen waren es bis unten, jede ungefähr dreißig Zentimeter hoch. Das hieß, zwischen Decke und Boden lagen knapp dreieinhalb Meter.

Hinter ihnen fiel die Tür ins Schloss. Mit einem Schnappen rastete der Riegel ein.

Joanna spürte Kates Nähe in der Dunkelheit. An einem Punkt unweit der Decke drang schwaches Licht herein. Es wurde stärker und schwächer, dann wieder stärker, aber Joanna konnte die Quelle nicht lokalisieren. Dann war es verschwunden.

Langsam bewegte Joanna sich vorwärts. Spinnengewebe streifte ihr übers Gesicht und sie wischte es hastig weg. Sie versuchte, sich zu orientieren, aber in dem undurchdringlichen Schwarz war das unmöglich. Sie brauchten Licht. Wenn auch nur für einen Moment. Hinter sich hörte sie Kate leise weinen. Joanna streckte den Arm nach ihrer Schwester aus. »Sie werden Jean-Claude nichts tun.«

»Aber er ist doch noch so klein«, schluchzte Kate. »Er versteht doch gar nicht, was hier passiert.«

»Und das ist gut so«, beruhigte Joanna. »Auf diese Weise macht er keine Probleme. Das Letzte, was wir jetzt brauchen, sind Fesseln und Knebel.«

»Das würde auch nichts ändern«, sagte Kate mutlos.

Joanna lehnte sich zu Kate und sprach mit gesenkter Stimme: »Wenn wir über wichtige Dinge reden, musst du flüstern. Sie hören vielleicht zu. Verstanden?«

»Verstanden.«

Joanna rückte noch näher zu Kate: »Es macht sehr

wohl etwas aus, ob man gefesselt ist: Gefesselt kann man nicht fliehen.«

»Aber hier gibt es doch eh keinen Ausgang«, sagte Kate laut. »Das hier ist ein verdammtes Kellerloch.«

»Schhhh!«, machte Joanna. »Leise.«

»Aber es gibt keinen Ausweg«, flüsterte Kate.

»Sicher gibt es einen«, flüsterte Joanna zurück. »Wir müssen ihn nur finden.«

»Und was ist mit Jean-Claude?«

»Wir gehen nicht ohne ihn«, sagte Joanna mit einer Stimme, die viel ruhiger und sicherer klang, als sie sich fühlte.

Joanna seufzte in der Dunkelheit. Ihr war klar, dass sie Unsinn redete. Der einzige Weg hinaus ging über die Treppe und durch die Tür, die verschlossen war und wahrscheinlich bewacht. Und selbst wenn sie durch die Tür kamen, wie sollten sie an Jean-Claude gelangen, der von Rudy beaufsichtigt wurde? Joanna schauderte bei dem Gedanken an ihn. Er war kaltblütig und hatte vielleicht Spaß daran gehabt, Maria Gonzalez aufzuschlitzen. Jake hatte Joanna von Rudys Fingerabdrücken auf der Rasierklinge erzählt. Dieses sadistische Schwein. Er hatte die arme Frau Millimeter für Millimeter getötet.

Sie schauderte erneut. Was würde er wohl mit ihr machen, wenn sie ihnen nicht liefern konnte, was sie wollten?

»Bist du in Ordnung?«, fragte Kate.

»Ja«, sagte Joanna und bemerkte erneut ein leichtes Flackern.

Sie sah auf und entdeckte einen schwachen Lichtstrahl, der von hoch oben hereinfiel. Vorsichtig bewegte sie sich mit ausgestrecktem Arm darauf zu, um mögliche Hindernisse zu ertasten. Das Licht wurde einen Moment lang stärker und Joanna erkannte den Umriss eines kleinen

Fensters. Es lag weit oben, mindestens drei Meter hoch. Unmöglich, es zu erreichen. Das Licht verblasste und die Dunkelheit kehrte zurück.

Joanna drehte sich zu Kate. »Haben sie deine Zigaretten genommen?«

»Ja.«

»Und was ist mit dem Feuerzeug?«

»Das haben sie auch.« Kate fühlte noch einmal nach, um sich zu vergewissern. Das Feuerzeug war abermals durch das Loch in der Tasche gerutscht und ins Futter gefallen. »Nein«, sagte sie und wühlte herum. »Ich hab es noch.«

»Gib her.«

Kate legte Joanna das Plastikfeuerzeug in die Hand. »Ich weiß aber nicht, wie viel Gas noch drin ist. Ich hab es schon seit einer Weile.«

»Ich dachte, du hast gerade erst wieder mit Rauchen angefangen.«

»Zigaretten«, bestätigte Kate. »Aber ich hab zwischendrin ab und zu einen Joint geraucht.«

»Soso«, sagte Joanna. »Darüber reden wir, wenn wir hier raus sind.«

»Du meinst, wenn wir hier überhaupt rauskommen.«

Das Feuerzeug leuchtete auf. Die Flamme war klein und erhellte den Raum nur schwach. Schnell sah Joanna sich um. Der Keller war quadratisch, vielleicht acht mal acht Meter. Die Wände waren kahl und grün verputzt. In der hintersten Ecke stand ein Eimer und ein Mopp, daneben ein kleiner Holztisch. Das Fenster war sehr klein und fast an der Decke.

Die Flamme verbrannte Joanna den Daumen und sie riss die Hand weg. Das Feuerzeug schlitterte über den Betonboden.

»Verdammt«, fluchte Joanna und steckte sich den Daumen in den Mund. »Ich hab es fallen lassen.«

»Leise«, mahnte Kate. »Sie sollen nicht wissen, dass wir ein Feuerzeug haben.«

»Du hast Recht«, wisperte Joanna, immer noch den Daumen im Mund in der Hoffnung, dass sich keine Blase bildete. »Bleib hier stehen, während ich danach suche.«

Joanna ging in die Knie und tastete auf dem Boden herum. Er war kalt und schmutzig und fühlte sich stellenweise ölig an. Sie stieß mit der Hand an einen zusammengeknüllten Lumpen. Das Feuerzeug lag oben drauf.

»Hab es«, sagte sie und richtete sich auf. Wieder fiel flackerndes Licht durch das Kellerfenster und Joanna bildete sich ein, eine Glühbirne an der Decke zu sehen. Dann wurde es wieder dunkel. »Hast du eine Glühbirne an der Decke gesehen?«

»Es war eine Lampe«, sagte Kate. »Und sie liegt außerhalb unserer Reichweite.«

»Aber der Schalter ist doch normalerweise nicht an der Lampe, sondern irgendwo an der Wand.«

»Oder außen an der Kellertür.«

»Oder innen neben der Treppe«, sagte Joanna mit schwacher Hoffnung. Das Licht war entscheidend. Ohne Licht hatten sie keine Chance zu entkommen. »Wenn sie uns hochlassen, schau, ob du an der Wand einen Schalter siehst.«

»Warum sollten sie uns hochlassen?«

»Um auf Toilette zu gehen und Jean-Claude zu beruhigen«, erklärte Joanna. »Früher oder später wird er anfangen zu quengeln und nach dir verlangen. Die Terroristen können kein laut schreiendes Kleinkind gebrauchen. Die Nachbarn könnten etwas mitbekommen.«

»Aber was ist, wenn er nicht aufhört zu weinen?«, fragte Kate besorgt. »Sie werden ihm doch nicht wehtun?«

Joanna nahm Kates Hand: »Er wird sofort aufhören zu weinen, wenn er dich sieht, und ich garantiere dir, sie werden ihm nichts tun.«

»Wie kannst du da so sicher sein?«

»Weil sie wissen, dass Jean-Claude nichts zustoßen darf, wenn sie etwas von uns wollen.«

Kate fing wieder an zu weinen. »Sie werden uns umbringen und dann werden sie meinen Sohn töten.«

»Nur, wenn wir es zulassen«, sagte Joanna und kämpfte um eine feste Stimme, obgleich sie sich genauso hilflos fühlte wie ihre Schwester. »Jetzt wisch die Tränen weg. Ich kann nicht nachdenken, solange du weinst.«

Kate schniefte und schluckte. »Mein Gott, was für ein erbärmliches Ende! Wir werden in einem Keller sterben und man wird nicht mal unsere Leichen finden.«

»Denk nicht ans Sterben«, sagte Joanna leise. »Überleg lieber, wie wir entkommen können.«

Kate fröstelte. »Hier ist es wie in einer Gruft. Die Dunkelheit verschluckt einen fast. Am liebsten würde ich schreien.«

»Ich weiß«, sagte Joanna und erinnerte sich daran, wie sie einmal in einem Abflussrohr zwei Meter unter der Erde eingeschlossen war. Jake und ein Bluthund namens Sniff hatten sie geborgen. Sie stellte sich vor, wie Jake rund um die Uhr arbeitete, um sie zu finden, und wie er sich und Farelli keine Pause gönnte, bis zur völligen Erschöpfung und darüber hinaus. Aber die Terroristen hatten keine Hinweise zurückgelassen, nichts, was darauf schließen ließ, wo sie jetzt waren. Es müsste schon ein Wunder geschehen, wenn Jake sie finden sollte. Aber er war ihre einzige Chance.

»Schwesterherz«, brach Kate leise die Stille, »habe ich dir jemals gesagt, wie sehr ich dich liebe?«

»Oft.«

»Du hast so viel für uns getan«, fuhr Kate fort. »Für dich ging die Familie immer vor.«

»Versteht sich doch von selbst.«

»Du hast es wirklich nie leicht gehabt, aber du hast dich so gut geschlagen«, sagte Kate. »Sogar als ich älter war, war ich immer die kleine Schwester, auf die du aufpassen musstest. Dafür liebe ich dich noch mehr.«

Joanna dachte an den Tod ihres Vaters. Kate war gerade acht gewesen und hatte keinen blassen Schimmer, was passiert war und wie radikal sich ihr Leben ändern würde. Joanna versuchte, sich ihre Mutter und ihren Vater vorzustellen, aber die Gesichter verschwammen. Sie sah nur ihre Gräber. Und sie wusste, dass sie und Kate und Jean-Claude ihnen bald dorthin folgen würden. Die Blalock-Linie war kurz davor, von einer Bande Terroristen komplett ausgelöscht zu werden. »Wir müssen aus diesem verdammten Loch raus.«

»Wie sollen wir das anstellen?«

»Als Erstes musst du deine Angst besiegen.«

»Ich weiß nicht, ob ich das kann.«

»Wenn du es nicht für dich kannst, tu es für Jean-Claude.«

Kate atmete tief durch. »Sag mir, was ich tun soll.«

Joanna senkte ihre Stimme noch mehr: »Wenn sie uns holen, machst du alles ganz langsam. Je länger sie brauchen, um an das zu kommen, was sie wollen, desto größer sind unsere Chancen, zu überleben.«

»Was meinst du, was sie von dir wollen?«

»Informationen«, flüsterte Joanna. »Anscheinend weiß ich etwas, das sie brauchen.«

»Was sollte das denn sein?«

»Ich bin mir nicht sicher. Ich schätze, es geht um den neunzehnten April.« Joannas Kehle war ganz trocken, sie musste ein paar Mal schlucken. »Ich muss improvisieren und versuchen, ihnen nicht aus Versehen zu verraten, was sie wissen wollen. Vielleicht kann ich die Dinge so verdrehen, dass ich sie verwirre.«

»Das könnte gefährlich sein. Vergiss nicht, dass sie meinen kleinen Jean-Claude haben.«

»Wie könnte ich das vergessen?«

»Die Zehn Gerechten«, sagte Kate verächtlich. »Sie glauben vielleicht noch, dass es Gott gefällt, wenn sie Frauen und Kinder entführen.«

»Sie glauben an nichts außer ihre eigene Sache. Für sie sind Gott und Bibel nur eine billige Entschuldigung.«

Wieder schien ein wenig Licht durch das Fenster. Es flackerte und wurde schwächer, verschwand aber nicht ganz. Vorsichtig ging Joanna durch die verschwommene Dunkelheit, die Hand vor sich ausgestreckt. Sie kam an die hintere Wand und tastete nach dem Tisch. Um ihn zu finden, musste sie kurz das Feuerzeug benutzen. Leise zog sie den Tisch über den Beton, bis er direkt unter dem kleinen Fenster stand. Sie kletterte auf den Tisch, stellte sich auf die Zehenspitzen und spähte hinaus.

Das Fenster war sehr klein und sowohl innen als außen mit einer dicken Schmutzschicht überzogen. Massive Eisenstangen versperrten den Weg nach draußen. Vor dem Fenster war ein Haufen Blätter oder Unrat, vielleicht auch ein dichter Busch. Joanna konnte es nicht genau erkennen. Aber was es auch war, es bewegte sich im Lufthauch.

Joanna versuchte, den Schmierfilm mit dem Ärmel von der Scheibe zu wischen. Draußen wirkte es wie früher

Abend, die Schatten wurden lang. Für einen Moment kam es Joanna vor, als bewegte sich etwas. Ein Mensch? Ein Tier? Sie strengte die Augen an.

Plötzlich ging die Kellertür auf und Licht fiel von oben herein. Irgendetwas polterte die Treppen hinunter und landete mit einem dumpfen Schlag am Boden. Joanna und Kate starrten in das schummrige Licht, hielten den Atem an und lauschten, ob sie Kinderweinen hörten.

Die Tür oben wurde mit einem lauten Krachen zugeschlagen und die Schwärze fing sie wieder ein.

36

Freitag, 16. April, 11.58 Uhr

»Ich komme mir vor wie ein Geier, hier zu warten, ob dieser Mensch noch lebt«, sagte Farelli.

»Das sollte er besser«, sagte Jake übel gelaunt. »Er ist unsere einzige Chance, etwas über den Van herauszufinden.«

Sie gingen vor der chirurgischen Intensivstation auf und ab. Es war beinahe Mittag und Sol Fischer, der Besitzer der Eisdiele, war gerade von seiner zweiten Operation innerhalb der letzten vierundzwanzig Stunden zurück. Bei der ersten Operation hatten sie die Kugel aus seinem Körper entfernt, zusammen mit der Milz und einem großen Darmsegment, das sie zerrissen hatte. Die zweite Operation war notwendig, um die Quelle der inneren Blutungen zu finden und sie zu stillen, bevor er verblutete.

»Wie alt ist dieser Mann?«, erkundigte sich Jake.

Farelli sah in seinen Notizen nach. »Zweiundsiebzig.«

»O nein.«

»Aber der Arzt sagt, dass er eine äußerst gute Konstitution hat.«

»Zweiundsiebzig bleibt trotzdem zweiundsiebzig«, sagte Jake heiser. »Und er hat eine Kugel mitten in den Bauch abbekommen.«

»Ja.«

Sie liefen weiter auf und ab. Beide waren abgespannt und kämpften gegen die Müdigkeit, die von einer schlaflosen Nacht rührte. Trotz all ihrer Anstrengungen hatten sie immer noch nichts über den Wagen herausgefunden. Eine eingehende Prüfung der in jüngerer Zeit in Los Angeles gestohlen gemeldeten Vans hatte sechzehn Ergebnisse gebracht. Sechs davon waren dunkelfarbig, aber sie alle waren schon vor der Schießerei an der Eisdiele wieder aufgetaucht. Die Tatzeugen waren ausführlich befragt worden. Keiner erinnerte sich an den Van.

Die Tür zur Intensivstation öffnete sich und eine Schwester mittleren Alters kam heraus. Die Vorderseite ihres Kittels war blutbespritzt.

Jake eilte auf sie zu und zeigte seine Dienstmarke. »Wie geht es Mr. Fischer?«

»Er ist noch am Leben«, sagte die Schwester müde. Sie seufzte und schüttelte den Kopf. »Wissen Sie, wie lang Sol Fischer diese Eisdiele hatte?«

»Eine ganze Weile, oder?«

»Vierzig Jahre, können Sie sich das vorstellen?«, sagte die Schwester traurig. »Alle aus dem Memorial gehen mit ihren Kindern zu ihm, weil er völlig in die Kleinen vernarrt ist und ihnen Berge von Streuseln auf das Eis macht und sie zum Lachen bringt. Er ist ein wundervoller und großzügiger Mann, und jetzt sehen Sie sich bloß an, was sie ihm angetan haben.« Wieder schüttelte sie den Kopf und wischte sich die Nase mit dem Handrücken ab. »Was für eine schreckliche Welt.«

»Was sie nicht sagt«, war Jakes Kommentar, als er der Schwester nachsah, wie sie in einem Aufenthaltsraum in der Nähe verschwand. Sein Blick fiel auf die Wanduhr. Mittag. Bis zum neunzehnten April waren es noch sechzig Stunden.

An Farelli gewandt meinte er: »Klingt, als wäre er schon halb tot.«

Farelli nickte. »Wir brauchen eine Glückssträhne und zwar bald. Unsere einzige Hoffnung ist, dass jemand die Bilder der Terroristen im Fernsehen sieht und sie dann irgendwo wiedererkennt.«

»Das wird nicht passieren«, sagte Jake. »Sie werden bis Montag untertauchen.«

»Manchmal ist es nicht so leicht, zwei Frauen und ein Kind zu verstecken.«

»Sicher ist es das. Man muss sie nur festbinden und die Rollläden runterziehen.«

Und sie töten, wenn man sie nicht mehr braucht, dachte Farelli grimmig. »Vielleicht bemerkt jemand den Van an einem Ort, wo er nicht hingehört.«

»Er kann aber genauso gut in einer Garage stehen«, sagte Jake. Entgegen aller Vernunft hoffte er, dass ihre laufende Suche nach neuen Mietern auf der Westside sie weiterbringen würde. Die Terroristen mussten sich eine neue Basis gesucht haben, nachdem die Bombe in West Hollywood ihre alte zerstört hatte. Aber es gab so viele Häuser. Die Suche nach dem richtigen war wie die berühmte Nadel im Heuhaufen.

»Wir müssen etwas übersehen haben«, knurrte Farelli. »Auch sie werden irgendwann mal Fehler machen.«

»O nein, werden sie nicht. Sie sind Profis auf diesem Gebiet. Und sie sind uns immer einen Schritt voraus, weil sie wissen, was sie vorhaben und wir nicht.«

Jake ging zu einem Trinkbrunnen und nahm einen Schluck. Dann kühlte er sich die Stirn mit kaltem Wasser. Die ganze Nacht lang war er die Einzelheiten des Falls durchgegangen, auf der Suche nach einem Hinweis oder einer Spur, jedoch vergeblich. Der Wagen war der Schlüssel zu der Terroristengruppe, dessen war er sich sicher und Dan Hurley sagte das Gleiche. Er hatte angeregt, die

Reifenspuren zu untersuchen, die der Van bei seinem Kavaliersstart am Tatort hinterlassen hatte. Ein KFZ-Sachverständiger wurde herbeigezogen, um den Reifenhersteller zu bestimmen, was ihnen Aufschluss über Marke und Modell des Vans hätte geben können. Aber der Abdruck war nicht vollständig. Der Experte vermutete, dass er von einem Reifen der Marke General Motors stammte, konnte es aber nicht sicher sagen. Und während wir uns Reifenspuren ansehen, ist vielleicht ein sadistisches Schwein dabei, Joanna mit einer Rasierklinge zu bearbeiten, dachte Jake niedergeschlagen. Der Van. Der gottverdammte Van. Er musste ihn einfach finden.

Die Tür der Intensivstation wurde aufgerissen. Ein Chirurg in langem, weißen Mantel trat zu den Detectives. Er war schlaksig, sein Haar ergraut und kurz geschnitten. Auf seinem Namensschild stand ›Robert Kane, Dr. Med.‹.

»Wie geht es unserem Patienten?«, fragte Jake aufgeregt.

»Nicht gut«, sagte Kane. »Er hätte schon fünfmal tot sein müssen. Aber er ist ein echter Kämpfer.«

»Ich muss mit ihm reden«, drängte Jake. »Drei Menschenleben stehen auf dem Spiel.«

Der Chirurg zögerte. »Ich bezweifle, dass er Ihre Fragen beantworten kann. Seine Vitalzeichen sind immer noch instabil und obendrein steht er unter starken Beruhigungsmitteln.«

»Es geht um Leben oder Tod«, beharrte Jake.

Kane holte tief Luft. Es widerstrebte ihm, seinen Patienten noch zusätzlichen Anstrengungen auszusetzen. »Stellen Sie nur einfache Fragen und bedrängen Sie ihn nicht. Wenn er sich aufregt, lassen Sie ihn auf der Stelle in Ruhe.«

»Versprochen«, sagte Jake schnell.

Der Chirurg führte sie zurück in den Aufwachraum der Intensivstation. Der Raum war viel kleiner, als Jake erwartet hatte. Fünf Betten standen in einer Reihe an der Wand, alle waren belegt. Die Patienten bewegten sich nicht, aber über das Surren der Ventilatoren hörte man, dass ein paar von ihnen leise stöhnten. Über jedem Bett hing ein Monitor, der Puls, Blutdruck und Atemwerte der Patienten anzeigte.

Der Chirurg ging zum Bett in der Mitte, lehnte sich über den Patienten und rief: »Mr. Fischer, können Sie mich hören?«

Sol zeigte keine Reaktion.

»Sol, wenn Sie mich hören können, öffnen Sie die Augen.«

Sols Augenlider zitterten kurz, dann öffneten sie sich einen Spalt.

»Sol, die Polizei ist hier. Sie müssen Ihnen ein paar Fragen stellen.«

Sol deutete ein Nicken an. Er befeuchtete sich die Lippen mit der Zunge.

Kane sah auf den Monitor über dem Bett. Der Blutdruck war bei hundert zu siebzig, der Puls bei sechsundneunzig. Er hoffte inständig, dass er alle Blutungen in Sol Fischers Bauchraum gefunden und gestillt hatte. Er gab Jake mit dem Kopf ein Zeichen.

Jake trat näher an das Bett, beugte sich herunter und sprach in Fischers Ohr: »Mr. Fischer, ich bin Lieutenant Sinclair. Erinnern Sie sich an die Schießerei von gestern?«

Sol leckte sich die ausgetrockneten Lippen. »Sie haben den kleinen Jungen gepackt. Ich lief raus, um ihnen zu helfen. Das ist alles, woran ich mich erinnere.«

»Erinnern Sie sich an die Schüsse?«

»N– nur das Geräusch.« Fischer atmete langsam aus und schloss dann die Augen.

Der Chirurg blickte schnell auf den Monitor. Die Vitalzeichen waren stabil. Kane schüttelte den alten Mann sanft an der Schulter. »Sol, sind Sie noch wach?«

Sol schluckte mühevoll und hielt dabei die Augen geschlossen. »Kann ich ein bisschen Wasser haben?«

»In ein paar Minuten bekommen Sie ein paar Eisblättchen zum Lutschen.«

Sol nickte dankbar.

Jake fragte: »Erinnern Sie sich noch an das Auto vor Ihrem Laden? Das, das weggefahren ist?«

»Sie parkten in der Ladezone und blieben während der Schießerei dort.«

»Was war das für ein Auto?«

»Ein Van.«

Jake beugte sich noch näher zu ihm. »Was für eine Marke?«

»Keine Ahnung.«

»Fällt Ihnen gar nichts dazu ein?«

Fischer blinzelte kurz, dann schloss er die Augen wieder. »Ich glaube, er war dunkel.«

Jake richtete sich auf. Wieder eine Sackgasse, dachte er. Er sah Farelli an. »Wir müssen diesen verdammten Van finden.«

»Wir brauchen das Kennzeichen«, sagte Farelli. »Ohne geht es nicht.«

»Fragen Sie die Politesse«, murmelte Sol kaum hörbar.

»Was?« Jake beugte sich schnell noch einmal zu ihm. »Was für eine Politesse?«

»Sie verpasste ihm einen Strafzettel für Parken in der Ladezone.« Jake rannte zur Tür, Farelli dicht auf den Fersen.

37

Freitag, 16. April, 14.28 Uhr

Beim Aufwachen fühlte sich Joanna steif und ausgelaugt. Um sie war es schwarz und totenstill und einen Moment lang wusste sie nicht, wo sie war. Dann hörte sie, wie sich Kate neben ihr bewegte und fühlte die harte Matratze unter sich.

Mit Mühe richtete sie sich auf und wartete, dass die Benommenheit sich verflüchtigte. Die Matratze, dachte sie. Jetzt erinnerte sie sich wieder, wie die Terroristen sie die Treppen hinuntergeworfen hatten. Sie war mit einem dumpfen Schlag in der Dunkelheit gelandet. Zuerst glaubten sie und Kate, es wäre der Körper des kleinen Jean-Claude, der die Treppe heruntergepoltert und hart auf dem Betonboden aufgeschlagen war. Die Sorge hatte sie schier um den Verstand gebracht. Dann sahen sie die Matratze, die hochkant an der Wand gelandet war. Zum Glück hatten sie das Feuerzeug. Ohne wären sie vielleicht eine Stunde lang herumgekrochen und hätten verzweifelt eine Leiche gesucht, die es gar nicht gab.

Plötzlich hörte Joanna Schritte über sich. Erst leichte, dann schwere. Zwei Leute, vermutete sie. Wahrscheinlich Jean-Claude und Rudy, der den Auftrag hatte, auf den kleinen Jungen aufzupassen. Die Schritte entfernten sich langsam und Joanna stellte sich vor, wie Jean-Claude auf seinem unsichtbaren Pferd davongaloppierte und nicht ahnte, dass er in Lebensgefahr schwebte. Wahrscheinlich war es am besten so.

Einmal mehr überdachte sie ihre missliche Lage und die möglichen Auswege. Es gab keine Chance zu fliehen, selbst dann nicht, wenn sie Jean-Claude bei sich im Keller gehabt hätten. Er würde zwar durch das kleine Fenster passen, nicht aber zwischen den Eisenstangen hindurch. Sie fragte sich, ob die Stangen in den Stein eingelassen waren. Wenn nicht, konnte man sie vielleicht herausbrechen. Aber was dann?

Joannas Blick wanderte zu der Stelle, an der sie das Fenster vermutete. Kein Licht war zu sehen, nicht einmal ein schwacher Schein. Demnach musste es Nacht sein. Sie rutschte auf der Matratze herum und versuchte zu schätzen, wie spät es wohl war und wie lange sie geschlafen hatte. Mindestens einige Stunden, den steifen Gliedern nach zu urteilen. Aber wie viele? Joanna wünschte, sie hätte ihre Uhr noch. Dann könnte sie sich wenigstens zeitlich orientieren.

Oben tat es einen Schlag. Dann noch einen, lauter sogar.

Kate fuhr aus dem Schlaf auf. »Was? Was war das?«

»Irgendetwas ist über uns runtergefallen«, sagte Joanna.

»Jean-Claude?«, fragte Kate, mit einem Mal hellwach.

»Glaube ich nicht«, beruhigte Joanna sie. »Ich habe ihn vor einer Minute in ein anderes Zimmer laufen hören. Es geht ihm gut.«

»Was meinst du, wann sie mich zu ihm lassen?«

»Bald. Es kann nicht mehr lange dauern.«

»Wie willst du das wissen?«

»Weil Jean-Claude quengelig wird und anfängt zu weinen, wenn er dich nicht bald sieht, und das wollen sie nicht«, erklärte Joanna. »Ich möchte, dass du jetzt deine Arme und Beine streckst, um den Kreislauf in Schwung zu bringen.«

Kate stand auf und versuchte, ihre verspannten Glieder zu lockern. »Ich fasse nicht, wie steif ich bin.«

»Das geht vorüber.« Joanna leuchtete mit dem Feuerzeug. Die Flamme wirkte jetzt sogar noch kleiner und gab kaum Licht. Schnell bückte sie sich nach dem öligen Lumpen auf dem Boden, dann ließ sie die Flamme erlöschen.

»Was willst du mit dem Lumpen?«, fragte Kate leise.

»Ich wickle das Feuerzeug darin ein und lege ihn an die Wand«, flüsterte Joanna. »Möglicherweise durchsuchen sie uns noch einmal, wenn wir wieder hochkommen.«

»Und warum legen wir es nicht einfach unter die Matratze?«

»Weil sie vielleicht auch den Keller durchsuchen, während wir oben sind.«

Über ihnen drehte jemand einen Wasserhahn auf und sie hörten, wie es in den Rohren rauschte. Die Schwärze um sie herum verstärkte das Geräusch, das nicht enden wollte. Dann hörte man schwere Tritte und es wurde still.

Kate streckte die Hand aus und tastete in der Dunkelheit nach ihrer Schwester. »Wo bist du?«

»Am anderen Ende der Matratze.«

»Es ist so verflucht dunkel hier.«

»Ich weiß.«

Auch Joanna kam die Dunkelheit jetzt noch intensiver vor. Die Luft war stickig und drückend. Joanna bereute, dass sie eben noch mal mit dem Feuerzeug geleuchtet hatte, um den Lumpen zu finden, der direkt vor ihren Füßen lag. Nach dem kurzen Licht schien die Schwärze um sie herum nun noch bedrückender. Vor allem aber hatte sie das ohnehin schon fast leere Feuerzeug noch einmal benutzt. *Wie dumm von dir! Du musst besser aufpassen!*

Plötzlich ging die Tür auf. Sie mussten sich erst an das blendende Licht gewöhnen, dann erkannten sie einen langen Schatten oben an der Treppe.

»Hochkommen«, bellte Eva.

Joanna flüsterte Kate schnell zu: »Wenn sie dich etwas fragen, antworte ihnen ganz kurz. Je mehr du redest, desto leichter verplapperst du dich.«

»Ich sage einfach, ich weiß gar nichts«, tuschelte Kate.

»Sei vorsichtig«, warnte Joanna. »Denk dran, sie sind nicht dumm.«

Joanna ging zur Treppe und stieg langsam hinauf. Das grelle Licht schmerzte ihr immer noch in den Augen und sie sah nur unscharf. Einmal stolperte sie kurz und musste sich am Geländer festhalten. Als sie sich der Tür näherte, ging sie noch langsamer und suchte die Wand neben sich nach einem Lichtschalter ab. Sie sah nur rissigen Putz.

»Ein bisschen schneller«, drängte Eva ungeduldig. »Trödel hier nicht rum.«

Joanna trat durch die Tür. Sie wandte den Kopf ab, als könnte sie das helle Licht noch immer nicht ertragen und blickte dabei auf die Wand hinter sich. Da entdeckte sie den Lichtschalter. Er war im Flur *vor* der Kellertür. *Verdammt!*

Joanna drehte sich zu Eva und Rudy. Jean-Claude stand zwischen ihnen.

»Mama?«, fragte Jean-Claude und sah zu Joanna auf.

»Hier ist sie ja«, sagte sie und trat zur Seite.

»Mama!«, rief Jean-Claude glücklich und warf sich seiner Mutter in die Arme.

Kate umarmte und küsste Jean-Claude wieder und wieder. Sie kitzelte ihn an der geheimen Stelle im Nacken und freute sich über sein Lachen. In diesem Augenblick liebte sie ihn mehr als das Leben selbst. Dann schloss sie ihn wieder fest die Arme. »Wie geht es meinem kleinen Mann? Bist du in Ordnung?«

Jean-Claude nickte.

»Hast du was zu essen bekommen?«

Jean-Claude nickte zögerlich.

»Hat es dir nicht geschmeckt?«

Jean-Claude zog eine Grimasse.

»Du musst aber essen«, sagte Kate. »Das ist ganz wichtig. Versprichst du mir das?«

Jean-Claude nickte wenig begeistert und nahm seine Mutter bei der Hand. »Komm fernsehen.«

»Später vielleicht«, sagte Kate und umarmte ihren Sohn noch einmal.

Joanna blickte den Flur hinunter und sah, dass helles Tageslicht durch das Küchenfenster flutete. Sie hatte sich getäuscht. Es war Tag, nicht Nacht. Wahrscheinlich später Vormittag. Sie hatten über zwölf Stunden geschlafen.

Eva beobachtete Joanna, die weiter Richtung Küche blickte. »Ich hoffe, du kommst auf keine dumme Gedanken.«

»Ich suche das Bad«, log Joanna ungeniert.

»Nächste Tür«, sagte Eva und gab Rudy ein Zeichen mit dem Kopf.

Joanna ging durch den Flur in das kleine Badezimmer. Rudy folgte ihr. Sie versuchte, die Tür hinter sich zuzuziehen, aber er stellte schnell seinen Fuß dazwischen.

»Dürfte ich bitte?«

»Bitte was?«, fragte Rudy missgelaunt.

»Ich kann nicht, wenn mir jemand zuschaut.«

Rudy dachte kurz nach und kratzte sich im Schritt. Er fragte sich, ob Eva ihm wohl erlaubte, es den zwei Frauen zu besorgen, bevor er sie umbrachte. Sie würden sich nicht einmal wehren. Er musste ihnen nur versprechen, dass er sie danach freiließe, dann würden sie es tun. Er starrte auf Joannas Busen und dachte, dass sie viel schärfer war als ihre Schwester.

»Also?«, fragte Joanna.

»Nicht absperren«, warnte Rudy sie und nahm den Fuß aus der Tür.

Joanna ließ sich erleichtert auf der Toilette nieder. Schnell sah sie sich im Bad um. Es war klein und fensterlos, mit Wanne, Waschbecken und einem Spiegelschränkchen darüber. Es gab weder Seife noch Handtuch, die Ablage war leer. Neben ihr stand ein kleines Schränkchen unter dem Waschbecken. Sie beugte sich rüber und spähte hinein. Leer. Keine Werkzeuge oder Badezimmerutensilien, nichts, was als Waffe brauchbar war.

Sie stand auf und zog die Spülung. Während das Wasser rauschte, eilte sie zum Spiegelschränkchen und warf einen Blick hinein.

Rudy kam hinter ihr ins Bad und schlug die verspiegelte Tür zu. Er durchbohrte sie mit den Augen. »Suchen wir etwas?«

»Zahncreme«, stotterte Joanna, deren Gedanken rasten.

»Aber sicher doch«, sagte Rudy. »Raus in den Flur!«

Eva erwartete sie schon an der Küchentür. Kate saß im Flur auf dem Boden mit Jean-Claude in den Armen. Der kleine Junge lutschte zufrieden am Daumen und hatte die Augen halb geschlossen.

Eva wandte sich an Rudy: »Bring Mutter und Kind ins Fernsehzimmer und pass dort auf sie auf.«

»Was ist, wenn sie aufs Klo muss?«

»Lass sie nicht aus den Augen.«

Rudy grinste boshaft. »Nicht eine Sekunde.«

»Wenn ihr etwas zustößt, bekommt ihr gar nichts von mir«, warnte Joanna.

»Ich werd's mir merken«, sagte Eva tonlos. Sie gab Rudy ein Zeichen und sah ihm nach, wie er Mutter und Kind in das vordere Zimmer führte. Dann wandte sie sich an Joanna. »Du. Ab in die Küche.«

Joanna trat in die helle Küche. Die Fenster waren zu, die Jalousien unten, aber offen. Draußen war der Himmel klar und blau, die Sonne strahlte. Der Garten hinter dem Haus war riesig, mit Garage und Bäumen und Hecken. Joanna konnte keine anderen Häuser entdecken.

»Setzen«, befahl Eva und deutete auf einen Küchenstuhl.

Joanna zog den Stuhl heran und versuchte, sich zu sammeln. Denk nach!, ermahnte sie sich. Denk nach, bevor du die Fragen beantwortest. Und rede langsam. Du bestimmst das Tempo, nicht sie. Halte sie hin. Damit gewinnst du Zeit zum Nachdenken.

Eva setzte sich ihr gegenüber und lehnte sich nach vorne, die Ellbogen auf dem Küchentisch. »Ich werde dir jetzt ein paar Fragen stellen und ich hoffe, du beantwortest sie ehrlich. Das hoffe ich wirklich. Denn für jede Lüge wird Rudy deiner Schwester einen Finger brechen.« Eva zog theatralisch eine Grimasse. »Und du weißt ja, wie schrecklich weh das tut.«

Joanna schluckte. »Ich sage die Wahrheit.«

»Gut.« Eva stand auf und umkreiste langsam den Tisch. »Ich muss wissen, wer für das Rehabilitationszentrum verantwortlich ist. Ich brauche seinen Namen.«

Sie stellt mich auf die Probe, schoss es Joanna durch den Kopf. Sie wählte ihre Worte vorsichtig: »Wenn Sie den Direktor meinen: Sein Name ist Josiah Wales.«

»Warst du je im Institut?«

»Öfter.«

»Wie oft?«

Joanna legte die Stirn in Falten, als müsste sie überlegen. »Zweimal, glaube ich.«

»Vor kurzem?«

»Innerhalb der letzten vier Wochen.«

»Und was wolltest du da?«

Joanna zögerte. Sie versuchte, ihre Antworten so allgemein wie möglich zu formulieren. »Herausbekommen, wer Sie sind.«

»Aber alles, was du gefunden hast, waren ein paar dämliche Mexikaner.«

»Die uns direkt zu Ihnen geführt haben.«

»Ja, ja, du warst wirklich sehr clever.« Eva holte ihre Pistole heraus und presste den Lauf an Joannas Schläfe. »So clever, dass du jetzt eine Knarre am Kopf hast, die ich in der Hand halte.«

Joanna nickte. Ihr wurde bewusst, wie dumm ihre Antwort war. Provozier sie nicht. Verhalte dich unterwürfig. Und denke immer einen Schritt voraus. »Ich bin nicht gerade in der besten Position, was?«

»Und es wird schlimmer, wenn du lügst.« Eva steckte die Waffe wieder in die Jacke und setzte ihre Wanderung um den Tisch fort. Sie verscheuchte eine Fliege und lief weiter.

Joanna beobachtete sie und ordnete schnell ihre Gedanken. Eine der Testfragen beschäftigte sie. Die Terroristin hatte ohne Nachhaken geschluckt, dass sie zweimal im Institut gewesen war. Woher wusste sie, dass das stimmte? Jemand musste es ihr gesagt haben, und dieser Jemand musste aus dem Institut sein. Aber wer? Und warum?

»Ich brauche ein paar Informationen zum neuen Institut«, unterbrach Eva ihre Überlegungen. »Was weißt du davon?«

Joanna zuckte die Schultern. »Nicht viel. Ich war noch nicht drinnen.«

Eva blieb abrupt stehen und sah Joanna in die Augen. »Noch nie?«

»Nie«, sagte Joanna fest. »Ich bin ein paar Mal dran vorbeigelaufen, aber drinnen war ich noch nie.«

Eva setzte ihre Runde fort. »Weißt du, wann das neue Institut aufmacht?«

»Die Eröffnungszeremonie ist am neunzehnten April.«

»Und wer kommt zu dieser Eröffnung?«

»Eine Reihe Würdenträger, nehme ich an.«

»Ich brauche Namen«, sagte Eva scharf.

Die Testfragen waren vorbei, dachte Joanna. Die Gästeliste hatten einzig Simon Murdock und der Secret Service. Keiner im Institut, noch nicht einmal Josiah Wales, kannte die komplette Liste. »Das weiß ich nicht.«

»Glaubst du, der Bürgermeister von Los Angeles wird dabei sein?«

»Ich nehme es an.«

»Und was ist mit dem Gouverneur?«

»Vielleicht.«

»Und du, natürlich.«

Joanna sah die Terroristin verblüfft an. »Warum sollte ich eingeladen sein?«

Eva holte tief Luft und seufzte laut: »Was für ein Jammer! Du hast deiner Schwester soeben einen gebrochenen kleinen Finger verpasst.«

»Warum?«, stieß Joanna völlig aufgewühlt aus. Das Herz klopfte ihr bis in den Hals. »Ich habe doch die Wahrheit gesagt.«

»Hast du nicht«, sagte Eva. »Wir wissen, dass du dabei

sein wirst und die Freiheitsmedaille vom Präsidenten der Vereinigten Staaten überreicht bekommst. Wenn du das abstreitest, brechen wir deiner Schwester den nächsten Finger.«

Joanna wurde plötzlich speiübel und sie hastete zur Spüle, wo sie sich übergab. Es kam kaum etwas, nur ein Schwall übel schmeckender Galle. Sie würgte noch einmal und wartete, dass die Übelkeit vorüberging, den Kopf noch immer über der Spüle. Verzweifelt versuchte sie, ihrer Angst Herr zu werden und nachzudenken. Sie hatte die Wahrheit gesagt, dennoch glaubte ihr die Terroristin nicht. Aber warum nur? Joanna dachte noch mal an die Frage und ihre Antwort. Dann fiel es ihr wieder ein. Auf Drängen des Secret Service war die Verleihung der Medaillen vom Hospital in das neue Institut verlegt worden. Die Medaillen würden jetzt vor der Einweihungszeremonie überreicht werden. Joanna hatte selbst erst gestern Vormittag davon erfahren. Wie konnten die Terroristen davon wissen? Sie spritzte sich Wasser ins Gesicht und drehte sich zu Eva. »Bitte lassen Sie mich erklären.«

»Ich will jetzt die Wahrheit hören«, sagte Eva drohend. »Denk an die Finger deiner Schwester. Und vergiss nicht, dass wir das eine oder andere bereits wissen.«

Joanna nickte zaghaft. Sie bemerkte eine Veränderung in Tonfall und Haltung der Terroristin. Sie wurde bedrohlicher und fordernder. Und das sagte Joanna, dass sie jetzt an den Punkt gelangt waren, der die Terroristen wirklich beschäftigte. Was um alles in der Welt wollten sie von ihr wissen?

Joanna zeigte auf eine Dose Limo neben der Spüle. »Kann ich einen Schluck haben? Vielleicht beruhigt das meinen Magen.«

»Nimm dir«, sagte Eva und holte ihre Pistole heraus,

nur für den Fall, dass Joanna irgendwelche Dummheiten plante.

Joanna öffnete die Dose und schlürfte langsam daraus, während sie fieberhaft nachdachte. Vorsicht, ermahnte sie sich, ganz vorsichtig jetzt. Du darfst nicht lügen, aber du darfst ihnen auch nicht die Information geben, die sie brauchen. Denn wenn sie die einmal haben, töten sie dich und Kate und den kleinen Jean-Claude.

»Warum hast du mich angelogen, als ich dich nach deiner Einladung zur Einweihungszeremonie fragte?«, bohrte Eva, die Joanna beobachtete und versuchte, ihre Körpersprache zu deuten.

»Ich habe nicht gelogen«, sagte Joanna und wählte ihre Worte mit Bedacht. »Ich bin gar nicht zu der Zeremonie eingeladen. Ich bekomme die Freiheitsmedaille vom Präsidenten, sonst nichts.«

»Und dann verschwindest du wieder?«

»Davon gehe ich aus«, sagte Joanna. »Schließlich habe ich überhaupt nichts mit dem Institut zu tun.«

»So, so«, sagte Eva und überlegte laut: »Du bist also nur da, weil der Präsident da ist?«

»So habe ich es verstanden.«

»Und wo solltest du den Präsidenten treffen?«

»Das haben sie nicht gesagt.«

Evas verzog die Lippen zu einer Grimasse. »Ich glaube, du lügst schon wieder.«

»Tu ich nicht«, sagte Joanna, so überzeugend sie konnte.

»Du wolltest also einfach mal rüberspazieren und schauen, ob du zufällig in den Präsidenten rennst, oder wie?«

Joanna schüttelte den Kopf. »Ich sollte Montag früh im Büro des Dekans anrufen und mir Anweisungen holen.«

Evas Augen verengten sich zu Schlitzen. »Du solltest sie anrufen?«

»Genau.« Joanna bemerkte die Veränderung im Gesicht der Terroristin. Irgendetwas lief nicht gut. Irgendetwas gefiel ihr nicht. »Das ist die Wahrheit.«

»So, so«, murmelte Eva sachlich, ohne zu zeigen, ob sie Joannas Geschichte glaubte. »Haben sie erwähnt, ob die Verleihung auf der Treppe vor dem Gebäude stattfinden soll oder drinnen?«

»Ich glaube, das wollten sie mir auch am Montag sagen.«

»So, so«, sagte Eva noch einmal und forschte in Joannas Gesicht nach nervösen Zuckungen oder Blinzeln, um herauszufinden, ob ihre Geisel log.

Joanna sah zur Seite, Evas Blicke schüchterten sie ein. Eine neue Welle der Angst stieg in ihr hoch und sie kämpfte dagegen an, um sich konzentrieren zu können. Alle Fragen kreisten nun um den Besuch des Präsidenten im Institut. Warum? Warum war das den Terroristen so wichtig? Was konnte der Grund – o Gott! Die Einweihung war für den neunzehnten April angesetzt, den Tag, an dem der Anschlag stattfinden sollte. Sie würden das Gebäude samt dem Präsidenten und den Ehrengästen in die Luft sprengen. Das war es also. Und sie brauchten mehr Details für ihre Planung. Aber welche Details fehlten ihnen? Joanna schlürfte weiter von der Limonade, ihre Gedanken rasten. Du musst herausfinden, was sie von dir wissen wollen und darfst es ihnen auf keinen Fall sagen. Halte sie hin. Du musst Zeit gewinnen. Zwinge sie zum Warten.

»Ich könnte jetzt beim Dekan anrufen und fragen, wo ich bei der Verleihung hin soll«, schlug Joanna vor, die wusste, dass dieser Vorschlag abgelehnt würde. »Möglicherweise geben sie mir die Information.«

»Ganz bestimmt«, sagte Eva hämisch. »Und was willst du ihnen erzählen? Dass du gerade deinen Entführern entkommen bist und jetzt bei ihnen vorbeischauen möchtest? Das würden sie dir nicht abkaufen, nicht in tausend Jahren. Und vielleicht wären sie schlau genug, die Polizei zu alarmieren, die deinen Anruf zurückverfolgen könnten. Ist es das, was du willst?«

»Nein«, sagte Joanna kleinlaut. »Ich versuche nur, meine Familie zu retten.«

»Bis jetzt stellst du dich aber nicht besonders geschickt an.«

Verzweifelt suchte Joanna nach einem Ausweg aus ihrem Dilemma. Sie musste sie hinhalten und ihnen einen Grund geben, sie am Leben zu lassen. Sie musste sie glauben machen, dass sie die Information irgendwann doch noch für sie beschaffen könnte. Aber wie? Sie dachte an die Verleihung der Medaille und wer außer ihr noch dabei sein würde. Joe Wells kam ihr plötzlich in den Sinn. »Es gibt noch eine Möglichkeit, es herauszufinden.«

»Und die wäre?«

»Ich habe einen Kollegen, der ebenfalls die Freiheitsmedaille erhält«, sagte Joanna. »Er heißt Dr. Joe Wells und kommt Sonntag spätnachts mit dem Flugzeug aus Montana nach Los Angeles.«

»Und?«

»Und er müsste auch Montag früh im Büro des Dekans anrufen, um sich die Anweisungen zu holen. Ich könnte ihn in seinem Hotel anrufen, nachdem er mit dem Büro des Dekans gesprochen hat.«

»Um wie viel Uhr solltest du dich am Montag in diesem Büro melden?«, fragte Eva eifrig.

»Um acht.«

»Und wo wohnt Dr. Wells?«

»Im Hilton, ganz in der Nähe vom Memorial. Von dort sind es etwa zehn Minuten zu Fuß zum Institut.«

»Also könntest du ihn fünf nach acht anrufen und fragen, wo die Medaillen übergeben werden. Sehe ich das richtig?«

»So müsste es funktionieren«, sagte Joanna, deren Herz derart heftig schlug, dass sie das Gefühl hatte, es würde ihr jeden Moment aus der Brust springen.

Eva wog die Angelegenheit sorgfältig ab, bevor sie fragte: »Wo genau ist das Hilton Hotel?«

»Am Wilshire Boulevard.«

Eva nahm ihr Handy und erkundigte sich bei der Auskunft nach der Nummer des Hotels. Dann rief sie dort an und sprach mit dem Telefonisten.

»Guten Tag«, flötete sie in das Handy. »Können Sie mir sagen, ob Dr. Joe Wells schon bei Ihnen angekommen ist? ... Noch nicht? ... Ich habe eine Nachricht für ihn. Können Sie mich mit der Rezeption verbinden? ... Vielen Dank.«

Joanna hielt den Atem an und hoffte, sie hatten die Verleihung der Medaillen nicht abgesagt, weil sie entführt worden war. In diesem Fall hätte Joe seine Reservierung rückgängig gemacht. Ohne ihn war sie verloren. Er war ihre einzige Chance. Ihr Blick wanderte zum Kolben der Pistole, die aus Evas Jacke ragte. Sie sah keine Möglichkeit, da heranzukommen, und selbst wenn, hätte sie nicht gewusst, wie man mit der Waffe umging.

»Ja«, sagte Eva gerade. »Hier spricht das Büro des Dekans im Memorial Hospital: Bei Ihnen hat ein Dr. Joe Wells reserviert und wir müssen ihn dringend erreichen. Können Sie mir sagen, ob er für heute Abend oder morgen gebucht hat? ... Das dürfen Sie nicht sagen. Verstehe.« Eva blinzelte konzentriert. »Können Sie ihm eine Nachricht geben, sobald er kommt? ... Gut. Sorgen Sie persönlich dafür, dass er sie erhält? ... Oh, ich verstehe. Das geht nicht. Sie haben morgen frei.« Eva grinste zufrieden. Jetzt wusste sie Bescheid. »Nun gut, so geht es sicher auch. Sorgen Sie nur dafür, dass er die Nachricht bekommt. Sie lautet: Rufen Sie am 19. April um viertel vor acht im Büro des Dekans an ... Das ist richtig. Danke schön.«

Eva legte das Handy neben die Spüle und sah Joanna an. »Wir machen es nach deinem Vorschlag. Wir warten.«

Joanna atmete erleichtert auf. Sie hatte ihnen eine Galgenfrist verschafft.

»Es sei denn, wir finden es irgendwie anders heraus«, fügte Eva geheimniskrämerisch hinzu. Sie ging zur Tür und rief in den Flur. »Rudy! Bring sie her.«

Joannas Blick fiel auf das Handy auf der Arbeitsfläche. Großer Gott, wenn sie das in die Finger bekäme. Sie könnte nicht nur Jakes Nummer anwählen, sondern er könnte auch den Anruf zurückverfolgen und zu ihnen finden.

Kate kam in die Küche, in den Armen trug sie Jean-Claude. Der Kleine war so müde, dass er die Augen kaum offen halten konnte. »Schwesterherz, ich glaube, irgendetwas stimmt nicht mit Jean-Claude.«

Joanna eilte zu ihr. »Ist er krank?«

»Er sagt, es geht ihm gut, aber er ist so matt und lethargisch. Und um diese Uhrzeit ist er sonst immer putzmunter.«

Joanna legte ihm eine Hand auf die Stirn. Er war nicht heiß oder gerötet. Puls und Atmung waren regelmäßig. »Hallo, Jean-Claude«, sagte sie leise. »Geht's dir nicht gut?«

»Mir geht's gut«, sagte er schläfrig, die Augen jetzt ganz geschlossen.

»Er scheint gesund.« Joanna fühlte noch mal die Stirn des kleinen Jungen, um sicherzugehen, dass er kein Fieber hatte. »Möglicherweise ist es die ganze Aufregung. Du musst bedenken, dass sie ihm den ganzen Tag freien Lauf lassen, so dass er sich austoben kann. Wer weiß, vielleicht ist er nur erschöpft.«

Kate wiegte den Jungen in den Armen, als er einschlief. »Untertags ist er sonst nie so müde. Irgendetwas stimmt nicht.«

»Wir halten ein Auge auf ihn«, sagte Eva.

»Den Teufel werdet ihr tun!«, keifte Kate und presste Jean-Claude an sich. »Eure verdammten Spielchen könnt ihr woanders spielen.«

Eva trat ganz nah an Kate heran und blickte ihr tief in die Augen, so dass sich ihre Nasen beinahe berührten. »Übertreib es nicht, oder du siehst deinen Sohn nie wieder.«

Aus Kates Gesicht war alle Farbe gewichen. »Ich – ich mache mir nur Sorgen um meinen kleinen Jungen.«

Eva starrte sie weiter an. »Reiz mich nicht noch einmal. Hast du mich verstanden?«

»Es tut mir Leid«, sagte Kate kleinlaut und kämpfte gegen den Impuls, schreiend davonzurennen.

»Mach, was wir dir sagen, und dem Jungen passiert nichts«, sagte Eva. »Und jetzt gib Rudy das Kind.«

Kate zögerte einen Moment. Sie blickte auf das Fenster und erwog, ob sie mit Jean-Claude im Arm hindurchspringen konnte.

»Ich sagte, jetzt«, bellte Eva.

Kate tat wie ihr befohlen und versicherte sich, dass Rudy Jean-Claude gut festhielt. Das schlafende Kind bekam die Übergabe gar nicht mit.

Eva ging zum Kühlschrank und kam mit zwei Halblitertüten Milch und zwei Scheiben Weißbrot zurück. »Esst und trinkt schnell. Ihr habt uns schon zu viel Zeit gekostet.«

»Ich hasse Milch«, sagte Kate.

»Du solltest sie lieber trinken«, sagte Eva fest, »denn etwas anderes bekommst du heute nicht. Aber wenn du unten im Keller verdursten willst, ist das deine Sache.«

»Trink die Milch«, riet Joanna. »Du willst doch nicht dehydrieren.«

»Ja, genau. Du willst doch nicht dehydrieren«, äffte Eva sie nach.

Joanna schüttete die Milch in sich hinein und sah zu, wie Kate ihrem Beispiel folgte.

Die Milch war eiskalt und ließ sich gut trinken. Sie hatte einen leicht säuerlichen Nachgeschmack, den das Brot aber wegnahm.

Joannas Blick fiel erneut auf das Handy neben der Spüle. »Können wir etwas Wasser haben?«

»Macht schnell«, sagte Eva knapp.

Joanna ging zur Spüle und schob Kate sanft vor sich her. »Trink mindestens zwei Tassen.«

An der Spüle stellte sich Joanna so hin, dass sie der Terroristin die Sicht auf das Handy versperrte. Sie ließ zwei Tassen Wasser aus dem Hahn und gab Kate eine. Joannas Ellbogen war keine dreißig Zentimeter mehr von dem Telefon entfernt. Während sie trank, rutschte sie mit dem Arm Zentimeter für Zentimeter näher heran.

»Das Wasser sieht rostig aus«, maulte Kate.

»Trink«, sagte Joanna, deren Arm jetzt das Telefon berührte. »Es schadet dir nicht.«

Kate nahm einen Schluck, spuckte ihn aber sofort wieder in die Spüle. »Igitt! Das schmeckt nach Metall.«

»Dann nimm ganz kleine Schlucke.«

Kate versuchte es erneut, spuckte aber wieder aus. »Ich bekomm es einfach nicht runter. Vielleicht müssen wir das Wasser erst etwas laufen lassen«, sagte sie und streckte die Hand nach dem Hahn aus.

Eva kam zu ihnen und riss sie von der Spüle weg. »Genug. Raus jetzt.«

Im Flur blickten sich Joanna und Kate nach Jean-Claude um. Er war nirgends zu sehen. In einem der vorderen Zimmer lief leise ein Fernseher. Draußen fuhr ein schwerer Lastwagen vorbei und das ganze Haus bebte. Joanna hörte leises Weinen und blieb stehen, bis ihr bewusst wurde, dass es vom Fernseher kam.

»In den Keller«, befahl Eva und schob sie mit der Pistole an.

Joanna ging langsam die Treppen herunter und nutzte das Licht hinter ihr so lange wie möglich. Im Keller war alles beim Alten. Die Matratze lag nach wie vor am Boden, der ölige Lumpen mit dem Feuerzeug gleich daneben. Der Mopp und der Eimer standen in der Ecke, der Tisch an der Wand unter dem kleinen Fenster.

Hinter ihnen knallte die Tür ins Schloss, und im Keller wurde alles schlagartig schwarz. Die Dunkelheit kam so plötzlich und war so intensiv, dass sie die Orientierung verlor. Einen Moment lang fühlte sich Joannas Kopf ganz leicht an. Sie atmete ein paar Mal tief durch und wartete, dass das komische Gefühl verschwand.

»Mein Gott! Es ist sogar noch dunkler als vorher«, sagte Kate leise. »Wie in einer Gruft.«

»Du musst dich nur ein paar Minuten dran gewöhnen«, sagte Joanna, der schon wieder der Kopf leicht wurde. Sie sah zu dem Punkt, an dem das Fenster sein sollte, konnte aber kein Licht entdecken, nicht mal einen schwachen Schein. Warum nur? Lag jetzt irgendetwas vor dem

Fenster und blockierte die Sicht? Sie überlegte, ob sie auf den Tisch klettern sollte, um das zu überprüfen, aber ihre Beine fühlten sich so müde an.

»Joanna, ich fühle mich irgendwie ganz komisch«, sagte Kate.

»Was ist los mit dir?«

»Mir ist, als ob ich gleich ohnmächtig werde.«

Joanna tastete mit dem Fuß am Boden herum, bis sie auf die Matratze stieß. Sie nahm Kate bei der Schulter und setzte sie hin.

»Bleib erst mal einen Moment lang sitzen.«

»Ich muss mich hinlegen«, sagte Kate schläfrig.

Joannas Kopf fühlte sich abermals leicht an, jetzt noch viel stärker. Sie versuchte, die Augen offen zu halten, aber es gelang ihr nicht. Was passiert mit uns? Warum sind wir so müde und fühlen uns so – die Milch! Die Milch mit ihrem seltsamen Nachgeschmack! Sie war mit einem Schlafmittel versetzt. Das war ihr letzter Gedanke, bevor sie in tiefen traumlosen Schlaf sank.

38

Samstag, 17. April, 19.40 Uhr

»Warum zum Teufel dauert das so lang?«, schimpfte Jake.

»Wissen Sie eigentlich, wie viele Strafzettel wir am Tag ausstellen?«, verteidigte sich Molly Anderson, Abteilungsleiterin der Verkehrsüberwachung.

»Weiß ich nicht und es interessiert mich auch nicht«, entgegnete Jake gereizt.

»Wir haben es hier mit Tausenden zu tun und –«

»Finden Sie einfach nur diesen verdammten Strafzettel«, fiel ihr Jake ins Wort.

Anderson holte tief Luft und versuchte, sich zu beherrschen. »Und das hat also nicht bis Montag Zeit? Was ist so dringend, dass ich vier meiner Leute an einem Samstag hereinbestellen muss?«

»Eine Entführung«, sagte Jake und dachte an Joanna.

»Eine Entführung! Ja, um Gottes willen! Warum sagen Sie das nicht gleich?«

Jake sah der Frau nach, wie sie aus dem Büro in einen großen Sortierraum eilte. Durch ein Glasfenster beobachtete er, wie die rundliche Abteilungsleiterin die Nachricht weitergab und ihre Mitarbeiter zur Arbeit anspornte. Sie gingen Berge von Strafzetteln durch, auf der Suche nach dem einen, der dem Van vor der Eisdiele unter den Scheibenwischer geklemmt worden war. Unter normalen Umständen wäre es kein Problem gewesen, den Strafzettel zu finden. Man hätte nur die entsprechende Politesse ausfindig machen und den Block mit ihren Durchschlägen anschauen müssen. Aber genau da lag das Problem. Die für dieses Gebiet zuständige Politesse war während ihres Rundgangs am Donnerstagvormittag krank geworden, weswegen eine Vertretung für sie übernommen hatte. Diese hatte auch den Strafzettel ausgestellt und nun wusste aber keiner, wer die Vertretung gewesen war. Und der für die Organisation der Vertretung Verantwortliche hatte Urlaub und war bereits unterwegs nach Mexiko. Ohne den Namen der Politesse mussten jetzt sämtliche Strafzettel durchgesehen werden.

Jake sah auf die Wanduhr. Neunzehn Uhr fünfundvierzig. Ihre erfolglose Suche dauerte jetzt schon über fünfundzwanzig Stunden. Jake ignorierte das ›Rauchenverboten‹-Schild und steckte sich eine Zigarette an. Wieder ging er den Fall gedanklich in allen Einzelheiten durch und versuchte, einen Hinweis auf das Versteck der Terroristen zu finden, und wieder endeten seine Überlegungen bei dem Strafzettel, mit dem sie das Auto identifizieren konnten. Aber selbst das brachte sie nicht unbedingt weiter. Sie mussten dann immer noch das Auto ausfindig machen, und mittlerweile hatten die Terroristen den Wagen wahrscheinlich längst abgestoßen und wenn nicht, war er sicher gut versteckt. Wirklich ziemlich aussichtslos, das Ganze, dachte Jake niedergeschlagen, aber es war alles, was sie tun konnten. Er zog an seiner Zigarette und dachte an Joanna, Kate und Jean-Claude. Er fragte sich, ob sie ihnen etwas angetan oder sie verletzt hatten. Vielleicht waren sie ja schon tot und ihre Leichen lagen irgendwo im Straßengraben. Der Gedanke an Joanna in einem Sarg jagte Jake kalte Schauer über den Rücken. Er schob das Bild beiseite und sah wieder auf die Uhr. Neunzehn Uhr fünfzig. Nur noch etwas über achtundzwanzig Stunden bis zum neunzehnten April.

Jake lehnte sich an die Wand zurück, um seine Beine zu entlasten. Die Müdigkeit machte ihm zu schaffen, das Verlangen nach Schlaf war mittlerweile überwältigend. Jake zwang sich, wach zu bleiben, denn er wusste, wenn er jetzt die Augen schloss, würde er sofort wegdämmern und kostbare Stunden verlieren. Wieder dachte er an Joanna und fragte sich, ob sie noch lebte. Im Gang ging eine Aufzugstür auf und Jake hörte Schritte auf sich zukommen. Es kostete ihn einige Anstrengung, sich von der Wand abzustoßen.

Es war Lou Farelli, der in das Büro getrottet kam und sich müde in einen Drehstuhl fallen ließ. »Ich habe schlechte Nachrichten.«

»Was?«

»Der Eisdielenbesitzer ist tot.«

Wieder einer mehr, dachte Jake. Damit hatten die Terroristen ihr neunundzwanzigstes Menschenleben auf dem Gewissen. »Konntest du vorher noch mal mit ihm sprechen?«

Farelli schüttelte den Kopf. »Sie brachten ihn überstürzt zurück in den OP, weil er wieder innere Blutungen hatte. Er starb auf dem Operationstisch.«

Jake knurrte. Er wünschte, der Mann hätte überlebt und noch mehr wünschte er, Farelli hätte noch ein zweites Mal mit ihm reden können. Vielleicht wäre ihm noch etwas eingefallen, wenn er sich erst einmal von der Operation und den Beruhigungsmitteln erholt hätte.

»Du hättest die Stimmung in der Chirurgie erleben sollen, als die Nachricht die Runde machte, dass der alte Mann gestorben war«, fuhr Farelli fort. »Schwestern weinten, Ärzte kämpften gegen ihre Gefühle an. Ich sage dir, Jake, es war genauso, als ob ein Familienmitglied gestorben wäre.«

»Auf gewisse Art und Weise war es auch so, glaube ich«, sagte Jake düster. Er ließ seine Zigarette in den Styroporbecher fallen, der noch halb voll kaltem Kaffee war. »Was gibt es sonst an Neuigkeiten?«

Farelli blätterte in seinen Notizen. »Die Kugel aus dem Bauch des Eisverkäufers passt zu der im Kopf des Liebhabers von Maria Gonzalez. Sie stammen aus der gleichen Waffe und wurden wahrscheinlich von ein und derselben Person abgefeuert.« Farelli blätterte eine Seite weiter und las kurz. »Und wir haben vielleicht das Motorrad, mit dem der Polizist vor der Eisdiele umgefahren wurde. Es war eine gestohlene Harley Davidson, sie stand in einem kleinen Durchgangssträßchen ein paar Kilometer südlich des Tatorts.«

»Irgendwelche Fingerabdrücke?«

»Einige«, antwortete Farelli. »Sie überprüfen gerade, ob ein paar von Walter George Reineke dabei sind.«

»Er war es«, sagte Jake bestimmt.

»Er muss es gewesen sein.«

»Kümmre dich drum, dass der Vorderreifen auf Stoff- und Hautfetzen überprüft wird, die von dem angefahrenen Officer stammen könnten.«

Farelli notierte sich die Anweisung, bevor er umblätterte. »Eins noch. Wir haben eine Patronenhülse von dem Dachschützen gefunden. Das verfluchte Ding steckte bei deinem Auto im Kofferraum. Es war ein Neun-Millimeter-Geschoss, das gleiche Kaliber, mit dem der Eisverkäufer getötet wurde. Aber es wurde aus einer anderen Waffe abgefeuert.«

»Zwei verschiedene Schützen«, sagte Jake.

»So muss es gewesen sein.«

Und beide Terroristen gehörten der gleichen Gruppe an, dachte Jake, der jetzt auf und ab schritt. Irgendetwas stimmte nicht. In den Aktionen der Terroristen ließ sich keine klare Linie erkennen. Erst versuchten sie, Joanna zu töten, und ein paar Tage später riskierten sie alles, um sie zu entführen. Das ergab einfach keinen Sinn, außer möglicherweise für Terroristen. Irgendetwas musste sie in der Zwischenzeit dazu veranlasst haben, ihre Pläne zu ändern. Aus irgendeinem Grund wollten sie Joanna jetzt lebend in ihrer Gewalt haben. Zumindest vorübergehend. Nur warum?

Molly Anderson polterte in das Büro, in der Hand einen Stapel Durchschläge. »Wir haben ihn!«

»Halleluja!«, rief Jake aus.

Anderson verlas den Strafzettel. »Er wurde ausgestellt am Donnerstag um dreizehn Uhr fünfzehn in der Bronxton Avenue. Das Auto war ein Chevy-Van. Das Kennzeichen ist 3 VDM 593.«

Jake rieb sich die Hände. »Hat hier irgendjemand Zugriff auf die Computerdaten der KFZ-Zulassungsstelle?«

»Steht direkt vor Ihnen.« Anderson eilte zum Computer an ihrem Schreibtisch und gab einen Code ein. »Wen haben sie entführt?«

»Einen kleinen Jungen«, sagte Jake vage.

»Wenn Sie das Dreckschwein erwischen, sollten sie ihn abknallen.«

»Das ist gegen das Gesetz«, sagte Jake.

»Nicht bei mir.« Anderson drückte eine letzte Taste und lehnte sich zurück, während Zahlenreihen so schnell über den Bildschirm liefen, dass das menschliche Auge nicht folgen konnte. Schließlich erschien das Kennzeichen 3 VDM 593.

Jake und Farelli beugten sich nach vorne, um die Daten

auf dem Bildschirm zu lesen. Der Chevy-Van war registriert für:

LEWIS KOPPELMAN
2524 SIERRA MADRE DRIVE
BEVERLY HILLS, CA 90210

»Die Gegend kenne ich«, sagte Farelli. »Gehobene Mittelklasse, große Häuser. Da wohnen hauptsächlich Ärzte, Rechtsanwälte und Filmleute. Nicht gerade die typischen Terroristen, scheint mir.«

»Heutzutage kann man sich auf nichts mehr verlassen.« Jake nickte Anderson dankbar zu und ging aus dem Büro. Die Angestellten, die stundenlang riesige Stapel von Strafzetteln durchforstet hatten, hingen erschöpft in den Stühlen. Jake reckte anerkennend die Daumen hoch und sie lächelten zurück.

Am Aufzug fragte Farelli: »Wie willst du an die Sache herangehen?«

»Mit einem Sondereinsatzkommando und einer Sprengstoffeinheit.«

Sonntag, 18. April, 00.21 Uhr

Mitternacht war schon vorbei und in der Nachbarschaft war es dunkel und ruhig. Nur im Haus neben den Koppelmans brannte noch Licht. Eine Sonderregelung des Viertels verbot, an der Straße zu parken, daher standen alle Autos entweder in Einfahrten oder Garagen.

Eine Straße weiter spähte Jake durch ein Nachtsichtgerät. Er stellte die Helligkeit ein und daraufhin leuchtete alles in phosphoreszierendem Grün. Jetzt sah er, wie sich das Sondereinsatzkommando rund um das Haus in Position brachte.

Neben ihm stand Dan Hurley mit Knopf im Ohr und lauschte angespannt. »Sie durchleuchten das Haus mit Infrarot und suchen nach Lebenszeichen. Bislang ohne Ergebnis.«

Jake beobachtete, wie Leute aus dem SWAT-Team unter den Fenstern des Hauses entlangkrochen. Sie wurden von Scharfschützen gedeckt, die auf der anderen Straßenseite auf dem Bauch lagen. »In dem verdammten Haus ist niemand«, knurrte er.

»Ja«, stimmte Hurley zu. »Außer vielleicht zwei Leichen.«

Zuvor hatten sie bei den Koppelmans angerufen und nur den Anrufbeantworter erreicht. Dann hatten sie Kontakt mit dem Sicherheitsdienst aufgenommen, der für das Haus zuständig war. Dort hatten die Koppelmans angegeben, dass sie am Mittwoch verreisen würden und erst am Sonntag spät zurückkämen. Eine Telefonnummer, unter der man sie erreichen konnte, hatten sie nicht hinterlassen.

Nun gab es drei Möglichkeiten. Erstens: Die Koppelmans waren wirklich im Urlaub. Zweitens: Die Koppelmans hatten irgendwie mit den Terroristen zu tun und drittens: Die Terroristen waren in das Haus der Koppelmans eingedrungen und benutzten es jetzt als Basis. Sie hatten die Koppelmans gezwungen, den Sicherheitsdienst anzurufen, und sie dann getötet. Die Polizei favorisierte die dritte Möglichkeit.

»Das Infrarotlicht hat nichts gezeigt und aus dem Haus dringt kein Laut«, berichtete Hurley. »Sieht aus, als wäre niemand daheim.«

»Eventuell haben sie uns aber ein Geschenk zurückgelassen.«

»Ja«, sagte Hurley heiser. »Eins, das uns um die Ohren fliegt.«

Hurley wusste, dass die erste Bombe für gewöhnlich an der Vordertür oder am Hinterausgang lag. Weitere Sprengfallen waren dann schon schwerer zu finden. Meistens steckten sie in der Küche, im Bad oder im Arbeitszimmer, aus irgendeinem Grund jedoch fast nie im Schlafzimmer.

Hurley lauschte einer Nachricht, bevor er in ein kleines Mikrofon sprach: »Geht durch ein Schlafzimmerfenster hinein.« Er hörte, wie Glas zersplitterte, dann bellte ein Hund, dann ein zweiter und ein dritter. In den umliegenden Häusern gingen die Lichter an.

Jake beobachtete, wie Männer durch das eingeschlagene Fenster in das Haus kletterten. Einer. Zwei. Drei. Alle waren ganz in Schwarz gekleidet und trugen Nachtsichtgeräte. Das Haus der Koppelmans blieb dunkel.

Hurley drückte sich den Knopf tiefer ins Ohr und lauschte. Er betete, dass er nicht gleich den Schlag einer explodierenden Bombe hören würde. Sprengfallen konnten überall sein. Ein kleiner Fehler und man war tot, zusammen mit den Leuten um einen herum. Hurley erinnerte sich gut an das Geräusch der Bombe, die ihm die Hand zerfetzte. Es klang wie ein gedämpfter Schlag und schon hatte er zwei Finger weniger. Mit einem Mal gingen in dem Haus die Lichter an. »Niemand da«, berichtete Hurley.

»Wie lange dauert es, bis sie das Haus nach Bomben abgesucht haben?«, fragte Jake und nahm sein Nachtsichtgerät ab.

»Das kommt ganz darauf an«, antwortete Hurley. »Wenn das Haus in unberührtem Zustand ist, sind wir schnell durch. Aber wenn sie drinnen alles auseinander genommen haben, brauchen wir vielleicht noch Stunden.«

Plötzlich ertönte ein Polizeilautsprecher mit einem hohen Pfeifen: »Hier spricht die Polizei! Bitte bleiben Sie in Ihren Häusern! Ich wiederhole: Hier spricht die Polizei! Bleiben Sie in Ihren Häusern!«

Die Nachbarn, die auf ihre Grundstücke herausgetreten waren, huschten zurück nach drinnen. Türen schlugen. Wieder bellten Hunde.

Jake, zur Untätigkeit verdammt, erschien die Zeit des Wartens endlos, die Minuten krochen nur so dahin. Er rauchte eine Zigarette nach der anderen. Immer wieder sah er auf die Uhr. Er wollte die Zeit anhalten, aber sie schien nur immer schneller zu verrinnen. Jetzt war es schon null Uhr dreißig, ihm blieben nicht einmal mehr vierundzwanzig Stunden bis zum neunzehnten April. Was wollten die Terroristen in die Luft sprengen und wie viele Menschen würden diesmal sterben? Es musste etwas Großes sein, schätzte er, und voller Leute. Wie damals die Bundesbehörde in Oklahoma City. Eine Bombe. Ein Gebäude. Einhundertneunundsechzig Leute tot.

»Nach dem ersten Durchgang scheint alles sauber«, sagte Hurley. »Jetzt holen sie die Hunde rein, die nach versteckten Sprengsätzen suchen. Das wird nicht lange dauern.«

»Gab es irgendwelche Anzeichen für einen Kampf?«

»Nein. Alles sauber und aufgeräumt. Es gibt keinerlei Hinweis, dass jemals Terroristen hier waren.«

Was so viel hieß, dass sie das Haus nicht beschlagnahmt hatten, überlegte Jake schnell. Aber wie waren sie dann an das Auto gekommen? Entweder hatte Koppelman es ihnen gegeben oder sie hatten es gestohlen. Aber das brachte Jake den Terroristen keinen Schritt näher.

Er steckte sich eine weitere Zigarette an und grübelte, ob die Koppelmans mit dem Fall zu tun haben konnten.

Sie waren offensichtlich erfolgreiche und wohlhabende Leute, und Beverly Hills lag fern aller paramilitärischen Stützpunkte in Idaho. Aber andererseits, wer kannte sich heutzutage noch aus? Es hatte einst eine Zeit gegeben, in der nur die Unterdrückten und Enttäuschten zu Terroristen wurden. Doch diese Zeiten waren längst vorbei.

Jake lehnte sich an seinen Wagen und blies Rauch in die kalte Nachtluft. Sie parkten hinter einem Streifenwagen, nur für den Fall, dass etwas explodierte. Die Sackgasse hinter ihnen hatte die Polizei abgesperrt. Zwei Straßen weiter warteten Krankenwagen, Sanitäter und Ersatzeinheiten der Polizei auf ihren Einsatz. Ein Polizeihubschrauber hielt sich zwei Kilometer entfernt in der Luft bereit. Und der ganze Aufwand wegen zwei verdammten Terroristen, dachte Jake wütend. Dabei waren sie nicht einmal da. Trotzdem konnten sie natürlich eine Bombe hinterlassen haben, genau wie sie es in West Hollywood getan hatten.

Jake hörte, wie jemand über die Straße auf ihn zukam und drehte sich um. Es war Farelli. »Irgendwas Neues über Koppelman?«

»Nichts«, sagte Farelli. »Niente, nada. Bei uns liegt überhaupt nichts gegen ihn vor, also hab ich seinen Namen dem FBI gegeben. Die können viel tiefer buddeln als wir.«

»Und dabei viel länger brauchen.«

»Das auch.«

Die Haustür der Koppelmans ging plötzlich auf. In der Ferne hörten sie das *fupp-fupp* eines herannahenden Helikopters. Hinter ihnen ließ ein Einsatzwagen den Motor an.

»Das Haus ist sauber«, sagte Hurley und nahm den Knopf aus dem Ohr.

Mit großen Schritten eilten die Detectives die Straße hinunter, vorbei an gepflegten Rasenflächen. Außer in den Häusern, die von der Polizei evakuiert waren, brannte jetzt überall Licht. Neugierige Nachbarn schielten aus Fenstern und Türen. Hunde bellten laut. Ein Autoalarm ging los, verstummte aber wieder nach nur wenigen Sekunden. Vor sich sahen sie, wie sich Beamte des Sondereinsatzkommandos auf dem Gehweg sammelten, die Nachtsichtgeräte jetzt auf die Stirn hochgeschoben.

Jake deutete auf ein Haus gegenüber den Koppelmans. »Lou, geh mal rüber und finde heraus, was diese Leute über die Koppelmans wissen.«

»Okay«, sagte Farelli, nahm seine Waffe heraus und überprüfte das Magazin.

»Weißt du etwas, das ich nicht weiß?«

»Eigentlich nicht. Aber ich schätze keine Überraschungen an der Eingangstür«, sagte Farelli und steckte die Waffe in das Gürtelhalfter zurück.

Jake nickte, er erinnerte sich. »Pass auf dich auf.«

Als Farelli davonging, fragte Hurley: »Wovon habt ihr geredet?«

»Vor zwei Jahren waren wir in einer ähnlichen Situation auf der Suche nach einem Mordverdächtigen«, erzählte Jake. »Als Farelli an die Tür klopfte, öffnete der Nachbar und hielt ihm ein Gewehr an den Kopf. Es war nämlich gar nicht der Nachbar. Es war der Mörder.«

Hurley pfiff durch die Zähne. »Ich nehme an, der Mann hat nicht gefeuert.«

»Nun, er hat es zumindest versucht. Er hat den Abzug betätigt, aber das Gewehr hatte eine Ladehemmung und der Schuss blieb sozusagen im Lauf stecken.«

»Und was hat Farelli dann gemacht?«

»Weiß ich nicht«, antwortete Jake ausweichend. »Aber

das Ende vom Lied war, dass der Mann einen gebrochenen Kiefer hatte, eine geplatzte Lippe und einige angeknackste Rippen. Ich nehme an, er hat sich verletzt, als er zu türmen versuchte.«

»Ja, so etwas kann schon mal passieren, wenn Leute stolpern und stürzen.« Hurley überprüfte seine Waffe und vergewisserte sich, dass sie entsichert war.

Jake ging den gepflasterten Pfad zu einem erleuchteten Haus nahe dem der Koppelmans herauf. Ein kleiner, schmächtiger Mann Mitte sechzig mit widerspenstigem grauem Haar empfing ihn an der Tür. Er trug einen seidenen Hausmantel.

Jake zeigte kurz seine Dienstmarke. »Ich bin Lieutenant Sinclair und das ist Lieutenant Hurley. Wir müssen Ihnen ein paar Fragen zu den Koppelmans stellen.«

»Aber natürlich«, sagte der Nachbar sofort. »Wollen Sie reinkommen?«

»Gern.«

Der Mann führte sie durch einen marmorgefliesten Eingangsbereich in ein großzügiges, kostspielig eingerichtetes Wohnzimmer. Das Mobiliar war aus Mahagoni, gepolstert mit leuchtend hellblauem Stoff. An den Wänden hingen Werke französischer Impressionisten. Eins sah aus wie ein Renoir. Jake fragte sich, ob es wohl echt war.

»Ich heiße Marshall Quinn«, sagte der Mann. »Und das ist meine Frau Vicki.«

Jake nickte der Frau zu, die an einem alten gemauerten Kamin stand. Sie war blond und attraktiv und wirkte mindestens dreißig Jahre jünger als ihr Mann. Sie blickte gelangweilt vor sich hin.

»Ist den Koppelmans irgendetwas zugestoßen?«, fragte Quinn ernsthaft besorgt.

»Das wissen wir nicht«, sagte Jake und holte seinen Block heraus. »Wir wissen nur, dass ihr Auto in ein Verbrechen verwickelt ist.«

»In welche Art von Verbrechen?«

»Eine Schießerei.«

Quinn sah Jake ungläubig an. »Und Sie glauben, Lewis hatte etwas damit zu tun?«

»Wir müssen es überprüfen.«

»Dann überprüfen Sie gerade den falschen Mann.« Quinn nahm eine blank polierte Pfeife von einem kleinen Sekretär. »Ich kenne Lewis Koppelman seit über zwanzig Jahren und er ist ein grundsolider Mensch.«

Jake wartete, bis der Mann seine Pfeife gestopft hatte. Hinter Quinn führte eine Flügeltür in die Bibliothek. Jake sah gerahmte Filmplakate an der Wand und auf einem Bord entdeckte er eine kleine goldene Statue. Einen Oscar. Und da fiel ihm wieder ein, wo er den Namen Marshall Quinn schon mal gehört hatte. Er war ein berühmter Filmproduzent. »Gehört Mr. Koppelman irgendeiner verrückten oder abstrusen Vereinigung an?«

Quinn betrachtete Jake misstrauisch. »Ist das etwa verboten?«

»Wenn diese Gruppe einen Polizisten tötet, schon.«

Quinn nickte zustimmend. »Die Antwort auf Ihre Frage lautet nein. Lewis Koppelman ist überzeugter Republikaner. Er war mit Ronald Reagan per du, bis der Präsident krank wurde. Ich kann Ihnen versichern, dass Lewis keine Sympathien für die extreme Rechte oder Linke hegt.«

»Wann haben Sie ihn das letzte Mal gesehen?«

»Dienstagabend. Sie kamen auf ein Glas vorbei.« Quinn sah zu seiner Frau. »Das war so gegen sieben, nicht wahr, Schatz?«

»Glaub schon«, sagte Vicky Quinn, immer noch gelangweilt. Sie betrachtete jetzt ihre grell rot lackierten Fingernägel.

Jake fragte: »Und da war alles in Ordnung mit ihnen?«

»Es schien ihnen gut zu gehen. Sie freuten sich auf ihren Ausflug in die Wüste.«

»Gaben sie Ihnen eine Telefonnummer, unter der man sie erreichen könnte?«

Quinn schüttelte den Kopf. »Das machen sie nie. Sie ziehen gerne herum. Manchmal fahren sie nach Palm Springs, manchmal in die Mojave wegen der Blumenvielfalt.«

»Sind sie mit dem Chevy-Van gefahren?«

Quinn zuckte die Schultern. »Keine Ahnung. Sie sind sehr früh aufgebrochen.«

»Sie haben einen Zweitwagen?«

»Einen Mercedes.«

»Wissen Sie, wann sie wiederkommen wollten?«

»Das haben sie nicht gesagt.«

»Haben die Koppelmans irgendwelche engen Verwandten?«

Wieder schüttelte Quinn den Kopf. »Die leben alle nicht mehr.«

Mit einem Seufzer klappte Jake seinen Block zu. Wieder nichts. Nicht einmal ein Hinweis, nichts, was ihm weiterhalf. Er wandte sich an Hurley. »Hast du noch irgendwelche Fragen?«

»Nur ein paar«, sagte der und sah zu, wie Quinn seine Pfeife wieder ansteckte. »Können Sie uns sagen, wie Mr. Koppelman sein Geld verdient?«

»Mit Restposten aus der Armee und der Marine«, antwortete Quinn.

Hurley blickte ihn scharf an. »Waffen? Granaten? Solche Sachen?«

Quinn zögerte und dachte nach. »Ich glaube, es sind hauptsächlich Zelte, Decken und Kleidung. Sie wissen schon, Sachen, die man auch als Zivilist brauchen kann.«

»Besitzt er eine Waffe?«

»Nein. Er verabscheut Waffen. Sein Bruder kam bei einem Jagdunfall ums Leben.«

Hurley und Jake tauschten Blicke, dann steckten sie ihre Notizblöcke ein.

»Danke, dass Sie sich für uns Zeit genommen haben, Mr. Quinn«, sagte Jake.

Draußen wurde die Nacht immer kälter und dichter Nebel zog auf. Die Leute vom Sondereinsatzkommando packten ihre Ausrüstung in einen Laster. Die Nachbarschaftshunde kläfften die Spürhunde an, die unbeeindruckt dasaßen und auf ihren nächsten Befehl warteten.

»Wir haben nichts«, sagte Jake deprimiert. »Einfach nichts.«

»Vielleicht können uns ja die Koppelmans weiterhelfen«, sagte Hurley.

»Darauf würde ich mich nicht verlassen«, brummte Jake. »Und denk dran: Sie kommen erst irgendwann heute Abend zurück.«

»Wenn sie früh genug zurückkommen, bleibt uns immer noch ein wenig Zeit. Mann kann nie wissen, vielleicht haben sie Informationen, die uns weiterbringen.«

»Verflucht! Wir klammern uns hier an Strohhalme!«

»Mehr haben wir aber momentan nicht.«

Sie drehten sich um, als Farelli über den feuchten Rasen auf sie zulief und in die kalte Luft hustete.

Jake fragte: »Was hast du herausgefunden?«

»Dass Koppelman ein aufrichtiger Amerikaner ist und es keinen Wohltätigkeitsverein in Los Angeles gibt, dem er noch nichts gespendet hat.« Farelli hustete erneut und spuckte dann auf den Boden. »Und seine Frau spendet sogar noch mehr.«

»Wissen die Nachbarn, wohin die Koppelmans gefahren sind?«

»Nein.«

»Oder wann sie zurück sein wollen?«

»Irgendwann heute spätabends.«

»Wie spät?«

»So gegen neun oder zehn. Sie warten meist, bis der Verkehr auf dem Freeway nachlässt.« Wieder hustete Farelli und räusperte sich. »Und sollte der Verkehr wirklich schlimm sein, kommen sie erst Montagmorgen.«

Jake entfernte sich kopfschüttelnd. Die Zeit rannte davon. Und sie kamen keinen Schritt voran.

39

Sonntag, 18. April, 10.02 Uhr

Joanna tauchte immer wieder aus ihrem alptraumhaften Schlaf auf und dämmerte dann wieder ein. Erst war sie in völliger Dunkelheit, im nächsten Moment hielt man ihr eine Pistole an die Schläfe und zwang sie bei grellem Licht, Orangensaft zu trinken. Sie drehte den Kopf zur Seite und presste die Kiefer zusammen. Dann war wieder alles dunkel und Joanna wusste nicht, ob sie wach war oder schlief. Wieder war sie im Licht und wieder zielte eine Pistole auf sie und jemand betätigte den Abzug. Jetzt lief alles in Zeitlupe. Der Blitz. Der Knall. Die Kugel kam geradewegs auf sie zu. Sie riss die Hände hoch und versuchte auszuweichen, aber etwas Kaltes und Hartes war ihr im Weg. Verzweifelt drückte sie dagegen, aber es rührte sich nicht von der Stelle. *Großer Gott! Großer Gott! Großer –!*

Plötzlich war Joanna wach. Ihr Herz raste, sie war schlaftrunken und verwirrt. Sie atmete ein paar Mal tief durch, sammelte sich und versuchte, sich zu orientieren. Sie streckte die Hand aus und berührte den kalten Betonboden und die Matratze neben sich. Dann wurde ihr bewusst, dass sie immer noch in dem Keller war.

Sie rollte sich zurück auf die Matratze und legte sich neben Kate. Sie rieb sich die Augen und wartete, bis ihre Gedanken klar wurden. Langsam kehrte die Erinnerung zurück. Die Milch fiel ihr wieder ein. Diese verfluchte Milch! Man hatte sie betäubt. In der Dunkelheit verwünschte Joanna sich selbst. Wäre sie nur halb so schlau, wie die Leute von ihr dachten, hätte sie das vorhersehen müssen und es verhindert. Anzeichen hatte es reichlich gegeben. Der kleine Jean-Claude war so schläfrig gewesen, dass er kaum die Augen offen halten konnte, obwohl er sonst um diese Tageszeit auf wilder Verbrecherjagd war. Kate hatte ihr gesagt, dass etwas mit ihm nicht stimmte, aber sie hatte es ignoriert. *Wie kann man nur so dumm sein!* Und die Milch hatte seltsam geschmeckt. Auch darauf hatte sie nicht geachtet.

Joannas Mund war so ausgetrocknet, dass ihr das Schlucken schwer fiel. Ihre Glieder fühlten sich völlig steif an und schmerzten. Sie fragte sich, wie lange sie wohl geschlafen hatten. Möglicherweise mehrere Stunden, schätzte sie. Aber das ließ sich nicht leicht bestimmen, solange man nicht nach draußen sehen konnte. Joanna wusste nicht einmal, ob es Tag oder Nacht war.

Sie stand auf, machte ein paar vorsichtige Schritte in die Dunkelheit und versuchte, die schmerzenden Muskeln zu lockern. Sie berührte etwas mit dem Fuß und bückte sich danach. Es war klein und quadratisch und fühlte sich wächsern an. Und es hatte einen Ausguss. Ein Getränkekarton! Und sie wusste sicher, dass sie die Milchkartons oben gelassen hatten. Sie hob den Karton an die Nase und schnupperte an dem Ausguss. Orangensaft!

Was sie für Alpträume gehalten hatte, war also wirklich geschehen. Man hatte sie aus dem Schlaf gerissen und in ihrem benebelten Zustand gezwungen, Orangensaft zu trinken, der wahrscheinlich mit noch mehr Schlafmittel versetzt war. Das würde auch erklären, warum sie so steif und entkräftet war und ihr Hals so ausgetrocknet. Mit all den Betäubungsmitteln hatten sie vielleicht einen ganzen Tag verschlafen. Womöglich war es bereits Sonntag.

Joanna lehnte sich über Kate und tastete nach dem öligen Lumpen mit dem Feuerzeug. Erst konnte sie ihn nirgends finden und dachte schon, die Terroristen hätten ihn entdeckt, während sie ihre Gefangenen mit noch mehr Schlafmitteln voll pumpten. Ohne das Feuerzeug hatten sie keine Chance. Joanna verfluchte sich wieder und wünschte, sie hätte es besser versteckt. Dann wischte sie mit der Hand nahe der Wand über den Boden und berührte den Lumpen. Das Feuerzeug war noch da.

Jetzt regte sich Kate und stöhnte im Schlaf.

Joanna schüttelte sie sanft an der Schulter und flüsterte ihr dann laut ins Ohr: »Kate! Kate!«

»W– was?«, murmelte Kate verschlafen.

»Zeit aufzustehen«, sagte Joanna.

»Lass mich noch ein bisschen schlafen«, sagte Kate und döste wieder ein.

Joanna schüttelte sie etwas kräftiger. »Aufstehen!«

»W– was ist denn?«

»Erinnerst du dich, wo wir sind?«, fragte Joanna.

Kates Augenlider fielen zu, aber sie zwang sich, sie offen zu halten. »Was?«

»Erinnerst du dich, wo wir sind?«, wiederholte Joanna.

»Wie sollte ich das vergessen«, sagte Kate und versuchte, sich aufzurichten, fiel aber zurück auf die Matratze. »Mein Kopf ist so schwer.«

»Das kommt daher, weil sie uns betäubt haben«, erklärte Joanna. »Sie haben etwas in die Milch getan, die wir getrunken haben.«

»Schweine«, sagte Kate und richtete sich noch einmal auf, um die Müdigkeit abzuschütteln. Sie versuchte, sich in der Dunkelheit zu orientieren, aber es gelang ihr nicht. Sie hätte nicht sagen können, wo die Treppe und das Fenster waren. Nicht einmal ihre Schwester konnte sie ausmachen. »Wo bist du, Joanna?«

»Hier drüben.«

»Was glaubst du, wie spät es ist?«

»Keine Ahnung.«

Über ihnen polterten schwere Schritte und entfernten sich dann wieder. Stille kehrte zurück.

Kate lauschte angespannt und hoffte auf den Klang von leichten Tritten. Nichts. »Hast du Jean-Claude schon herumlaufen gehört?«

»Ich denke, er schläft noch«, flüsterte Joanna. »Weißt du noch, wie schläfrig er beim letzten Mal war? Wahrscheinlich haben sie ihm auch etwas gegeben.«

»Solche Schweine«, zischte Kate laut.

»Leise«, flüsterte Joanna. »Wenn sie uns reden hören, geben sie uns am Ende noch mehr Betäubungsmittel und wir finden hier nie raus.«

»Wir kommen hier nicht raus, Schwesterherz. Es gibt keinen Ausweg und das weißt du.«

»Mag sein«, sagte Joanna, obwohl sie tief im Innern wusste, dass ihre Schwester Recht hatte. Es konnte sich nur noch um Stunden handeln, bis man sie tötete, zusammen mit Jean-Claude.

Ihr Blick wanderte in Richtung der Wand, an der sie das Fenster vermutete. Es kam immer noch kein Licht herein. Sie griff hinter sich und berührte Kate am Arm. »Ich will, dass du mir hilfst, auf den Tisch zu klettern.«

»Wozu?«

»Damit ich herausfinden kann, warum kein Licht mehr hereinkommt.«

»Vielleicht ist ja Nacht.«

»Vielleicht aber auch nicht.«

»Na und«, fragte Kate resigniert. »Das bisschen Licht bringt uns auch nicht weiter.«

Joanna packte Kate fester am Arm. »Jetzt hör mir mal

gut zu. Das nächste Mal, dass diese Dreckskerle hier die Treppe herunterkommen, könnte das letzte Mal sein. Und ich werde nicht einfach hier unten sitzen und auf sie warten. Ich suche nach einem Ausweg und du wirst mir dabei helfen. Dieses Fenster ist unsere einzige Verbindung zur Außenwelt. Finden wir also heraus, wo es hinführt.«

»Nirgendwohin«, sagte Kate mutlos. »Es ist vergittert. Erinnerst du dich? Wir sind so gut wie tot.«

»Verflucht noch mal, Kate!«, platzte Joanna heraus. »Wenn du schon nicht für dich selbst kämpfen willst, dann tu es wenigstens für Jean-Claude.«

Kate funkelte ihre Schwester an. Sie war wütend, weil Joanna sie herumkommandierte, aber noch wütender war sie auf sich selbst, weil sie so ein Schwächling war. »Fangen wir an.«

Joanna leuchtete mit dem Feuerzeug, das jetzt nur noch ganz niedrig brannte. Der Tisch stand links vom Fenster. Joanna versuchte sich zu erinnern, ob sie ihn dorthin geschoben hatte, bevor sie nach oben gegangen war. Sie glaubte es, war sich aber nicht sicher. Das Feuerzeug ging von alleine aus. »Hilf mir, den Tisch unter das Fenster zu stellen. Aber nicht über den Boden schleifen. Wir dürfen keinen Lärm machen.«

Sie hoben den Tisch an und trugen ihn unter das Fenster. Joanna kletterte hinauf und richtete sich langsam auf ihren immer noch schwachen Gummibeinen auf. Sie blickte aus dem Fenster und sah nur Schwärze. Ihre Augen wanderten zum oberen Rand der Fensterscheibe, wo sie linker Hand eine schwache dünne Linie bemerkte. Erst beim zweiten Hinsehen erkannte sie, dass sie auf den Rand von etwas blickte, das vor dem Fenster stand.

Joanna sah herunter zu Kate. »Bleib mit der Hand an

der Wand und geh links bis in die Ecke. Da steht der Wischmopp. Bring ihn mir.«

Kate ertastete den Mopp in der Dunkelheit und reichte ihn Joanna herauf, Griff voran.

Joanna legte ihn sich mit dem Griff nach vorne über die Schulter. Mit einem schnellen Schlag brach sie oben links ein Stück aus der Scheibe. Dann schob sie den Mopp langsam durch das Loch und drückte gegen das Ding vor dem Fenster. Ein greller Lichtstrahl fiel in den Keller. Joanna wandte sich ab und wartete, bis sich ihre Augen an die Helligkeit gewöhnt hatten, dann blickte sie nach draußen. Sie sah ein großes Stück Pappe, das jetzt nach hinten gekippt auf einem vertrockneten Busch und etwas Müll lag.

Joanna ließ sich langsam herab und lehnte sich erschöpft an den Tisch. Ihre Beine fühlten sich wacklig an und schmerzten vor Anstrengung. Sie beugte sich herunter und massierte sich sanft die Waden. In dem Licht konnte sie Kate sehen und hinter ihr die Treppe nach oben. Auf dem Boden lag die Matratze, dreckig und schmierig.

»Was war das vor dem Fenster?«, fragte Kate.

»Ein Stück Pappe, wahrscheinlich von Rudy aufgestellt.«

»Wird er nicht bemerken, dass es jetzt anders steht?«

»Vielleicht glaubt er, es ist rückwärts umgekippt.«

»Aber dann sieht er das zerbrochene Fenster und wird sich denken können, was wir getan haben, und das wird ihm gar nicht gefallen.«

»Sicher nicht«, sagte Joanna und überlegte schnell. »Aber es ist nicht das ganze Fenster zerbrochen, sondern nur das obere Eck. Wenn wir sie kommen hören, stopfen wir den Öllumpen in die zerbrochene Scheibe und schieben den Tisch wieder zurück. Mit etwas Glück fällt es ihnen gar nicht auf.«

Kate schüttelte den Kopf. »So blöd sind die nicht.«

»Wir werden sehen.«

Kate blickte zu dem Lichtstrahl. Er war hell und kreisförmig, wie der Kegel einer Taschenlampe. »Es muss Morgen sein.«

Joanna nickte. »Oder früher Nachmittag.«

»Glaubst du, wir haben vierundzwanzig Stunden lang geschlafen?«

»Möglicherweise sogar länger.«

»Jedenfalls bleibe ich von nun an wach«, schwor Kate. »Ich habe genug von diesen Alpträumen.«

»Hattest du auch welche?«

»Sie waren schrecklich«, sagte Kate. »Sie wirkten so echt. Und teilweisen waren sie – ich weiß nicht – schmutzig.«

»Wie das?«

Kate zögerte, bevor sie sprach: »Ich glaube, ich war irgendwo in einem Bad und zog meine Unterhose runter. Und Rudy war dabei. Er grinste die ganze Zeit und lachte und beobachtete mich ganz genau. Dann wollte er mich anfassen und irgendwer schrie. Da lachte Rudy nur noch mehr. Es war wirklich schaurig, sogar für einen Alptraum.«

Joanna nickte, wohl wissend, dass ihre Schwester nicht nur geträumt hatte. Aller Wahrscheinlichkeit nach hatte es sich wirklich so abgespielt. Während sie unter der Wirkung von Betäubungsmitteln standen, hatte man sie vielleicht hochgeholt und zur Toilette gebracht. Auf diese Weise mussten sie nicht noch einmal nach oben. Und es erklärte auch, warum weder sie noch ihre Schwester den Drang hatte, aufs Klo zu gehen, obwohl sie gerade aufgewacht waren. Ihre Blasen mussten vor ein paar Stunden entleert worden sein. Während Rudy zusah. Joanna schauderte und fragte sich, ob Rudy auch sie angefasst hatte.

Vor dem Fenster hielt ein Auto. Schnell öffneten und schlossen sich Wagentüren.

Sofort stand Joanna wieder auf dem Tisch auf Zehenspitzen und lugte durch das Loch in der Scheibe. Die Pappe versperrte ihr immer noch einen Teil der Sicht, aber sie sah einen blonden Mann von hinten, der sich von ihr wegbewegte. Er trug etwas unter dem Arm. Einen kleinen Karton oder ein Paket. Joanna sah es nicht genau. Einen Moment später war er verschwunden. Ihr Blick fiel wieder auf das Auto, aber sie erkannte weder Typ noch Marke. Alles, was sie deutlich sehen konnte, war der obere Teil der Motorhaube und die Windschutzscheibe. Dann bemerkte sie den blauen Parkausweis innen an der Scheibe. Sie erstarrte. Es war ein Ausweis, wie ihn die Fakultätsmitglieder des Memorial bekamen. Er erlaubte einem, auf den Plätzen direkt vor dem Krankenhaus zu parken.

Joanna hörte die Türklingel, dann, wie schnelle Schritte durch den Flur zur Haustür gingen. Hastig kletterte sie von dem Tisch.

»Wer war das?«, fragte Kate aufgeregt.

»Einer von ihnen«, sagte Joanna und drückte Kate den Lumpen in die Hand. »Ich gehe jetzt hoch an die Tür und versuche zu hören, was sie sagen. Ich will, dass du auf den Tisch steigst und auf mein Signal achtest. Wenn sie zum Keller kommen, schnippe ich mit den Fingern. Dann stopfst du das Loch mit dem Lappen zu, legst dich auf die Matratze und tust, als würdest du schlafen. Verstanden?«

»Verstanden.«

Joanna eilte die Stufen hoch und presste das Ohr an die Tür. Sie hörte laute Stimmen aus dem Küchenbereich. Einen Mann und eine Frau. Die Terroristin war offensichtlich sauer.

»Sind Sie verrückt, hierher zu kommen?«, kreischte Eva. »Haben Sie völlig den Verstand verloren?«

»Ich hatte keine Wahl«, sagte der Mann. »Ich habe fünfzigmal versucht, Sie auf dem Handy zu erreichen, aber es war immer besetzt.«

»Hier hat keiner telefoniert.«

»Dann sehen Sie besser mal nach.«

»Rudy!«

Joanna hörte, wie Rudy mit lauten Schritten den Flur heruntertrampelte. Plötzlich drehte sich der Knauf der Kellertür. Joanna hielt die Luft an und wartete auf das Klicken des sich öffnenden Riegels. Rudy rüttelte noch einmal an der Tür, anscheinend, um sich zu vergewissern, dass sie verschlossen war. Dann ging er weiter. Joanna seufzte erleichtert und presste das Ohr wieder an die Tür. Jetzt stritten sie und alle redeten durcheinander.

Eva fragte wütend: »Du hast das Handy dem Kleinen zum Spielen gegeben?«

»Er fing an zu weinen«, erklärte Rudy. »Da habe ich es ihm gegeben. Er weiß doch gar nicht, wie man es benutzt.«

»Gib mir das Handy«, forderte Eva.

Eine Pause entstand. Joanna hörte etwas, das wie das Öffnen einer Dose klang. Sie leckte sich die trockenen Lippen, plötzlich wurde ihr bewusst, was für einen Durst sie hatte.

»Dieses Kind«, ertönte Evas Stimme nun wieder, »wusste vielleicht nicht, wie man das Telefon benutzt, aber er hat es irgendwie geschafft, es auszustellen, so dass wir stundenlang von der Außenwelt abgeschnitten waren.«

»Es tut mir Leid«, sagte Rudy leise.

»Das macht es auch nicht ungeschehen«, fauchte Eva. »Jetzt geh zurück und pass auf das Kind auf.«

Die schweren Schritte passierten abermals die Kellertür. Diesmal prüfte Rudy nicht, ob sie noch zu war.

»Was ist so wichtig, dass Sie hierher kommen?«, fragte Eva.

»Ich muss wissen, ob die Einweihungszeremonie des neuen Instituts drinnen oder draußen stattfindet«, erklärte der Mann.

»Wir haben Ihnen doch schon gesagt, das wissen wir erst morgen früh.«

»Aber vielleicht erfahren wir es nicht einmal dann«, sagte der Mann. »Dieser Arzt, der da ankommt, erfährt unter Umständen auch nichts, bis er bei der Zeremonie ist.«

»Ich weiß ja, ich weiß«, sagte Eva besorgt.

Joanna lauschte angestrengt und versuchte, die Stimme des Mannes einzuordnen. Ihr war, als hätte sie sie irgendwo schon mal gehört, aber sie wusste nicht mehr wann. Und durch die dicke Tür und den Abstand zur Küche drang die Stimme nur gedämpft zu ihr.

»Es könnte eine Möglichkeit geben, unser Opfer unabhängig davon zu erwischen, ob die Zeremonie auf den Stufen oder drinnen stattfindet«, sagte der Mann.

»Wie das?«

»Wir könnten Wales die Prothese noch vor der Zeremonie anlegen lassen.«

»Können Sie Wales dazu überreden?«

»Ich denke schon«, sagte der Mann. »Ursprünglich war geplant, dass er die Prothese vor dem Präsidenten und den versammelten Gästen anlegt. Das geht natürlich nicht, wenn die Zeremonie auf den Stufen stattfindet. Und das wird Wales überhaupt nicht gefallen. Also kann ich ihm heute Abend auf der Cocktailparty vorschlagen, dass wir die Prothese schon anlegen, bevor wir zu der Zeremonie gehen. Wenn sie auf die Treppe verlegt wurde, könnte er das Hosenbein heben und sein künstliches Bein so dem Präsidenten demonstrieren. Sollte es doch drinnen stattfinden, könnten wir das Anlegen noch einmal vorführen. In jedem Fall werden Wales und der Präsident gemeinsam für ein Foto posieren.«

»Sie glauben, er lässt sich darauf ein?«

»Ich denke schon. Aber wenn die Zeremonie draußen abgehalten wird, bleibt ein Restrisiko. Drinnen wüssten wir genau, wer wann wo steht. Auf der Treppe sind womöglich zu viele Leute zwischen Wales und dem Präsidenten oder der Abstand ist zu groß.«

»Drinnen ist besser«, stimmte Eva zu. »Viel besser. Ihr Alternativplan hat zu viele Schwachpunkte. Zu viel könnte schief gehen.«

»Das ist mir bewusst«, sagte der Mann. »Und mir ist auch bewusst, dass ich Wales nicht zu sehr drängen darf, sonst wird er misstrauisch. Und das können wir auf keinen Fall gebrauchen. Er ist schon so nervös genug.«

»Wieso? Hat er von der Sache Wind bekommen?«

»Das nicht. Aber er ist Perfektionist und er will genau wissen, was passiert und warum.«

»Aber er weiß nicht, dass Sie in die Sache verwickelt sind, oder?«

»Er hat keine Ahnung. Er denkt immer noch, dass ich sein kleiner Untergebener bin, der tut, was er will und ihm alle seine computerisierten Prothesen liefert.«

Timothy Bremmer!, dachte Joanna verbittert. Der Freund vom Memorial, der den Terroristen die wichtigsten Informationen lieferte, so dass sie der Polizei immer einen Schritt voraus waren. Ein Arzt! Ein Arzt, der verantwortlich für den Tod von über zwanzig Leuten war – Kinder, Witwen, Polizisten, sogar seinen eigenen Patienten. Und wenn nicht bald irgendein Wunder geschah, würde er auch verantwortlich sein für den Tod von Joanna und ihrer Familie.

Sie presste ihr Ohr fest an die Tür und verfluchte im Stillen Timothy Bremmer und den Terror, in den er verstrickt war. Und jetzt wollten sie also einen Anschlag auf den Präsidenten verüben. Aber wie wollten sie das anstellen? Und warum war es für ihren Plan so wichtig, dass Wales seine Prothese anlegte?

Bremmer fragte: »Soll ich Plan B nun vorbereiten oder nicht?«

»Ja, nur für den Fall, dass es nicht anders geht.«

»Es ist wirklich ein Jammer, dass unser erster Plan nicht geklappt hat. Es wäre so schön gewesen. Und so einfach. Vier Mexikaner, die strategisch verteilt in der Menge stehen, wenn die Präsidentenlimousine vorfährt. Und jeder dieser Mexikaner trägt zwei Blöcke C4 in seiner kugelsicheren Weste. Der Präsident wäre auf die Menge zugetreten, um die Hände der Leute zu schütteln. Dann, im richtigen Moment, wäre das C4 explodiert und alle, einschließlich dem Präsidenten, hätte es zerfetzt. Und mit etwas Glück wäre das Ganze live im Fernsehen übertragen worden und die ganze Welt hätte zugeschaut.«

»Unser jetziger Plan ist fast genauso gut«, sagte Eva. »Sie müssen die Zeremonie nur drinnen abhalten, so dass sich der Präsident schön über Josiah Wales lehnen kann, um das neue Bein zu bewundern. Dann können Sie aus der Ferne das C4 in der Prothese zünden.«

O mein Gott! O mein Gott! Joanna versuchte, das Ohr noch fester an die Tür zu pressen, um noch mehr Details zu erfahren.

Bremmer fragte gerade: »Und Sie sind sich wirklich sicher, dass die Sprengstoff-Spürhunde das C4 in der Prothese nicht riechen können?«

»Hundertprozentig«, versicherte Eva. »Wir haben zwei Testläufe gemacht. Solange das C4 zwischen den Plastikschichten eingeschlossen ist, dringt kein Geruch nach außen. Nicht einmal eine Spur. Die Hunde haben nur kurz an dem Plastik geschnuppert und sind dann weiter.«

»Ausgezeichnet.«

Joanna hörte Schritte an der Tür vorbeigehen, die Stimmen klangen jetzt gedämpft und leise. Dann öffnete sich die Haustür und ging wieder zu. Joanna huschte die Treppen hinunter und winkte ihre Schwester vom Tisch.

Kate kletterte herunter und kam zu ihr. »Was haben sie gesagt?«

»Du wirst es nicht glauben.«

»Nun sag schon!«

»Sie planen ein Attentat auf den Präsidenten der Vereinigten Staaten«, sagte Joanna finster. »Sie wollen ihn in die Luft sprengen.«

»Großer Gott!«

»Und sie haben einen perfekten Plan.«

40

Sonntag, 18. April, 16.25 Uhr

Agent Jack Youngblood lehnte sich in seinem Sitz zum Fenster hinüber und sah auf die goldenen Felder von Kansas, die über zehn Kilometer unter ihm vorbeizogen. Dort war er geboren und dort hatte er seine Jugend verbracht, bis er zu den Marines gegangen war. Er erinnerte sich noch gut daran, wie er auf der Farm seines Vaters im Feld stand und den Flugzeugen nachsah. Damals hatte er sich gefragt, wo sie wohl hinflogen und gewünscht, dass er eines Tages mitfliegen könnte. Doch nicht einmal in seinen kühnsten Träumen hätte er gedacht, dass er einmal an Bord von Air Force One sitzen würde und als Topagent für den Schutz des Präsidenten der Vereinigten Staaten verantwortlich wäre.

Youngblood lehnte sich in seinem Sitz zurück, schloss die Augen und lauschte dem gleichmäßigen Dröhnen der Turbinen. Die nächsten zwei Stunden brauchte er sich keine Sorgen zu machen, denn alles und jeder an Bord war sorgfältig durchsucht und kontrolliert worden. Weder von außen noch von innen drohte Gefahr. An Bord von Air Force One konnten die Agenten des Secret Service, die für den Schutz des Präsidenten zuständig waren, entspannen.

Youngblood hörte, wie jemand auf ihn zukam und schlug die Augen auf. Im Nu war er auf den Beinen.

Der Präsident winkte abwehrend. »Bleiben Sie nur sitzen, Jack.«

»Ja, Sir«, sagte Youngblood, blieb aber stehen. Er konnte nicht sitzen, solange der Präsident stand. Das war einfach unmöglich.

»Sie gehorchen mir nicht mehr«, scherzte der Präsident. »Ich sage Ihnen, Sie sollen sich hinsetzen und Sie bleiben stehen.«

»Ja, Sir«, sagte Youngblood und blieb immer noch stehen.

Der Präsident ging durch die Kabine, wobei er mit dem linken Bein sichtbar hinkte. Er war ein stattlicher, gut aussehender Mann von Mitte fünfzig, mit scharfen vornehmen Gesichtszügen und dichtem grauem Haar, das sich an den Schläfen langsam weiß färbte. Die Hälfte seiner Regierungszeit war bereits um, und laut Meinungsumfragen standen beeindruckende siebenundachtzig Prozent der Bevölkerung hinter ihm.

Der Präsident ging im Kreis und versuchte, das steife Knie zu lockern. Er hatte sich diese Verletzung bei dem Footballspiel für Stanford zugezogen, dem großen Spiel gegen die Universität von Kalifornien, das sie gewonnen hatten. Damals hatte er geglaubt, dass es das wert gewesen war. Heute sah er das anders. Das Knie bereitete ihm fast täglich Probleme. Er blickte den Secret-Service-Agenten an. »Jack, haben Sie in Ihrer Jugend je etwas getan, das Sie später bereuten?«

»Ja, Sir«, antwortete Youngblood.

»Aber Sie wollen lieber nicht darüber reden, hab ich Recht?«

»Ja, Sir.«

»Jack, Sie müssen wirklich an Ihrem Vokabular arbeiten. Ich höre nur immer ›Ja, Sir‹ von Ihnen.«

»Ja, Sir.«

»Himmel«, schmunzelte der Präsident. »Jack, ich gebe Ihnen jetzt einen Befehl: Sagen Sie nicht wieder ›Ja, Sir‹.«

Youngblood zögerte. »In Ordnung, Sir.«

Der Präsident musste lachen und vergaß darüber beinahe sein Knie. »Ich höre, Sie werden uns bald verlassen.«

»In einem Monat, Sir.«

»Wir werden Sie vermissen, Jack. Sie haben gute Arbeit für uns geleistet.«

»Danke, Sir.«

»Das klingt ja fast, als freuten Sie sich schon zu gehen.«

»Nein, Sir«, sagte Youngblood wahrheitsgetreu. Er empfand es als Ehre und Privileg, den Präsidenten schützen zu dürfen und wenn es nach ihm ginge, würde er das für den Rest seines Lebens tun. Aber das war beim Secret Service nicht erlaubt. Die Agenten wurden immer nur für sechs Monate dem Schutz des Präsidenten zugeteilt. Man wollte vermeiden, dass sie mit der Aufgabe zu vertraut wurden oder sich zu stark daran gewöhnten. Denn die Agenten durften nicht unaufmerksam werden.

Der Präsident sah Youngblood lange an. »Sie sind immer noch dagegen, dass ich nach Los Angeles fliege, nicht wahr?«

»Nein, Sir.«

Der Präsident hob mahnend den Zeigefinger. »Ich will nicht Ihre Standardantworten hören. Ich will wissen, was Sie wirklich denken.«

»Es könnte gefährlich werden, Sir.«

Der Präsident schüttelte den Kopf. »Das ist nicht die wirkliche Gefahr, Jack. Die wirkliche Gefahr besteht darin, sich von einer Bande verrückter Terroristen einschüchtern zu lassen. In dem Moment, wo wir zulassen, dass sie bestimmen, verlieren wir all unsere Freiheit.« Der Präsident atmete tief durch und sein Ausdruck verhärtete sich. »Sagen Sie mir, Jack, wie sich das für Sie anhört: Ein paar Terroristen sprengen Menschen und Häuser in Los Angeles in die Luft. Aus diesem Grund streicht der Präsident seinen Besuch in der zweitgrößten Stadt des Landes.« Das Gesicht des Präsidenten verfinsterte sich noch mehr. »Lassen Sie mich Ihnen erklären, wie sich das für die Menschen in Los Angeles anhört: Bleibt ihr ganz ruhig und hofft, dass euch nichts zustößt, ach und übrigens, der Präsident kommt nicht zu euch, weil er verletzt werden könnte. Ihr und eure Kinder werden zwar vielleicht sterben, aber keine Sorge: Der Präsident beobachtet alles aus sicherer Entfernung. Wie klingt das, Jack?«

Youngblood sagte nichts.

»Antworten Sie mir.«

»Aber, Sir, Sie sind der Präsident.«

»Da haben Sie völlig Recht, das bin ich«, sagte er entschlossen. »Und ich werde mir nicht von ein paar Terroristen sagen lassen, was ich zu tun habe und wann.«

Youngblood sah dem Präsidenten nach, als er aus der Kabine ging, dann sank er zurück in seinen Sitz. Er hoffte, er hatte an alles gedacht. Sie hatten doppelt so viele Agenten wie bei Präsidentenbesuchen sonst üblich zur Verfügung. Das neue Institut war jetzt sicher, alle Agenten in Position und keiner außer den Sprengstoff-Spürhunden und ihren Führern kam rein oder raus. Die Metalldetektoren waren aufgebaut und auf höchste Empfindlichkeitsstufe eingestellt, so dass sie selbst bei Autoschlüsseln anschlagen würden.

In Gedanken spielte Youngblood schnell noch einmal den Ablauf des Besuchs in dem neuen Institut durch. Sie würden durch den Haupteingang hineingehen und ein paar Minuten im Innenhof verbringen, wo der Präsident die geladenen Ehrengäste begrüßen würde, die alle vorher sorgfältig durchsucht worden waren. Dann würde der

Präsident sich kurz durch das Institut führen lassen, begleitet von fünf Leuten: dem Gouverneur von Kalifornien, dem Bürgermeister von Los Angeles, dem obersten Senator von Kalifornien, dem Direktor des Instituts und dem Dekan des medizinischen Zentrums. In dreißig Minuten wären sie wieder draußen.

Alles schien sicher.

Aber Youngblood wusste, es brauchte nur eine Unachtsamkeit und der Präsident könnte tot sein. Wie damals in Dallas, als Präsident Kennedy seinen Secret-Service-Agenten befahl, nicht hinten auf die Stoßstange der Limousine zu steigen. Er wollte von allen gesehen werden. Und das wurde er, einschließlich von Lee Harvey Oswald, der niemals freies Schussfeld gehabt hätte, wenn die Agenten auf der Stoßstange geblieben wären.

Youngblood dachte an das berühmte Bild aus dem Zapruder-Film, auf dem der Kopf von JFK explodiert. Blut und Knochen spritzen durch die Luft und landen auf Mrs. Kennedy. Es war die größte Niederlage und der schlimmste Alptraum des Secret Service gewesen. Und jeder Agent, der den Präsident beschützte, fürchtete allein den Gedanken, dass es noch einmal geschah.

Youngblood schloss die Augen und sprach still das Gebet, das er schon hundert Male gesagt hatte.

Lieber Gott! Lass es nicht während meines Dienstes geschehen.

41

Montag, 19. April, 6.20 Uhr

Vom Fahrersitz aus beobachtete Jake, wie der neue Tag anbrach. Rote Streifen breiteten sich über den dunklen, grauen Himmel aus und der volle Mond verblasste. Wieder sah er auf die Uhr. Nur fünf Minuten waren vergangen, seit er das letzte Mal nach der Zeit gesehen hatte. Er blickte Farelli neben sich an, der mit geschlossenen Augen den Kopf an die Nackenstütze lehnte.

»Bist du wach?«, fragte Jake.

»So halb«, murmelte er. »Gibt's irgendwas?«

»Nichts.«

Farelli rollte sich in der Morgenkälte zusammen, sein Kopf hing ihm nun auf die Brust.

Sie parkten an der Straße vor dem Haus der Koppelmans und warteten, dass das Ehepaar zurückkam. Trotz intensiver Suche hatten sie nicht einmal eine Spur von ihnen gefunden. Eine Großfahndung nach dem Chevy-Van im gesamten Bundesstaat war ergebnislos verlaufen. Sämtliche Hotels und Motels in Palm Springs und der umgebenden Wüste waren überprüft worden. Wieder nichts. Die Koppelmans waren verschwunden.

Jake zündete sich eine Zigarette an und fragte sich, ob man sie wohl getötet und irgendwo in die Wüste geworfen hatte. Das war das Wahrscheinlichste. In diesem Fall waren die Chancen, Joanna wiederzufinden, mit ihnen gestorben. Jake nahm einen tiefen Zug und hustete laut, der Schleim rasselte in seinen Lungen.

»Diese verflixten Zigaretten werden dich noch umbringen«, kommentierte Farelli.

»Ich weiß«, krächzte Jake. Sein Hals war wund von der Schachtel, die er seit Mitternacht weggeraucht hatte. »Aber Nikotin ist das Einzige, was mich noch wach halten kann.« Er zog noch einmal und murmelte: »Ich muss wach bleiben. Ich muss sie finden.«

Farelli öffnete ein Auge. »Sie ist tot, Jake. Finde dich damit ab.«

»Es gibt noch eine Chance«, beharrte Jake.

Farelli schüttelte den Kopf. »Vergiss es. Selbst wenn uns die Koppelmans direkt zu den Terroristen führen, wird es nur noch Leichen geben.«

Jake nickte betrübt. Er wusste, dass Farelli Recht hatte. Joannas Überlebenschancen standen eins zu tausend, wenn überhaupt. Und noch geringer war die Wahrscheinlichkeit, dass die Koppelmans irgendetwas mit den Terroristen zu tun hatten und so die Polizei zu ihnen führen konnten. Nachforschungen zu Lewis Koppelman hatten ergeben, dass er den Holocaust überlebt hatte und als Junge nach Amerika gekommen war. Dort hatte er neben dem College gearbeitet und es schließlich zum Millionär gebracht. Er war überzeugter Republikaner. Viel weiter konnte man von dem Profil eines Terroristen kaum entfernt sein.

Plötzlich unterbrach ein Funkspruch die Stille: »Da kommt wer in eure Richtung.«

Sofort sprangen Jake und Farelli aus dem Auto und gingen hinter den offenen Türen in Deckung. In der Morgendämmerung kamen Scheinwerfer auf sie zu. Der Wagen fuhr sehr langsam, manchmal hielt er beinahe an. Zwischendrin hörten Jake und Farelli ein leises Klatschen, das sie nicht einordnen konnten. Dann sahen sie das

Auto. Es war ein Pick-up, Männer standen auf der Ladefläche, die zusammengerollte Zeitungen warfen.

Jake verstaute seine Waffe wieder, während Farelli das Mikrofon des Funkgeräts nahm, um die Streifenpolizisten zwei Straßen weiter zu informieren. Jake zündete sich eine neue Zigarette an und sah zu, wie der Pick-up wendete, um die Zeitungen auf der anderen Straßenseite zuzustellen. Finster überlegte er, wie wohl die Schlagzeilen von morgen lauten mochten. In großen Lettern würden sie davon berichten, was in die Luft gesprengt worden war, wie viele Tote es gegeben hatte und wer dafür verantwortlich sein könnte. Der Tod von Joanna Blalock wäre eine kleine Randnotiz irgendwo auf der letzten Seite. Und nachdem sie nur ihre Schwester hatte, würde Jake sich um die Beerdigungsformalitäten kümmern müssen. Er hatte keine Ahnung, wie so etwas lief. Wahrscheinlich rief man einfach beim Bestattungsunternehmer an und gab ihm seine Kreditkartennummer.

»Da kommt noch ein Auto«, tönte es über Funk.

Farelli griff nach dem Mikrofon. »Könnt ihr die Marke erkennen?«

»Mercedes. Limousine. Zwei Leute vorne drin.«

Wieder gingen Jake und Farelli hinter den offenen Wagentüren in Deckung und warteten. Die Scheinwerfer kamen in Sicht, sie bewegten sich langsam, ohne anzuhalten.

»Denk daran«, rief Jake über den Wagen hinweg, »es könnte sich irgendein bewaffneter Dreckskerl hinten drin verstecken.«

»Okay«, sagte Farelli und vergewisserte sich, dass seine Waffe entsichert war.

Der schwarze Mercedes fuhr in die Auffahrt zum Koppelman-Haus und stoppte. Die Lichter blieben an.

Jake hielt sich hinter der Wagentür, die Waffe im Anschlag. »Mr. Koppelman! Hier spricht die Polizei«, rief er. »Steigen Sie mit Ihrer Frau aus und treten Sie vom Auto weg.«

Im Mercedes bewegte sich niemand. Die Lichter blieben an.

»Falls jemand bei Ihnen hinten drin ist«, fuhr Jake fort, »hören Sie mir gut zu: Auf Sie sind zwei Pistolen gerichtet und zwei Streifenwagen warten nur darauf, dass Sie eine Dummheit machen.«

Die Fahrertür des Mercedes öffnete sich und ein Mann stieg mit erhobenen Händen aus. Er war klein und gut gebaut, sein dünnes graues Haar lichtete sich stellenweise.

»Öffnen Sie die Hintertür und treten sie zur Seite«, befahl Jake. »Und Ihre Frau soll das Gleiche tun.«

Die Koppelmans taten wie geheißen. Mittlerweile hatten sie sich ein gutes Stück vom Auto entfernt, bei dem alle Türen offen standen.

Jake und Farelli gingen langsam auf sie zu, mit vor sich ausgestreckten Waffen. Auf Höhe des hinteren Kotflügels hielten sie inne und gaben sich heimlich Handzeichen.

»Da ist niemand drin«, sagte Koppelman.

Farelli wartete noch eine Sekunde, dann warf er sich auf den Rasen, rollte sich auf den Bauch und richtete seine Pistole direkt auf die Rückbank. Sie war leer. Langsam stand er auf. »Alles klar.«

Jake steckte seine Waffe in das Halfter und ging auf das Paar zu.

Lewis Koppelman nahm die Hände herunter und trat vor seine Frau. Er funkelte Jake an. »Was zum Donner ist hier los?«

»Mord und Entführung«, sagte Jake.

»Jemand von hier?«

Jake überging die Frage. »Wo ist Ihr Chevy-Van?«

»Hinten in der Auffahrt«, sagte Koppelman. »Hier, ich zeige Ihnen, wo.«

Sie gingen zum Mercedes und Koppelman schaltete das Fernlicht an. Die Scheinwerfer erleuchteten das Garagentor und das Ende der Auffahrt.

»Das darf doch nicht wahr sein!«, zischte Koppelman wütend. »Der ist schon wieder gestohlen.«

Jake ließ die Schultern hängen. Seine einzige und letzte Chance, Joanna zu finden, hatte sich soeben in Luft aufgelöst. »Wann haben Sie das Auto zum letzten Mal gesehen?«

»Mittwochmorgen kurz nach acht, als wir zu unserer Reise aufbrachen.«

»Haben Sie einen Verdacht, wer es gestohlen haben könnte?«

»Nein«, sagte Koppelman, nahm seine Frau bei der Hand und zog sie an sich. »Wissen Sie, ob sie bei uns eingebrochen sind?«

»Sind sie nicht«, versicherte ihm Jake. »Das haben wir überprüft.«

»Wie sind Sie hereingekommen?«

»Wir haben ein Fenster zerschlagen«, sagte Jake und hustete wieder. »Wir werden es Ihnen ersetzen.«

»Ich werde mich selbst darum kümmern.« Koppelman sah die leere Zufahrt hinunter und schüttelte den Kopf. »Und diese Leute haben mein Auto tatsächlich für eine Entführung benutzt?«

»Ja.«

»Kenne ich das Opfer?«

»Nein.«

»Sind Sie sicher, dass es mein Auto war?«

»Absolut«, sagte Jake, der nicht ins Detail gehen wollte. »Es tut mir Leid, dass wir Sie belästigt haben.« Er wandte sich zum Gehen.

»Officer«, rief Koppelmans Frau ihm nach. »Könnten Sie der Polizei Meldung erstatten, damit sie unseren Van aufspüren und zurückbringen?«

Jake seufzte müde. »Es wäre vielleicht besser, wenn Sie diesen Anruf selber erledigten, Ma'am. Sie können ihnen alle Details geben, die sie brauchen, und den Van besser beschreiben als wir.«

»Aber die brauchen doch gar keine Beschreibung«, erwiderte Mrs. Koppelman. »Wir geben denen einfach unsere Nummer und sie aktivieren das LoJack-System.«

Jake horchte auf und kam zu ihr zurück. »Was für ein System?«

»Das LoJack-System«, erklärte Koppelman. »Nachdem unser Van das zweite Mal gestohlen wurde, haben wir diesen Sender unter der Motorhaube einbauen lassen. Jetzt müssen wir nur noch die Polizei anrufen und die aktivieren dann das System. Der Sender unter der Motorhaube schickt ein Funksignal aus, das die Polizei orten kann. Sie finden die Autos in der Regel schon nach ganz kurzer Zeit, noch bevor sie beschädigt oder in ihre Einzelteile zerlegt werden.«

»Es ist ein fantastisches System«, ergänzte seine Frau. »Sie haben sogar einen Hubschrauber, mit dem sie –«

»Ich brauche die Nummer, die Sie anrufen sollen«, fiel ihr Jake ins Wort.

Koppelman zog ein kleines Adressbuch heraus und begann zu blättern.

42

Montag, 19. April, 7.00 Uhr

»Soll ich schon mal den kleinen Jungen umbringen?«, fragte Rudy.

»Bloß nicht!«, sagte Eva. »Blalock will den Kleinen sicher noch mal sehen, bevor sie den Anruf macht.«

»Wie lang müssen wir denn noch warten?«

»Ungefähr eine Stunde.«

Joanna presste das Ohr an die Kellertür und lauschte den Stimmen aus der Küche. Noch eine Stunde, dachte sie. Das hieß, es war jetzt sieben. In sechzig Minuten wäre Familie Blalock für alle Zeiten ausgelöscht, wenn sie nicht irgendetwas unternahm, um die Sache zu verzögern. Vielleicht konnte sie den Terroristen ja etwas Falsches sagen, nachdem sie mit Joe Wells telefoniert hatte. Nein, entschied sie. Das war aussichtslos. Darauf würde die Terroristin niemals reinfallen. Sicher presste sie das Ohr während des Telefonats mit an den Hörer.

Die Stimmen in der Küche waren ein paar Minuten lang unverständlich, dann drangen sie wieder deutlicher zu ihr.

»Also soll ich zuerst die Ärztin töten«, fragte Rudy, »dann den Jungen und danach die Mutter?«

»Genau«, sagte Eva. »Und zwar mit Kopfschüssen.«

»Dann haben wir hier alles voller Blut. Den Boden, die Wände, alles.«

»Ganz richtig.« Evas Stimme verstummte kurz und kam dann zurück. »... zieh die Leichen zur Kellertür und schmeiß sie die Stufen runter.«

»Wozu der ganze Aufwand? Wir werden doch eh nicht mehr hier sein.«

»Aber die Polizei wird kommen«, erklärte Eva. »Wenn wir hier verschwinden, gehen wir zum Einkaufszentrum am Eck. Von dort aus rufen wir die Polizei an und geben ihnen die Adresse von dem Haus. Wir sagen ihnen, wir haben Schreie von drinnen gehört. Dann beschreiben wir den grünen Van vor der Tür, legen auf und fahren mit dem Mietwagen weg, den du am Einkaufszentrum geparkt hast.«

»Ich verstehe nicht, was uns das bringen sollte.«

»Eine ganze Menge«, erklärte Eva. »Erstens wird das gesamte FBI zusammen mit dem LAPD ein leeres Haus umstellen, weil sie glauben, sie hätten uns in der Falle, und das wird sie eine Weile ablenken, während wir uns aus dem Staub machen. Früher oder später stürmen sie das Haus und dann entdecken sie das ganze Blut. Wenn sie oben keine Leichen finden, wird irgendein Idiot am Knauf der Kellertür drehen.«

»Und dann?«

»Dann wird der Zünder in der Decke des Kellers aktiviert und alles geht in die Luft. Genau wie in West Hollywood, nur sind es diesmal Bullen und FBI-Agenten, die dabei draufgehen.«

»Traumhaft«, säuselte Rudy.

»Ja«, stimmte Eva zu und überlegte dabei, wann wohl der beste Zeitpunkt wäre, Rudy umzulegen. Wenn er die Mutter tötete, beschloss sie. Ein Schuss von hinten.

»Und dann holen wir Bremmer ab, richtig?«

»Bremmer kommt nicht mit.«

»Aber sie werden ihn erwischen und er wird alles ausplaudern.«

»Nicht, wenn er tot ist.«

Eine lange Pause entstand.

Joanna lauschte angestrengt und fragte sich, ob die beiden nur leiser sprachen oder ob sie rausgegangen waren.

»Wie willst du das machen?«, fragte Rudy schließlich.

»Nach dem Anschlag fährt Bremmer weg und ruft uns von seinem Autotelefon aus an, um weitere Anweisungen zu bekommen«, sagte Eva. »Sobald er aufgelegt hat, rufe ich zurück und wenn er dann abhebt, aktiviert er einen Zünder, der das C4 unter seiner Motorhaube in die Luft jagt. Von ihm wird gerade so viel übrig bleiben, dass es für die Identifizierung reicht.«

»Geschieht ihm recht.« Rudy zuckte gleichgültig die Schultern, aber ihm war inzwischen bewusst geworden, wie gefährlich Eva war. Sie könnte auch ihn töten, um die vierhunderttausend Dollar nicht auszahlen zu müssen.

Eva bemerkte den veränderten Gesichtsausdruck und bereute sofort, dass sie ihn in die Pläne zu Bremmer eingeweiht hatte. Jetzt war er misstrauisch geworden. »Ich erkläre dir, warum Bremmer weg muss. Es wird nicht lange dauern, bis das FBI herausfindet, dass das C4 in der Prothese steckte. Damit wissen sie, dass nur er es gewesen sein kann und sie werden nach ihm fahnden und ihn finden. Und bevor sie mit ihm fertig sind, wird er ihnen alles erzählen, was er weiß. Also, willst du, dass das passiert?«

»Schätze nein.«

»Gut. Schauen wir erst ... bevor ... die ...«

Die Stimmen drangen nur noch gedämpft zu Joanna und sie hörte Schritte näher kommen. Schnell schlich sie die Stufen herunter und setzte sich zu Kate auf die Matratze. Sie flüsterte: »Wenn die Tür aufgeht, legst du dich hin und tust, als ob du schläfst.«

Sie warteten still. Über ihnen knarrte eine Holzbohle, dann war es wieder ruhig. Joanna blickte zur Decke und fragte sich, wo wohl das C4 versteckt sein mochte. Wahrscheinlich in dem Holzraum zwischen der Zimmerdecke und den Bohlen. Sie suchte nach Drähten, aber in dem schwachen Morgenlicht, das durch das Fenster fiel, ließ sich nichts erkennen.

»Ist mit Jean-Claude alles in Ordnung?«, fragte Kate leise.

»Er spielt«, log Joanna. »Er läuft oben herum.«

»Ich habe keine kleinen Schritte gehört.«

»Er ist in der Küche.«

Kate beäugte die unberührten Milchkartons auf dem Boden, die man ihnen irgendwann nachts hingestellt hatte. »Diese Milch sollten wir besser nicht trinken, was?«

Joanna schüttelte den Kopf. »Sie ist wahrscheinlich wieder präpariert.«

Kate seufzte tief und versuchte, ihren Durst durch Schlucken zu bekämpfen. »Hast du eine Vorstellung, wie spät es ist?«

»Sieben.«

»Das heißt, wir haben nur noch eine Stunde.«

»Ja.«

»Sie werden uns nicht finden, stimmt's?«

Joanna sagte nichts, weil es mittlerweile keine Rolle mehr spielte. Selbst wenn man sie fände, würde es zu einer Schießerei kommen, und mit ihrem letzten Atemzug würden die Terroristen das C4 zünden. Sie und Kate wären in jedem Fall tot. Es sei denn, sie kämen während der Schießerei durch das Fenster. Aber es war vergittert und man konnte sich nicht hindurchzwängen.

Joanna zermarterte sich den Kopf nach möglichen Fluchtwegen oder wie man zumindest Aufmerksamkeit auf ihr Gefängnis lenken konnte. Aber immer wieder stieß sie auf unüberwindbare Hindernisse. Es gab keinen Ausweg und einfach nur zu versuchen, jemand auf sich aufmerksam zu machen, könnte für Jean-Claude extrem gefährlich werden. Es wäre nur sicher, wenn die Terroristen nichts davon mitbekamen. Aber wie sollte sie das anstellen? Joanna überlegte und überlegte, aber es gab keine Lösung. Sie starrte zu dem Fenster hoch, durch das sie nicht entkommen konnte, und schüttelte resigniert den Kopf.

»Glaubst du an ein Leben nach dem Tod?«, fragte Kate und brach damit das Schweigen.

»Ja«, sagte Joanna.

»Glaubst du, wir treffen Mum und Dad?«

»Ich hoffe es.«

»Ich auch.«

Joanna überlegte, ob ihre Vorstellung vom Leben nach dem Tode wahr sein konnte. Ein Himmel und eine Hölle, für die Guten und die Schlechten. Und wohin würde sie kommen? Vielleicht in den Himmel, zu ihrer Mutter und ihrem Vater, mit Kate und Jean-Claude. Alle Blalocks wieder vereint.

»Glaubst du wirklich, die Hölle ist voller Pech und Schwefel?«, fragte Kate. »Du weißt schon, so wie in Dantes *Inferno?*«

»Vielleicht.«

»Ich hasse Feuer«, sagte Kate schwach. »Davor hatte ich schon immer Angst.« Sie fröstelte und rieb die Hände aneinander gegen die morgendliche Kälte. »Obwohl, jetzt grade hätte ich gar nichts gegen ein Feuerchen. Nur groß genug, um mir die Finger zu wärmen.«

»Dann nimm doch einfach das Feuerzeug und –« Joanna sprang auf und starrte zum Fenster hinauf. »Ich weiß, wie wir jemanden auf uns aufmerksam machen können.«

»Wie denn?«

»Siehst du gleich«, sagte sie und griff sich den Lumpen mit dem Feuerzeug. »Bring mir den Mopp.«

Joanna hastete zum Tisch und stellte ihn zurück unter das Fenster. Sie kletterte darauf und nahm Kate den Mopp ab. Mit dem Holzstiel brach sie das restliche Glas aus dem Rahmen. Es knackte leise. Die Glassplitter fielen lautlos in das Gestrüpp und auf die Pappe vor dem Fenster.

»Was machst du da?«, fragte Kate, die auf Zehenspitzen versuchte, einen Blick zu erhaschen.

»Schhhh!«, mahnte Joanna, wickelte den öligen Lumpen um den Mopp und band ihn mit den Fransen des Mopps fest. Sie nahm das Feuerzeug und drehte am Rädchen, aber es tat sich nichts. Sie versuchte es noch einmal, wieder ohne Erfolg. Beim dritten Mal kam eine kleine Flamme. Vorsichtig hielt sie sie unter den öligen Lumpen am Ende des Mopps und wartete. Erst entstanden Funken, dann Rauch, dann züngelte eine kleine Flamme empor. Langsam schob Joanna den Mopp durch das Fenster und ließ ihn auf die Pappe und den vertrockneten Busch fallen.

Die Pappe schwelte kurz, wurde dann schwarz und in der Mitte sengte sich ein Loch hinein. Dann verglühte sie. Einen Moment später erstarb auch die Flamme im Öllumpen. Schnell zog Joanna den Kopf des Mopps wieder herein und versuchte, ihn erneut anzuzünden. Sie drehte am Rädchen des Feuerzeugs, aber es kamen nur noch Funken. Immer wieder drehte sie, doch immer funkte es nur, von Mal zu Mal schwächer.

Joanna sank auf dem Tisch zusammen und seufzte entmutigt.

»Was ist los?«, fragte Kate.

»Mit dem Feuerzeug ist es aus«, sagte sie finster. »Und das Gleiche gilt für uns.«

43

Montag, 19. April, 8.01 Uhr

Eine Straße weiter stand Jake und studierte das Haus der Terroristen durch ein starkes Fernglas. Kein Licht brannte. Alles war still. Er betrachtete den Chevy-Van, der in der Einfahrt parkte, dann das Kennzeichen: 3 VDM 593.

»Irgendwelche Lebenszeichen?«, fragte Jake.

Hurley hielt die Hand hoch und schob sich den Knopf tiefer ins Ohr. »Sie evakuieren gerade das letzte Nachbarhaus. In einer Minute sind sie in Position.«

Jake sah, wie die Tür des Hauses neben dem Terroristenversteck auf und zu ging. Ein Pärchen eilte in Schlafanzügen und Morgenmänteln die Stufen hinunter. Sie wurden von einem Mitglied des Sondereinsatzkommandos nahe am Haus entlang und dann schnell aus dem Sichtfeld heraus eskortiert. Jetzt waren alle umliegenden Häuser leer bis auf Polizeischützen mit Infrarotsichtgeräten und Akustikexperten, die mit ihren hochsensiblen Geräten selbst leise Stimmen auf hundert Meter Entfernung belauschen konnten. Wieder war alles ruhig. Ein Hund bellte kurz und verstummte. Jake sah auf die Uhr. Acht Uhr zwei.

»Und du glaubst, sie haben das Haus mit Sprengfallen präpariert?«, fragte Jake.

»Gut möglich«, sagte Hurley.

»Verdammt«, brummte Jake. Er wurde ungeduldig und hoffte entgegen aller Vernunft, dass Joanna noch am Leben war.

»Aber das wäre nicht das Schlimmste«, fuhr Hurley fort. »Manchmal befestigen sie den Sprengstoff an ihren Geiseln. Dann machst du eine falsche Bewegung und ein paar Unschuldige sind tot.«

»Wenigstens sterben auf diese Weise auch die Terroristen.«

»Nicht unbedingt. Wenn sie schlau sind, basteln sie dünne Ketten aus C4 und legen sie ihren Geiseln um den Hals. Gerade genug, um ihnen den Kopf abzusprengen.«

Jake zuckte zusammen. »Hast du so etwas schon mal erlebt?«

»Einmal. Der Kopf fiel ab und hüpfte die Straße herunter. Ich schwöre bei Gott, er ist wirklich gehüpft wie ein Baseball.«

»Himmel«, sagte Jake und versuchte, sich den schrecklichen Anblick nicht vorzustellen.

Plötzlich riss Hurley wieder die Hand hoch. »Wir haben ein Infrarotsignal aus einem der vorderen Zimmer.« Er legte den Kopf schief und lauschte gebannt der Unterhaltung zwischen den Leuten des Einsatzkommandos. »Eineinhalb Personen im Wohnzimmer.«

»Was ist eine halbe Person?«, erkundigte sich Jake.

»Ein Kind.«

Jake atmete auf. Das konnte nur Jean-Claude sein. Und wenn der Junge noch lebte, standen die Chancen nicht schlecht, dass Joanna und Kate auch nicht tot waren. »Wer ist bei dem Kind?«

»Lässt sich nicht sicher sagen«, sagte Hurley. »Und die Richtmikrofone bringen auch nichts, weil ein Fernseher läuft.«

»Es ist wahrscheinlich einer der Terroristen.«

»Ja, aber ›wahrscheinlich‹ reicht nicht aus. Wir müssen es sicher wissen.« Hurley konzentrierte sich auf einen weiteren Bericht aus dem Einsatzkommando. »Es gibt noch zwei Infrarotsignale hinten im Haus, möglicherweise der Küche. Und sie empfangen zwei Stimmen, beide weiblich.«

»Sprechen sich die Leute in der Küche mit Namen an?«, fragte Jake aufgeregt.

Hurley gebot Jake mit der Hand zu schweigen. »Jetzt hören sie einen Mann. Drei Stimmen, aber nur zwei Infrarotsignale, was zum Teufel –« Hurley unterbrach sich mitten im Satz und lauschte. Dann nickte er. »Es ist ein Telefongespräch. Ein Mann und eine Frau ... Die Frau fragt: ›Wo sollst du hingehen? Auf die Stufen raus oder nach drinnen?‹ ... Der Mann sagt: ›Weiß ich noch nicht. Ich habe angerufen und die Sekretärin bat mich, ich solle mich an –‹« Einen Moment lang hörte man nur statisches Knistern und Hurley wartete, bis es vorbei war. »Der Mann redet immer noch. Jetzt sagt er: ›Sie wollen, dass ich um Viertel vor neun noch einmal anrufe.‹«

Wieder rauschte es, mehrere Sekunden lang. Dann konnte man wieder hören.

Das Telefonat war vorbei.

Hurley sah Jake an. »Hast du eine Ahnung, was das bedeuten soll?«

»Nein.«

»Ich auch nicht.«

»Vielleicht erfahren wir bei dem Anruf um Viertel vor neun mehr«, sagte Hurley und rückte den Knopf in seinem Ohr zurecht. Plötzlich runzelte er die Stirn. »Die zwei Signale entfernen sich aus der Küche. Eine Tür geht auf und zu. Jetzt empfangen sie Geräusche, wie wenn jemand Stufen hinuntergeht. In den Keller, nehmen sie an.«

»Gut«, sagte Jake und dachte, dass man Joanna und Kate wohl dort eingesperrt hielt.

»Schlecht«, widersprach Hurley. »Die Außenmauer des

Kellers ist zu dick. Da kommen sie mit ihrem Infrarot nicht durch.«

Jake suchte mit dem Fernglas den unteren Teil des Hauses ab, kurz vor dem Chevy-Van. »Und was ist mit dem Fenster auf Bodenhöhe? Das sieht doch aus, als könnte es in den Keller führen.«

»Tut es auch, aber es ist zu klein und zu hoch oben.«

»Verflucht«, knurrte Jake. Er sah, wie sich ein Mitglied des Sondereinsatzkommandos zu dem Van schlich und die Reifen aufschlitzte, für den Fall, dass die Terroristen versuchen sollten, damit zu entkommen.

»Jetzt empfangen wir eine Unterhaltung aus dem Keller«, berichtete Hurley. »Zwei weibliche Stimmen. Eine heißt Kay oder Kate.«

Sie leben noch!, dachte Jake. *Lieber Gott im Himmel, sie leben noch!*

»Eine von ihnen redet davon, wie sie ein Feuerzeug anbekommen soll«, fuhr Hurley fort. »Und jetzt geht es um einen Mopp und irgendeinen Lumpen.« Er sah Jake an: »Ich hoffe, sie sind nicht so blöd und setzen da unten einen Brand in Gang.«

Jake schluckte besorgt. »Dann würde alles in die Luft fliegen, oder?«

»Das ist nicht das Problem«, erklärte Hurley. »C4 kann man anzünden und darauf kochen und es geht nicht hoch. Es lässt sich nur elektrisch zünden. Ich mache mir Sorgen, dass sie ersticken, wenn sie da unten ein Feuer entfachen.«

»Sie könnten das Fenster einschlagen«, schlug Jake vor.

»Das würde die Sache nur noch schlimmer machen. Dann bekämen die Flammen noch mehr Sauerstoff.«

»Sie sind verzweifelt«, sagte Jake ernst. »Und das ist vielleicht ihre einzige Chance.«

»Ich weiß«, sagte Hurley und fragte sich, ob er das Risiko eingehen könnte, einen vom Sondereinsatzkommando mit einer Botschaft an das Fenster kriechen zu lassen. Der Mann wäre ohne Deckung und wenn sie ihn zufällig sehen würde, wäre das sein Todesurteil. Und die Terroristen wären gewarnt. Zu riskant, dachte Hurley.

Jake richtete sein Fernglas auf das kleine vergitterte Kellerfenster. Irgendetwas wurde herausgeschoben. Er stellte scharf und sah, wie der brennende Mopp auf den Müll vor dem Fenster fiel. Der Müll fing Feuer und schwarzer Rauch stieg auf. »Clevere Aktion. Großartig. Einfach wirklich clever.«

Einer vom Einsatzkommando im Haus nebenan informierte Hurley über das Feuer. »Wollen wir mal hoffen, dass es nicht auf die Hauswand übergreift. Sollte das passieren, gibt es Tote.«

Jake riss sein Fernglas herunter. »Ruf die nächste Feuerwehr an und lass sie einen Wagen schicken, mit Sirene. Sie sollen eine Straße südlich von hier halten, damit ich mit ihnen reden kann. Sag ihnen, sie sollen noch eine zusätzliche Feuerwehruniform mitbringen.«

Hurley zögerte kurz, bevor er sagte: »Jake, vielleicht solltest du das dem Sondereinsatzkommando überlassen.«

»Wären die in der Lage, Joanna und Kate in Sekundenbruchteilen von dieser Terroristenschlampe zu unterscheiden?«

Hurley nickte langsam. »Da hast du Recht.«

»Also ruf die Feuerwehr.«

44

Freitag, 19. April, 8.46 Uhr

»Sehen Sie, ich habe Ihnen doch gesagt, dass die Zeremonie drinnen stattfinden wird«, sagte Josiah Wales, der aus dem alten Rehabilitationszentrum vorauseilte.

Timothy Bremmer folgte dicht hinter ihm, um Schritt zu halten. Unter dem Arm trug er eine Schachtel mit der neuen Prothese, die Wales vor dem Präsidenten anlegen würde.

»Vergessen Sie nicht: Der Präsident liebt es, reichen Spendern die Hand zu schütteln und das geht nun mal besser drinnen als draußen. Auf diese Weise haben auch die ganzen Fotografen und Fernsehleute Zeit, schön viele Bilder zu machen.«

»Ja, viele Bilder«, wiederholte Bremmer zerstreut. Er fragte sich, ob er Eva anrufen und ihr sagen sollte, dass er die nötige Information hatte. Es gab keinen Grund mehr, die Blalocks noch länger am Leben zu lassen. Am besten tötete man sie gleich. Das würde später Zeit sparen. Aber alles ging so schnell und Bremmer konnte nicht vom neuen Institut aus anrufen. Er traute den Telefonen dort nicht, es standen zu viele Secret-Service-Leute drum herum.

»Haben Sie eine Vorstellung, wie viele Stimmen diese Einweihung dem Präsidenten einbringen könnte?«, fragte Wales.

»Eine Menge, schätze ich«, antwortete Bremmer und wünschte, Wales würde endlich den Mund halten, damit er nachdenken konnte. Es gab immer noch Details, die überdacht werden mussten.

»Ein paar Millionen«, sagte Wales. »Jeder Behinderte, der sieht, wie ich mir vor dem Präsidenten die Prothese anlege, wird ihn wählen. Und zusätzlich werden die ganzen Veteranen daran erinnert, dass das Institut nach einem Bomberpilot benannt ist, der in Vietnam gekämpft hat.«

Bremmer nutzte die Gelegenheit, das Thema auf den letzten Punkt zu lenken, den er noch wissen musste. »Und Sie sind sicher, dass der Präsident wirklich zusehen will, wie Sie die Prothese anlegen?«

»Ganz sicher«, sagte Wales. »Ich habe es Simon Murdock vorgeschlagen und der meinte, ich solle es arrangieren.«

»Werde ich auch dabei sein?«

»Ich fürchte nein. Es sind nur fünf Leute, die den Präsidenten bei seinem Rundgang durch das neue Institut begleiten. Ich habe versucht, Sie mit einzuschließen, aber sie wollten sich nicht darauf einlassen.«

Bremmer ließ in gespielter Enttäuschung die Schultern hängen. »Ich weiß, Sie haben es versucht.«

»Aber Sie und all die anderen Ehrengäste werden trotzdem alles sehen«, tröstete Wales ihn. »Sie wissen doch: Sämtliche Gänge und Räume werden von Überwachungskameras gefilmt, die alles übertragen.«

»Toll«, sagte Bremmer, als sich auch noch das letzte Puzzleteil in den Plan des Attentats fügte. Wales würde die neue Prothese anlegen, wahrscheinlich im Anproberaum der Werkstatt. Der Druck auf die Ferse bei Wales' erstem Schritt würde die Zündkapsel scharf machen. Dann würde Bremmer per Knopfdruck das C4 zünden und Wales, der Präsident und alle Umstehenden wären tot. Im darauf folgenden Chaos und Durcheinander könnte er sich unauffällig davonmachen.

Sie beschleunigten ihre Schritte, als sie auf das neue Institut zukamen. Die Straße war gesperrt und leer bis auf eine Limousine, die einen verspäteten Ehrengast absetzte. Ein sehr alter Mann lief langsam und tief gebeugt über einen Stock auf die Behindertenrampe zu.

»Ich dachte, die Ehrengäste müssten alle vor acht Uhr dreißig hier sein«, wunderte sich Bremmer.

»Das ist Mortimer Rhodes«, erklärte Wales.

»Der Milliardär?«

Wales nickte. »Der mächtigste Mann in ganz Kalifornien. Der kommt und geht, wann es ihm passt.«

Bremmer beobachtete, wie sich Rhodes die Rampe hochkämpfte und dachte, dass er schon zu lange lebte. Sein Blick wanderte von den Stufen des neuen Instituts zum Gehweg auf der anderen Straßenseite. Überall hielten Secret-Service-Agenten Ausschau nach allem, was verdächtig wirkte. Auf dem Dach der Bank of America bemerkte Bremmer zwei Figuren in Schwarz, die mit Ferngläsern die Gegend absuchten. Scharfschützen, vermutete er.

Am Fuß der Treppen wurden sie von Agenten aufgehalten. Sie überprüften ihre Einladungskarten und verglichen ihre Gesichter mit großformatigen Hochglanzfotos.

»Legen Sie bitte Ihren Daumen hierher«, wies ein Agent Wales an und deutete auf ein leuchtendes Viereck in der Mitte eines Flachbildschirms. Wales tat wie geheißen und der Abdruck wurde elektronisch an eine Computerdatenbank übermittelt, wo er mit den von Josiah Wales bekannten abgeglichen wurde. Sekunden später blinkte auf dem Bildschirm ›Zutritt gewährt‹.

»Danke, Sir«, sagte der Agent. »Bitte gehen Sie jetzt die Treppen hoch.«

Auch Bremmer legte den Daumen auf den Bildschirm und bemühte sich ruhig zu bleiben. Aber sein Herz schlug wie wild und im Nacken lief ihm der Schweiß herunter. Den Test mit dem Daumenabdruck würde er ohne Probleme bestehen, aber mit den auf Sprengstoff abgerichteten Spürhunden war das etwas anderes. Sie witterten die kleinste Spur C4. Und obwohl Eva ihm versichert hatte, dass durch die Plastikschichten kein Geruch drang, war Bremmer dennoch nervös. Wenn sie ihn hier mit Sprengstoff entdeckten, würde er den Rest seines Lebens im Hochsicherheitstrakt eines Gefängnisses verbringen, dreiundzwanzig Stunden am Tag eingesperrt in eine kleine Zelle. Das wäre schlimmer als der Tod. Das wäre lebenslange Folter. Für den Fall, dass sie das C4 in der Prothese entdeckten, hatte Bremmer sich vorgenommen, es zu zünden und sich selbst in die Luft zu sprengen.

›Zutritt gewährt‹, blinkte der Bildschirm.

»Danke, Sir«, sagte der Agent. »Bitte gehen Sie unverzüglich die Treppe hoch.«

Bremmer folgte Wales zum Eingang und durch die Tür. Dort wurden sie vom nächsten Agenten aufgehalten.

»Öffnen Sie bitte die Schachtel«, forderte er Bremmer auf.

Bremmer nahm den Deckel ab und ließ den Mann hineinsehen.

»Was sind das für Geräte?«, fragte der Agent.

»Prothesen«, sagte Bremmer. »Wollen Sie mal sehen?«

»Ja, bitte. Eine nach der anderen.«

Bremmer nahm eine hoch entwickelte prothetische Hand heraus. Er strengte sich an, seine eigene Hand unter Kontrolle zu halten, aber er wusste, dass sie zitterte. »Das ist eine prothetische Hand. Interessiert Sie, wie sie funktioniert?«

»Ja, Sir.«

Bremmer hielt die Hand hoch. Sie war außen weißlich rosa und sah menschlicher Haut recht ähnlich. Nackte Drähte und dünne Titaniumstäbchen ragten aus dem Handgelenk. »Wenn man hier draufdrückt, greift die Hand. Soll ich mal vorführen?«

»Bitte.«

Bremmer drückte einen Knopf an der Hand und die Finger griffen langsam zu.

Der Agent rückte fasziniert ein Stück näher. Ein zweiter gesellte sich neugierig zu ihnen.

»Und wenn man den anderen Knopf drückt, geht sie wieder auf.« Er drückte einen zweiten Knopf und die Finger streckten sich langsam.

»Unglaublich«, sagte der Agent, der an einen Freund dachte, der beide Hände in Vietnam verloren hatte. »Schade, dass sie einem Zweifachamputierten nichts nützen würde.«

»Doch, das würde sie«, sagte Bremmer. »Das Endprodukt hat keine Knöpfe mehr. Man bedient sie durch Schulterzucken.«

Der Agent nahm sich vor, seinen Freund anzurufen und ihm von diesen fortschrittlichen Prothesen zu berichten. »Sehr beeindruckend«, sagte er.

Nicht so beeindruckend, wie wenn man beide Knöpfe gleichzeitig drückt und damit das C4 zündet, dachte Bremmer und griff noch einmal in die Schachtel. »Und hier haben wir eine Fußprothese.«

Der Agent studierte sie eingehend und legte sie dann zurück in die Schachtel. »Bei den Stiften an der Hand schlägt wahrscheinlich der Metalldetektor an.«

»Sollte er nicht«, sagte Bremmer. »Die sind nämlich aus Titan.«

»Gehen Sie bitte zum Metalldetektor.«

Bremmer ging weiter, die Schachtel fest unter den Arm geklemmt. Er lief langsam und gleichmäßig und mühte sich, seine Nervosität zu verbergen. Aber sein Herz raste und seine Kehle war staubtrocken.

Am Eingang zum Metalldetektor beäugte ihn misstrauisch ein Spürhund, der seinen Angstschweiß witterte. Der Belgische Schäfer hob die Schnauze und schnupperte in der Luft.

Bremmer zwang sich, langsam zu laufen und nicht auf den Hund zu sehen. Der Schäfer kam auf ihn zu und beschnüffelte seine Knöchel und Schuhe, bevor er tief japste, das Interesse verlor und an die Seite seines Herrchens zurückkehrte.

Bremmer war fast durch den Metalldetektor, als um ihn herum lautes Murmeln ausbrach und die Leute zur Tür strömten. Er blickte über die Schulter.

Am Fuß des Gebäudes war soeben die Limousine des Präsidenten vorgefahren.

45

Montag, 19. April, 9.04 Uhr

Eva hörte, wie die Sirenen immer näher kamen. Hastig machte sie den Zünder an der Kellertür scharf und eilte ins Wohnzimmer. Rudy lugte durch einen Spalt in den Jalousetten und hielt Jean-Claude dabei am Nacken fest.

»Was ist da los?«, fragte Eva.

»Ein Feuerwehrauto. Und es steht direkt vor unserem Haus«, antwortete Rudy. »Ich bilde mir auch ein, dass es hier vorher verbrannt gerochen hat.«

Eva wandte sich um und schnupperte, aber sie bemerkte nichts. »Wo, glaubst du, kam der Geruch her?«

»Keine Ahnung.« Rudy ließ die Jalousette los und trat vom Fenster zurück. »Aber jetzt marschieren da zwei Feuerwehrleute über unseren Rasen.«

Evas Sinne waren aufs Äußerste gespannt, in ihrem Kopf überschlugen sich die Gedanken. Was brannte und wo? Es konnte nichts Großes sein, sonst hätten sie nicht nur einen Wagen geschickt. Und die Feuerwehrleute gingen, sie rannten nicht. Vielleicht wollten sie nur etwas überprüfen. Nein, das konnte auch nicht sein. Sie waren mit Sirenen gefahren und vor ein paar Minuten wollte Rudy Rauch gerochen haben.

Es klingelte.

Eva achtete nicht darauf und überlegte weiter. Aus dem Keller konnte es nicht kommen. Der Rauch wäre unter der Tür hervorgequollen. Außerdem hatten die Blalockschwestern nichts, womit sie ein Feuer entzünden könnten. Sie hatten beide sorgfältig untersucht, während sie schliefen. Andererseits durfte man sie auch nicht unterschätzen –

Wieder klingelte es, gefolgt von einem lauten Klopfen.

»Also?«, fragte Rudy und griff nach seiner Waffe. »Was sollen wir tun?«

»Wir müssen improvisieren.« Eva steckte sich die Pistole hinten in den Hosenbund, so dass nur der Griff sichtbar war. Dann nahm sie Jean-Claude auf den Arm, der immer noch von den Beruhigungsmitteln der Vornacht ganz schläfrig war. »Ich mache auf und spiele die besorgte Mutter. Du gibst mir von der Küche aus Deckung.«

»Was, wenn sie sich den Keller ansehen wollen?«

»Dann töten wir sie«, sagte Eva emotionslos. »Jetzt verschwinde!«

Eva wartete, bis Rudy in der Küche war, dann öffnete sie die Tür.

Vor ihr standen zwei Feuerwehrmänner in voller Montur mit großen Plastikhelmen.

»Tut mir Leid, wenn wir stören, Ma'am«, sagte der Mann vom Sondereinsatzkommando. »Aber neben ihrem Haus schwelt ein kleines Feuer.«

»Ach du liebes bisschen!«, tat Eva entsetzt. Sie presste Jean-Claude fester an sich, der versuchte, sich von ihr zu befreien. »Wa– was brennt denn?«

»Bloß ein wenig Unrat«, sagte der Mann. Er blickte der Frau über die Schulter und suchte nach mehr Terroristen, sah aber nur einen leeren Raum.

»Ich habe meinem Mann gesagt, er soll das Zeug wegräumen«, sagte Eva. »Ich weiß, wie gefährlich so etwas sein kann.«

»Ja, Ma'am. Ihr ganzes Haus hätte in Flammen aufgehen können.«

»Vielen Dank, dass Sie es für mich gelöscht haben.«

»Ja, Ma'am. Jetzt würden wir gerne einen Blick in Ihren Keller werfen, um sicherzustellen, dass keine Funken hineingeflogen sind.«

»Müssen Sie wirklich unbedingt in den Keller?«, fragte Eva laut, um Rudy zu warnen.

»Ja, Ma'am.«

Eva trat zur Seite.

Als der Mann vom Einsatzkommando ins Haus trat, griff Eva an ihren Hosenbund nach ihrer Waffe. Dabei hielt sie Jean-Claude nur noch mit einem Arm.

Der Junge lehnte sich nach vorne und zog dem anderen Feuerwehrmann den Helm hoch. »Jacques!«, rief er erfreut.

Im nächsten Augenblick hatte Jake der Terroristin mit der Faust ins Gesicht geschlagen, so dass ihre Lippen platzten und die Nase brach. Sie stürzte und schlug mit dem Kopf auf dem harten Holzboden auf.

Jake packte Jean-Claude und hastete zur Tür hinaus. Er landete im Gras und rollte sich ab, wobei er den kleinen Jungen mit seinem Körper schützte. Von drinnen hörte er zwei dumpfe Schläge und wusste, dass sie von einer schallgedämpften Waffe stammten.

Einen Moment später taumelte der Einsatzmann heraus und hielt sich die blutende Schulter. Er brach auf dem Rasen zusammen.

Jake hatte sich auf den Bauch gedreht und begrub Jean-Claude unter sich. Er richtete seine Waffe auf die Tür, genau wie die Schützen des Einsatzkommandos hinter dem Feuerwehrauto.

Eva stöhnte laut und Jake sah, wie sie die Hand bewegte.

»Jacques! Ich bekomm keine Luft mehr«, klagte Jean-Claude.

»Schhh!«, machte Jake. »Die Verbrecher sind in dem Haus.«

»Wirst du sie fangen?«

»Ja.«

»Gut.«

Rudy kroch an die Tür und versuchte, Eva ins Wohnzimmer zu ziehen.

Jake schoss daneben, aber die anderen Schützen trafen: Rudys Kopf explodierte, Blut, Knochen und Hirnmasse flog durch die Luft.

Eva versuchte aufzustehen. Als sie sich auf einem Knie aufgerichtet hatte, feuerte Jake erneut. Sie griff sich an die Brust und fiel zurück auf den Boden.

Zwei Männer vom Einsatzkommando sprinteten über den Rasen zur Seite des Hauses. Einer brach das vordere Erkerfenster ein und riss die Jalousette heraus. Sie warteten, bis ihnen die Beobachter mit ihren Hightech-Sichtgeräten und Ferngläsern grünes Licht gaben, dann verschwanden sie im Haus.

Jake schickte Jean-Claude zum Feuerwehrauto, wo ihn ein echter Feuerwehrmann mit offenen Armen empfing.

Er selbst blieb in Bauchlage, die Waffe auf die Tür gerichtet, bis Jean-Claude in Sicherheit war. Dann stand er auf und bewegte sich langsam auf das Haus zu, die Waffe vor sich gestreckt. Drinnen lag Rudy auf dem Boden. Abgesehen von Kinn und Mund war nichts vom Kopf des Terroristen übrig. Neben ihm lag Eva Reineke, dem Tod nahe. Blutiger Schaum sickerte aus dem Loch in der Brust.

»Keine weiteren Bösewichte hier«, verkündete einer der Männer vom SWAT-Team laut.

Jake steckte seine Waffe weg und eilte in den Flur. »Die

Leute, die wir retten wollen, sind im Keller«, sagte er und streckte die Hand nach dem Türgriff aus.

Der Mann vom Einsatzkommando packte Jake am Arm und riss ihn von der Tür weg. »Nicht berühren!« Er deutete auf die Drähte über dem Rahmen, die in einer kleinen Metallbuchse neben dem Lichtschalter verschwanden.

»Herrgott!« Jake schauderte. »Sollen wir die Sprengstoffexperten holen?«

Der Mann schüttelte den Kopf. »Dafür ist vielleicht nicht mehr genug Zeit. Sie könnten für alle Fälle einen Zeitzünder eingebaut haben.«

»Dann müssen wir durch das Kellerfenster.«

»Das könnte genauso gut verdrahtet sein.«

»In diesem Fall müssen wir es eben drauf ankommen lassen.« Jake näherte sich der Tür, wobei er darauf achtete, sie nicht zu berühren. »Joanna! Joanna!«

Ein paar Sekunden blieb es still.

»Joanna!«, rief Jake erneut.

»Jake?«, kam die Antwort von unten.

Jake lächelte erleichtert, als er Joannas Stimme erkannte. »Ich bin's«, rief er. »Wir holen euch raus. Aber jetzt darfst du auf keinen Fall die Tür berühren. Sie ist mit Sprengstoff verkabelt.«

»Ich weiß«, schrie Joanna zurück. »Wie geht es Jean-Claude?«

»Er spielt im Feuerwehrauto.« Jake glaubte, jemanden weinen zu hören, war sich aber nicht ganz sicher. »Bleibt, wo ihr seid. Wir holen euch zum Fenster heraus. Könnt ihr sagen, ob das auch verdrahtet ist?«

»Ich glaube nicht«, sagte Joanna. »Ich habe die Scheibe zerbrochen und an den Stangen gerüttelt und es ist nichts passiert.«

»Gut.«

»Jake, du musst unbedingt sofort –«

»Wir müssen hier raus«, unterbrach der Mann vom Einsatzkommando ungeduldig. »Wenn die Bombe einen Zeitzünder hat, kann sie jede Sekunde hochgehen.«

»Ich bin sofort zurück«, rief Jake Joanna zu und rannte aus dem Haus, einen Schritt hinter dem Mann. Auf dem Rasen legte er schnell die Feuerwehrausrüstung ab. »Wir brauchen eine Spitzhacke, um das Fenster einzubrechen.«

»Wir wissen immer noch nicht sicher, ob es verdrahtet ist«, warnte der Mann vom Einsatzkommando.

»Wollen Sie diskutieren oder mir helfen?«

Der Mann zögerte kurz. »Ich hole die Spitzhacken.«

Es war reines Glück, dachte Jake, dass Joanna, Kate und Jean-Claude noch lebten. Reines Glück, dass die Terroristen einen Van gestohlen hatten, der mit einem Sender versehen war. Reines Glück. Mochte es doch noch etwas länger anhalten.

Der Mann vom Einsatzkommando kam mit zwei Spitzhacken zurück und gab Jake eine. »Fangen wir an.« Sie eilten zum Kellerfenster.

Vom Dachboden über der Garage aus sah Walter George Reineke durch die Holzlatten eines kleinen Fensters und beobachtete zwei Polizisten, die Spitzhacken schwangen. Sorgfältig zielte er mit seinem Präzisionsgewehr auf den, der näher zu ihm stand und drückte ab.

Der Polizist fuhr in die Höhe und brach dann zusammen, Gesicht nach unten.

Reineke ließ sich Zeit, den zweiten Mann ins Visier zu nehmen. Er rannte davon, aber es bestand keine Eile. Der Bulle konnte sich nirgends verstecken. Er war so gut wie tot.

46

Montag, 19. April, 9.32 Uhr

Der Präsident hatte beinahe alle Ehrengäste begrüßt und redete gerade mit Mortimer Rhodes. Der alte Mann lehnte schwerfällig auf seinem Stock, er hatte es abgelehnt, sich auf den für ihn bereitgestellten Stuhl zu setzen.

»Mortimer, ich danke Ihnen für all Ihre Unterstützung«, sagte der Präsident.

»Ich tat es nicht für Sie«, sagte Mortimer unverblümt. »Ich tat es für dieses Land. Ich hielt Sie für den geeigneten Mann, um es zu führen und ich habe mich nicht geirrt.«

»Ich betrachte das als Kompliment.«

»Betrachten Sie es als die reine Wahrheit.«

Der Präsident lächelte breit und tätschelte Rhodes die Schulter. Er schätzte die direkte Art des alten Mannes. »Bleiben Sie gesund, Mortimer«

»Sie aber auch, Mr. President.«

Agent Jack Youngblood war direkt hinter dem Präsidenten. Er hielt sich in seiner Nähe, während er einen Ehrengast nach dem anderen begrüßte. Youngblood beobachtete die Köpfe und Augen der Leute und las in ihren Bewegungen. Wenn jemand etwas im Schilde führte, bewegte er zuerst den Kopf, dann die Hände. Dieser Moment reichte Youngblood aus, um sich zwischen Angreifer und Präsidenten zu werfen.

Er rückte den Knopf im Ohr zurecht und lauschte den Gesprächen der Agenten draußen. Alles war abgesichert. Die gepanzerte Limousine stand mit laufendem Motor bereit. Und als Reserve wartete in der Nähe ein Chevy Suburban mit genügend Feuerkraft, um eine ganze Kompanie auszulöschen. Youngblood blickte auf die Uhr. Sie lagen im Zeitplan und mit etwas Glück wären sie in weniger als dreißig Minuten wieder draußen. Ein kurzer Gang durch das Institut. Die Verleihung der Medaillen. Noch eine Runde Händeschütteln. Dann zurück zu Air Force One.

Youngbloods Blick richtete sich wieder auf den Präsidenten, der eben den letzten beiden Gästen in der Reihe vorgestellt wurde. Es waren Ärzte in langen weißen Kitteln. Einer von ihnen hatte eine Schachtel unter dem Arm. Sie war sorgfältig untersucht worden und enthielt nur neue Prothesen.

»Mr. President«, sagte Simon Murdock. »Darf ich Ihnen Dr. Josiah Wales vorstellen, den Direktor des Instituts.«

Der Präsident schüttelte Wales kräftig die Hand. »Ich habe viel Gutes von Ihnen gehört, Dr. Wales.«

»Danke schön, Sir. Wir freuen uns, Sie bei uns zu haben.«

»Es ist mir eine Ehre.«

Wales deutete auf Timothy Bremmer. »Mr. President, das ist mein Mitarbeiter, Dr. Bremmer.«

Bremmer verbeugte sich ungelenk und schüttelte dem Präsidenten die Hand. »Diesen Tag werde ich niemals vergessen, Mr. President.«

Der Präsident nickte und lächelte. »Es ist ein besonderer Tag für uns alle. Was haben Sie in der Schachtel?«

»Ein paar unserer neuesten Prothesen«, sagte Bremmer. »Darf ich sie Ihnen vorführen?«

»Bitte.«

Bremmer nahm die lebensechte Hand heraus und demonstrierte den Greifmechanismus. »Damit kann man ein Fünfcentstück vom Tisch aufheben.«

»Faszinierend«, sagte der Präsident beeindruckt. Er berührte die Oberfläche der Prothese, die aussah wie menschliche Haut, dann wandte er sich an Murdock. »Genau so möchte ich staatliches Geld angelegt sehen.«

Murdock und Wales tauschten hoch zufrieden Blicke. Der Präsident hatte ihnen soeben angekündigt, dass sie noch mehr Forschungsgelder bekämen.

Er fragte: »Was ist sonst noch in der Kiste?«

»Ein Fuß, Mr. President.« Wales holte die neu angefertigte Prothese heraus und hielt sie hoch. »Wie Sie vielleicht wissen, Mr. President, bin ich selber auf so etwas angewiesen. Wenn Sie wünschen, führe ich Ihnen vor, wie sie hergestellt und angelegt werden.«

»Das würde ich gerne sehen.«

Die Gruppe entfernte sich durch die Eingangshalle in Richtung Tür.

Youngblood sprach in das Mikrofon an seinem Kragen: »Liberty bewegt sich. Wir gehen rein.«

Bremmer trat einen Schritt zurück und beobachtete den kleinen Überwachungsmonitor über ihm. Die Gruppe war nun im Gang und bewegte sich zügig auf den Anproberaum zu.

Bremmer legte die künstliche Hand zurück in die Schachtel, blieb jedoch mit den Fingern auf den Auslöserknöpfen.

9.40 Uhr

George Walter Reineke war nun unten in der Garage. Er duckte sich so nah an den Boden wie möglich und hielt sich ein nasses Taschentuch über das Gesicht, um das Tränengas abzuhalten. Aber Augen und Nase brannten ihm und er konnte kaum atmen. Verzweifelt trat er gegen die Wand und fühlte, wie sie nachließ. Beim zweiten Tritt splitterte das Holz. Kühle Luft strömte durch eine Ritze nach innen und Reineke saugte sie gierig ein. Nun konnte er wieder klar sehen und erkannte einen kleinen Feuerwehreinsatzwagen, der gerade in der Einfahrt umparkte, so dass er ihm die Sicht zum Kellerfenster versperrte.

Reineke montierte das Zielfernrohr von seinem Gewehr und suchte damit den Boden unter dem Feuerwehrauto ab. Er sah keine Füße oder Leute und das sagte ihm, dass sie aufgegeben hatten, das Kellerfenster aufzubrechen. Zumindest fürs Erste.

Reineke holte ein paar Mal in der frischen Luft Atem und ordnete seine Gedanken. Er war immer noch nicht sicher, was genau dort ablief. Aber eines stand fest: Das da unten waren keine normalen Feuerwehrleute und Polizisten. Das musste ein Sondereinsatzkommando sein. Als er den ersten Polizisten erschossen hatte, antworteten sie mit einem Kugelhagel, der den Dachboden völlig zerlegte. Und die Reaktion war so schnell gekommen, dass ihm keine Zeit geblieben war, den zweiten Polizisten zu erschießen. Den großen Kerl in Feuerwehruniform. Aber er hatte das andere Schwein erwischt, den in Schwarz.

Reineke montierte das Fernrohr wieder auf das Gewehr und fragte sich, ob bei seiner Tochter wohl alles in Ordnung war. Es hatte den Anschein. Sie und Rudy hatten immer noch Kontrolle über das Haus, sonst würden die Bullen doch nicht versuchen, durch das Kellerfenster hineinzugelangen. Die Polizei war offensichtlich nur noch daran interessiert, die Geiseln zu befreien. Gut. Sollten sie sich damit beschäftigen, das lenkte sie ab. Diese Blalock war mittlerweile sowieso unwichtig. Solange nur der Präsident in das Institut geht, dachte Reineke, dann zerfetzen wir ihn in tausend Stücke und schicken ihn in die Hölle, wo er hingehört.

Er schielte wieder durch die Ritze und entdeckte Füße hinter dem Feuerwehrauto. Sie versuchten also wieder, an die Geiseln zu kommen. Er griff nach dem Gewehr, wobei er darauf achtete, dass der Lauf nicht durch den Riss in der Mauer ragte, und stellte das Zielfernrohr scharf. Doch dann ließ er die Waffe plötzlich wieder sinken. Das Sondereinsatzkommando hält dich wahrscheinlich für tot, sagte er sich. Sollen sie das ruhig glauben und ihr Feuerwehrauto so stehen lassen, dann versperrt es ihnen auch die Sicht, wenn ich nach meiner Tochter sehe.

Reineke kroch durch die Garage nach hinten und trat zwei Holzbretter aus der Rückwand. Er zwängte sich hinaus und hielt sich gebückt in den dichten Büschen, die die zwei aneinander grenzenden Grundstücke trennten. Er schaute kurz in den Nachbarsgarten, sah aber niemanden. Sein Fluchtweg war immer noch frei. In der nächsten Straße wartete ein geparktes Auto auf sie.

Sein Blick wanderte zu den Häusern rechts und links. Hohe Bäume in den Hintergärten versperrten teilweise die Sicht. Vom zweiten Stock aus sahen Heckenschützen nichts als Zweige und Blätter. Reineke schätzte die Entfernung bis zur Hintertür des Hauses ab. Zehn Meter. Vielleicht ein bisschen mehr. Er holte tief Luft, dann hechtete er über das Gras, rammte die Tür mit der Schulter ein und rollte sich auf dem Küchenboden ab.

Drinnen war es still bis auf das Geräusch der Spitzhacken, die das Fenster und die Kellerwand bearbeiteten.

Reineke kroch aus der Küche in den Flur. Die Haustür stand offen und er sah zwei Körper, die davor lagen. Er roch den Gestank von Blut und Tod und hoffte entgegen aller Vernunft, dass seine Tochter noch am Leben war. Er kam zu Rudys kopfloser Leiche und schob sie beiseite. Dann erblickte er seine Tochter. Sie atmete kaum noch, ihre Brust war besudelt von blutigem Schaum.

»Eva! Eva!«, flüsterte Reineke seiner Tochter drängend ins Ohr. »Hörst du mich?«

Evas Augenlider zuckten, bevor sie sich einen Spalt breit öffneten. »Vater?«, fragte sie schwach.

»Halte durch«, sagte Reineke und zog sie von der Haustür weg in den Flur. »Ich hol dich hier raus.«

Eva schüttelte den Kopf und hustete Blut herauf. »Unmöglich. Bullen üb– überall. Sie ... töten uns.«

»Nein, das werden sie nicht.« Reineke nahm die halbautomatische Waffe aus Evas Jeans und vergewisserte sich, dass sie geladen war. »Weil ich dich nämlich hier heraustragen werde, mit zwei Geiseln vor mir.«

»Aber die –«

»Bleib einfach hier«, sagte Reineke und langte nach dem Türgriff.

Eva riss die Augen auf. »Nein! Es ist verdrah–!«

Reineke drehte den Türgriff und zog.

Ein heller Blitz raste auf ihn zu. Für den Bruchteil einer Sekunde war er umgeben von einem Meer aus Rot und Orange. Dann wurde alles schwarz.

Bremmer verfolgte auf dem Überwachungsmonitor gebannt, wie die Gruppe in die Werkstatt kam, in der die Prothesen angefertigt wurden. Die mit C4 präparierte Prothese lag unweit der Tür auf einem Tisch. Ein Agent des Secret Service stand direkt davor.

Bremmer atmete ganz tief durch und versuchte, die Ruhe zu bewahren, aber sein Puls raste weiterhin und er bekam schweißige Hände. Mit einem Taschentuch trocknete er sich die rechte Hand und fasste wieder in die Pappschachtel. Sein Blick verweilte auf dem Bildschirm, während er die Finger zurück auf die Auslöser legte.

»Und der Anproberaum liegt schräg gegenüber, Mr. President«, sagte Wales. »Wir haben speziell konstruierte Stühle, damit die Patienten es bequemer haben.«

»Was ist das Besondere an ihnen?«, fragte der Präsident.

»Sie lassen sich automatisch hoch- und runterstellen und können sowohl vom Arzt als auch vom Patienten nach hinten gekippt werden.«

»Die würde ich mir gerne ansehen«, sagte der Präsident mit ehrlichem Interesse.

»Selbstverständlich. Und mit Ihrer Erlaubnis diene ich als Anschauungsobjekt und zeige Ihnen, wie die fertige Prothese letztendlich angelegt wird.«

»Ausgezeichnet.«

Wales führte die Gruppe über den Gang, die Fußprothese unter den Arm geklemmt.

Der Anproberaum war klein, eng und bis auf zwei große lederbezogene Stühle leer. Dazwischen stand ein Metallschrank mit offenen Schubladen.

Der Präsident trat näher und warf einen Blick hinein. In den Schubladen lagen Werkzeuge, Schrauben und dicke Gummibänder. »Hier wird dem Patienten also seine Prothese angepasst und er läuft auf einem neuen Bein heraus?«

»So ist es«, sagte Wales. »Nun, Sir, wenn Sie mir ein bisschen Platz machen, klettre ich hinauf und lege meine neue Prothese an.«

Der Präsident trat zurück und rempelte in Jack Youngblood. »Entschuldigung, Jack.«

»Meine Schuld, Mr. President.«

Wales ließ sich in den Stuhl plumpsen und rutschte hin und her, bis er gemütlich saß. »Sie können ruhig näher kommen, Mr. President, und ich zeige Ihnen, wie ich die Prothese an meinem Stumpf befestige.«

Der Präsident tat einen Schritt nach vorne.

Wales nahm die alte Prothese ab und ließ sie auf den Boden fallen. Dann hob er die neue auf. »Also, diese Riemen hier sind entscheidend für den richtigen Halt. Sie –«

Youngblood riss den Präsidenten zurück, als er die Warnung per Funk erhielt: »Achtung! Bombe!«

Eine Sekunde später stieß Youngblood den Präsidenten aus der Tür und zerrte ihn den Gang entlang. Zwei weitere Agenten tauchten mit gezogenen Waffen auf und rannten neben ihnen her, wobei sie den geduckt laufenden Präsidenten verdeckten. Dann erschien noch ein Agent und noch einer, so dass der Präsident komplett eingezingelt war. Sie brachen durch die Tür in die Eingangshalle und stießen Leute um und aus dem Weg.

Unter Schreien und Gekreisch versuchten die Ehrengäste, den Ausgang zu erreichen. Einige stolperten und fielen, Nachdrängende stürzten über sie. An der Tür drängten und schoben die Leute und versuchten verzweifelt, nach draußen zu gelangen. Die Secret-Service-Agenten bildeten eine Phalanx und bewegten sich Richtung Ausgang. Wer ihnen den Durchgang versperrte, wurde einfach weggefegt. Sie rannten in den hellen Tag hinaus und die Treppen hinunter, wobei sie den Präsidenten geduckt und komplett bedeckt hielten. Dann schoben sie ihn in die Limousine, Gesicht nach unten, und Jack Youngblood warf sich auf ihn.

Mit quietschenden Reifen raste die Limousine davon.

In der Eingangshalle herrschte Chaos. Einige der Ehrengäste lagen auf dem Boden, noch ganz benommen von dem Sturz. Ein alter Mann war ohnmächtig, ein anderer griff sich an die Brust und rang nach Atem. Mortimer Rhodes hielt sich stöhnend das gebrochene Handgelenk.

Dann erblickte er den Arzt in dem langen weißen Kittel. »Ich glaube, ich habe mir den Arm gebrochen.«

Bremmer achtete nicht auf den alten Mann. Er versuchte panisch, seine Gedanken zu ordnen. Sie wussten es! Sie wussten von der Bombe! Aber wie? Jemand hatte geredet. Oder vielleicht hatten die Hunde doch noch etwas gewittert. Ja! So musste es gewesen sein. Ein Hund! Und das bedeutete, sie wussten nicht, wer dahintersteckte. Aber sie würden es herausfinden, sobald sie die Prothese untersuchten und das C4 fanden. Dann wissen sie, dass ich es war!, schoss es Bremmer durch den Kopf. Ich muss diese Prothese an mich bringen und zerstören. Ohne sie können sie mir überhaupt nichts nachweisen.

Bremmer sah auf den Überwachungsbildschirm. Wales war immer noch im Gang, er hüpfte auf einem Bein und kam nur langsam voran. Die Prothese hatte er unter dem Arm.

»Mein Handgelenk.« Mortimer Rhodes stöhnte vor Schmerzen.

Bremmer umrundete ihn einfach und gelangte durch die Tür zum Gang. Er fragte sich, was er machen sollte, wenn dieser arrogante Bastard von Wales die Prothese nicht herausrücken wollte. Einfach nehmen, dachte Bremmer, und ihn wenn nötig töten. Zerschlag ihm von hinten den Schädel und lass es aussehen, als wäre er auf dem einen Bein gestolpert und mit dem Kopf auf den Boden geschlagen.

»Tim!«, rief Wales. »Ich brauche Hilfe.«

Bremmer eilte zu ihm. »Was gibt es?«

»Einer von den Riemen ist abgegangen und die verdammte Prothese hält einfach nicht am Stumpf.« Wales gab sie Bremmer. »Können Sie das reparieren?«

Bremmer sah sie sich schnell an. Eine Schraube hatte sich gelockert. »Klar. Aber ich brauche einen Schraubenzieher und einen neuen Riemen.«

»Dann gehen wir zurück und holen –«

»Das Gebäude wird evakuiert«, unterbrach ihn Bremmer. »Hüpfen Sie zum Ausgang. Ich hole eben Schraubenzieher und Ersatzriemen und komme dann nach.«

»Okay«, sagte Wales und kämpfte sich weiter, immer an der Wand entlang.

Bremmer wartete, bis Wales außer Sicht war, dann rannte er den Gang hinunter und zur Hintertür hinaus. Du kannst mich mal, Wales!, dachte er. Nichts wie ins Auto und weg hier. Und irgendwo bedauerlicherweise die Prothese verlieren. Ohne sie konnte man ihm überhaupt nichts nachweisen.

Joanna stand eine Straße entfernt von dem Schauplatz der Explosion hinter einem Streifenwagen. Sie blickte auf die Verwüstung und dachte einmal mehr, was es für ein Wunder war, dass in der Nachbarschaft alle überlebt hatten. Das Haus der Terroristen war zerstört. Nur ein Kamin und der hintere Teil der Küche standen noch. Die umliegenden Häuser waren schwer mitgenommen, Wände und Fenster herausgesprengt. Der kleine Feuerwehrwagen, der am Kellerfenster geparkt hatte, lag umgekippt im Vorgarten der Nachbarn. Ganz schönes Glück gehabt, dachte sie. Glück, überhaupt noch zu leben.

Joanna ließ sich auf dem Randstein neben Kate nieder. »Wie geht es dir?«

»Ganz gut«, antwortete sie und wiegte sanft den schlafenden Jean-Claude. »Mein kleiner Cowboy hat sich entschlossen zu schlafen, jetzt, wo alle Schurken weg sind.«

»Er ist ein zäher kleiner Racker, nicht wahr?«

»Er ist ein Blalock«, sagte Kate und drückte dem Jungen einen Kuss aufs Haar. Joanna sah Jake an, der neben ihnen saß und eine Zigarette rauchte. Seine Hände waren blutig vom Zerren an den Eisenstangen und Wühlen im Beton um das Kellerfenster. Selbst als ein Mitglied des Einsatzkommandos den Terroristen von der Garage in das Haus rennen sah, hörte Jake nicht auf zu graben, kratzen und schaben. Er hatte Befehl aufzuhören und zu verschwinden, solange es noch ging. Jake war geblieben.

Joanna rückte näher an ihn heran. »Ich schulde dir was.«

»Das nächste Mal lässt du mehr Hinweise zurück, abgemacht?«

»Warum bist du so sicher, dass es ein nächstes Mal gibt?«

Jake lächelte dünn: »Mit dir gibt es das doch immer.«

»Wahrscheinlich«, sagte Joanna müde. Sie wünschte sich ein Bett und eine Woche Schlaf. Sie sah auf, als Hurley auf sie zukam. Er hielt den Kopfhörer jetzt in der Hand. »Hat sie die Warnung noch rechtzeitig erreicht?«

Hurley nickte. »Der Präsident ist auf dem Weg zum Flughafen und Air Force One läuft schon warm.«

»Gut«, sagte Joanna, dann legte sie den Kopf an Jakes Schulter. »Jake?«

»Was?«

»Danke.«

Timothy Bremmer fuhr auf dem Santa Monica Highway Richtung Westen und fragte sich, was er als Nächstes tun sollte. Die Prothese loswerden, entschied er. Am besten mit einem Hammer in kleine Stücke zerlegen und sie am Ende des Santa-Monica-Piers ins Meer werfen. Gut! Aber zunächst wollte er Eva anrufen, ihr erzählen, was passiert war und nach Anweisungen fragen.

Bremmer nahm das Autotelefon. Er wählte Evas Nummer und wartete. Es klingelte ewig. Niemand ging dran.

»Wo zum Teufel ist Bremmer mit meiner Prothese?«, verlangte Wales. Er war zurück in seinem Büro im alten Institut, der Stumpf ruhte auf dem Schreibtisch. »Er sollte das verdammte Ding reparieren und mir zurückbringen.«

Lucas, der farbige Therapeut, zuckte die Schultern. »Ich sah ihn in sein Auto steigen und wegfahren, wie von der Tarantel gestochen.«

»Und natürlich mit meiner Prothese.«

»Er hatte wahrscheinlich Angst wegen der Bombe.«

»Verdammt! Wir hatten alle Angst«, schimpfte Wales. Er blätterte in der Adresskartei auf dem Tisch und nahm den Hörer ab. »Wollen wir mal sehen, ob wir ihn in seinem Wagen erreichen.«

Bremmers Autotelefon klingelte. Er lächelte. Es war Eva. Sie musste es sein. Er hob den Hörer ab und sendete damit den elektrischen Impuls an das C4 unter der Motorhaube.

Bremmer sah eine helle Lichtkugel durch die Windschutzscheibe. Kurz bevor er starb dachte er, die Sonne würde vom Himmel fallen.

Epilog

Joanna hatte noch nie ein Rodeo gesehen, geschweige denn im Stadion. Es war anders, als sie es sich vorgestellt hatte. Die Cowboys wirkten irgendwie heldenhaft und majestätisch, wie sie so aus den Startboxen kamen, auf den wütenden Bullen, die sich wanden und drehten und alles Erdenkliche taten, um ihre Reiter abzuwerfen.

Eine Klingel ertönte. Eine Startbox flog auf und ein gefährlicher Bulle namens Terminator brach heraus. Der Bulle buckelte und bockte, doch dem Cowboy gelang es, sich volle acht Sekunden zu halten.

»Wahnsinn«, sagte Joanna beeindruckt. »Wie schaffen sie es bloß, oben zu bleiben?«

»Die Cowboys nennen es Schneid«, erklärte Jake.

»Was heißt das?«

»Es heißt, dass sie sich mit Willenskraft zwingen.«

Der nächste Cowboy kam auf einem Bullen aus der Box und versuchte, sich festzuklammern. Aber das Tier war zu stark. Der Reiter hielt sich nur wenige Sekunden, bis er unsanft zu Boden stürzte. Joanna zuckte zusammen. »Dass sie sich dabei nicht den Hals brechen!«

»Das kommt immer wieder vor.«

»Und warum tun sie das? Wegen des Geldes?«

Jake schüttelte den Kopf. »Es geht um den Trip.«

»Den Trip wohin?«

»An einen Ort, den nur Cowboys kennen.«

Die Zuschauer applaudierten dem Cowboy, der eben

aus der Long-Beach-Arena humpelte. Jean-Claude klatschte mit. Der kleine Junge stand auf seinem Sitz, völlig von dem Schauspiel gebannt. Er trug Stiefel und einen weißen Cowboyhut. Der Hut war signiert von Webb Stevenson, einem Rodeo-Champion. Jake hatte arrangiert, dass Jean-Claude ihn vor dem Rodeo traf.

Joanna rückte näher zu Jake. »Woher kennst du eigentlich Webb Stevenson?«

»Ich kenne ihn gar nicht«, gestand Jake. »Webb ist verwandt mit einem Bürobeamten im Rampart-Bezirk. Der hat das geregelt.«

»Weil du ihn gebeten hast.«

»Hat mich nur einen Anruf gekostet.«

»Jedenfalls hast du Jean-Claude damit zum glücklichsten Jungen der Welt gemacht.«

»Ich wollte einfach nicht, dass er zurück nach Frankreich kommt und denkt, in Amerika gibt es nur Terroristen.«

»Wir haben immer noch genug davon«, sagte Joanna verbittert.

»Aber jetzt sind es vier weniger.«

»Wer hätte das gedacht? Timothy Bremmer!«, schnaubte Joanna. »Ein Arzt! Meine Güte!«

»Auch die werden manchmal schlechte Menschen.«

»Aber nicht so schlecht wie George Walter Reineke. Könntest du dir vorstellen, deine Tochter loszuschicken, um den Präsident zu töten?«

»Er hielt es wahrscheinlich für richtig«, sagte Jake tonlos. »Aber andererseits hatte er auch väterliche Instinkte. Ich nehme an, er ist in das Haus zurückgegangen, um seine Tochter zu retten.«

»Warum haben ihn die Scharfschützen nicht erledigt?«

»Durch die Bäume im Garten konnten sie kaum etwas sehen. Sie hatten kein freies Schussfeld.«

»Eigentlich bin ich ja froh, dass sie ihn nicht erwischt haben«, sagte Joanna. »Irgendwie ist es ausgleichende Gerechtigkeit, dass sie alle in die Luft geflogen sind.«

»Möglich«, murmelte Jake, dessen Aufmerksamkeit sich auf den nächsten Cowboy richtete, der aus der Startbox kam.

Joanna streckte den Rücken, der immer noch von dem Martyrium im Keller schmerzte. Sie wartete das Ende des Ritts ab, dann sagte sie: »Jake, ich muss eine Zeit lang weg.«

»Alleine?«

»Ja«, sagte Joanna und griff nach Jakes Hand. »Ich fliege nach Washington und nehme meine Freiheitsmedaille vom Präsidenten entgegen. Dann begleite ich Kate und Jean-Claude nach Paris.« Sie seufzte, bevor sie fortfuhr. »Ich habe Paul du Maurier noch immer nicht ganz vergessen. Ich schätze, ich brauche noch etwas Zeit, um ganz über die Sache wegzukommen. Ist das schlimm?«

»Nein«, sagte Jake ruhig. »Du musst das tun. Und zwar allein. Im Kloster nennen sie das in Klausur gehen.«

Joanna nickte bedächtig. »Jetzt weiß ich, warum du zu Elenis Begräbnis in Griechenland zurückmusstest.«

Jake nickte zustimmend, das Gesicht seiner früheren Frau vor Augen. Sie saßen in einem Restaurant unter freiem Himmel in der Nähe von Athen und der Wind spielte in ihrem Haar. Sie lächelte ihm zu.

»Und, hilft es?«, unterbrach Joanna seine Gedanken »Dieses Klausurdings?«

»Ein wenig.«

Aus den Lautsprechern quäkte es plötzlich laut. »Und nun, Ladys und Gentlemen, der letzte Bullenreiter für heute: Webb Stevenson. Er braucht sechsundachtzig für den ersten Platz.«

Die Zuschauer applaudierten, dann wurde es still.

»Sind sechsundachtzig Punkte viel?«, erkundigte sich Joanna.

»Dafür muss man verdammt gut sein.«

Das Tor der Box flog auf. Stevenson saß auf einem großen schwarzen Bullen, der sich wand und drehte und wild den Kopf zurückwarf.

Stevenson schien zu schweben, als wäre er eins mit dem Tier. Er hatte eine Hand gehoben, um im Gleichgewicht zu bleiben, mit der anderen hielt er sich an einem Lederriemen fest. Mit einem gewaltigen Satz sprang der Bulle in die Luft und vollführte dabei beinahe eine ganze Drehung. Stevenson blieb oben.

Ein Summer ertönte: Er hatte die acht Sekunden geschafft.

»Nicht zu fassen«, sagte Joanna atemlos. »Das war unglaublich. Kein Mann kann sich auf so einem Bullen halten.«

»Es sei denn, er ist Weltmeister.«

Die Punktzahl wurde ausgerufen.

Achtundachtzig.

Die Menge grölte, sprang auf und jubelte dem Cowboy zu. Jean-Claude schrie und quietschte, so laut er konnte.

Der Applaus dauerte eine volle Minute. Schließlich ebbte er ab, als der Cowboy sein Preisgeld überreicht bekam und man ihm das Mikrofon in die Hand drückte, damit er ein paar Worte sagte.

»Danke, Leute«, sagte Stevenson in breitem Texanisch. »Danke, dass ihr heute Abend hierher gekommen seid.«

Die Ansagerin neben ihm fragte: »Der Bulle hat es Ihnen nicht einfach gemacht, was?«

»Selten einen härteren geritten. Er kannte einige wirklich gute Kniffe und ich hatte Glück, dass ich mich halten konnte.«

»Webb, ich weiß, du wolltest heute noch einen besonderen Freund von dir grüßen.«

»Ganz genau«, sagte Stevenson und deutete in Richtung der Sitze, auf denen Jake und die Blalocks saßen. »Ich will meinen Partner und Freund grüßen, der den weiten Weg von Paris, Frankreich gekommen ist. Er ist ein echter Cowboy, Leute. Einen Applaus für meinen Kumpel Jean-Claude.«

Das Publikum klatschte höflich.

Dann richtete sich ein Spot auf Jean-Claude. Er stand auf Zehenspitzen, nahm seinen Hut ab und winkte damit auf Cowboyart.

Die Menge tobte.

Jake gluckste und schüttelte den Kopf. »Er ist ein echter Blalock, was?«

Joanna lachte, kuschelte sich an ihn und stützte sich mit dem Kinn auf seine Schulter. »Ich wollte dich noch etwas fragen.«

»Was?«

»Als du angeschossen im Rettungswagen lagst und dachtest, du würdest sterben, hast du Farelli etwas gesagt für den Fall, dass du nicht durchkommst. Was war das?«

Jake zögerte und dachte zurück. Nach einer Pause sagte er: »Dass ich dich liebe. Dass ich dich schon immer geliebt habe und dich immer lieben werde.«

Joanna musterte sein Gesicht und sah ihm in die Augen. »Da ist noch etwas, nicht wahr?«

Jake nickte. »Ich sagte ihm, er solle dir sagen, dass ich im nächsten Leben auf dich warte. Und wenn du erst in tausend Jahren kommst.«

Joanna lächelte. »Warum fällt es dir nur so schwer, mir etwas Liebes zu sagen?«

Jake legte einen Arm um ihre Schulter und zog sie an sich. »Wenn ich das ständig täte, würde es doch nicht mehr so viel bedeuten. Habe ich Recht?«

Joanna schmiegte den Kopf an seine Brust und seufzte leise: »Oh, Jake.«